古典文学论著四种

明代诗学的逻辑进程与主要理论问题

陈文新 著

WUHAN UNIVERSITY PRESS
武汉大学出版社

图书在版编目(CIP)数据

明代诗学的逻辑进程与主要理论问题/陈文新著 ．—武汉：武汉大学
出版社,2007.8
名家学术．古典文学论著四种
ISBN 978-7-307-05629-9

Ⅰ．明…　Ⅱ．陈…　Ⅲ．古典诗歌—文学研究—中国—明代
Ⅳ．I207.22

中国版本图书馆 CIP 数据核字(2007)第 074766 号

责任编辑：朱凌云　　　责任校对：王　建　　　版式设计：支　笛

出版发行：**武汉大学出版社**　　(430072　武昌　珞珈山)
　　　　　(电子邮件：wdp4@whu.edu.cn　网址：www.wdp.com.cn)
印刷：湖北省通山县九宫印务有限公司
开本：720×1000　　1/16　　印张:22.875　字数:327 千字　插页:2
版次：2007 年 8 月第 1 版　　2007 年 8 月第 1 次印刷
ISBN 978-7-307-05629-9/I·315　　定价:33.00 元

《古典文学论著四种》前言

陈文新

一

1993 年，我的第一本专著《中国文言小说流派研究》由武汉大学出版社出版。其结构不够匀称，印刷、装帧也平实简朴，明眼人不难看出这是一部"少作"。十多年过去了，回头再看这本书，倒没有"悔其少作"之感，而是倍加珍惜。原因在于，它凝聚了我长达十年的探索与思考，而那十年是我人生中最有活力和锋芒的时期。其基本学术理念和研究方法已初步形成，且至今仍未改变。我后来的学术研究，虽然领域有所拓展，如由文言小说到明清章回小说，并进一步延伸到明代诗学，但这并不意味着学术理念和研究方法的变化，恰恰相反，研究对象的迁移更加反衬出基本学术理念和研究方法的一以贯之，即始终不渝地注重辨体研究，注重"了解之同情"，注重阐释循环而不偏于一端。

《中国文言小说流派研究》开宗明义，第一段即讨论辨体研究的必要性和重要性：

> 文体本质上是一种把握世界的方式。中国古代文论对于辨体的兴趣，并非建立在琐碎的技术性的评价的基础上，相反，它总是从大处着眼，力求宏观地揭示出每一文体的属性。因此，假如我们缺少感性的辨体能力或理性的辨体指导，对古代各种文体"一视同仁"，那是会闹出笑话的。"就举一个文评史上的例罢。

我们常说中国古代文评里有对立的两派，一派要'载道'，一派要'言志'。事实上，在中国旧传统里，'文以载道'和'诗以言志'只规定各别文体的功能，并非概论'文学'。'文'指散文或'古文'而言，以区别于'诗'、'词'。这两句话看来针锋相对，而实则水米无干，好比说'他去北京'、'她回上海'；或者羽翼相辅，好比说'早点是稀饭'、'午餐是面'。因此，同一个作家可以'文载道'，以'诗言志'，以'诗余'的词来'言'诗里'言'不得的'志'。""西方文艺理论灌输进来成为常识以后，我们很容易把'文'理解为广义的'文学'，把'诗'认为文学创作精华的代名词。于是这两句话就好比'顿顿都喝稀饭'和'一日三餐全是面'，或'两口儿同去北京'和'双双同回上海'变成相互排除的命题了。……把外来概念应用得不很内行，就产生了这样一个矛盾的错觉了。"（钱钟书《中国诗与中国画》）①

我特别引了钱钟书先生的一段话，是因为那时正兴致勃勃地读他的几本大作，信手拈来，作为佐证。而基本学术理念的形成，其实更多得益于对古代文论著作的阅读。曹丕《典论·论文》说："夫文本同而末异。盖奏议宜雅，书论宜理，铭诔尚实，诗赋欲丽。此四科不同，故能之者偏也；惟通才能备其体。""文以气为主，气之清浊有体，不可力强而致。譬诸音乐，曲度虽均，节奏同检，至于引气不齐，巧拙有素，虽在父兄，不能以移子弟。"② 曹丕既注意到性格类型有种种不同，也注意到文体类型有种种不同，将两者相提并论，它所包含的判断是：某种文体与某种性格具有内在的联系；唯其如此，作家们对不同文类的倾心和擅长，就不只是一个技巧和训练问题，而

① 陈文新：《中国文言小说流派研究》，武汉：武汉大学出版社1993年版，第1页。
② 郭绍虞：《中国历代文论选》第二册，上海：上海古籍出版社1979年版，第158~159页。

是意味着不同的人格和癖好。从这个角度来考察"人",比读他们的自我表白效果更好。或者说,这种无意的表白比有意的表白更为真实。这样看来,从事辨体研究,也是知人论世的需要。古人用不同的文体从不同方面来把握世界,我们要了解古人以及古人的生活,也需要考察文体之间的区别。

回顾我的学术发展历程,有一个事实不能不提,即:我的小学教育和中学教育是在"文革"(1966~1976)中完成的,而我的大学教育(1978.3~1982.1)则适逢"文革"以后拨乱反正的时期。在这十多年的岁月中,尤其是在大学阶段,我对影射史学的厌倦心理日渐增强。这种心理潜在而深远地影响了我的学术研究,它使我很容易接受陈寅恪的"了解之同情"理论。

1930年,冯友兰《中国哲学史》上册出版,陈寅恪《冯友兰中国哲学史上册审查报告》随冯著刊行。在这篇审查报告中,陈寅恪提出了著名的"了解之同情"理论:

> 凡著中国古代哲学史专著,其对于古人之学说,应具了解之同情,方可下笔。盖古人著书立说,皆有所为而发。故其所处之环境,所受之背景,非完全明了,则其学说不易评论,而古代哲学家去今数千年,其时代之真相,极难推知。吾人今日可依据之材料,仅为当时所遗存最小之一部,欲藉此残馀断片,以窥测其全部结构,必须备艺术家欣赏古代绘画雕刻之眼光及精神,然后古人立说之用意与对象,始可以真了解。所谓真了解者,必神游冥想,与立说之古人,处于同一境界,而对于其持论所以不得不如是之苦心孤诣,表一种之同情,始能批评其学说之是非得失,而无隔阂肤廓之论。否则数千年前之陈言旧说,与今日之情势迥殊,何一不可以可笑可怪目之乎?……著者有意无意之间,往往依其自身所遭际之时代,所居处之环境,所薰染之学说,以推测解释古人之意志。由此之故,今日之谈中国古代哲学者,大抵即谈其今日自身之哲学者也。所著之中国哲学史者,即其今日自身

之哲学史者也。其言论愈有条理统系，则去古人学说之真相愈远。①

与陈寅恪的"了解之同情"理论相呼应，金岳霖的审查报告提出了"哲学要成见，而哲学史不要成见"的论断。陈寅恪、金岳霖的倡导具有重要的方法论意义。盖哲学是哲学家对世界的基本看法，必须清晰、明确地表达个人的学术立场；而哲学史研究的是历史上不同哲学家对世界的基本看法，需要的是"了解之同情"，如果以个人的学术立场覆盖研究对象，就可能造成曲解。判断比理解容易得多，而理解比判断更有价值。轻率地判定古人的是非善恶，在学术研究中不是一件得体的事情。

以"了解之同情"作为基本的学术追求，我在《中国文言小说流派研究》中顺理成章地提出了"加强中国古代文学的辨体研究"这一命题，并一直信守不渝。在我的学术视野中，辨体研究与"了解之同情"是并行不悖、相得益彰的两翼。辨体研究有助于达到"了解之同情"的境界，而"了解之同情"的学术追求则有助于辨体研究的深化。

阐释循环说出自德国哲学家伏尔泰（Wilhelm Dilthey，1833～1911），钱钟书、汪荣祖等学者陆续加以发挥，已渐为世人所知。汪荣祖《槐聚说史阐释五篇》列有专篇《论历史阐释之循环》，分别讨论了"个体与整体间的循环"、"古今间之循环"、"史实与理论间之循环"，其要点有三："单一的历史事件须从大格局中求理解，这是循环的一边；然大格局也须由许多单一史事理清，这是循环的另一边。""由今可以识古"，"由古可以明今"。"一方面由史实建立通则或理论，另一方面再据通则或理论来检验史实"。② 在这三种循环中，

---

① 刘梦溪主编：《中国现代学术经典·陈寅恪卷》，石家庄：河北教育出版社 2002 年版，第 838～839 页。

② 汪荣祖：《史学九章》，北京：三联书店 2006 年版，第 188、189、192 页。

4

关于"史实与理论间之循环",我想多说几句。原因在于,近年来主持编纂《中国文学编年史》,对这一问题有些思考,延续和发展了我在《中国文言小说流派研究》中的看法。那时偏重于从材料出观点,现在则同时注意到观点与材料的互动。观点不完全是被动的,它有助于我们发现和使用新的材料,有助于我们克服滥用材料、无限制地铺张材料的倾向。

英人柏林(Isaiah Berlin)曾将学者分为"狐狸(fox)"和"刺猬(hedgehog)"两种类型。狐狸型的学者博学多识,刺猬型的学者则追求以一驭万的境界,他们倾向于将所知、所思、所感纳入一个宗旨明确、始终一贯的系统。按柏林的分类,从事编年史研究的学者属于狐狸型,他们关注得更多的是事实而不是对事实的阐释。这种关注潜藏着一个危险,即"博而寡要"、"繁琐失真"。在中国学术史上,两汉是一个重视知识的时代,而章句繁琐的弊端即出现于两汉;乾嘉时期是又一个重视知识的时代,而清代考证家的支离繁琐之弊亦与汉儒相同。如何控制编年史的"文献库"倾向,如何将日益增长的知识置于一种体系中,使这些知识变得有意义,从而使文学史研究得以进一步深入,这是一个必须重视的问题。20世纪中期崛起的法国年鉴学派认为,史学家工作的好坏同提出问题的质量高低有直接关系。史学研究同其他任何学科一样,不能纯粹靠搜集和罗列事实来进行。"过去"是不存在的。的确,历史事实之所以成为历史事实,是与史学家对它的了解分不开的。一个人物、一本著作、一次聚会,它之所以引起关注,与时代赋予史学家的特殊敏感有关。比如,在编年体文学史的撰写中,我们何以对中国古代的"杂文学"特别留意?这与我们所处的特殊学术周期无关吗?这表明,否认史学与时代的联系是不明智的。而承认这一点,也就是承认了阐释的必要性:历史事实只是提供了一个框架和背景,它本身不具有彰显意义的功能。因此,我们不能满足于站在某种学术立场上选择事实,还要从这种学术立场出发来"疏通"事实与事实之间的联系。20世纪90年代的几部文学编年史侧重于做第一步工作,而《中国文学编年史》的宗旨是:在做好第一步工作的同时也做好第二步工作。我们不甘于只做狐狸。

如何让狐狸与刺猬和谐共处？换一种提问方式：如何在关注细节的同时又关注"古今之变"？在这方面，我们受到法国年鉴学派的启发。该学派的后期代表布罗尔（F. Brandel）明确提出了"长时段"概念。他指出，长期的连续性与短期的急剧变化之间的相互作用才是历史本质的辩证关系。关注不同周期的事态比关注无关宏旨的个别事实更重要。将"长时段"概念引入编年史研究，我们意识到：以往的编年史仅仅关注可以系年的事实是不够的，文学史家应将更长的时段纳入视野，并致力于从特殊转向一般，从个别事件转向一致性，从叙事转向分析。历史事实只是原料，更重要的是在史实之间找出联系，作出相应的阐释。在确立了这一信念后，《中国文学编年史》在体例上做了相应调整。首先是调整时间段的设计。编年史通常以年为基本单位，年下辖月，月下辖日。这种向下的时间序列，有助于在鉴定史实及编辑史料时达到高度的精确性。我们在采用这一时间序列的同时，另外设计了一个向上的时间序列，即：以年为基本单位，年上设阶段，阶段上设时代。这种向上的时间序列，旨在将"长时段"纳入视野，以便考察事态的演变。与"长时段"的设计相适应，《中国文学编年史》还安排了一般编年史所没有的论述内容。具体做法是：阶段与章相对应，时代与卷相对应，分别设立"引言"和"绪论"，以重点揭示文学发展的阶段性特征和时代特征。我们的宗旨是：不只是用叙述的方法来罗列事实，而且在事实之间建立联系，以得出有意义的结论。史家不能满足于客观地报导事实。

这里需要强调的是：史实与理论间之循环，并不一定在同一著作或论文中完成，甚至不一定由同一个人完成。比如，司马光的《资治通鉴》更注重史实，而王夫之的《读通鉴论》更注重理论。两者之间的关系，仍可视为史实与理论间之循环。具体到我个人，主编《中国文学编年史》、《中华大典·文学典·明清文学分典·明文学部二》等，偏重于史实的清理，虽然在清理的过程中也有理论的参与；而撰写《中国文言小说流派研究》、《中国文学流派意识的发生和发展》、《明代诗学的逻辑进程与主要理论问题》和《传统小说与小说传统》，则偏重于从史实概括出含有普遍性的结论。也有几本著作是

6

兼重史实与阐释的，如《中国笔记小说史》、《文言小说审美发展史》。明白了上述情形，我们对阐释循环理论的认识也许会更加健全一些。

注重辨体研究、"了解之同情"与阐释循环，这是我长期遵循的学术理念和学术方法。

二

《古典文学论著四种》汇集了我的四部偏于阐释的著作，分别是：《中国文学流派意识的发生和发展》、《明代诗学的逻辑进程与主要理论问题》、《文言小说审美发展史》、《传统小说与小说传统》。《中国文言小说流派研究》未纳入"四种"，是因为其核心思想已贯彻在《文言小说审美发展史》、《传统小说与小说传统》二书之中。

《中国文学流派意识的发生和发展》是我主编的武汉大学人文社会科学重大项目"中国古代文学流派研究丛书"的导论，2003年11月由武汉大学出版社初版，2006年获湖北省人文社会科学优秀成果奖二等奖。该书出版后，曾得到几位同行的称许。北京大学刘勇强教授在《流派研究的文学史意义》（《武汉大学学报》人文科学版2004年第2期）一文中指出："在我看来，这套丛书最值得称道的地方，就是第一次从理论上全面探讨了流派问题。这集中体现在陈文新教授的《中国文学流派意识的发生和发展——中国古代文学流派研究导论》中。"近年"流派研究极受学术界关注，但在流派研究兴盛局面的背后，还存在一些问题。对具体流派研究较细，却缺少理论概括，是较为普遍的现象，而这又反过来制约了具体流派的研究。《中国文学流派意识的发生和发展》则不然，作为第一部专门探讨流派理论的专著，这不是对某一特定流派的描述，而是作者在自己一系列流派研究基础上的理论总结，是对中国古代文学流派高屋建瓴的归纳。全书共分三章，首先通过探讨统系意识的发生与发展，揭示出流派与中国文学传统的紧密联系；由此展开的对盟主意识的发生和发展论述，又进一步揭示出流派形成与衍变的内在理路；至于对流派命名与流派风格的概述，则揭示出流派得以呈现的基本面貌。三章内容互相补充，构成一个完整的中国古代文学流派理论体系。很明显，作者是力图在流派纷呈的历史长河中，把握文学发展的深层脉络。这一点在他对汉以降四大诗学流派的考察中表现得最为突出。有关格调派、神韵派、性灵派和肌理派不同的理论内涵，各种文学批评史著作及专题研究著作多有阐释，因此，本书关注的焦点不是四大诗学本身，而是它们在整个文学史上的演变轨迹以及相互关联。虽然四大诗学在清代才发展成熟，但作者指出，无论是在汉魏六朝，还是在唐代，或是在明代，它们事实上已经几度出现，所缺少的只是一个以其理论主张为名称的标志。而造成这一现象的原因则在于某一理论主张产生的历史往往晚于该理论主张所对应的艺术实践的历史；某一理论主张由较为详尽的阐释演变为简洁明晰的术语，需要较长的一段时间等。正是由于作者的这种鞭辟入里的分析，使流派研究的文学史意义在理论上得到了充分的彰显"。山东师范大学杜贵晨教授也对拙著鼓励有加。他在《宁夏社会科学》2004 年第 4 期发表长文《关于古代文学的流派研究与学术创新》，认为："如果说《明清章回小说流派研究》一书表现出陈文新等作者在分体文学流派的研究中，具有'一种整体把握、辩证分析的能力'，那么《中国文学流派意识的发生和发展》一书则凸现了本《丛书》主编陈文新先生个人对中国古代文学流派理论的总体观照、系统研究和全面见解。在他看来，中国古代文学流派意识包括三个层面，即统系意识、盟主意识和风格意识。这三个层面其实也就是本书衡量中国古代文学流派所持的标准。作者以此为基点，切入论证以建立系统的流派理论，并进一步展开对诸多流派的具体考察，特别是从古代文学流派的九种命名方式入手，深入流派与代表作家、流派与时代思潮、流派与地域文化、流派与总集编纂、流派与社团活动、流派与社会阶层、流派与题材、风格和理论主张之间等多重复杂关系的梳理，提出或解决了大量有价值的学术问题，如其论'韩愈以建立道统的方式来建立文统……在很大程度上是策略性的'，'元白的长篇叙事诗是伴随着传奇小说而产生'，'桐城三祖'之末的'姚鼐钟情于"文人"风范，实即以纯文学作家自期和自许'等，都

8

是新颖而深刻的看法；同时又空前地拓展了中国文学流派研究的视野，在其具体分析与结论的贡献之外，从四面八方新辟了多条研究的门径，其嘉惠来者自不待言。"四川大学沈伯俊教授、南京大学周群教授、湖北大学刘尊明教授、华中师范大学谭邦和教授等，亦盛赞该书的理论建树。华中师范大学的王齐洲教授甚至期待以该书的理论成果为基础，大家形成共识，以"促进一种古代文学研究流派的产生"。（见《中华读书报》2004年2月18日王齐洲《文学流派研究与文学研究流派》）薛泉《尊体意识与南宋词选之兴盛》（《求索》2005年第6期）曾引用该书作为其理论支持。同行专家的这些鼓励之辞，或有过誉之处。这一点我是明白的。而就我撰写本书的初衷而言，目光所注，则是当下的流派理论建设，并强烈意识到这一选题的前沿性，努力有所发明。尝试不一定是成功的，但尝试是应该提倡的。我感谢同行专家所给予的热情关注并期待这部尝试之作继续得到关注。

《四大小说名著与明清章回小说流派》原是《明清章回小说流派研究》（由我与鲁小俊、王同舟合著，武汉大学出版社2003年7月初版）的主体部分，由我撰写，现析出作为《中国文学流派意识的发生和发展》的附编。正编以诗、文、词为主要讨论对象，附编以章回小说为主要讨论对象，相辅相成，文体的涵盖面较为完整。

香港城市大学洪涛先生曾撰写《〈明清章回小说流派研究〉评议》一文，发表于韩国《中国小说研究会报》第57号（2004年3月）和《明清小说研究》2004年第2期。他明确肯定该书在学术史上"是一部填充空白之作。此前，学术界已经有严家炎《中国现代小说流派史》（人民文学出版社1989年）、张学军等《中国当代小说流派史》（山东大学出版社1996年），这两部著作已经基本上做了现、当代部分的流派研究。古代小说流派方面，十年前早有陈文新《中国文言小说流派研究》（武汉大学出版社1993年）。如今《明清章回小说流派研究》（以下简称'该书'）正好补充学术史上从缺已久的一笔。虽然王琼玲《清代四大才学小说》（台湾商务印书馆1997年）和浙江古籍出版社'中国小说史丛书'的《章回小说史》、《明代小说史》、《历史小说史》、《中国讽刺小说史》等在范围上与《明清章回小说流派研究》有重叠，但该书的旨趣在于考察各派的特征，着眼点与别书不同，学术视野也更为宏观、广阔"。洪涛以为"该书的贡献在于研究各派作品的价值观念和表达方式，角度较新，屡有卓见"："《明清章回小说流派研究》从流派着眼，重视'谱系归属'、'统系渊源'，因而能见人之所未见。例如《水浒传》与《金瓶梅》有血缘关系，但两者的写作立场不同，对题材的处理即有异。又如，一般人不会去注意《隋唐演义》与《红楼梦》的相同点，但作者却能藉'谱系归属'显示出两书主角的雷同之处，道出前者对后者的影响，可谓洞幽烛微。"洪涛先生这篇富于学术内涵的书评，的确搔到了痒处。

南京大学的周群教授热情赞许该书的独到见解：《明清章回小说流派研究》"是三位作者多年研究成果的一次升华，提出了很多独到的见解，收到了新人耳目之效。如本书的重点之一是考察各流派的风格特征并比较流派之间风格的差异。而流派风格的差异，很大程度上表现为价值观念和表达方式的差异。作者详细地考察了小说流派不同，评价人物的价值尺度亦随之不同的特点。如《水浒传》和《金瓶梅》中对武松、西门庆的不同处理。《水浒传》是一部英侠传奇，作者是站在豪侠的立场上写世态人情；《金瓶梅》则是一部人情小说，作者是站在常人的立场上写世态人情。在《水浒传》中武松手刃潘金莲，击杀西门庆，体现出的是英武的形象。而在《金瓶梅》中，武松杀潘金莲，只见凶残而不见豪勇。同样，《金瓶梅》中倾向于让人物接受家庭生活的考验，而在《水浒传》中则倾向于让好汉们摆脱家庭的束缚。《水浒传》中威风八面的英雄好汉，在《金瓶梅》中甚至显得非常可怜。作者对不同流派的表达方式进行了分疏，认为《三国演义》较多承受宋元'讲史'的熏陶，《水浒传》较多承受宋元'小说'的熏陶，而《西游记》较多承受宋元'说经'的熏陶，很具体地说明了不同流派独特的价值观念和表达方式。这些都是很能启人思维的新鲜独到的见解"（见《武汉大学学报》人文科学版 2004 年第 2 期周群《文学研究园地中的一束奇葩》）。韩国水原大学宋真荣教授、辽宁师大王立教授等也分别撰文讨论该书，不吝予以鼓励，并就深化相关研究提出了各自的建议。刘云春《明清小说叙事与狂欢化》（《海南大学学报》人文版 2006 年第 2 期）曾引用该书作为其理论支持。皮朝纲、王小平《多元文化语境中的宗教美学研究——2003 年国内宗教美学研究综述》（《宗教学研究》2005 年第 1 期）所引《〈西游记〉与神魔小说审美规范的确立》原为《明清章回小说流派研究》一节，曾发表于《东南大学学报》哲社版 2003 年第 5 期。

《明代诗学的逻辑进程与主要理论问题》代表了我在明代诗学领域的主要建树。从 1996 年到 2001 年，由于主持编纂《中华大典·文学典·明清文学分典·明文学部二》的缘故，我的主要研究对象一度由古典小说转向明代诗学，几乎是不由自主地在新的学术领域一试身手。先后发表的相关论文主要有：《明代诗学论诗文体性之异》（《武汉大学学报》2000 年第 3 期，《高等学校文科学报文摘》2000 年第 4 期摘要转载，《新华文摘》2000 年第 8 期收目，人大复印资料《中国古代近代文学研究》2000 年第 11 期全文收入）、《公安派诗学的重新考察》（《社会科学研究》2000 年第 4 期）、《明代诗学三论》（《文学评论丛刊》第 3 卷第 2 期，2000 年 10 月）、《明代诗学对"诗史"概念的辨证》（《社会科学辑刊》2000 年第 6 期）、《明代诗学论时代风格与作家风格》（《孝感学院学报》2001 年第 4 期，《高等学校文科学报文摘》2001 年第 6 期、《北京大学学报》2002 年第 1 期摘要转载）、《从格调到神韵》（《文艺研究》2001 年第 6 期，人大复印资料《中国古代近代文学研究》2002 年第 3 期全文转载）、《王孟诗风在明代诗学中的沉浮》（《古代文学理论研究》第十九辑，华东师范大学出版社 2001 年 7 月版）、《明代格调派的演变历程及其对意图说的否定》（《武汉大学学报》2001 年第 2 期，《高等学校文科学报文摘》2001 年第 5 期摘要转载，孙学堂《对"格调说"及几个相近概念的省察》曾引用该文作为理论支持，详见《求是学刊》2004 年第 2 期）、《明代诗学主流派的内部争执》（《东方丛刊》2001 年第 4 期）、《明代前期的哲学流变与诗学流派》（《人文论丛》2001

年卷)、《启蒙学术思潮中的诗学变异》(《哲学评论》2001 年第 1 辑)、《明代诗学的逻辑进程与主要理论问题》(《文学评论》2002 年第 3 期)、《信心论与信古论在晚明融合的学理依据及其历程》(《山东社会科学》2002 年第 2 期)、《诗"贵情思"——明代主流诗学论诗的音乐性》(《社会科学战线》2002 年第 5 期,人大复印资料《中国古代近代文学研究》2003 年第 1 期全文转载)、《中国古代四大诗学流别的纵向考察》(《文学评论》2003 年第 3 期,《新华文摘》2003 年第 8 期摘要转载,人大复印资料《中国古代近代文学研究》2003 年第 8 期全文转载)、《前后七子的诗学祈向》(《文学前沿》第 7 辑,学苑出版社 2003 年 5 月版)、《宋明诗学的流变与王夫之诗学的理论品格》(《南京师范大学文学院学报》2004 年第 1 期,人大复印资料《中国古代近代文学研究》2004 年第 8 期全文转载)、《从风雅颂及其流变看诗乐关系的三个层面》(《学术研究》2004 年第 11 期)。2000 年 11 月,拙著《明代诗学》由湖南人民出版社出版,次年获中南五省人民出版社优秀图书奖和湖南图书奖。这是第一部关于明代诗学的专著,南京师范大学陈书录教授好评颇多,肯定作者"深入而又细密地辨析明代诗学范畴,努力发掘其美学价值,排沙简金,探骊得珠,将明代诗学研究提升到一个新的高度"(详见《武汉大学学报》人文科学版 2002 年第 2 期陈书录《在深入辨析中发掘美学价值——评陈文新〈明代诗学〉》)。武汉大学郑传寅教授也赞赏"《明代诗学》不仅描绘了明代诗学的基本面貌,概括了这一时期主要的理论建树,而且建构了明代诗学的理论体系,从而提高了明代诗学研究的理论层次"(详见《文艺报》2001 年 4 月 24 日第 3 版郑传寅《真力弥满——读〈明代诗学〉》)。中国社会科学院蒋寅先生、南京大学张宏生教授、浙江大学廖可斌教授等同行专家亦多有奖励之辞。左东岭教授《二十世纪以来心学与明代文学思想关系研究述评》(《文学评论》2003 年第 2 期)曾就《明代诗学》的相关建树加以点评。首都师范大学博士丁功谊的学位论文《钱谦益文学思想研究》(上海古籍出版社 2006 年出版)、中山大学博士邓新跃的学位论文《明代前中期诗学辨体理论研究》(上海古籍出版社 2007 年出版)多次引用《明代诗学》作为其理论支持。《明代诗学的逻辑进程与主要理论问题》即是在上述论文和著作的基础上增删修改而成的。撰写过程中曾得到萧萐父、陆耀东、郭齐勇、莫砺锋等先生的指点、帮助，谨此致谢！

《文言小说审美发展史》与三部书的关系较为密切。第一部是拙著《中国文言小说流派研究》，它确立了我考察中国文言小说的基本立场。业师吴志达先生曾为此书作序，序中说："文新从文言小说体制的共同性与特殊性考虑，将全书分为笔记小说、传奇小说、综论三编；前两编各论其流派特征及其审美追求、历史进程，后一编则重在两种体制的比较研究，突出各自的审美心理与风神韵致。编、章布局结构合理，自然浑成。尽管在篇幅的比例上，传奇小说略多一些，这也是符合文言小说发展历程的实际状况的，但本书从根本上改变了往昔论者扬传奇体而抑笔记体的倾向；轻六朝笔记小说、重唐人传奇，褒蒲松龄《聊斋志异》、贬纪晓岚《阅微草堂笔记》，就是明显的例子。予以矫正也需胆识。""从各章内容来看，'小说'之'小'、志怪小说的审美追求、唐人传奇之奇的具体内涵、唐人传奇的文体规范、话本体传奇的世俗化追求，以及关于《聊斋志异》的专章研究，都是下了功夫的力作，有令人耳目一新之感。特别是综论编的两章，从不同体制的作家心理结构、叙事角度、时间、风度诸方面作了比较，说明文言小说两大流派的基本特征，颇为精彩。"这样的概括已足以说明《中国文言小说流派研究》的个性所在。第二部是 1995 年3 月我在台湾志一出版社出版的《中国笔记小说史》。该书曾获中国武汉对外文化交流图书类一等奖，在海内外同行中颇获好评。2005年 3 月，韩国《中国小说研究会报》第 61 号发表了鲁小俊的《关于中国古典小说的辨体研究——访武汉大学陈文新教授》，其中的一个内容是讨论"传奇小说和子部小说（笔记小说）的关注焦点及叙事风度的不同"。我的答案是："传奇小说集中展示无关大体的浪漫情怀，'文辞华艳，叙述宛转'是传奇小说家所热衷的；子部小说（笔记小说）从理论上讲必须注重哲理和知识的传达，因为，按照中国传统的文体分类，子书以议论为宗，其特点是理论性和知识性。一个文体意识强烈的子部小说（笔记小说）家，他必须忽略细腻的描写、华艳的文辞和曲折的故事，而将主要精力放在哲理和知识的传达上。对于《阅微草堂笔记》这类子部小说（笔记小说），假如我们不能把握其基本的艺术追求，反而固执地用传奇小说的标准来衡量其得失，那是不公允的。传奇小说和子部小说（笔记小说）因宗旨和叙述方式的不同，在叙事风度方面形成了明显差异。而这一点在以往的研究中很少被注意到。传奇偏好情节的非寻常性。蒲松龄'用传奇法，而以志怪'，亦致力于营造一种铺张的美、华艳的美，兴高采烈地把精力倾注在各种意象、情节的反复渲染上。笔记小说作者推崇冲淡简约，在魏晋南北朝即已形成传统。"这一答案即来自于《中国笔记小说史》。《中国笔记小说史》致力于从笔记小说的文体特征入手展开对笔记小说发展历程的梳理，诸多立论，颇能发人之所未发。第三部是 1995 年 3 月我在台湾正中书局出版的《中国传奇小说史话》。书局曾请专家对书稿作匿名评审，其审稿结论是："一、本书对于中国传奇小说做历史性的评介，分析得当。二、在刘开荣撰《唐代小说研究》之后，一直没有比较理想的唐人传奇研究出现，台湾后有祝秀侠、刘瑛等人的《唐代传奇研究》等多本唐人传奇研究，缺陷仍多。本书贴近各个时代的情境来分析传奇作品，较为合理。三、对于传奇作者及传奇单篇之分析皆颇为恰当。"这也是该书在无任何人推荐的背景下得以很快出版的基本原因。这三部书中的部分章节曾以单篇论文的形式发表，并不同程度地受到关注，如《"才子之笔"与"著书者之笔"》原刊《青海社会科学》1992 年第 3 期，为冯孟琦《20 世纪 80 年代以来我国唐代传奇小说研究综述》（《华南师范大学学报》社科版 2004 年第 1 期）所引用；《〈阅微草堂笔〉解构阅读三则》原刊《明清小说研究》2000 年第 1 期，《论清代传奇体小说发展的历史机遇》原刊《社会科学研究》1994 年第 1 期，同为曲金燕《20 世纪清代文言小说研究述评》（《甘肃社会科学》2006 年第 2 期）所引用；《论穆宗初至懿宗末的唐人传奇》原刊《齐鲁学刊》2000 年第 3 期，为侯学智《从〈聊斋志异〉的"书生"故事看蒲松龄的创作补偿心态》（《齐鲁学刊》2006 年第 2 期）所引用。

14

由于有《中国文言小说流派研究》、《中国笔记小说史》和《中国传奇小说史话》的撰写经验和基础，《文言小说审美发展史》在立论、表述和结构方面都更为稳健。我曾私下对朋友说：这是一本半新半旧的书。说它"新"，是因为其中的大部分文字都是新写的；说它"旧"，则是因为基本思想其来有自，它与前几部书的血缘关系是不容割断的。

《文言小说审美发展史》2002 年 4 月由武汉大学出版社初版，已产生较为显著的社会影响。出版不久，即陆续有厚重的书评予以推介，如韩国《中国小说研究会报》第 56 号（2003 年 11 月）以第一篇的显著位置发表韩国学者李玫淑的书评《文言小说审美发展史》，又以编辑部名义发表专文《文言小说研究家陈文新》；《光明日报》2004 年 10 月 7 日以第四版的正中位置发表吴光正的书评《古代文学辨体研究》，并配发《文言小说审美发展史》书影；《武汉大学学报》人文科学版 2003 年第 4 期刊发赵伯陶先生的书评《沿波讨源 融会贯通——读〈文言小说审美发展史〉》；《蒲松龄研究》不仅在 2003 年第 4 期发表拙文《加强中国文言小说的辨体研究——我写〈文言小说审美发展史〉的一点体会》，还在 2003 年第 3 期、2004 年第 1 期分别刊发王前程等的长篇书评《坚持民族学术传统的结晶——评陈文新〈文言小说审美发展史〉》、《辨章学术 考镜源流——评陈文新〈文言小说审美发展史〉》。李伟昉《略论六朝志怪小说的两大叙事特征》（《社会科学研究》2004 年第 3 期、霍明琨《〈太平广记〉中的神异小说探研》（《学习与探索》2005 年第 3 期）、杨芬霞《男权视阈下的女侠传奇》（《贵州社会科学》2006 年第 2 期）曾引用该书作为理论支持。复旦大学博士庄逸云的学位论文《晚清文言小说史》、华东师大博士李军的学位论文《唐人传奇文体研究》等著述亦多次引用该书。2005 年，该书获武汉大学人文社会科学优秀成果一等奖。

《传统小说与小说传统》其实是一部系列论文集。2005 年初版时约 20 万字，这次新版，删去两篇，另外增加了 10 余万字。2006 年 8 月，素不相识的常州读者汪一方来函，说他读了《传统小说与小说传统》之后，因其深刻的思想、清新的文笔而爱不释手，并批评一部分学术著作只是故立崖岸的高头讲章。他说："时下出版物数不胜数，标牌各异，花枪种种，但满坑满谷多为生猛海鲜之类，既贵又怕吃坏肚子，而实实在在如您著作般的五谷杂粮，反倒成了难得一见的稀罕物，叫人无话可说。""拜读《传统小说与小说传统》，就如'从山阴道上行，山川自相映发，使人应接不暇'，沏一杯淡茶，书卷在手，时有闻道解惑，豁然开朗的好心情。常见皇皇巨著，正襟危坐，高山仰止，总感有些惶惶然，读您的作品，则顿觉心清神爽，不亦快哉。""品味之余，遥想您举重若轻的丰采，虽不能至，心向往之，不禁妄生冒昧之念，托付鸿雁，奉上尊著，恭请题辞，以感谢您所赐那一片可贵的清心天地。"在第二封信中，他告诉我："我原是学中文的，却阴差阳错，从事了专业技术管理工作，与文学艺术有点风马牛不相及。只是平日没有烟酒之嗜，未能忘情于文，业余读一二会心著作。在这浮躁成风之世，能欣赏到您的作品，真是一种享受。"一本学术著作能得到普通读者的喜爱，这是我感到庆幸和高兴的。该书的第一篇被谭帆、王庆华《中国古代小说文体流变研究论略》（《文艺理论研究》2006 年第 2 期）所引用，最末一篇《〈镜花缘〉：中国第一部长篇博物体小说》为郭豫适、刘富伟《拓新·杂糅·渗透——关于嘉道时期章回小说类型问题的思考》（《华东师范大学学报》哲社版 2006 年第 1 期）所引用，我也感到高兴。这本书中有两篇写得较为费力：《传记辞章化：对唐人传奇文体属性的一种描述》、《〈阅微草堂笔记〉与中国叙事传统》。《传记辞章化：对唐人传奇文体属性的一种描述》曾提交 2004 年 9 月在北京召开的"小说文献与小说史国际学术研讨会"，《光明日报》2007 年 2 月 27 日第 12 版汤克勤的书评《中国古典小说的民族传统》将之视为"21 世纪唐人传奇研究的一项具有划时代意义的成果"。该文的结论是："传、记辞章化"，从选材和艺术表达两个方面塑造了唐人传奇的品格。选材上，传奇作家对想象世界和风怀倾注了浓厚的兴趣。艺术表达上，传奇小说融传、记与辞章为一体，形成了若干新的写作惯例：一、在传、记的叙事框架内穿插大量的景物描写；二、注重形式、辞藻、声调的经营；三、大量采用第一人称限知叙事和第三人称限知叙事。唐人传奇的这些品格也体现在《聊斋志异》中。该书之《〈聊斋志异〉的抒情精神》，其主旨是：蒲松龄继承唐人传奇的传统，将传奇精神即抒情精神发扬光大，充分抒写了他的"孤愤"之情，境界拓展得更为宽阔。例如，大量描写流光溢彩的爱情是唐人传奇的特征，蒲松龄却在这类题材的创作中引入诗词中的比兴手法，藉以抒写他的知己情结，从而成为不可取代的"这一个"；他笔下的豪侠题材虽然是传统的，但他藉以表达的对理想的生命形态的向往之情却是新鲜的；他将传统隐逸题材与品格的砥砺联系在一起，而不是仅仅引导读者避世。《蒲松龄笔下的名士风度和佳人韵致》从考察《聊斋志异》里的名士风度和佳人韵致入手，揭示了蒲松龄的创作个性：立足于抒情与写实统一的原则，意图表现一种新的人物。《〈阅微草堂笔记〉与中国叙事传统》曾提交 2004 年 11 月由台湾"中央研究院"中国文哲研究所主办的"经典转化与明清叙事文学国际学术研讨会"，得到与会专家的关注和好评。该文从子、史、集相对独立的叙事传统出发，具体阐述子部叙事传统在《阅微草堂笔记》的题材选择、虚构限度、叙述手段和叙事风度等不同层面的体现，结论是："《阅微草堂笔记》在题旨上鄙视艳遇故事，在叙事准则上反对过度虚构，自觉地以叙述服务于议论，乐于用简淡数言的方式陈述故事梗概，它与传奇小说的区别是鲜明而系统的。这一事实表明，纪昀在写作《阅微草堂笔记》时，既注意与史家纪传划清界限，也注意与传奇小说划清界限，而致力于建立和完善子部小说的叙事规范。换句话说：《阅微草堂笔记》是一部渊源于子部叙事传统的经典，在中国叙事文学发展史上，其重要性可与《史记》（史部叙事经典）、《聊斋志异》（偏重集部叙事传统的经典）等相提并论。现代学者在面对《阅微草堂笔记》时，应当采用子部小说的原理来阐发文本，否则，牛头不对马嘴，议论越多，误解越深——不仅是对《阅微草堂笔记》的误解，也是对中国叙事传统的误解。"这一结论是我所重视的，而贯串其阐释过程的研究视角和研究方法更为我所珍惜。《人民日报》2007 年 6 月 10 日第八版吴光正的书评《中国古典小说研究的新视野》称"这本书不仅为建立古典小说的民族诗学做出了贡献，而且运用辨体理论为古典小说的还原解读提供了经典范式"。说"经典范式"愧不敢当，但注重辨体的确是我多年来一直信守的学术信念。其他各篇，最早的写于20世纪80年代，最晚的写于去年。每一篇都写得相当认真，每一篇都联系着一段清苦的阅读和思考经历，也或多或少体现了一些个人的风格。雪泥鸿爪，敝帚自珍，也期待读者稍加留意。

三

我的第一本学术专著《中国文言小说流派研究》是在武汉大学出版社出版的，我的第一套论著系列《古典文学论著四种》也同样由武汉大学出版社出版。在我的学术事业发展的几个重要阶段，武汉大学出版社鼎力相助，令我备感亲切和振奋。

陈庆辉社长是为数不多的把出版当事业来做的人，他的敬业精神和他的出版眼光为许多学者所赞许。这些年来，我不止一次得到他的帮助，但从未表示过感谢。之所以如此，理由很简单：支持学术发展对他来说是一件充满乐趣的事情，他已经满足了，我又何必多此一举？

不无巧合，我的第一本书《中国文言小说流派研究》是由陶佳珞女士做责任编辑，这次《古典文学论著四种》的编辑出版，又承她多方操劳。她是个热心而又细心的人，有她把关，是作者的幸运。

在《中国文言小说流派研究》的《后记》中，我曾特别提到内子曾德安，一个把丈夫的学术事业当作她的事业的人。贫贱夫妻，白手起家，有辛酸，也有愉悦。而我感到特别快慰的是，当《古典文学论著四种》摆在她的面前时，正如以往见到我的任何一部著作一样，她虽然不了解那些具体的内容，但依然会喜上眉梢，仿佛一字一句都是她期待已久的客人。

我的第一本学术专著出版时，我的父亲已去了另一个世界；《古典文学论著四种》付梓时，我的母亲也已去世两年多了。而我知道，他们是最想看到这些书的，虽然他们并不是读书人。每每念及含辛茹苦的父母，却无缘一睹儿子的著述，我就不免怅然若失。我心里当然明白，这种风树之感，其实只是人之常情，大可不必认真地写在《前言》中。但情不自禁，还是不由自主地写下了这些文字。宽厚的读者，也许能够体谅这一点。

2007. 4. 25.

于武汉大学

目　录

附　　录

引　言

　　面对研究对象，首先必须确立相应的理论原则。我想强调下述两点：

　　第一，"时代精神"依然是一个值得采用的切入点。现代西方一度流行"同时人之不同时性"的说法，比如一个现代作家未必是一个现代主义者；钱钟书《谈艺录》开篇，也含蓄地提示：一个唐人的诗未必是"唐诗"（指以风神情韵见长的诗），一个宋人的诗未必是"宋诗"（指以思理筋骨见长的诗）。就具体的例证而言，这种对"时代精神"的反驳还可举出若干，但唐诗、宋诗之别，时代精神的差异仍是其主要内涵；现代派之产生于现代，表明二者之间确有不能割断的联系。如果一个学者满足于按年月顺序讲述事件，他是不称职的，他必须在历史人物的诸多言论甚至是自相矛盾的言论背后发现统一性。复活一个时代的道德、哲学和文化生活，将看来杂乱无章的历史过程转化为较为有序的逻辑进程，这是我们不可推卸的责任。英国哲学家罗素论及爱比克泰德和马尔库施·奥勒留两人在许多哲学问题上完全一致的情形，其看法是："哲学家通常都是具有一定的心灵广度的人，他们大都能够把自己私生活中的种种偶然事件置之度外；但即使是他们，也不能超出于他们自己时代更大的善与恶的范围之外。在坏的时代里，他们就创造出来种种安慰；在好的时代里，他们的兴趣就更加纯粹是理智方面的。"[①] 这一分析提示我们，"时代精神"是一个客观存在的事实。20世纪的法国哲学家福科设计了认知范式

---

　　① ［英］罗素：《西方哲学史》（何兆武、李约瑟译），北京：商务印书馆1963年9月版，上册，第331页。

这一概念（或译为"认识型"或"知识型"）。在福科那里，认知范式的真正含义，是指制约着一个时代的知识和认识方式的那些结构，它是一个时代知识和话语所以存在的"历史先在性"，用较为通俗的话说，就是决定着我们可以说什么和不可以说什么的结构关系。这一概念与"时代精神"的含义大略相近。20世纪分析美学的主要代表维特根斯坦也认为，对一套审美规则的充分描述，实则意味着对一个时代文化的描述。考察明代诗学的逻辑进程，不应忽略对时代精神的把握。

第二，"同情之了解"依然是应该提倡的学术态度。这是一种特殊的同情心。"这种同情的方式可以与伟大诗人们的同情方式相媲美。欧里庇得斯并不同情美狄亚；莎士比亚并不同情麦克白夫人或理查三世。然而他们使我们能理解这些人物，他们了解这些人物的情感和动机。"①"同情之了解"并不是排除价值判断，并不是从理解一切走向原谅一切，而是说，在做价值判断之前能提供必要的理解和解释。理解与判断应该恰到好处地结合起来。

本书的上下两编是基于上述的理论原则来设计的。上编阐释明代诗学的逻辑进程，以时代精神的变迁作为切入点，相对整齐地划分出三个阶段。

《剑桥中国明代史》第四章引言曾用"明代初年朝廷的保守主义传统"来概括1399～1435年间的社会精神风貌，并认为这一传统事实上一直延续到15世纪末。照我的看法，用"保守主义"来界定明代前期的文化特征，不如用"乡愿哲学"来得恰切。由朱元璋尤其是朱棣钦定的御用理学，一方面阉割了儒学源远流长的批判精神，另一方面缺少高水准的理论建树；它与明代前期大体良好的社会经济状况和士大夫阶层较为平稳的仕途相互呼应，培植了延续数十年的安于四平八稳的时代精神。台阁体以表现"富贵福泽之气"为宗旨，与这种时代精神最为协调。心学的萌芽与生长，潜在地包含着与乡愿哲

---

① ［德］恩斯特·卡西尔：《人论》（甘阳译），上海：上海译文出版社1985年12月版，第239页。

学背道而驰的趋向，而儒学中注重"孔颜乐处"的深厚传统则直接导致了被称为"庄陈体"的山林诗的崛起。（"性气诗"作为"庄陈体"的副产品，其哲学的特性超过了诗的特性。）台阁体以宽泛的尊唐为特征，山林诗则明晰地通向从陶渊明到王、孟、韦、柳的一脉。茶陵派综合台阁与山林，既尊李、杜，又尊王、孟，对"调"的重视超过了对"格"的重视，对律诗的重视超过了对古诗的重视。茶陵派标志着格调理论发展的第一个阶段。

批评精神与理想主义情怀构成弘治、正德至嘉靖前期社会精神生活的突出特征。阳明本是朱子哲学的虔诚实践者，但由于他义无返顾地追求真理，其结果，他走向对权威主义的否定，明确提出了与朱子"性即理"大为不同的"心即理"的命题。心本体哲学既是这一时期批评精神和理想主义情怀的集中呈现，又反过来促进了批评精神和理想主义情怀的弘扬。祝允明热心于翻案，王廷相、顾璘以认识论取代伦理学，王世贞注重辨伪，这是体现时代精神的几个重要例证。在诗学领域，与阳明心学异构同质的是七子派的复古主张。李梦阳、何景明等人也是一群充满了道德热忱的士大夫。他们对于"痹痪"的缺乏阳刚之气的台阁体，包括含有台阁体、山林诗双重血统的茶陵派，辞气不逊地表达了其强烈不满。如同唐初陈子昂，中唐韩愈、柳宗元，北宋梅尧臣、欧阳修等曾借复古以革新一样，前后七子同样是一群不安于现状、勇于批评现状并试图根据其理想来改变现状的文坛健将。他们向往雄浑高华的盛唐律诗和意格高峻的汉魏古诗，对执着于人文关怀的杜甫尤为敬佩钦慕。无论是在生活中，还是在艺术中，他们都一致体现了冲决平庸的气度。不妨这样说，阳明心学和七子古学，标志着一个在精神上追求卓越的时代。

16世纪中叶，中国文化思想开始发生异动，其标志是阳明心学的分化。由朱熹集其大成的"心统性情"说，把"心"分为"性"与"情"两个方面，认为"性"才是"理"（"性即理"）；阳明心学却强调"心即理"、"心外无理"。心学虽然也属于以伦理学为主体的本体论，但"心本体"毕竟与感性有较多联系，"心即理"的"理"遂逐渐由外在的伦理规范变为人们的内在情感甚至欲望。泰州学派所倡导的具有近代色彩的自然人性论，导致了对个人判断的重视，儒家道德和正统观念的约束力大为松弛。李贽的"童心说"和公安派的"性灵说"，作为这一时期最为风行的两大理论主张，不加遮掩地以"情本体"为其哲学和诗学的依托，二者的这种惊人的一致性，为我们解读这一时期的精神生活提供了一个方便的角度。而李贽的自杀和公安派后期的收敛锋芒，又在在提醒我们，王学修正派所倡导的名节观念及其对诗学领域的渗透，影响力仍不可低估。

下编阐释明代诗学的主要理论问题，以"同情之了解"作为研究的出发点。"明代诗学"，这无疑是一个富于挑战性的课题：明人的理论建树与创作成就之间存在巨大的差距。物质生产与艺术生产之间往往出现不平衡关系，这一点不难解释，因为艺术生产具有相对的独立性。理论与创作的不平衡却会令许多人陷于困惑。并且，早就有学者反对将艺术批评或诗学研究作为自给自足的学问来看待，而要求将它与艺术实践有机地结合在一起。面对这种难于攻克的问题，我们将依据下述的假设展开讨论，即：理论与实践的关系是间接的；直线的因果说明，没有多少合理性。

我们的假设其实也是有所依傍的，并不是"自我作古"。晚明许学夷《诗源辩体》卷三十五说："古今诗赋文章代日益降，识见议论则代日益精。诗赋文章代日益降，人自易晓，而识见议论代日益精，则人未易知也。试观六朝人论诗，多浮泛迂远，精切肯綮者十得其一，而晚唐宋元则又穿凿浅稚矣。沧浪号为卓识，而其说浑沦，至元美始为详悉。逮乎元瑞，则发繇中窍，十得其七。继元瑞而起者，合古今而一贯之，当必有在也，盖风气日衰，故代日益降，研究日深，故代日益精，亦理势之自然耳。"许学夷的具体结论未必妥当，但指出创作与理论在成就的高低上并不一致，却是至理名言。

确实，艺术理论与艺术实践的关系是复杂的、多重的。人们可以毫不牵强地证明理论对实践的作用和实践对理论的反作用，但理论价值的评估与创作成就的衡量毕竟是两个领域的事情。对明代诗学的关注不妨在这样的范围内提出问题：明代的种种诗论意味着什么？是否言之成理？在什么样的背景下产生、展开、演变？明代诗学的体系建构是否新颖、严密？展示了怎样的理论景观或理论前景？等等。原因和结果往往不在一条直线上，理论与实践的关系也是如此。

在对"同情之了解"有了足够的信心之后，笔者才正式进入对明代诗学主要理论问题的思考。面面俱到是不可能的，也是不必要的。经过反复的掂量权衡，最终确定以诗"贵情思而轻事实"、诗体之辨、信心与信古、"清物论"、从格调到神韵等五个问题为纲，以期提纲挈领地把握全局。

诗"贵情思而轻事实"这一著名论断由李东阳在《麓堂诗话》中首次提出。以"情思"取代"情感"具有重要的诗学意义。因为，"情思"不仅包含"情感"，它同时还注重感觉和音乐效果。这一论断表明，单纯的抒情原则远不足以概括中国诗学对诗的本质的认定。明代诗学对"诗史"概念的辨证，对诗乐关系的梳理，对"真诗在民间"这一表述的多重阐释，都是同一命题的深化和展开。

诗体之辨包括两个层次：体裁辨析与风格辨析。中国传统诗学所说的"体"，或指体裁，如"文章以体制为先"，或指风格，如"建安体"、"易安体"。而这两种"体"之间，确乎存在某种内在联系。比如，不同的文学体裁由于从不同方面去表达作者感受，各有其与体裁相应的特殊内容，由此造成了风格上的差异，这种因不同体裁而导致的不同风格，一般称为"文体风格"。"文体风格"既与体裁有关，而对体裁的选择、应用，又与时代风气、作者个性有关，于是由体裁的辨析延伸到时代风格、各家诗风异同、个性与风格的关系、个性与规则的对立统一等问题的探讨，就是题中应有之意了。

信古与信心，这两种区划井然的诗学理念分别由前后七子和公安派所代表。信古的核心是尊重文体规范，信心的要害是尊重自我的"性灵"。一般说来，文体规范是整顿有序、力求达到稳定的因素，而性灵却是活跃的，力求拓宽甚至冲决某种文体规范。二者的对立具有学理的必然性。但文学发展的理想境界却是矛盾双方达到平衡，既尊重文体规范，又尊重性灵。这两种"深刻的片面"，其内在的学理依据及其走向融合的历程，显示出主流诗学与非主流诗学的潜在联系和各自的地位所在。

"清物论"虽由晚明的竟陵派大加提倡，但其历史渊源至为深远。从人格或情操着眼，"清"与隐逸品格在六朝即已建立起对应关系。刘宋谢灵运，其山水诗讲求意境的空明澄澈和音节的调谐浏亮，他对"清"的钟情，即源于他对山水之美的富于玄学意味的独特领悟。作为审美范畴的"清"，在《二十四诗品》中受到特别关注。司空图略"清刚"而重"清逸"，偏爱一种与南宗画相近的意境。明代的主流诗学重雄浑而轻清逸，重李杜一脉而轻王孟统绪，故胡应麟论"清"，兼容雄浑与清逸两种风格，注意区分"格清"与"才清"，显示出主流诗学试图吸纳非主流诗学的趋势。将"诗为清物"作为重大的诗学主张提出并认真加以阐述的则是竟陵派的钟惺。从理论设计看，竟陵派所界定的"清"，排斥俚俗和雄浑壮阔的风格。从竟陵诗境看，其作品中经常出现"清"、"幽"、"孤"等富于荒寒意味的字眼。与"清"相对应的是这一类描述：萧散简远，翛然物外，高情远寄，覃思精微。"幽"与隐士生活关系密切，标志着一种避开尘俗的风格，就此而言，它与"清"相近，但给读者的感觉是亮度不够。"孤"有多重含义，钟惺关注的是"特立、单独"这一内涵。他对那种单独存在而风格峭拔的人、事总是格外迷恋。王孟诗派的支流（如刘𪉇虚等）是竟陵派仿效的对象。

清代神韵派的领袖王士祯曾被称为"清秀李于鳞"，这透露出一个信息：格调派与神韵派尽管所崇尚的风格不同（一重雄浑，一重清秀），但二者之间仍有其内在的一致性。经过考察发现，格调派与神韵派均属于审美诗学。格调派明确反对"诗以意为上"，谢榛、王世懋等人认为，艺术比意图更为重要，意象应在诗中居于主导地位；谢榛、王世贞等强调对瞬间感觉的捕捉，注重对事物的"直接处理"。他们由此得出的结论是：作诗"不可太切"。"不切"论源于对感觉的尊重，这是格调说与神韵说沟通的基点。神韵说从格调说中分化、独立出来，经历了一个较长的时段。以风神情韵见长的王孟诗风在明前期颇受青睐，弘、正年间李梦阳等扬"沉着痛快"的格调而抑"优游不迫"的风致，王孟诗风一度受挫；嘉靖以后，王孟诗风再度浮出水面，胡应麟审时度势，在《诗薮》中标举神韵，但神韵仍从属于格调。明末陆世雍著《诗镜总论》，不再将神韵处理为格调的派生物，而是二者并举，赋予神韵以独立于格调的地位。至此，王士禛的神韵说已呼之欲出了。

明代诗学的逻辑进程及主要理论问题，其大体轮廓就是如此。

关于明代诗学的研究，已有的成果主要分布在两个层面上，一个层面是明代哲学或明代的思想文化，如黄宗羲《明儒学案》，嵇文甫《晚明思想史论》，侯外庐《中国早期启蒙思想史》，萧萐父《吹沙集》、《吹沙二集》，李泽厚《中国古代思想史论》，冯天瑜《明清文化史散论》，陈来《有无之境——王阳明哲学的精神》，徐梵澄《陆王学述——一系精神哲学》，杜维明《人性与自我修养》，刘宗贤《陆王心学研究》，余英时《士与中国文化》，左东岭《李贽与晚明文学思潮》等专著以及论文；另一层面是明代的诗美学，如叶朗《中国美学史大纲》，陈望衡《中国古典美学史》，罗根泽《中国文学批评史》，袁震宇、刘明今《明代文学批评史》，李健章《〈袁宏道集笺校〉志疑》，陈良运《中国诗学批评史》，叶维廉《中国诗学》，廖可斌《明代文学复古运动研究》，陈书录《明代诗文的流变》，章继光《陈白沙诗学论稿》，钱基博《明代文学》，陈文新《明代诗学》等专著以及论文。这两个层面所积累的成果非常丰富，给笔者以多方面的启迪。在对这些成果做了认真考察后，我确信，对明代诗学的逻辑进程和主要理论问题做系统梳理与探讨，这一片领域大有可为。就本书的论述而言，诗"贵情思而轻事实"、诗体之辨、从格调到神韵、"清物"论的生成及其在明代的展开，这四个命题的设计与探讨具有相当程度的原创性；李贽与公安派、信心与信古等问题，学术界论述较多，笔者一方面尊重前人的成果，另一方面也努力有所推进，尤其侧重于在哲学与诗美学之间建立有机联系，如重点阐释台阁体与乡愿哲学的沟通、山林诗与心学的同生共长、阳明心学与七子古学的同质异构、李贽童心说与公安派性灵说的血缘亲情，以使研究较有新意。最终的目的，是希望从历时与共时两个维度建构系统的明代诗学，为学术进展尽绵薄之力。至于实际做得如何，是否较好地实现了预期目标，还盼各位方家指教。

明代诗学的逻辑进程

上编

第一章 明代前期的哲学流变
与诗学建构

　　人类生活与哲学的联系是一个回避不了的事实。一方面，人们的生活环境总是以其潜移默化而不可抗拒的力量影响着哲学的品格，另一方面，人们关于宇宙、社会与人生的各种理论，尤其是哲学，又明晰地指导着人们的行动。要了解一个时代或民族，不能不了解它的哲学；在涉及对"时代精神"的描述时，从哲学开始考察无疑是合理而有效的方式。

一　乡愿哲学的形成及其影响下的精神生活氛围

　　明代前期的儒学，经历了由在朝的儒学到因袭的儒学再到乡愿哲学这样一个发展过程。

　　在朝的儒学主要是指由朱元璋和朱棣钦定的御用理学。儒学的生命力与以德抗位的批判精神本是不可分割地联系在一起的，朱元璋和朱棣却努力除掉其棱角，以权势垄断意识形态，以道德控制保证公众服从，以阉割后的儒家经典来配合专制统治。朱元璋对孟子的憎恶是中国思想史上一桩令人悚然的史实。孟子的思想中，包含了若干提倡民主精神和批判精神的因素。他与齐宣王讨论过君臣关系，他以为："君之视臣如手足，则臣视君如腹心；君之视臣如犬马，则臣视君如国人；君之视臣如土芥，则臣视君如寇仇。"(《孟子·离娄下》) 根据名实必须相符的原理，孟子确信，桀纣虽有"君"之名，却未行"君"之实，因此，他们事实上不是"君"，而只是"一夫"；"汤放桀，武王伐纣"，并非"臣弑其君"，而是代表人民除掉了两个"残贼之人"(《孟子·梁惠王下》)。这样一位孟子,被专制帝王视为眼中钉是情理之中的事。洪武三年(1370),朱元璋开始读《孟子》,读到这些对君上不客气的地方,大为恼怒,下令国子监撤除孔庙中孟子配享的神位,把孟子逐出孔庙。洪武二十七年(1394)特别敕命组织一套班子检删《孟子》一书,领衔执行这一任务的是当时的老儒刘三吾。一共删去了85条,如《尽心》篇的"民为贵,社稷次之,君为轻";《梁惠王》篇的"国人皆曰贤"、"国人皆曰可杀"一章;《离娄》篇的"桀纣之失天下也,失其民也,失其民者,失其心也"一章;《万章》篇的"天与贤则与贤"一章以及"天视自我民视,天听自我民听";"民有大过则谏,反复之而不听,则易位";"闻诛一夫纣矣,未闻弑君也";"君之视臣如土芥,则臣视君如寇仇"等章节。全文仅剩下170余条,称《孟子节文》,刻板颁行全国学校。所删掉的85条,"课士不以命题,科举不以取士",无异于成为禁书。

八股取士制度的确立与理学的御用化进程是一致的。《明史·选举志》谓:"(明)试士之法,专取《四子书》及《易》、《书》、《诗》、《春秋》、《礼记》五经命题试士。盖太祖与刘基所定。其文略仿宋《经义》,然代古人语气为之。体用排偶,谓之'八股',通谓之'制义'。"清初廖燕作《明太祖论》,断言"明太祖以制义取士,与秦焚书之术无异"。何以得出这样的结论呢?他推论说:"士惟习四子书,兼通一经,试以八股,号为制义,中式者录之。士以为爵禄所在,日夜竭精敝神以攻其业,自《四书》一经外,咸束高阁,虽图史满前,皆不暇目,以为妨吾之所为,于是天下之书不焚而自焚矣;非焚也,人不复读,与焚无异也。"其"愚天下之心"的效果比始皇焚书还要可观,目的同样是实行思想专制。

明成祖朱棣在凭藉武力夺取帝位后,尤急于建立御用的意识形态,以赋予其统治以合法地位。1414年末,朱棣令一批翰林学士汇编程朱学派关于《四书》、《五经》的注疏,以《五经大全》、《四书大全》和《性理大全》为名,于1417年4月颁行。《四库全书总目》卷九三著录《性理大全书七十卷》,其提要曰:"大抵庞杂冗蔓,皆割裂襞积以成文，非能于道学渊源真有鉴别。"卷三六著录《四书大全三十六卷》，其提要曰："明永乐十三年翰林学士胡广等奉敕撰。成祖御制序文，颁行天下，二百余年，尊为取士之制者也。其书因元倪士毅《四书辑释》稍加点窜，顾炎武《日知录》曰：'自朱子作《大学》、《中庸》章句或问《论语》、《孟子》集注之后，黄氏有《论语通释》，其采语录附于朱子章句之下，则始于真氏。祝氏仿之，为附录。后有蔡氏《四书集疏》，赵氏《四书纂疏》，吴氏《四书集成》，论者病其泛滥。于是陈氏作《四书发明》，胡氏作《四书通》，而定宇之门人倪氏（按定宇，陈栎之别号）合二书为一，颇有删正，名曰《四书辑释》。永乐所纂《四书大全》，特小有增删，其详其简，或多不如倪氏；《大学》、《中庸》或问则全不异，而间有舛误云云。'于是书本末言之悉矣。考士毅撰有《作义要诀》一卷，附刻陈悦道《书义断法》之末，今尚有传本。盖颇讲科举之学者。其作《辑释》，殆亦为经义而设。故广等以夙所诵习，剽剟成编欤？初与《五经大全》并颁，然当时程式，以《四书》义为重，故《五经》率皆庋阁。所研究者惟《四书》，所辨订者亦惟《四书》。后来《四书讲章》，浩如烟海，皆是编为之滥觞。盖由汉至宋之经术，于是始尽变矣。特录存之，以著有明一代士大夫学问根柢具在于斯，亦足以资考镜焉。"

明成祖非常热衷于编刊《五经大全》、《四书大全》，背后的原因是不难理解的。第一，由这样一批经典所造成的意识形态的一致性，有助于正统观念的确立，朱棣在将自己塑造为奉行理学的圣君形象时，他也获得了残酷打击异端的权力。据陈鼎《东林列传》卷二："饶州儒士朱季友，诣阙上书，专诋周程张朱之说，上览而怒曰：'此德之贼也。'命有司声罪杖遣，悉焚其所著书。"明成祖绝不允许向他钦定的理学经典质疑，其深远后果是窒息了所有新鲜活泼的思想。第二，以功名作为诱饵指导读书人集中研习几部有限的经典，甚至只研习有关的注疏，客观上使广泛而富于创造性的自由讨论和学术探索失去了基础。何良俊《四友斋丛说》卷三指出："太祖时，士子经义皆用注疏，而参以程朱传注。成祖既修《五经四书大全》之后，遂悉去汉儒之说，而专以程朱传注为主。夫汉儒去圣人未远，学有专经，其传授岂无所据？况圣人之言广大渊微，岂后世之人单辞片语之所能尽？故不若但训诂其辞而由人体认，如佛家所谓悟入。盖体认之功深，则其得之于心也固；得之于心固，则其施之于用也必不苟。自程朱之说出，将圣人之言死死说定，学者但据此略加敷衍，凑成八股，便取科第，而不知孔孟之书为何物矣。以此取士，而欲得天下之真才，其可得乎？呜呼！"士子的目标是科场得意，如果仅读程朱传注便可以达到目的，他又何必去认真地咀嚼原著？而在一个原著被疏远的时代，其整体的儒学水准绝不可能太高。

明成祖时代的另一重大举措是迁都北京。这是一个汉族血统的王朝首次定都于一个特别偏北的地方，因而格外值得关注。明成祖对北京怀有偏爱在某种程度上是可以理解的，因为那是他早期的权力基地；同时，作为一个雄才大略的帝王，驻扎在北京有利于控制东蒙古人和东北领土；但在这些原因之外，我们更愿指出的是，他对长江下游的知识阶层不大信任甚至反感。长江下游既是明初的经济中心，也是明初的文化中心，这一地区汇聚了一批才智不凡并具有独立思想的知识分子。明成祖有意疏远他们，成功地降低了这个时代的学术水平和创造新思想的活力。

永乐以降，直至正统年间，社会的精神生活是平稳而缺少变化的，由御用意识形态诱导出的因袭的理学以及乡愿哲学，成为这一时期思想界的显著标志。河东学派的代表薛瑄（1389～1464）大约是当时声望最高的一位。《明史》卷282《儒林传》说："英宗之世，河东薛瑄以醇儒预机政，虽弗究于学，其清修笃学，海内宗焉。"其代表作为《读书录》，正集十一卷，续录十二卷，《四库全书总目》卷九三著录，提要曰："瑄尝言乐有雅郑，书亦有之。小学、《四书》、《六经》，濂洛关闽诸圣贤之书，雅也，嗜者常少，以其味之淡也。百家小说、淫词绮语、怪诞不经之书，郑也，莫不喜读而乐道之，盖不待教督而好之矣，以其味之甘也。淡则人心平而天理存，甘则人心迷而人欲肆。观瑄是录，可谓不愧斯言矣。"薛瑄注意到明代兴盛的俗文学并从哲学的角度作出反应，说明他不乏局部的创见。但就其整体的体系建构而言，所依循的还是程朱的路数。他最尊崇的是朱熹，《读书续录》卷五认为"孔子之后有大功于圣学者，朱子也"。他主张"理为主，气为客。客有往来，皆主所为，而主则不与俱往"（《读书录》卷五）；他反对静坐悟理，谓"若如其说，未有不流于禅者"（《读书录》卷四）。在基本的原理方面，他与朱子一脉相承，无意建构新的哲学体系。

　　丘浚（1420～1495，一说1418～1493）可以说是乡愿哲学的代表。乡愿即"庸俗化、肤浅化"，"一个儒者，为了他自己的生存等功利原因，把所有的理想都作了妥协，而儒家给了他一套自圆其说的理论借口，使他更没有积极性，更没有创发性"。①丘浚有理学名臣之称。其阐述理学的著作以《大学衍义补》较为重要。《四库全书总目》卷九三著录《大学衍义补》一百六十卷，提要一方面肯定丘浚"博综旁搜"，足补真德秀《大学衍义》之未备，另一方面也一针见血地指出："明之中叶，正阉竖恣肆之时，浚既欲陈海纳忠，则此条尤属书中要旨，乃独无一语及宦寺，张志淳《南园漫录》诋其有所避而不书，殆亦深窥其隐。"确实，丘浚虽深研理学，但并不打算身体力行，更不具备传统儒家的抗议精神。芷沅箸陂微臣（即陈洪谟）《治世馀闻》下篇卷一载："丘琼台尝以糯米淘尽，拌水粉之沥干，计粉二分，搜和团为饼，其中馅随用，爍熟为供，软腻甚适口。以此饼托中官进上，上食之嘉，命尚膳监效为之。进食，不中式，司膳者俱被责，盖不知丘之制法耳。因请之，丘不告以故，中官叹曰：'以饮食服饰车马器用进上取宠，此吾内臣供奉之职，非宰相事也。'识者贵其言而鄙丘，由是京师传为'阁老饼'。又所进《衍义补》，中间并无斥及内臣一言。说者谓其书必欲进，进必揣近侍喜斯刻之。此其心术之微也。"如此理学名臣，其理学只能作为一种知识存在，而

_____

　　①　杜维明：《一阳来复》（陈引驰编），上海：上海文艺出版社1997年12月版，第117页。

缺乏打动人感情的人格力量。①

确实，永乐至正统年间，由因袭的理学和乡愿哲学构成的意识形态，未能提升社会的道德理想，加之民间社会因经济状况较好而少衣食之忧，官员地位相对稳固而少临履之患，这一切都造成了某种祥和而心满意足的气氛。但这一时代精神生活的典型特征还是刻板。没有激动人心的理想，读书人以其持重老成的共同风格告别了热情与活力，多数人追求的是安全、地位，而不是新的思想与希望。刻板的时代同时也是令人疲倦的时代：人们因重复同样的格调而变得感觉迟钝，即使是真正美好的东西，接触到也如同没有接触。时间如流水一般消逝，却未留下值得回顾的印痕。

我们这样说，其中当然含有对明代哲学中述朱一派的不满，但不是对朱熹的不满。朱熹本人是非常具有创造活力的思想家，并不被动地接受哲学遗产。比如，他对"五经"，就有他自己的评价。他以咬文嚼字评《尚书》，他同意王安石称《春秋》为断烂朝报的说法，他确信《易经》是卜筮之书，他作《诗集传》说《诗经》的许多作品表达了男女相悦之情，这都是盲从先哲的学者不可能有的见解。再进一步，他以"四书"的传统取代了"五经"的传统。"四书"在他那里是被作为完整的哲学体系来看待的。《朱子语类》卷一《大学》一《纲领》："某要人先读《大学》，以定其规模。次读《论语》，以立其根本。次读《孟子》，以观其发越。次读《中庸》，以求古人之

---

① 参见明陆容《菽园杂记》卷十四："《大学衍义》一书，人君修齐治平之术，至切至要，非迂远而难行者。其中三十九、四十卷齐家之要，历引前代宦官之事、忠谨之福。仅八条，而预政之祸，四倍其多。纵使人主知读之，左右其肯使之一见哉！苏人陈祚，宣德间为御史，尝上章劝读此书。上怒，逮祚及其子侄八九人，俱下锦衣狱，禁锢数年。上宾天，始得释。成化初，闻叶文庄亦尝言之，不报。近时丘祭酒先生浚进所著《大学衍义补》若干卷，朝廷命刻板印行。其所补者，治平二事耳。愚谓能尽齐家以上功夫，则治平事业，皆自此而推之，虽无补可也。"真德秀著《大学衍义》，"斥及内臣"是其主要内容之一；丘浚补《大学衍义》，却有意回避这一问题。在宦官干政愈演愈烈的明朝，一个理学家居然存心讨好近侍，其道德水准之低不言而喻。

微妙处。《大学》一篇，有等级次第，总作一处易晓，宜先看。《论语》却实，但言语散见，初看亦难。《孟子》在感激兴发人心处。《中庸》亦难读，看三书后，方宜读之。"他作《四书集注》，经过了许多次修订，最后一次是在他逝世前几天作的。如此呕心沥血，是为了重新建构与社会发展相适应的儒家传统。

但朱熹的创造活力不能成为述朱派拒绝批评的借口。明帝国的开创者朱元璋是一个农民，他出于对知识阶层的近乎本能的不信任，热衷于思想领域的控制。他发起的对《孟子》一书的检删便极为恶劣。明朝的第三个皇帝朱棣，一方面将科举考试的教材标准化，一方面断然迁都北京，造成了整个时代学术水准的降低。永乐以降，直至正统年间，基本上是述朱派独盛的局面。一代大儒如薛瑄等，也只是谨守朱子门户。程朱理学发展到这一步，几乎成为格套，不断增加的阐释在加重阅读负担的同时，却无助于增强人们的道德信念。丘浚的乡愿哲学标志着批评精神和理想主义情怀的丧失殆尽。这种哲学尽管借助于某种体制可以保持相当地位，但民间思想家是不会买账的。如王阳明《别湛甘泉序》所说：

> ……自是而后，言益详，道益晦；析理益精，学益支离；无本而事于外者益繁以难。盖孟氏患杨墨，周程之际，释老大行。今世学者皆知宗孔孟，贱杨墨，摈释老，圣人之道若大明于世。然吾从而求之，圣人不得而见之矣，其能有若墨氏之兼爱者乎？其能有若杨氏之为我者乎？其能有若老氏之清静自守，释氏之究心性命者乎？吾何以杨墨老氏之思哉？彼于圣人之道异，然犹有自得也。而世之学者，章绘句琢以夸俗，诡心色取，相饰以伪，谓圣人之道劳苦无功，非复人之所可为，而徒取辩于言词之间。古之人有终身不能究者，今吾皆能言其略，自以为若是亦足矣。而圣人之学遂废。则今之所大患者，岂非记诵词章之习；而弊之所从来，无亦言之太详析之太精者之过欤？

阳明的意思是，明代前期的理学主流，远不只是过于繁琐，就一个经典命题堆砌了太多的陈陈相因的阐释的问题，而是这种种阐释无补于世道人心的问题。一种本体论哲学的价值，不能从知识增长的层面加以界定，只能从它解决人的问题、提高人生境界的角度加以描述。因袭的理学与乡愿哲学，其中并非没有可以取资的东西，如丘浚《大学衍义补》，《四库全书总目提要》即中肯地指出："浚以宋真德秀《大学衍义》止于格致诚正修齐，而阙治国平天下之事，虽所著《读书乙记》，采录史事，称为是书之下编，然多录名臣事迹，无与政典，又草创未就，乃采经传子史，辑成是书，附以己见，分为十有二目。""治平之道，其理虽具于修齐，其事则各自制置。此犹土可生禾，禾可生谷，谷可为米，米可为饭，本属相因。然土不耕则禾不长，禾不获则谷不登，谷不春则米不成，米不炊而饭不熟，不能递溯其本，谓土可为饭也。真氏原本实属阙遗，浚博综旁搜，以补所未备，兼资体用，实足以羽翼而行。且浚学本淹通，又习知旧典，故所条列，元元本本，贯串古今，亦复具有根柢。"但是，《四库提要》所肯定的这些长处，并非本体论哲学的题内之意，只是知识性、技术性的内容。这些内容，毋宁说是丘浚廊庙意识的体现，它进一步强化了精神生活中以老成持重、四平八稳为主调的氛围。

二 台阁体与山林体

台阁体在永乐至正统间的极盛是这一时代的重要景观。讨论台阁体时代的诗学，用尊汉唐或尊宋元来区分其审美追求几乎没有意义，因为，自明初至嘉靖前期，诸多互不买账的流派却又一致标榜汉唐。不过，在尊崇汉唐的旗号下，各派的趋向其实大为不同。要真正了解它们，必须揭示出表面相似的背后其内在的区别。

就其起点而言，对汉唐风采的向往是汉族传统文化复苏和兴盛的产物。元初，蒙古统治者对汉族传统文化极端蔑视，他们继马上得天下之后，执行了一套马上治天下的政策，废科举，抑儒生，读书人沦落到老九的地位。元仁宗皇庆年间，随着科举制度的恢复，汉族传统文化虽有所抬头，但未能形成大的气候，只有到了 1368 年，当朱元璋建立了明帝国之后，汉族传统文化才以浩大的声势兴盛起来。洪武元年《实录》说："初元世祖自朔漠起，尽以胡俗变易中国之制，士庶咸辫发椎髻，深檐胡帽，无复中国衣冠之旧。甚至易姓名为胡名，习胡语。俗化既久，恬不知怪。上久厌之，至是悉令复旧。衣冠一如唐制，士民皆以发束顶，其辫发椎髻，胡服胡言胡姓，一切禁止。于是百有余年之胡俗，尽复中国之旧。"李昌祺《剪灯余话》卷四《泰山御史传》不无深意地说："天厌夷德久矣！"

在这里提及明初刘基的文学观是必要的。他特别重视文学和时代的联系，倡言"文之盛衰实关时之泰否"（刘基《苏平仲文集序》），"言生于心而发于气，气之盛衰系乎时"（刘基《王师鲁尚书文集序》）。从这样的立场出发，他格外推崇汉、唐和北宋的文学："三代之文浑浑灏灏，当是时也，王泽一施于天下，仁厚之气钟于人而发为言，安得不硕大而宏博也哉？三代而降，君天下之文者如汉，汉之政令南通夜郎，西被宛、夏，东尽玄菟、乐浪，北至阴山，涵泳四百余年，至今称文之雄者莫如汉，其气之盛使然哉！汉之后惟唐为仿佛，则亦以其正朔之所及者文也。宋之文盛于元丰、元祐时，天下犹未分也。"（刘基《王师鲁尚书文集序》）"汉兴，一扫衰周之文弊，而返诸朴，丰沛之歌，雄伟不饰，移风易尚之机，实肇于此。……周以下，享国延祚，汉为最久，益可识矣。""继汉而有九有，享国延祚最久者唐也，故其诗文有陈子昂，而继以李、杜；有韩退之，而和以柳。于是唐不让汉，则此数公之力也。继唐者宋，而有欧、苏、曾、王出焉，其文与诗，追汉、唐矣。而汉、唐若有歉焉，故以宋之威武较之汉唐，弗侔也。而七帝相承，治化不减汉唐者，抑亦天运使然欤？是故气昌而国昌，由文以见之也。元承宋统，子孙相传，仅逾百载，而有刘、许、姚、吴、虞、黄、范、揭之俦，有诗有文，皆可垂后者，由其土宇之最广也。"（刘基《苏平仲文集序》）刘基把文学的兴盛归因于时代的强盛，旨在强调，明人也应产生汉、唐盛世似的文学："今我国家之兴，土宇之大，上轶汉唐与宋，而尽有元之幅员，夫何高文宏辞，未之多见，良由混一未远也。"他的这种思路，与后来七子派倡导秦汉之文、盛唐之诗是一致的，只是他对审美批评未尝用心，故对文学之为文学的若干因素如"格"、"调"、"兴象"等的认识不及七子派深刻，对"雄文"的选择也就不如七子派准确。

明初高棅的思路也与刘基有相近和重合之处。他编《唐诗品汇》，以初唐为"正始"，盛唐为"正宗"，中唐为"接武"，晚唐为"正变"和"余响"。"这是有唐一代之诗随着唐代社会从正始到全盛、到下降、到衰微的演变史。在这个演变史的陈述中，高棅最重视的是格力的强弱，其次是气象是否浑雅，华实是否兼得，体制是否完备。而盛唐之诗就以其格力雄壮、气象浑雅、华实兼得、体制完备而高踞于这个演变史的顶峰。格力雄壮，气象浑雅，华实兼得，体制完备：这就是盛唐诗的时代格调，也就是提倡以盛唐为师的基本内容。同样的内容虽然自严羽以来许多人都提到过，但还从未像高棅《唐诗品汇》表达得这样切实、详尽。明白了这个意思，对理解'格调'说以至整个封建社会后期的文学复古思想，都是有益的。"①

台阁体也是以唐诗为样板的。《四库全书总目》卷一八九著录高棅编《唐诗品汇》，其提要曰："宋之末年，江西一派与四灵一派并合而为江湖派，猥杂细碎，如出一辙，诗以大弊。元人欲以新艳奇丽矫之，迨其末流，飞卿长吉一派与卢仝、马异、刘叉一派并合而为纤体，妖冶俶诡，如出一辙，诗又大弊。百余年中，能自拔于风气外者，落落数十人耳。明初闽人林鸿，始以规仿盛唐立论，而棅实左右之，是集其职志也。""《明史·文苑传》谓终明之世，馆阁以此书为宗。"所谓"馆阁"，即指身居台阁、官高位显的诗人，当然也包括了特定意义上的台阁体诗人。这里需要指出的是，台阁体主流诗人对唐诗的仿效，旨在显示"国家之兴"。这种愿望，明初徐一夔在《陶尚书文集序》中已有表示：

> 国家之兴，必有魁人硕士乘维新之运，以雄辩巨笔出而敷张
> 神藻，润饰鸿业，铿乎有声，炳乎有光，耸世德于汉唐之上，使

---

① 成复旺、蔡钟翔、黄保真：《中国文学理论史》（三），北京：北京出版社 1987 年 7 月版，第 34 页。

郡国闻之，知朝廷之大；四夷闻之，知中国之重；后世闻之，知
今日之盛。

主张以诗文显示国力强盛和世运升平，这仿佛是对刘基思想的演绎。
刘基认为，有汉唐的强盛，才有汉赋唐诗的辉煌。倒过来，似乎也可
以表述为：汉赋唐诗的辉煌显示了汉唐的强盛。这样看问题，台阁体
的创作宗旨就不仅与徐一夔所说相通，也与刘基的倡导相通。但是，
有个区别不能忽略，即：尽管刘基倡言"文之盛衰实关时之泰否"，
不过，与"时泰"相对应的"盛文"在风格上不一定表现为雍容平
稳，在具体的写作中不一定直指"润饰鸿业"。台阁体时代，社会经
济状况持续良好，文化领域整体学术水准不高，思想氛围单调、沉
闷，其结果，台阁体诗人的审美祈向虽然表面上继承刘基，却片面发
展了点缀升平、"润饰鸿业"的廊庙意识，唯以雍容平稳为祈向。其
占主导地位的艺术追求是表现"富贵福泽之气"。《四库全书总目》
杨士奇《东里全集》提要："仁宗雅好欧阳修文，士奇文亦平正纡
徐，得其仿佛，故郑瑗《井观琐言》，称其文典则，无浮泛之病。杂
录叙事，甚平稳不费力。后来馆阁著作，沿为流派，遂为七子之口
实。然李梦阳诗云：'宣德文体多浑沦，伟哉东里廊庙珍。'亦不尽
没其所长。盖其文虽乏新裁，而不失古格，前辈典型，遂主持数十年
风气，非偶然也。"又杨荣《杨文敏集》提要："（杨）荣当明全盛
之日，历事四朝，恩礼始终无间，儒生遭遇，可谓至荣，故发为文
章，具有富贵福泽之气。应制诸作，渢渢雅音。其他诗文，亦皆雍容
平易，肖其为人。虽无深湛幽渺之思，纵横驰骤之才，足以震耀一
世，而透迤有度，醇实无疵，台阁之文所由与山林枯槁者异也。与杨
士奇同主一代之文柄，亦有由矣。柄国既久，晚进者递相摹拟，城中
高髻，四方一尺，余波所衍，渐流为肤廓冗长，千篇一律，物穷则
变，于是何李崛起，倡为复古之论，而士奇、荣等遂为艺林之口
实。"又金幼孜《金文靖集》提要："（金）幼孜在洪武建文之时，
无所表见。至永乐以迄宣德，皆掌文翰机密，与杨士奇诸人相亚。其
文章边幅稍狭，不及士奇诸人之博大，而雍容雅步，颇亦肩随。盖其

时明运方兴，故廊庙赓飏，具有气象，操觚者亦不知也。""廊庙"
与"富贵福泽之气"，是描述他们创作风格的合适的关键词。

台阁体诗风的形成，既是时代使然，也与其作者个人宦途平顺有
关。明陆容《菽园杂记》卷二载：

> 僧慧暕涉猎儒书，而有戒行，永乐中尝预修《大典》，归老
> 太仓兴福寺，予弱冠犹及见之，时年八十余矣。尝语座客曰：
> "此等秀才，皆是讨债者。"客问其故，曰："洪武间，秀才做官
> 吃多少辛苦，受多少惊怕，与朝廷出多少心力。到头来，小有过
> 犯，轻则充军，重则刑戮，善终者十二三耳。其时士大夫无负国
> 家，国家负天下士多矣，这便是还债的。近来圣恩宽大，法网疏
> 阔，秀才做官，饮食衣服，舆马宫室，子女妻妾，多少好受用，
> 干得几许好事来？到头来全无一些罪过。今日国家无负士大夫，
> 天下士大夫负国家多矣，这便是讨债者。"

陆容生于正统元年（1436），弱冠即二十岁左右，约当景泰七年
（1456）前后，僧慧暕以"洪武间"与"近来"（永乐至正统年间）
对比，撇开他的讨债还债之说，我们体会到的，正是士大夫阶层所处
境遇的极大改变。洪武年间，士大夫动辄得咎，高官显宦随时可能被
充军或斩首；永乐以降，士大夫的宦途经历很少出现重大变故。而其
中地位高、任职久的，当首推三杨。三杨与皇帝之间长期保持了良好
的关系。比如，1424 年，朱高炽继位，改元洪熙。在他颁布的官员
任命中，杨荣和金幼孜留任大学士，他从前的老师和顾问杨士奇成为
首辅大学士和少傅，永乐帝时代坚定支持朱高炽的杨溥任翰林学士兼
大学士。1425 年 5 月，洪熙帝突然死亡。但整个宣德（1426～1435）
年间，三杨、金幼孜等继续在内阁中任职，并在外廷兼任尚书，如杨
士奇为兵部尚书，金幼孜为礼部尚书。正统初年（1436～1442），因
英宗朱祁镇年幼，张太皇太后领导一个摄政团处理政事，七位摄政团
成员，除太皇太后外，还有三位大学士和三位宦官。而这三位大学
士，不是别人，正是三杨。三杨历事几代皇帝，长期在一起任职，这

种经历不仅造成他们本人心境的雍容平和，对整个社会也有一定影响。他们的确是生活在"富贵福泽"之中的。故胡俨序杨荣文集，云："此诚公遭遇列圣太平雍熙之运，声明文物之时，故得抒其所蕴，以鸣国家之盛。"

与士大夫阶层平稳的仕途生活一致，他们的精神生活也是平稳而极少变化的。永乐至宣德年间，几位皇帝虽然私下对佛教和道教颇为崇拜，但在公开场合却一致推行钦定理学。典型的例证当然是永乐皇帝。他不仅将科举考试的教材标准化，组织编纂几种"大全"，而且以他的名义颁布了《圣学心法》，致力于建立正统意识形态。其宗旨是强化皇帝的权威，统一社会的行为标准。"皇帝大力倡导注意面狭窄的新儒学学识，这不仅形成了明王朝的政治意识形态，而且影响了所有那些通过这种倡导对教育和科举的影响而取得高等文化教养的人们的思想和文化背景，同时还酝酿成了一个对某些明代知识分子中潜在批评的衡量尺度。直到 15 世纪末以前，没有出现新的思想学派向这个正统学说挑战。人们坚持在学术上与正统注疏合拍，在诗歌和散文上向古典模式看齐；作家们和教师们虽然不完全缺乏新意和创见，但也没有在他们的思想和作品中显示出任何令人瞩目的非正统的和个人主义的倾向。"① 这便是台阁体得以风行的精神生活氛围。

就创作队伍的构成而言，台阁体和茶陵派的主体都是任职于（或曾任职于）翰林院的官员，但两个流派的创作倾向却有显著不同。其差异是如何产生的呢？廖可斌曾在《明代文学复古运动研究》第二章中作过探讨，他以为："正统以前，翰林院庶吉士多在内阁教习，皇帝还时常亲自过问培养情况，教学内容以'究竟名理，涵养道德，熟习政事'为本。故其时翰林诸人为文，乃一依台阁体之轨辙，以宣扬程朱理学、歌功颂德、粉饰现实为能事。正统以后，庶吉士改在翰林院内教习。皇帝及内阁大臣不再过问，思想方面的控制也不像以往那样严密，于是庶吉士们'大都从事辞章'，'而道德政事

---

① ［美］牟复礼、［英］崔瑞德编：《剑桥中国明代史》（张书生等译）第四章引言，北京：中国社会科学出版社 1992 年 2 月版，第 203 页。

则忽弃焉'。(《殿阁词林记》卷十)于是翰林院诗文创作的风尚发生转变，即变得比较注重诗文本身的审美要求和审美特征。作为纯粹文学流派的茶陵派，遂得以从中蜕生并分化出来。"这一说法自然是有见地的，它恰当地注意到了台阁体与茶陵派的区别及其产生原因。但其描述显然未能周密地涵盖诗坛的变迁：茶陵派从台阁体中脱颖而出，与山林诗的兴起之间具有某种不容忽略的联系。

山林诗是与台阁诗相对而言的。台阁诗关注富贵气象，山林诗关注隐逸气象。考察山林诗的兴起，我们的眼光会集中到明代心学的几位前驱身上，一是陈献章，一是庄昶。① 钱谦益编《列朝诗集》，收入二人之作，其小传将他们的诗分为性气诗和山林诗，调侃前者而肯定后者，如评陈献章曰："借诗讲学，间作科诨帽桶脚，有类语录。尝有诗曰：'子美诗之圣，尧夫又别传。后来操翰者，二妙少能兼。'嗟乎，子美、尧夫之诗，其可得而兼乎！东食西宿，此真英雄欺人之语，而增城湛元明妄加笺释，取为诗教，所谓痴人前不可说梦也。先生尝曰：'论诗当论性情，论性情先论风韵，无风韵则无诗矣。'又曰：'学古人诗，先理会古人性情是如何。有此性情，方有此声口。'人亦有言，白沙为道学诗人之宗。余录其诗，则直以为诗人耳矣。王元美《书白沙集后》云：'公甫诗不入法，文不入体，又皆不入题。而其妙处有超出于法与体及题之外者。余少学古，殊不相契，晚节始自会心，偶然读之，或倦而跃然以醒，不饮而陶然以醉，不知其所以然也。'弇州晚年进学，悔其少作，故能醉心于白沙若是，余并识其语，镩于申之，以告于世之谬为古学者。"又评庄昶说："多用道学语入诗，如所谓'太极圈儿，先生帽子'，'一壶陶靖节，两首邵尧夫'者，流传艺苑，用为口实，而丰城杨廉，妄评其诗，以为高出于唐人，杜子美'穿花蛱蝶深深见，点水蜻蜓款款飞'，比定山'溪边鸟讶天机语，担上梅挑太极行'尚隔几尘。……荆川之徒，选《二妙集》，专以白沙、定山、荆川三家诗继草堂、《击壤》之后，以为诗家正脉在是，岂唯令少陵攒眉，亦当笑破白沙之口。余录孔旸

---

① 俞弁：《逸老堂诗话》："山林则陈白沙、庄定山为白眉。"

诗，痛加绳削，存其不倍于雅道者，于白沙亦然。杨用修云：'定山诗有逼真唐人者，如《罗汉寺》："溪声梦醒偏随枕，山色楼高不碍墙。"《病眼》："残书楚汉灯前垒，小阁江山雾里诗。"《宿三茅观》："荒村细雨闻啼鸟，小树轻风落野花。"《赠人》："岂无湖水甘神潠，亦有溪毛当紫芝。"若隐其姓名，决不谓定山作也。'"陈献章、庄昶的诗，人称"庄陈体"。从其表达的方式来看，可分为两类。一类是直接排比"理语"入诗，"而缺乏理趣的涵咏"，一类是"真能做到哲理与诗心互相凑泊，浑融无间，'如水中盐，蜜中花，体愿性存，无痕有味，观相无相，立说无说，所谓冥合圆显者'"①。后一类作品，如从题材的角度加以界定，即我们所关注的山林诗。

山林诗的兴盛与明代心学的生长息息相关。以陈献章为例，他本是崇奉程朱理学的，曾博览古今典籍，在一无所获后，才静坐一室，终于悟道。他在《复赵提学金宪》一书中回顾说："仆年二十七，始发愤从吴聘君（与弼）学。其于古圣贤垂训之书，盖无所不讲，然未知入处。比归白沙，杜门不出，专求所以用力之方，既无师友指引，惟日靠书册寻之，忘寐忘食，如是者亦累年，而卒未得焉。所谓未得，谓吾此心与此理未有凑泊吻合处也。于是舍彼之繁，求吾之约，惟在静坐。久之，然后见吾此心之体，隐然呈露，常若有物。日用间种种应酬，随吾所欲，如马之御衔勒也。体认物理，稽诸圣训，各有头绪来历，如水之有源委也。于是涣然自信曰：作圣之功其在兹乎！有学于仆者，辄教之静坐。"其静坐以山林为依托，因而颇有几分隐逸情调。陈献章《遗言湛民泽》云："此学以自然为宗者也。""自然之乐，乃真乐也，宇宙间复有何事？"《与林郡博》云："舞雩三三两两，正在勿忘勿助之间，曾点些儿活计，被孟子一口打并出来，便都是鸢飞鱼跃。若无孟子工夫，骤而语之以曾点见趣，一似说梦。"《与林缉熙书》云："仆未识罗浮山作何面目，诵缉熙'明月冲虚'之章，觉清风满纸，飒飒逼人。莫道不是老天将留下此好生活

---

① 萧萐父：《序方任安著〈诗评中国著名哲学家〉》，收入《吹沙二集》，成都：巴蜀书社1999年1月版，第513页。

与人也。"这种气象,与山林诗的意境无疑是相通的。

从儒学传统寻找山林诗的依据,我们应一直追溯到孔子。据《论语·先进》记载,孔子曾要几位弟子谈谈自己的志愿,子路、冉有、公西华都希望成为管理国家的官员。只有曾点,他的志愿是:"冠者五六人,童子六七人,浴乎沂,风乎舞雩,咏而归。"孔子听了,表示认同。这位"至圣先师"似乎以为,子路等三人拘拘于用世,气象不够开阔;只有精神发展到能够怡情于山水的境地,人格才算完善。① 宋代理学诸儒,流连光景,寄兴风月,对孔子"吾与点也"的情怀别有会心。魏了翁《邵氏击壤集序》说:"宇宙之间,飞潜动植,晦明流峙,夫孰非吾事?若有以察之,参前倚衡,造次颠沛,触处呈露,凡皆精义妙道之发焉者。脱斯须之不在,则芸芸并驱,日夜杂揉,相代乎前,顾于吾何有焉?若邵子,使犹得从游舞雩之下,浴沂咏归,毋宁使曾皙独见与于圣人也与?洙、泗已矣,秦、汉以来,诸儒无此气象,读者当自得之。"魏了翁没有夸口,就对舞雩气象情有所钟而言,确应以宋儒上承孔子,秦、汉至唐的儒家学者,尚未领悟其中的深意。宋代的几位理学大师,如"程明道《偶成》诗极言'云淡风轻'、'望花随柳'之趣。明道云:'自再见周茂叔后,吟风弄月以归,有吾与点也之意';又云:'周茂叔窗前草不除去,问之云:与自家意思一般。'……张横浦云:'程明道书窗前有茂草覆砌,或劝之芟,曰:"不可,欲常见造物生意。"又置盆池,蓄小鱼数尾,时时观之,或问其故,曰:"欲观万物自得意。"'赵季仁云:'朱子每经行处,闻有佳山水,虽迂途数十里,必往游焉。'诸如此类,见之语录诗文者,不胜枚举。"② 这种向山水中安

---

① 王阳明的阐释与此不同,《传习录下》云:"以此章观之,圣人何等宽洪包含气象。且为师者问志于群弟子,三子皆整顿以对,至于曾点,飘飘然不看那三子在眼,自去鼓起瑟来,何等狂态;及至言志,又不对师之问目,都是狂言。设在伊川,或斥骂起来了。圣人乃复称许他,何等气象。"阳明《月夜二首》之二有"铿然舍瑟春风里,点也虽狂得我情"之语。

② 钱钟书:《谈艺录》(补订本),北京:中华书局 1984 年 9 月版,第 237页。

身立命、进德悟道的流风在台阁体诗人那里中断了。他们虽然尊崇理学（钦定的理学），但沉溺于"富贵福泽"中，缺少把本体诗化，并通过体验、直觉等途径与本体沟通的素质，其精神气质是世俗的，而非超越的。没有超越的追求，怎能领悟舞雩气象的魅力呢？

陈献章等心学家在超越与哲学之间确立了直接联系，从而在哲学与诗之间确立了直接联系。一种哲学，如果能经由诗的途径传达出来，一定是摆脱了世俗的平庸而令人神往的。陈献章和庄昶，以玩味自然风景的方式来悟道，以写景的方式来示道，创获之一是山林诗的成立。其中确乎不乏警句，王世贞《艺苑卮言》卷六曾引陈献章"竹林背水题将偏，石笋穿沙坐欲平"，"出墙老竹青千个，泛浦春鸥白一双"，"时时竹几眠看客，处处桃符写似人"，"竹径旁通沽酒寺，桃花乱点钓鱼船"，赞叹道："何尝不极其致。"庄昶的"溪声梦醒偏随枕，山色楼高不碍墙"（《罗汉寺》），"残书楚汉灯前垒，小阁江山雾里诗"（《病眼》），"荒村细雨闻啼鸟，小树轻风落野花"（《宿三茅观》）等，亦极受杨慎推重。他们的山林诗，与他们所体悟的"道"或本体是联系在一起的。湛若水《重刻白沙先生合集序》说：

> 夫自然者，天之理也，理出于自然，故曰自然也。……夫先生诗文之自然，岂徒然哉？盖其自然之文章，生于自然之心胸，自然之心胸，生于自然之学术，自然之学术，在勿忘勿助之间，如日月之照，如云之行，如水之流……孰安排是？孰作为是？是谓自然。

道与山水的契合，在孔子所赏识的舞雩气象中已露端倪。东晋的陶渊明以及宋代的几位大儒，也往往恣情于山水，如李梦阳《论学篇》所说："赵宋之儒，周子、大程子别是一气象，胸中一尘不染，所谓光风霁月也。前此陶渊明亦此气象；陶虽不言道，而道不离之。"陈献章、庄昶之作山林诗，亦当作如是观，杨慎《升庵诗话》卷七说："白沙之诗，五言冲淡，有陶靖节遗意。"朱彝尊《静志居诗话》卷七也说："白沙虽宗《击壤》，源出柴桑。"将陈献章诗与陶诗并提，意在表明，陈献章的山林诗，其美感特征也是"虽不言道，而道不离之"。故屈大均《广东新语》卷十二论白沙诗，一再提醒读者注意景物与道的联系："白沙先生善会万物为己，其诗往往漏泄道机，所谓吾无隐尔。盖知道者，见道而不见物。不知道者，见物而不见道。道之生生化化，其妙皆在于物，物外无道。学者能于先生诗深心玩味，即见闻之所及者，可以知见闻之所不及者。物无爱于道，先生无爱于言，不可以不察也。先生尝谓人：'读其诗只是读诗，求之甚浅，苟能讽咏千周，神明告人，便有自得之处。'庞弼唐云：'白沙先生诗，心精之蕴，于是乎泄矣。然江门诗景，春来便多，除却东风花柳之句，则于洪钧若无可答者何耶？盖涵之天衷，触之天和，鸣之天籁，油油然与天地皆春，非有所作而自不容已者矣。然感物而动，与化俱徂，其来也无意，其去也无迹。必一一记其影响，则亦琐而滞矣。此先生之所以有诗也。"着眼于山水风景所蕴含的"道"或"道机"，这样的解读方式无疑是恰当的。青青翠竹，莫非真如；粲粲黄花，无非般若。借用禅家话头，我们也可以说："道通天地有形外，思入风云变态中。""等闲识得春风面，万紫千红总是春。"满目风景，皆是道的呈现。

山林诗与心学共生，将这一事实纳入明代诗学的逻辑进程加以描述，我们注意到，王孟诗风一度大受青睐与此有关。台阁体诗人是漠视王孟诗或山林诗的，但同样身居台阁的茶陵派领袖李东阳则对山林诗甚为关注。他在《麓堂诗话》中说："朝廷典则之诗谓之台阁气，隐逸恬淡之诗谓之山林气，此二气必有其一，却不可少。""作山林诗易，作台阁诗难，山林之诗或失之野，台阁之诗或失之俗，野可犯，俗不可犯也。"这似乎是平分秋色地评议山林诗和台阁诗，但实际上含有对山林诗的偏袒。因为，李东阳身为"四十年不出国门"的台阁作家①，青睐台阁诗是他的本分，关注山林诗却是题外话。他

---

① 《明史·李东阳传》："（东阳）为文典雅流丽，朝廷大著作多出其手，工篆隶书，碑版篇翰，流播四裔。奖成后进，推挽才彦，学士大夫出其门者，悉粲然有所成就。自明兴以来，宰臣以文章领袖搢绅者，杨士奇后，东阳而已。立朝五十年，清节不渝，既罢政居家，请诗文、书篆者填塞户限。"

将山林诗与台阁诗并提，这透露出一个信息：茶陵派诗风明显受到山林诗的濡染；茶陵派与台阁体的分野亦可以据此划定。《四库全书总目》对茶陵派重要成员的创作颇有评述，如邵宝《容春堂集》提要："清和澹泊，尤能抒写性灵"；顾清《东江家藏集》提要："清新婉丽，天趣盎然"，"在茶陵一派之中，亦挺然翘楚矣"；这说明，茶陵诗风已逸出"平正""雍容"的台阁体范围。与之相应，茶陵诗学亦与陈献章、庄昶的诗学相近，同样表现出对"淡"的风致的偏爱。试加比较。

陈献章之前，推重王孟诗风的明人，以高棅较为重要。高棅（1350～1423）偏重近体，他编《唐诗品汇》，以李白为正宗，以杜甫为大家，对"杜样"（杜诗的雄浑风格）敬慕之意不浅。但他并不因此而鄙薄王、孟、储、刘、钱、韦。其中王维、孟浩然被推为正宗，刘长卿、钱起、韦应物被不拘世次地列为名家。作品的入选数量也多，孟浩然87首，王维177首，储光羲84首，刘长卿167首，钱起148首，韦应物144首。这表明，高棅对王、孟、韦等人的恬淡风格怀有偏爱。

陈献章（1428～1500）是明代较早讨论"风韵"和在诗作中体现"风韵"的学者，其《与汪提举》云："大抵论诗当论性情，论性情先论风韵，无风韵则无诗矣。今之言诗者异于是，篇章成即谓之诗，风韵不知，甚可笑也。性情好，风韵自好；性情不真，亦难强说。"李东阳《麓堂诗话》说："陈白沙诗，极有声韵。《崖山大忠祠》曰：'天王舟楫浮南海，大将旌旗仆北风。世乱英雄终死国，时来竖子亦成功。身为左衽皆刘豫，志复中原有谢公。人众胜天非一日，西湖云掩岳王宫'。和者皆不及。余诗亦有风致，但所刻净稿者未之择耳。"杨慎《升庵诗话》卷七说："白沙之诗，五言冲淡，有陶靖节遗意，然赏者少。徒见其七言近体，效简斋、康节之渣滓，至于筋斗、样子、打乖、个里，如禅家呵佛骂祖之语，殆是《传灯录》偈子，非诗也。若其古诗之美，何可掩哉？然谬解者，篇篇皆附于心学性理，则是痴人说梦矣。"陈白沙的诗，包含两类主要的诗境，一类是理学诗，如禅宗偈语，难以卒读；一类是以风致见长的诗，宛有陶渊明遗意，清代神韵派诗人王士祯的作品颇有与之相似之处。

继陈献章之后，李东阳对源于"淡"的风致的偏爱，甚至比严羽表达得还要明确些。他在《麓堂诗话》中说：

> 唐诗李杜之外，孟浩然、王摩诘足称大家。王诗丰缛而不华靡，孟却专心古澹，而悠远深厚，自无寒俭枯瘠之病。由此言之，则孟为尤胜。储光羲有孟之古澹而深远不及岑参，有王之缛而又以华靡掩之。故杜子美称"吾怜孟浩然"，称"高人王右丞"，而不及储岑，有以也夫。

李东阳称李白、杜甫为大家，这不过是对一个传统说法表示附议，没有什么特别的意义。值得注意的倒是他居然视孟浩然、王维为大家。这是需要勇气的，因为，据中国文学批评史看来，李白、杜甫堪称大家，而孟浩然、王维仅为名家，视孟浩然、王维为大家，这是对古典诗学传统的颠覆。并且，他对孟、王的赞许集中在"古澹"与"悠远深厚"，正是严羽所谓"优游不迫"。他所举的那些诗例，也大体属于写景之作。

陈献章、李东阳等对恬淡闲适的风格表示好感，这有两方面的原因。第一个原因是地域。高棅、陈献章、李东阳等均为南方人。江南文风之盛，自元末已然，清赵翼《廿二史札记》卷三十《元季风雅相尚》曾注意到这一现象：

> 元季士大夫好以文墨相尚，每岁必联诗社，四方名士毕集，宴赏穷日夜，诗胜者辄有厚赠。饶介为淮南行省参政，豪于诗，自号醉樵。尝大集诸名士，赋《醉樵歌》，张简诗第一，赠黄金一饼；高启次之，得白金三斤；杨基又次之，犹赠白金一镒。（见《明史·文苑传》）然此犹仕宦者之提倡也。贯酸斋工诗文，所至士大夫从之若云，得其片言尺牍，如获拱璧。（见《元史·小云石海涯传》）浦江吴氏，结月泉社，聘谢翱为考官，《春日田园杂兴》题，取罗公福为首。（见《怀麓堂诗话》）松江吕璜

溪，尝走金帛，聘四方能诗之士，请杨铁崖为主考，第其甲乙，厚有赠遗，一时文人毕至，倾动三吴。（见《四友斋丛说》）又顾仲瑛玉山草堂，杨廉夫、柯九思、倪云镇、张伯雨、于彦成诸人尝寓其家，流连觞咏，声光映蔽江表。（见《元诗选》）此皆林下之人，扬风扢雅，而声气所届，希风附响者，如恐不及。其他以名园、别墅、书画、古玩相尚者，更不一而足。如倪元镇之清閟阁，杨竹西之不碍云山楼，花木竹石，图书彝鼎，擅名江南，至今犹有艳称之者。独怪有元之世，文学甚轻，当时有"九儒十丐"之谣，科举亦屡兴屡废，宜乎风雅之事弃如弁髦，乃缙绅之徒风流相尚如此。盖自南宋遗民故老，相与唱叹于荒江寂寞之滨，流风余韵，久而弗替，遂成风会，固不系于朝廷令甲之轻重也欤？

赵翼所举的这些例证，大体限于江南的范围之内，这表明，较之北方，南方的传统文化氛围要浓郁得多。时至明初，依然如此。明初的诗坛名家，大都出于南方，尤以吴中为首选。刘基被称为越派领袖，高启则为吴中四杰之冠。这些南方诗人中，具有隐逸倾向的不在少数，如高启。其《缶鸣集》自序称："古人之于诗，不专意而为之也，国风之作发于性情之不能已，岂以为务哉！后世始有名家者一事于此而不他，疲殚心神，搜刮万象，以求工于言语之间，有所得意则歌吟蹈舞，举世之可乐者不足以易之，深嗜笃好，虽以之取祸，身罹困逐而不忍废，谓之惑非欤？余不幸而少有是好，含毫伸牍，吟声咿咿不绝于口吻。或视为废事而丧志，然独念才疏力薄，既进不能有为于当时，退不能服勤于畎亩，与其嗜世之末利，汲汲者争骛于形势之途，顾独事此，岂不亦少愈哉！遂为之不置。"不期于用世，而以诗文自娱，这不是隐逸倾向又是什么呢？李东阳等人自然不是隐士，但一种审美趣味形成之后，往往有其超越于实际人生的生命力，陈献章、李东阳沿着这一趣味的惯性继续推进，并对神韵、风致更为钟情。自然，这仍与他们身为南方诗人有关。

陈献章、李东阳等对恬淡闲适的风格表示好感，第二个原因是：

23

山林诗作为与台阁诗对垒的一个流派，它所蕴含的人格理想与这种诗风是对应的。山水作为一种审美对象，从孔子开始，就与超越世俗的精神联系在一起；人对山水的追求，一直带有隐逸的性格。因此，山水诗所显示的人格，特别具有高风绝尘、超世拔俗的意味。这种超世拔俗，从主流看，当然不是一味地追求"脱略烟火气"，而是表现为"高情远致"、"萧条高寄"，即从对世俗名利的热衷里解脱出来，达到襟怀纯净的人格境界。所以，以王、孟等诗人为代表作家的山水诗，很少有那种剑拔弩张的气氛，也少有那种低徊凄切的情调，天风海浪般的壮阔也不多见；幽情远思，怡然自得，这才是山水诗中占主导地位的意境。人类被尘烦所污染的心灵，借对山水的审美观照得到了净化。至于朱子等宋代理学大师的作品，亦如王夫之《姜斋诗话》卷四所说："陈正字、张曲江始倡《感遇》之作，虽所诣不深，而本地风光，骀宕人情，以引名教之乐者，风雅源流，于斯不昧矣。朱子和陈、张之作，亦旷世而一遇。此后唯陈白沙能以风韵写天真，使读者脱钩如游杜蘅之沚。"在一种诗与哲学合一的超越境界中，"富贵福泽之气"无立足之地，唯有"以风韵写天真"才是合适的选择。理学家的诗与王孟的诗，在以山水蕴道方面是一致的，虽然所蕴的道容或不同。

三　茶陵派的诗学建构

探讨茶陵派的诗学建构，必须把握两个关键：一、茶陵派代表了明代格调论发展的第一个阶段；二、茶陵派是在综合台阁与山林的基础上产生的。

以格调二字评诗歌，大约始于南朝的刘勰。他在《文心雕龙》中说："陈思之《黄雀》、公干之《青松》，格刚才劲。"（《隐秀篇》）"刘向之奏议，旨切而调缓。"（《才略篇》）颜延之也使用过"格"、"调"这两个概念，其《颜氏家训》云："古人之文，宏材逸气，体度风格，去今实远。……宜以古之体裁为本，今之辞调为末，并须两存，不可偏弃也。"在他们笔下，"格"指风格，"调"指辞调，与明人的格调说虽有差异，却并没有一道截然的鸿沟。经过严羽《沧浪诗话》的发展，到明代，"格调"遂成为诗学中的一个核心范畴。

格调说的兴盛与明代的古典主义文艺思潮是息息相关的。古典主义是我们从欧洲借来的一个名词。古典主义思潮盛行于17世纪的法、英等国。它在创作实践和理论上都以古希腊、罗马为典范，因而有"古典主义"之称。其特征是：崇尚理性，把理性作为文学创作和评论的最高标准；奉古希腊、罗马文学为典范，并从中寻找题材，以表达自己的思想感情；要求艺术形式完美。古典主义的影响直到19世纪浪漫主义兴起后才逐渐消失。我们借用"古典主义"这一名称来讨论明代诗学，主要着眼于这样两重含义：尊崇古代的文学典范，追求完美的艺术表达。

按照一般说法，一位古典作家就是一位已有定论，受一致推崇，在他所擅长的文体中已成为权威的古代作家。"'古典'这个观念本身含有联贯和坚实的、整体和传统的自然结构，自然相传而永久持续的东西。"① 我们说的明代的古典主义诗派，它的首要特征，即在理论和实践上，都以秦汉散文、汉魏古诗、盛唐律诗作为典范。他们沿袭了体裁等次说和理想的纯净说，立场坚定地捍卫体裁的规范性，始终把一种诗体的极盛期的代表作品所体现的风格视为"第一义"，不得逾越。这即是所谓"本色"之论。胡应麟《诗薮》内编卷三："诗五言古、七言律至难外，则五言长律、七言长歌。……学者务须寻其本色，即千言巨什，亦不使有一字离去，乃为善耳。"

格调说在某种意义上是以本色论为依据提出的。每篇作品都有自己的格调，但只有合乎本色（即"第一义"）的格调才是值得推许的。胡应麟《诗薮》内编卷二："曹、刘、阮、陆之为古诗也，其源远，其流长，其调高，其格正。陶、孟、韦、柳之为古诗也，其源浅，其流狭，其调弱，其格偏。"调高格正，即合乎本色；调弱格

---

① 圣·佩韦：《什么是古典作家》，伍蠡甫主编：《西方文论选》下卷，上海：上海译文出版社1979年11月版，第198页。

偏，即不合本色。因此，不妨这样说，格调说的宗旨即以每种诗体极盛期的代表作品的风格为"本色"。根据古典派诗人"寻其本色"的方式、角度等差异，我们可将明代格调说的发展区分为三个阶段：第一个阶段，自高棅至李东阳；第二个阶段，前七子领诗坛风骚的时期；第三个阶段，后七子领诗坛风骚的时期。

第一个阶段，李东阳在理论上的建树尤其值得关注。李东阳一向"留心体制"，即留意于辨别体制的差异。为什么要辨体呢？目的是把握体裁之间的风格区别。风格是不能用逻辑推理的方法推导出来的。读者只能凭自己的审美经验和审美感受，经由联想和想像，才能把握住。风格是一种高度抽象，只可意会不可言传的审美体验。李东阳对风格的辨析，主要依据声调。一方面，他认为诗文之别主要在声，在于诗歌有声律可资讽咏，另一方面，诗歌风格的区别也经由声律表现出来。李东阳重声调，因而对律诗谈得较多，对古诗谈得较少。

自然，李东阳等对汉魏古诗还是抱有欣赏之意的。他曾作《拟古乐府》102 首，其自序说："予尝观汉魏间乐府歌辞，爱其质而不俚，腴而不艳，有古诗言志依永之遗意。"李东阳的门人何孟春，在古、律二体中旗帜鲜明地扬古而抑律。他在《论诗文》中说："六经之文不可尚已！后世言文者至西汉止，言诗者至魏而止。何也？后世文趋对偶而文不古，诗拘声律而诗不古也……复古之作，是有望于大家。"尽管李东阳、何孟春的主张与前七子差距甚远，但对古诗的重视本身便足以引发新的理论思考。至林俊（1452～1527），其《白斋诗集序》就明确地打起了"古诗祖汉晋，律诗祖盛唐，而参以赵宋诸家之体"的旗帜，表明"格调"理论已逼近第二个阶段。

茶陵派与台阁、山林的关系，应该从扬弃、转化的角度来把握，不宜视为尖锐对立或直接继承的关系。

茶陵派在创作题材上兼取台阁与山林，李东阳对诗乐关系的看法也受到这两个流派的影响。

台阁诗人是否特别看重诗的音乐性，我们不太清楚，但台阁诗人所宗奉的《唐诗品汇》一书的编者高棅，确曾在该书总序中主张把声律作为评定诸家高下的一个重要依据。至于山林诗的代表作家陈献章，他无疑是以声音论诗的热心倡导者，并直接影响到李东阳的诗学建构，即将音乐性视为诗的原生属性和根本属性。《麓堂诗话》说："陈公父论诗专取声，最得要领。潘应昌尝谓予：诗，宫声也。予讶而问之。潘言其父受于乡先辈曰：诗有五声。李太白、杜子美之诗为宫，韩退之诗为角，虽百家可知也。予初欲求声于诗，不过心口相语，然不敢以示人，闻潘言始自信，以为昔人先得我心。"李东阳自述以声论诗的心路历程，可视为其诗学体系的自报家门。他承认陈献章（公父）是"论诗专取声"的代表人物。

从诗的起源处把握诗、乐关系是李东阳诗学的基点。《麓堂诗话》开卷即云："诗在六经中别是一教，盖六艺中之乐也。乐始于诗，终于律，人声和则乐声和。又取其声之和者，以陶写情性，感发志意，动荡血脉，流通精神，有至于手舞足蹈而不自觉者。后世诗与乐判而为二，虽有格律，而无音韵，是不过为排偶之文而已。使徒以文而已也，则古之教，何必以诗律为哉？"在他看来，诗必须有声韵节奏之美，可以咏歌，否则不过是"排偶之文"。李东阳这一看法是精当的。朱自清《论朗读》一文曾引述黄仲苏《朗读法》关于"朗诵腔调"的四种类型：

> 一曰诵读　诵谓读之而有音节者，宜用于读散文。如四书、诸子、《左传》、四史以及专家文集中之议、论、说、辨、序、跋、传记、表、奏、书札等等。
> 二曰吟读　吟，呻也，哦也，宜用于读绝诗、律诗、词曲及其他短篇抒情韵文如诔、歌之类。
> 三曰咏读　咏者，歌也，与咏通，亦作永。宜用于读长篇韵文，如骈赋、古体诗之类。
> 四曰讲读　讲者，说也，谭也；说乃说话之"说"，谭则谓对话。宜用于读语体文。

朱自清先生大体同意黄说，但根据他"所知道的实际情形和个人的经验"认为，吟读和咏读可以并为一类，"叫做吟"。① 经过这样的区分，"吟"与"诵读"正好成为对照，由此可以见出诗、文在"音调节奏"方面的要求确有区别。也许可以顺便指出，"格调"之"调"的一个重要内涵即"音调节奏"。

由于李东阳格外重视诗的音韵节奏之美，他的诗学重点很自然地即声调问题：

> 今之歌诗者，其声调有轻重清浊长短高下缓急之异，听之者不问而知其为吴为越也。汉以上古诗弗论。所谓律者，非独字数之同，而凡声之平仄，亦无不同也。然其调之为唐为宋为元者，亦较然明甚。此何故耶？大匠能与人以规矩，不能使人巧。律者，规矩之谓，而其为调，则有巧存焉。苟非心领神会，自有所得，虽日提耳而教之，无益也。

李东阳认为，律诗的字句平仄虽有一定，但唐、宋、元三代的律诗风格却各不相同，这表明，诗的差别主要不在于平仄之异，而在于声调的清浊缓急长短高下之异，吴歌之不同于越歌，即是由声调不同所造成的。他自己的诗，也很讲求独特的"声调节奏"。李东阳还注意到，不同的诗体有着不同的声调："古律诗各有音节，然皆限于字数，求之不难。惟乐府长短句，初无定数，最难调叠。然亦有自然之声。古所谓'声依永'者，谓有长短之节，非徒永也。故随其长短，皆可以播之律吕，而其太长太短之无节者，则不足以为乐。今泥古之成声，平侧短长，句句字字，摹仿而不敢失，非惟格调有限，亦无以发人之情性。若往复讽咏，久而自有所得。得于心而发之乎声，则虽千变万化，如珠之走盘，自不越乎法度之外矣。如李太白《远别离》、杜子美《桃竹杖》，皆极其操纵，曷尝按古人声调？而和顺委曲乃如此。固初学所未到。然学而未至乎是，亦未可与言诗也。"

---

① 朱自清：《朱自清古典文学论文集》，上海：上海古籍出版社 1981 年 7 月版，第 148 页。

（《麓堂诗话》）与这种情形相似，不同的诗人，其声调也有其独特之处。李东阳拿杜甫与唐代其他诗人对比，说："长篇中须有节奏，有操、有纵、有正、有变，若平铺稳布，虽多无益。唐诗类有委曲可喜之处，惟杜子美顿挫起伏，变化不测，可骇可愕，盖其音响与格律正相称。回视诸作，皆在下风。然学者不先得唐调，未可遽为杜学也。"（《麓堂诗话》）

李东阳不止一次讨论"格"的问题。在他那儿，"格"包含了几种不同的含义。一、指不同诗体的不同风格，《麓堂诗话》说："古诗与律不同体，必各用其体，乃为合格。""体""格"即体裁风格。二、指不同时代的不同风格，即时代风格。《麓堂诗话》又说："诗必有具眼，亦必有具耳。眼主格，耳主声。闻琴断知为第几弦，此具耳也。月下隔窗辨五色线，此具眼也。费侍郎廷言尝问作诗，予曰：试取所未见诗，即能识其时代格调，十不失一，乃为有得。""汉、魏、六朝、唐、宋、元诗，各自为体。譬之方言，秦、晋、吴、越、闽、楚之类，分疆划地，音殊调别，彼此不相入。"这两段中的"体"与"格"，含义相同，均指时代风格。大体上可以这样说："格"就是"体格"，包括体裁风格和时代风格。李东阳自许既"具眼"，又"具耳"，既能辨"格"，又能别"调"，那么"格"与"调"之间的关系如何呢？考察诗的风格有两种角度，或从语言着手，考察其措辞的雅俗、句式的长短等，或从诗与乐的同构着眼，考察诗所传达的"情思"。李东阳主要采用第二种角度，因而，在"格""调"二者中，他更看重的是"调"，是诗的"音调节奏"。李东阳以中国古代音乐中的五声（宫、商、角、徵、羽）来比拟各种风格的诗，并表示他最喜欢宫声即李太白、杜子美之诗，而对角声（韩退之诗）、商声（刘长卿诗）则不无间言。在诸调中，他何以格外推崇宫声？"这是从诗与音乐所给予人的那种类似的审美感受出发，借用音乐术语来指称诗的情调，或曰诗的艺术风格。""宫是我国古代音乐中最基本的调式，调性典雅沉重，所以说'最优'、'可以兼众声'。李、杜之诗是我国古代诗歌的典范，风格壮阔而丰富，即正调，故比之为宫。韩愈之诗'横空盘硬语'，走入奇险、高亢一

29

路，故比之为角。这里已经表现出李东阳强调诗的格调，就是为了提倡以李杜为代表的盛唐诗的那种宽宏而丰富的时代格调。"①

① 成复旺、蔡钟翔、黄保真：《中国文学理论史》（三），北京：北京出版社1987年7月版，第57页。

第二章 同质异构的阳明心学
与七子古学

以"同质异构的阳明心学与七子古学"作为这一章的标题，旨在突出这样一个命题：它们共同体现了这个时代知识分子的批评精神和理想主义情怀。

道德理想与批评精神是中国知识分子的两个基本特征。在西方文化中，超越世界和现实世界是二分的，价值理想只能在彼岸实现。"中国哲学重内在超越，其内在义在于，各派哲学家的终极信念与关怀，或所谓理想境界的实现，并不脱离现实人生。""'道'即在'人伦日用'之中，即在'担水砍柴'之间，价值即在事实之中。"① 超越世界的"道"与现实世界的"人伦日用"之间若即若离，不即不离。中国知识分子提倡在一切"人伦日用"的事务中保持人文关怀，即将本体与现象统一，将理想与现实统一。按照这种思路，所谓理想主义精神，即在现实人生中以道自任的精神。"天下有道则见，天下无道则隐"；"君子谋道不谋食"；"君子忧道不忧贫"；这些我们耳熟能详的警句，昭示的是一种以"道"为归的价值取向：一个知识分子，应当超越对自身个体和自我群体利害得失的关心，他必须胸有整个人类社会甚至整个宇宙。

中国知识分子的批评精神是伴随着"以道自重"的传统而发扬光大的。孔子的时代，士阶层刚从旧体制中脱颖而出，虽已确立以道为归的价值取向，但以道自重的意识并不强烈。子思以后，士阶层中

---

① 郭齐勇：《论传统形上学的基本特征》，收入《郭齐勇自选集》，桂林：广西师范大学出版社 1999 年 3 月版，第 239 页。

出现了一批以道德自负并凭藉道与权势抗衡的人物。在这种风气下登上历史舞台的孟子，把士与道的关系扣得十分紧密，"穷则独善其身，达则兼济天下"，无论穷达，都因为拥有道而不丧失其尊严，不会在权势者面前表示谦恭。道尊于势，这是孟子时代形成的命题，而为后世的理学家所继承。明末吕坤《呻吟语》卷一说：

> 故天地间惟理与势为最尊。虽然，理又尊之尊也。庙堂之上言理，则天子不得以势相夺。既夺焉，而理则常伸于天下万世。故势者，帝王之权也；理者，圣人之权也。帝王无圣人之理则其权有时而屈。然则理也者，又势之所恃以为存亡者也。以莫大之权，无僭窃之禁，此儒者之所不辞，而敢于任斯道之南面也。

既然理尊于势（或道尊于势），那么，理的拥有者据理批评权势的拥有者就是天经地义的。无论是"政事"、"国事"，还是个人行为，都在考校之列。这样的一批士大夫的存在，使中国文化的基本伦理观念得到维护和延续，使乡愿哲学或早或晚有被纠正和否定的可能。

一　阳明的反权威主义及其道德理想

以理想主义和批评精神作为划分明代思想文化发展阶段的两个主要尺度，我们对阳明心学理应特别留意。尽管一般的哲学史著作常将陈献章、王阳明并提，认为他们同为明代心学的代表，但阳明对批评精神的钟情与弘扬，绝不是陈献章所可媲美的。"阳明与天地万物为一体的大人之学，根本和专制王朝所要求的'同心同德'大异其趣。阳明所表现的是一种强烈的抗议精神。"① 阳明的抗争对象既包括宦官专权的畸形政体，也包括滋生庸人的社会习俗，甚至包括扼杀个性的考试制度。他为此付出了沉重的代价，先是惨遭廷杖，接着被贬谪

---

① 杜维明：《一阳来复》（陈引驰编），上海：上海文艺出版社1997年12月版，第122页。

到贵州龙场驿，但他从不后悔。这种不妥协的精神令人想起孟子的浩然之气。

阳明的批评精神，就其身为哲学家而言，尤其表现为他彻底否定了对权威的盲目崇拜。哲学家罗钦顺（号整庵）致函指责他的《大学古本》"去朱子之分章，而削其所补之传"为措置不当，又斥其《朱子晚年定论》"考之欠详"，"立论太果"，阳明答书（《答罗整庵少宰书》）曰：

> 《大学》古本，乃孔门相传旧本耳。朱子疑其有所脱误，而改正补辑之。在某则谓其本无脱误，悉从其旧而已矣。失在于过信孔子则有之，非故去朱子之分章而削其传也。夫学贵得之心：求之于心而非也，虽其言之出于孔子，不敢以为是也，而况其未及孔子者乎！求之于心而是也，虽其言之出于庸常，不敢以为非也，而况其出于孔子者乎！且旧本之传数千载矣；今读其文词，既明白而可通；论其功夫，又易简而可入：亦何所按据而断其此段之必在于彼，彼段之必在于此，与此之如何而缺，彼之如何而误，而遂改正补辑之，无乃重于背朱而轻于叛孔已乎？

阳明这种反权威主义、一以真理为依归的精神，与现代科学的实证原则相通。从经验主义的立场来看，阳明这种学术理念不难赢得赞赏。因为，"哪里有这样一个人：持有无可争辩的证据证明他所主张的一切全正确、他所非难的一切全错误；或者，哪里有这样一个人：能说他把所有他个人的意见或旁人的意见全彻底研究过了？"[1] 任何人都不拥有不容置疑的地位，包括朱熹。阳明同一封书还说：

> 其为《朱子晚年定论》，盖亦不得已而然。中间年岁早晚，诚有所未考，虽不必尽出于晚年，固多出于晚年者矣。然大意在

---

[1] 洛克语，转引自罗素：《西方哲学史》下册（马元德译），北京：商务印书馆 1976 年 6 月版，第 139 页。

委曲调停，以求明此学为重。平生于朱子之说，如神明蓍龟，一旦与之背驰，心诚有所未忍，故不得已而为此。知我者谓我心忧，不知我者谓我何求！盖不忍牴牾朱子者，其本心也。不得已而与之牴牾者，道固如是，不直则道不见也。执事所谓决与朱子异者，仆敢自欺其心哉？夫道，天下之公道也；学，天下之公学也；非朱子可得而私也，非孔子可得而私也；天下之公也，公言之而已矣。故言之而是，虽异于己，乃益于己也；言之而非，虽同于己，适损于己也。益于己者，己必喜之；损于己者，己必恶之；然则某今日之论虽或与朱子异，未必非其所喜也。

西方哲学界的一句名言："吾爱吾师，吾更爱真理"，在中国哲学中找到了大体对应的表述。惟真理是从，这是值得赞赏的科学态度。所谓科学态度，不是就谨慎或大胆而言，而是说，无论谨慎还是大胆，无论相信还是否定，其出发点是依从证据，不依从权威，其信念是尝试性的，随时准备接受事实的检验。一句话，它尊重事实，而不尊重教条。阳明《传习录上》倡"五经亦史"之论，同样含有克服教条主义的用意。其弟子徐爱问："先儒论《六经》，以《春秋》为史，史专记事，恐与《五经》事体终或稍异。"阳明答曰："以事言谓之史，以道言谓之经。事即道，道即事，《春秋》亦经，《五经》亦史。《易》是庖羲氏之史，《书》是尧舜以下史，《礼》《乐》是三代史，其事同，其道同，安有所谓异？"阳明"五经亦史"的说法，与程朱的见解如冰炭不能相合。《程氏遗书》卷二上将《诗》《书》比作"药方"，《春秋》只是"用药治疾"。《朱子语类》卷一百二十一载，吕伯恭爱与学者说《左传》，朱子告诫说："《语》《孟》六经多少道理不说，恰限说这个；纵那上有些零碎道理，济得甚事。"都毫不迟疑地扬经抑史。视之为经，则只能作为原则加以信奉；视之为史，则可以根据具体的社会情境加以变通。而我们要强调的是：阳明之撰《朱子晚年定论》，阳明之经史并重，这一事实背后的理论目标更值得重视。他旨在中断程、朱的"道问学"传统而确立"尊德性"的路数。在他看来，"道问学"易失于支离琐碎，徒然博学，而窒息人的良知；而"尊德性"却有助于恢复直觉的作用，直指"致良知"的境界。阳明意在获得某种创造新理论体系的权力。阳明之于程朱，其背道而驰之处是不必讳言的。

阳明的理想主义情怀表现为他对"道"的义无返顾的追求并试图把他的文化理想经由普及教育推广到民间社会。阳明之学，"始泛滥于词章，继而遍读考亭之书，循序格物，顾物理吾心终判为二，无所得入。于是出入于佛、老者久之。及至居夷处困，动心忍性，因念圣人处此更有何道？忽悟格物致知之旨，圣人之道，吾性自足，不假外求。其学凡三变而始得其门。自此以后，尽去枝叶，一意本原，以默坐澄心为学的……江右以后，专提'致良知'三字，默不假坐，心不待澄，不习不虑，出之自有天则……居越以后，所操益熟，所得益化……是学成之后又有此三变也。"（《明儒学案》卷十《姚江学案》)① 在阳明所经历的诸阶段中，有两桩事格外值得提出。一桩是格竹无功，《传习录下》记载：

> 众人只说"格物"要依晦翁，何曾把他的说去用！我着实曾用来。初年与钱友同论做圣贤要格天下之物，如今安得这等大的力量？因指亭前竹子，令去格看。钱子早夜去穷格竹子的道理，竭其心思，至于三日，便致劳神成疾。当初说他这是精力不足。某因自去穷格。早夜不得其理。到七日，亦以劳思致疾。遂相与叹：圣贤是做不得的，无他大力量去格物了！及在夷中三年，颇见得此意思。乃知天下之物本无可格者。其格物之功只在身心上做。决然以圣人为人人可到，便自有担当了。

---

① 阳明及门弟子钱德洪，对阳明思想进程的概括与此略有不同，其《刻文录叙说》云："先生之学凡三变，其为教也亦三变：少之时，驰骋于词章；已而出入二氏；继乃居夷处困，豁然有得于圣贤之旨：是三变而至道也。居贵阳时，首与学者为'知行合一'之说；自滁阳后，多教学者静坐；江右以来，始单提'致良知'三字，直指本体，令学者言下有悟：是教亦三变也。"

阳明在亭前"格"竹数日，这是严格而虔诚地按照朱子的理论去实践。朱熹认为，"理"是天地外物的最高主宰，认识的目的在于"穷天理"，而穷理的必然途径是"格物"。首先要格具体事物之理，"用力之久"，便可"豁然贯通"，"顿悟天理"。朱熹还认为，"格物"的主要内容是读圣人之书；与此相联系，他提倡"泛观博览"。古希腊时代的苏格拉底和柏拉图认为，追求知识对于德行完美有着极为重要的意义；没有一个人是明知而又故意犯罪的，因此，使一切人德行完美所必需的就只是知识。朱熹的主张，与此似乎相同。但朱熹经由"格物"所得之"理"，并非古希腊哲人所界定的专门知识，而是一种道德理性。只是由于"格"具体之"物"与专门知识之间容易联系起来，所以确有部分学者将"格物"作为认识论命题加以讨论。比如阳明的同时代人顾璘（东桥）。他得知阳明"教人以致知明德而戒其即物穷理"，便致函诘难道："古今事变，礼乐名物，未尝考识，使国家欲兴明堂，建辟雍，制历律，草封禅，又将何所致其用乎？故《论语》曰'生而知之者'，义理耳；若夫礼乐名物，古今事变，亦必待学而后有以验其行事之实，此则可谓定论矣。"（王阳明《答顾东桥书》引）顾东桥的意思是：专业知识或技术性的知识只有一件一件去学习才能弄明白，仅仅正心诚意是不够的。然而，阳明所指涉的对象却正是本体，而不是具体的知识。故阳明强调："圣人无所不知，只是知个天理；无所不能，只是能个天理；不是本体明后，却于天下事物都便知得，便做得来也。天下事物，如名物度数草木鸟兽之类，不胜其烦，圣人须是本体明了，亦何缘能尽知得！但不必知的，圣人自不消求知；其所当知的，圣人自能问人，如'子入太庙，每事问'之类。先儒谓'虽知亦问，敬谨之至'，此说不可通。圣人于礼乐名物不必尽知，然他知得一个天理，便自有许多节文度数出来，不知能问，亦即是天理节文所在。"（《传习录下》）在阳明看来，圣人之为圣人，不在于"礼乐名物之类"的专门知识特别丰富，而在于他生而即知义理，知道什么样的行为才是健全人格的体现。儒家的基本关切是如何做人。从阳明的角度看，在专门知识与健全人格之间，并无成正比例的关系。他在《答顾东桥书》中举例说：历数之学，

"虽尧舜未必能之"，而今之"曲知小慧之人，星术浅陋之士"，却"能推步占候而无所忒"，我们能说这些人在做人上高于尧舜吗？阳明的体会是深刻的。道德的优点与才干的优点不是一回事。一个人懂得"礼乐名物"，这是优点，但不是道德的优点，我们并不认为他具有了这种才干就更有德。道德的优点仅仅涉及意志的行为，也就是说在各种可能的行为途径中能做出正当的选择。我们没有理由期待一个知识较多的人比一个知识较少的人在道德上更为优越。如果朱熹和阳明关注的都是伦理问题，都是如何经由自我努力而成为圣人，那么，比较而言，强调内在的良知比强调"格"外在之"物"就有更多的合理性，因为，既然道德仅仅涉及意志，那么"致良知"就可直接将正当的意志贯彻到行动中去；而知识的增长与道德完善之间，却没有这种直接联系。故阳明批评说："后世不知作圣之本是纯乎天理，却专去知识才能上求圣人，以为圣人无所不知，无所不能，我须是将圣人许多知识才能逐一理会始得，故不务去天理上着工夫，徒弊精竭力从册子上钻研，名物上考察，形迹上比拟，知识愈广而人欲愈滋，才力愈多而天理愈蔽。"（《传习录上》）严格区分本体论与知识论，阳明的思路是清晰而合理的：本体论关心的是德行而不是知识的增长。

阳明人生经历中的另一桩重大事件是"居夷处困"。

武宗正德元年（1506），阳明35岁，在京师讲学。这时宦官刘瑾柄政。南京科道戴铣、薄彦徽等以谏忤旨，逮系诏狱，阳明首抗疏救之。疏入，亦下诏狱。廷杖四十，贬官贵州龙场驿丞。"龙场在贵州西北万山中。夷人鴃舌难语，可通语者，皆中土亡命，及军夫余丁。时瑾憾犹未已。自计得失荣辱颇能超脱，独生死一念未忘。乃为石墩自誓曰：吾唯俟命而已。从者皆病。自析薪取水作糜饲之。恐其中怀抑郁，又与歌诗及越调曲，杂以诙笑。因念圣人处此，更有何道？——忽中夜大悟格物致知之旨，寤寐中若有人语之者，不觉呼跃，从者皆惊。始知圣人之道，吾性自足。向之求理于事物者，误也。乃以嘿记五经之言证之，莫不吻合。"（《年谱》一）阳明于"中夜大悟格物致知之旨"，简单地说，即不再释"格物"为"穷至事物之理"，而释为"为善去恶"，为"正念头"；不再释致知为获得具体知识，而释为"致良知"，用通俗语言表述，即凭良心办事。由此阳明重提孟子"先立乎其大者，则小者不能夺"的命题，教人在一念发动处把握住良知、天理。良知是每个人都具有的，只要凭良知行事，就是遵循了天理。"致良知"，这是何等简易明白，再也用不着种种繁琐论证。"此圣人之所以至易至简，易知易从，学易能而才易成者，正以大端惟在复心体之同然，而知识技能非所与论也。"（《传习录中》）

　　阳明这种单刀直入地倡导"致良知"的哲学，对于道德重振无疑有其重要意义。既然德行在于意志，所以人生中一切或善或恶的行为都取决于自己。他可以做不了官，但又有什么关系呢？他依然可以做一个道德高尚的人。他可以被太监无理廷杖、下狱甚至流放到贵州那偏远的龙场驿去，但他依然能够始终不渝地坚守信念，并愉快乐观地生活下去。外在的力量只能左右身外之物，而德行（真正的善）则完全由个人自己作主。一个人只要能从世俗的欲望中解脱出来，只要遵循良知的指导，他就获得了圣贤的品格。每一个人都可以成为圣贤，因为每一个人都是自己德行的主人，他的良知是外界所剥夺不了的。

　　恩斯特·卡西尔在所著的《人论》中指出，人与动物虽然生活在同一个物理世界之中，但人的生活世界却是完全不同于动物的自然世界的。人与动物的这种区别，实质上就是"理想与事实"、"可能性与现实性"的区别。他在第五章中引用了歌德的一句名言："生活在理想的世界，也就是要把不可能的东西当作仿佛是可能的东西来对待"，并阐释说，人的生活世界的根本特征在于，他总是生活在"理想"的世界，总是向着"可能性"行进，而不像动物那样只能被动接受"事实"，永远不能超越"现实性"的规定。比照这一界定，我们发现，阳明关于成圣的理论设计，是洋溢着理想主义精神的。虽然事实上没有人是圆满无缺的圣人，因为人内在的圣性永远不可能完全实现；但阳明依然坚信，每一个人，无论智愚，无论尊卑，只要愿意，都可以成为圣人，因为圣性植根于每个人心中，永远也不会丧失。前者就实现圣性的过程而言，后者就实现圣性的基础而言。阳明强调后者，表现出对世人充满期待的情怀：人皆可以为尧舜，千万不要辜负了自己！这种道德理想主义是何等富于魅力！

阳明苦苦求索"义理"，并非要做书斋中的学问，其目光所注，在于改变社会风气。他在《答顾东桥书》中感慨说："圣人之学日远日晦，而功利之习愈趋愈下。其间虽尝瞀惑于佛老，而佛老之说卒亦未能有以胜其功利之心；虽又尝折衷于群儒，而群儒之论，终亦未能有以破其功利之见。盖至于今，功利之毒沦浃于人之心髓，而习以成性也几千年矣。相矜以知，相轧以势，相争以利，相高以技能，相取以声誉。其出而仕也，理钱谷者则欲兼夫兵刑，典礼乐者又欲与于铨轴，处郡县则思藩臬之高，居台谏则望宰执之要。故不能其事，则不得以兼其官；不通其说，则不可以要其誉。记诵之广，适以长其敖也；知识之多，适以行其恶也；闻见之博，适以肆其辨也；辞章之富，适以饰其伪也。……呜呼！士生斯世，而尚何以求圣人之学乎？尚何以论圣人之学乎？士生斯世而欲以为学者，不亦劳苦而繁难乎？不亦拘滞而险艰乎？呜呼！可恶也已！所幸天理之在人心终有所不可泯，而良知之明万古一日，则其闻吾拔本塞源之论，必有恻然而悲，戚然而痛，愤然而起，沛然若决江河而有所不可御者矣，非夫豪杰之士无所待而兴起者，吾谁与望乎？"阳明对"势"、"利"、"声誉"是鄙视的，他甚至对"知"和"技能"也不屑一顾，理由很简单，"记诵"、"知识"、"闻见"、"辞章"之类，已成为行恶、饰伪的工具。针对这种时弊，阳明告诫说，才力高下不是评定人之尊卑的主要条件，做人如何才是最关键的。在成圣途中，一个学富五车的人丝毫不比一个文盲优越。《传习录上》载有他与弟子蔡宗兖（字希渊）的一段对话。希渊问："伯夷伊尹于孔子，才力终不同，其同谓之圣者安在？"阳明答道："圣人之所以为圣，只是其心纯乎天理而无人欲之杂，犹精金之所以为精，但以其成色足而无铜铅之杂也。人到纯乎天理方是圣，金到足色方是精。然圣人之才力亦有大小不同，犹金之分两有轻重，尧舜犹万镒，文王孔子犹九千镒，禹汤文王犹七八千镒，伯夷伊尹犹四五千镒，才力不同而纯乎天理则同，皆可谓之圣人，犹分两虽不同而足色则同，皆可谓之精金。以五千镒者而入于万镒之中，其足色同也；以夷尹而厕之尧孔之间，其纯乎天理同也；盖所以为精金者，在足色而不在分两；所以为圣者，在纯乎天理而不在才力也。故虽凡人而肯为学，使此心纯乎天理，则亦可为圣人，犹一两之金，比之万镒，分两虽悬绝，而其到足色处可以无愧，故曰'人皆可以为尧舜'者以此。学者学圣人，不过是去人欲而存天理耳。……"阳明重提"人皆可以为尧舜"，旨在把他的人生哲学向民间社会推广，他的弟子们由此发挥出"满街人都是圣人"的命题。《传习录下》载：

> 一日，王汝止（王艮字汝止）出游归，先生问曰："游何见？"对曰："见满街人都是圣人。"先生曰："你看满街人是圣人，满街人到看你是圣人在。"又一日，董萝石（董沄号萝石）出游而归，见先生曰："今日见一异事。"先生曰："何异？"对曰："见满街人都是圣人。"先生曰："此亦常事耳，何足为异！"盖汝止圭角未融，萝石恍见有悟，故问同答异，皆反其言而进之。

所谓"满街人都是圣人"，换句话说，即人人心中都有良知，人人都有成为圣人的可能。"自己良知原与圣人一般，若体认得自己良知明白，即圣人气象不在圣人而在我矣。"（《传习录中·答周道通书》）以道德情感为基础而形成的良知，其实就是"是非之心"，这是普通人也具有的。为了民间社会能较为亲切地接受他的人文教育，他甚至愿意放弃"圣人"这一确认道德境界的术语。经过阳明的努力，他的"良知"说在正嘉几朝风靡天下。这是不难理解的，"良知"说一方面满足了知识阶层谈论"本体"、"功夫"，研讨哲学的要求，另一方面又简易直接，便于通俗化和社会化，不像朱子的"读书明理"，只能限于士大夫的圈子内。正如何良俊《四友斋丛说》卷四所说："阳明先生拈出良知以示人，真可谓扩前圣所未发。盖此良知，即孔子所谓愚夫愚妇皆可与知者，即孟子所谓赤子之心，即佛氏所谓本来面目，即《中庸》所谓性，即佛氏所谓见性成佛，乃得于禀受之初，从胞胎中带来，一毫不假于外，故其功夫最为切近。阳明既已拈出，学者只须就此处着力，使不失本然之初，便是作圣之功。其或杂以己私，则于夜气清明之时反观内照，而其虚灵不昧之天，必有赧然自愧者，因此渐渐克去，损之又损，而本体自无不具矣，又何必费许多辞说哉？夫讲论愈多，则枝叶日繁，流派日广，枝叶繁而本根萎，流派广则源泉竭，歧路之多，杨朱之所以下泣也，其于理性何益哉？”由繁琐的证明推出的伦理信条，只有那些博学之士才可能了解；但“良知”的启示，则无论受过教育与否，无论有时间学习哲学与否，任何人都可以获得或了解。并且，对于博学之士以外的人来说，“良知”的启示就够用了。阳明学在确立民间社会的道德信仰方面，其作用较朱子学更为直接。

在这里提及对阳明学的一个误解是必要的。阳明的同时代哲学家，如罗钦顺、王廷相、顾璘，都以为阳明的宗旨是只鼓励人观看内心而不观看外界：观看内心，我们获得的是良知的指导；观看外界，却丝毫无助于良知的呈现。他们误以为阳明的意见是：人们不必研究具体的事务，只有德行才是重要的。这样一种意义上的阳明学，和禅学几乎没什么区别，所以阳明不只一次地申明，它的哲学与禅学绝不相同。如《重修山阴县学记》：“夫禅之学与圣人之学，皆求尽其心也，亦相去毫厘耳。——圣人之求尽其心也，以天地万物为一体也。……于是有纪纲政事之设焉，有礼乐教化之施焉。凡以裁成辅相成己成物而求尽吾心焉耳。心尽而家以齐，国以治，天下以平。故圣人之学，不出乎尽心。……今之为心性之学者，而果外人伦，遗事物，则诚所谓禅矣。使其未尝外人伦，遗事物，而专以存心养性为事，则固圣门精一之学也，而可谓之禅乎哉！”注重“应事接物”，注重“纪纲政事”、“礼乐教化”和齐家治国平天下，阳明心学由内而外，具有鲜明的现实品格，不宜被批评为“一意于纲领本原之约而脱略于支条节目之详”。其《答顾东桥书》中的一段话尤为重要：“学校之中，惟以成德为事。而才能之异，或有长于礼乐，长于政教，长于水土播植者，则就其成德而因使益精其能于学校之中。迨夫

41

举德而任，则使之终身居其职而不易。"阳明之教，虽以"成德"为基石，但并不以"成德"为限。"成德"之后，人尽其才；本体论统御知识论，培养出对社会有责任感的专家。阳明反对弟子以"无所不知"为目标，因为人各有所长，追求"无所不知"，反而会落得一无所长。倡导德行与专长统一，这是阳明务实作风的体现。

二 时代思潮掠影：几位两栖型人物

在"时代思潮"之后，加上"掠影"二字，意在表明，我们的阐述只是举例性质，并无对这一时期的相关材料——加以爬梳整理的雄心。我们感兴趣的是几位两栖型人物，如祝允明（1461～1527）、王廷相（1474～1544）、顾璘（1476～1545）和王世贞（1526～1590）。他们既是文人，又是史学家或哲学家，有关他们的若干事实表明，文、史、哲尽管学科有别，但就与时代思潮的联系而言，它们又是相通的，不宜用人为的墙壁将它们隔断。

在中国学术界，较早以"时代思潮"这一术语论述学术变迁的大约是梁启超。1919 年，梁启超著《清代学术概论》，开章明义，云："凡文化发展之国，其国民于一时期中因环境之变迁，与夫心理之感召，不期而思想之进路，同趋于一方向，于是相与呼应汹涌，如潮然。""凡时代思潮，无不由'继续的群众运动'而成。所谓运动者，非必有意识、有计划、有组织，不能分为谁主动、谁被动。其参加运动之人员，每各不相谋，各不相知。其从事运动时所任之职役，各各不同，所采之手段亦互异。于同一运动之下，往往分无数小支派，甚且相嫉视相排击。虽然，其中必有一种或数种之共通观念焉，同根据之为思想之出发点。"① 梁启超的界定大致是恰切的。从时代思潮的角度宏观地把握研究对象，如摄像之取远景，局部的差异被省

---

① 梁启超：《清代学术概论》，北京：东方出版社 1996 年 3 月版，第 1～2 页。

略是必然的。而且，某些针锋相对的个别意见，可能体现的是同一种精神。

论及弘治、正德至嘉靖前期的"时代思潮"，有一个喜剧性的例证，即正德皇帝。"中国有没有一套类似于西方的宪法？表面上看当然没有，但传统中国是否有人人遵循的大经大法？我认为是有的。我认为中国皇帝的自由其实相当有限。在中国的传统里，皇帝多半是心理学上所谓被压抑的人格；真正能够发挥其雄才大略的皇帝真是太少了。""绝大部分中国皇帝都是被中国社会中各种不同的控制机制所约束。因为制度本身是专制的，皇帝本人也是受专制制度控制的成员。你看最近有些人研究明代社会，皇帝早晨四点钟起床，然后上朝。他生活的每一个步骤——衣、食、住、行，乃至性生活和娱乐各方面都有起居注，记载得非常详细，走错一步不得，而且可供他伸缩的地方也极小。"① 比照这种情形来考察正德的种种荒唐举动，如果宅心宽厚的话，也能体会到一种理想主义情怀和批评精神。比如，他乐于把自己想像成和明成祖一样的伟人，既能管理国家，又能率军打仗；他对以军事实力抗击蒙古骑兵怀有持续多年的兴趣，并于1517年10月亲自指挥了一次击退蒙古军队的战役——这是整个16世纪中明军所取得的唯一一次战胜蒙古军队的像样的胜利；他喜欢豪华、新奇的花灯，1514年2月，当宫殿起火，照亮了整个天空时，他不甚介意，只是开玩笑地说："好一棚大烟火也。"

下面我们具体考察几位两栖型人物，关注焦点是他们的批评精神。

祝允明是书法家，也是诗人（与唐寅、文徵明、徐祯卿并称"吴中四才子"），同时还是一位思想史专家。作为思想史专家，他的《苏材小纂》以墓志、行状等为依据，努力选择可信的文献资料，并注意考据异同；他的最后一部著作《祝子罪知录》，在对历史人物的评价方面往往与传统的说法大相径庭，于标新立异中见出其批评精

---

① 杜维明：《一阳来复》（陈引驰编），上海：上海文艺出版社1997年12月版，第404～405页。

神，"如谓汤、武非圣人，伊尹为不臣，孟子非贤人，武庚为孝子，管、蔡为忠臣，庄周为亚孔子一人，严光为奸鄙，时苗、羊续为奸贪，谢安为大雅君子，终弈折屐非矫情，邓攸为子不孝，为父不慈，人之兽也，正珪、魏徵为不臣，徐敬业为忠孝，李白百俊千英万夫之望，种放为鄙夫，韩愈、陆贽、王旦、欧阳修、赵鼎、赵汝愚为匪非。"（《四库全书总目》卷一二四子部杂家类存目一《祝子罪知》提要）他的这些见解对李贽《藏书》具有直接影响。

其诗学主张，也同样敢于言人之所不敢言。比如，他明确表示不喜欢杜甫。清王士禛《带经堂诗话》卷二评驳类云："祝允明作《罪知录》，论唐诗人，尊太白为冠而力斥子美，谓其以村野为苍古，椎鲁为典雅，粗犷为豪雄，而总评之曰'外道'。李则《凤凰台》一篇，亦推绝唱。狂悖至于如此，令人掩耳不欲闻。"王士禛本人，其实也不甚许可杜甫，连他也指斥祝允明狂悖，这提醒我们，祝允明对杜甫的否定，并非一件不疼不痒的事。

王廷相是文人，也是一位著名的理学家。作为文人，他与李梦阳、何景明等并称"前七子"；作为理学家，他表现出强烈的以认识论代替伦理学本体论的倾向。由于宋明理学以伦理学本体论为基石（心学所重依然是伦理），王廷相哲学的批评锋芒在某种意义上比阳明还要尖锐。他在《横渠理气辩》中说：

> 张子曰："太虚不能无气，气不能不聚而为万物，万物不能不散而为太虚。循是出入，皆不得已而然也。""气之为物，散入无形，适得吾体；聚而有象，不失吾常。""聚亦吾体，散亦吾体。知死之不亡者，可与言性矣。"横渠此论，阐造化之秘，明人性之源，开示后学之功大矣。而朱子独不以为然，乃论而非之，今其辩其惑。

这是在具体命题上反驳朱子。其《答薛君采论性书》曰：

> 今君采之谈性也，一惟主于伊川。……伊川，吾党之先师

也，岂不能如他人依附余论以取同道之誉？但反求吾心，实有一二不可强同者，故别加论列，以求吾道之是，其协圣合天、精义入神之旨，则固遵而信之矣。古人有言曰，"宁为忠臣，不作谀仆"，其此之谓乎！

反驳程颐（学者称伊川先生），不只是与一位理学大师立异的问题，而是极有棱角地显示了一种惟真理是从、当仁不让于师的精神。如王廷相《太极辩》所说："儒者之为学，归于明道而已。使论得乎道真，虽纬说、稗官，亦可从信，况庄列乎！使于道有背驰，虽程朱之论，亦可以正而救之。"其《慎言》亦明确反对"笃守先哲梏自得之识"。

其批评精神贯彻在现实中，则是对不良政治的抗争。如嘉靖十八年，他上疏朝廷，指斥吏治腐败，词气慷慨，不愧为一名敢言的谏官。其言曰："昔在先朝，盖有贿者矣，然犹百金称多，而今则累千巨万以为常。盖有贪者矣，然犹宵行畏人，而今则张胆明目而无忌。士风之坏，一至于此，真可痛也。"王廷相讲这些话，正值严嵩、张瓒弄权的时代。

王廷相对于他作为文人的声誉是极为看重的。王世贞《艺苑卮言》卷七载："郑郎中善夫初不识王仪封廷相，作《漫兴》十首，中有云：'海内谈诗王子衡，春风坐遍鲁诸生。'后郑卒，王始知之，为位而哭，走使千里致奠，为经纪其丧，仍刻其遗文。人之爱名也如此。"他对文坛领袖李梦阳极为崇拜。他仅小李梦阳一岁，却以弟子自居。他的《翩翩者鹊》、《硕人篇》都为赞颂李梦阳而作，辞气异常谦恭，如前一首说："翩翩者鹊，唯鸠从之。我友敬慕，实维我师"；"瞻企靡及，中心怆而"。后来为《李空同集》作序，甚至说："杜子美虽云大家，要自成己格尔。元稹称其薄《风》、《骚》，吞曹、刘，固知其溢言矣。其视空同规尚古始，无所不极，当何以云。"也许因为他的话说过了头，钱谦益作《列朝诗集小传》，便对他大加嘲讽："近代词人，尊今卑古，大言不惭，未有甚于子衡者。"但换一个角度看，从王廷相这种"尊今卑古"的态度，我们倒也窥见了七子古学的潜台词：并非膜拜古人，而志在超越古人。其睥睨往昔的气概，与阳明有几分相似。

和王廷相一样，顾璘也兼有哲学家和文人的双重身份。阳明《传习录中》有《答顾东桥书》，是与顾璘商榷的一篇规制宏大的文章。仅从其中所引顾璘致阳明书原文，亦足见其以认识论取代本体论的致思特点：重术而轻道，重具体而轻抽象，关注客观事物的规律法则，提倡实证。他对伦理学本体论的消解，与宋明理学是背道而驰的。哲学家敢于独立思考问题，这是又一个例证。

作为文人的顾璘，早年与陈沂、王韦、朱应登并称"江南四大家"。《明史·文苑传》称顾璘等"羽翼李梦阳"。但应该指出，作为以南京为依托的江南作家，其气质与李梦阳等北方作家有别，对杜甫不甚推重，而向慕六朝初唐的诗风。何良俊《四友斋丛说》载：

> 顾尚书东桥好客，其坐上常满。又喜谈诗。闻其言曰：李空同言作诗必须学杜，诗至杜子美，如至圆不能加规，至方不能加矩矣。此空同之过言也。夫规矩方圆之至，故匠者皆用之，杜亦在规矩中耳。若说必要学杜，则是学某匠，何得就以子美为规矩耶？何大复所谓舍筏登岸，亦是欺人。（卷二十六）
>
> 东桥一日又语客曰：何大复之诗虽则稍俊，然终是空同多一臂力。（卷二十六）

这是顾璘在文学领域中坚持独立见解的表态。

王世贞是文坛领袖兼史学家。他的诗学见解，下编将大量涉及，此处从略。我们仅考察他作为史学家的这一侧面。他的史学代表作为《弇山堂别集》一百卷，《四库全书总目》卷五一史部杂史类著录，提要曰："是书载明代典故，凡《盛事述》五卷，《异典述》十卷，《奇事述》四卷，《史乘考误》十一卷，《表》三十四卷，分六十七目，《考》三十六卷，分十六目。世贞自序云：'是书出，异日有裨于国史者，十不能二。耆儒掌故取以考证，十不能三。宾幕酒宴，以资谈谑，参之十，或可得四。其用如是而已。'然其间如《史乘考误》，及诸侯王百官表，亲征命将谥法兵制市马中官诸考，皆能辨析精核，有裨考证。盖明自永乐间改修《太祖实录》，诬妄尤盛。其后累朝所修实录，类皆阙漏疏芜，而民间野史间出，又多凭私心好恶，诞妄失伦，史愈繁而是非同异之迹愈颠倒而失其实。世贞承世家文献，熟悉朝章，复能博览群书，多识于前言往行，故其所述，颇为详洽。虽微事既多，不无小误。又所为各表，多不依旁行斜上之体，所失正与雷礼相同。其盛事奇事诸述，颇涉谈谐，亦非史体。然其大端可信，此固不足以为病矣。"注重对各种资料的真伪鉴别，王世贞这种批评性的求实精神在 16 世纪是引人注目的。《弇山堂别集》所收《史乘考误》，曾刻印单行本，含《二史考》八卷，《家乘考）二卷。所谓"二史"，即国史、野史。王世贞在《史乘考误》的前言中说："国史之失职未有甚于我朝者也。故事有不讳，始命内阁翰林臣纂修实录。六科取故奏，部院谘陈牍而已。其于左右史记言动阙如也。是故无所考而不得书，国讳衮阙则有所避而不敢书。而其甚者，掌笔之士或有私好恶焉，则有所考无所避而不欲书。即书，故无当也。史失求诸野乎？然而野史之弊三。一曰挟郄而多诬，其著人非能称公平贤者，寄雌黄于睚眦，若《双溪杂记》、《琐缀录》之类是也。二曰轻听而多舛，其人生长闾阎间，不复知县官事，谬闻而遂述之，若《枝山野记》、《翦胜野闻》之类是也。三曰好怪而多诞，或创为幽异可愕以媚其人之好，不核而遂书之，若《客坐新闻》、《庚巳编》之类是也。无已，求之家乘铭状乎？此谀枯骨谒金言耳。虽然，国史人恣而善蔽真，其叙典章述文献不可废也。野史人臆而善失真，其征是非削讳忌不可废也。家史人谀而善溢真，其赞宗阀表官绩不可废也。"无论是国史，还是野史，或是家乘，其所提供的资料都必须严加鉴别，不能不加选择的引用。这种怀疑精神或批评精神体现出惟真理是求的反权威主义信念。

从祝允明、王廷相、顾璘到王世贞，举例中提到的这几位两栖型人物，其差异是鲜明的，其共同之处也不难指出。一、他们是一群富于批评精神的士大夫，绝不盲从权威；二、他们开始倡导一种重证据、重推理的实事求是的学风；三、就理论建构而言，他们的道德理想主义情怀似不及阳明那么强烈，但从王廷相、顾璘、王世贞在实际人生中的表现来看，他们依然是一群道德理想主义者。这几个例证，是我们观察时代思潮的几扇窗户。

三　前后七子的诗学祈向

弘治、正德至嘉靖前期的道德理想主义和批评精神，表现在诗学领域，则是前后七子的崛起。

并非偶合，在社会政治生活中，与王阳明一样，他们是一群高扬道德风范、志操耿介的士大夫。比如前七子领袖李梦阳（1475～1531）。他曾于弘治十八年（1505）上书孝宗，淋漓尽致地指陈二病（士气日衰、中官日横）、三害（兵害、民害、庄场饥民之害）、六渐（匮之渐、盗之渐、坏名器之渐、弛法令之渐、方术蛊惑之渐、贵戚骄恣之渐），最后直指皇后之弟张鹤龄"招纳无赖，罔利贼民，势如翼虎"。因这封疏，他被逮下狱，但他一点儿也不后悔。王世贞《艺苑卮言》卷六载："李献吉为户部郎，以上书极论寿宁侯（即张鹤龄）事下狱，赖上恩得免。一夕醉遇侯于大市街，骂其生事害人，以鞭梢击堕其齿。侯恚极，欲陈其事，为前疏未久，隐忍而止。献吉后有诗云：'半醉唾骂文成侯。'盖指此事也。"由此不难想见李的风采。正德元年（1506），梦阳又因反对宦官刘瑾下狱，几乎被杀，赖康海等说情而获释。历经磨难，他依然锋芒逼人。《艺苑卮言》卷六载："李献吉既以直节忤时，起宪江西，名重天下。俞中丞谏督兵平寇，用二广例，抑诸司长跪，李独植立。俞怪，问：'足下何官耶？'李徐答：'公奉天子诏督诸军，吾奉天子诏督诸生。'竟出。后与御史有隙，即率诸生手银铛，欲锁御史，御史杜门不敢立。坐构免，名益重。方岳部使过汴，必谒李，年位既不甚高，见则据正坐，使客侍坐，往往不堪，乃起宁藩之狱，陷李几死。林尚书待用力救得免，自是不复振。"这种"虽千万人吾往矣"的气概，与阳明之以圣人自许，其心理结构是相同的。《明史》以"国士"目之，他是当之无愧的。梦阳本人亦再三著文表达他重振道德的热情，其《大梁书院田碑》甚至说："故宁伪行欺世而不可使天下无信道之名，宁矫情干誉而不可使天下无仗义之称。"《奉邃庵先生书》亦云："某自沾馀馥以来，廿年于兹矣，恒惧玷点名教，忝违训旨。每以不欺师君实，不以死生富贵动心法希文，而揽辔澄清，则欲效孟博之为。"他所敬慕的司马光（字君实）、范仲淹（字希文）、范滂（字孟博），都是中国历史上以节操著称的志士。又如何景明，他也曾上书指控刘瑾，并上言"义子不当畜，边军不当留，番僧不当宠，宦官不当任"，《明史·何景明传》称他"志操耿介，尚节义，鄙荣利，与梦阳并有国士风"。其他如王世贞等"后七子"屡忤严嵩，更是为人熟知的史实。他们的道德理想主义情怀，与阳明心学的宗旨之间，可以用"吻合"来描述其关系。

　　阳明心学与七子古学产生于同一时代，对这一事实表示关注的第一人可能是晚明的董其昌。其《容台集·文集》卷一《合刻罗文庄公集序》云："成弘间师无异道，士无异学。程朱之书立于掌故，称大一统，而修词之家默守欧曾，平平尔。时文之变而师古也，自北地始也，理学之变而师心也，自东越始也。""北地"指李梦阳，"东越"指王阳明。顾炎武《日知录》卷十八《朱子晚年定论》说："自弘治、正德之际，天下之士厌常喜新，风气之变，已有所自来。而文成以绝世之资，倡其新说，鼓动海内。嘉靖以后，从王氏而诋朱子者，始接踵于人间。"阳明之"变而师心"被视为"新说"不存在理解的障碍，但将李何之"变而师古"视为"新说"却不一定为人首肯，钱钟书《谈艺录》（补订本）九一《论难一概》就说："有明弘正之世，于文学则有李何之复古模拟，于理学则有阳明之师心直觉，二事根本牴牾，竟能齐驱不倍。"认为"复古模拟"与"师心直觉""根本牴牾"，当然是指二者的路数迥异。但换一个角度来看，结论会显然不同。所谓"革新"或保守，不是一种是非评价，而是客观地概括对于现状所采取的态度。保守就是要维持现状，反对重大变化；革新就是不满于现状，要在相当程度上打破现状。所以，如果现状值得维持，保守就较为合理；如果现状不值得维持，革新就较为合理。阳明心学是对乡愿哲学的否定，其合理性是不言而喻的，那么，七子古学呢？何良俊《四友斋丛说》卷二十三说：

> 我朝相沿宋元之习，国初之文，不无失于卑浅。故康李二公
> 出，极力欲振起之。二公天才既高，加发以西北雄俊之气，当时
> 文体为之一变。

卷二十六又说：

> 我朝如杨东里、李西涯二公，皆以文章经国，然只是相沿元
> 人之习。至弘治间李空同出，遂极力振起之，何仲默、边庭实、
> 徐昌谷诸人相与附和，而古人之风几遍域中矣。律以古人，空同
> 其陈拾遗矣。

何良俊的描述是符合实情的。无论是台阁体，还是茶陵派，其末流
"相沿元人之习"，卑浅痿痹，已造成不值得维持的文学现状，七子
派高倡复古，意在摆脱现状的约束，开辟焕然一新的局面。从与现状
的关系看，他们无疑是名副其实的革新派。故《四库全书总目》张
吉《古城集》提要曰："明至正德初年，姚江之说兴，而学问一变；
北地信阳之说兴，而文章又一变。"着眼于二者的新变，揭示出了阳
明心学与七子古学异构同质的特点，都对现状持批评态度。① 嵇文甫
也表达过相近的意思："大概明中叶以后，学者渐渐厌弃烂熟的宋人
格套，争出手眼，自标新异。于是乎一方面表现为心学运动，另一方
面表现为古学运动，心学与古学看似相反，但其打破当时传统格套，

---

① 以复古为革新并不是一个难以解释的现象，钱钟书本人即曾在《论复
古》一文中说："（一）文学革命只是一种作用（function），跟内容和目的无关；
因此（二）复古本身就是一种革新或革命；而（三）一切成功的文学革命都多
少带些复古——推倒一个古代而另抬出旁一个古代；（四）若是不顾民族的保守
性，历史的连续性而把一个绝然新异的思想或作风介绍进来，这种革新定不会
十分成功。"见《钱钟书散文选》，杭州：浙江文艺出版社 1997 年 7 月版，第
509 页。

如陆象山所谓'扫俗学之凡陋'，其精神则一。"① 值得提出的一个事实是，被许多人视为最勇于打破陈规的李贽，他对李梦阳仰慕之至。据梁维枢《玉剑尊闻》卷六："李贽常云：宇宙内有五大部文章，汉有司马子长《史记》，唐有《杜子美集》，宋有《苏子瞻集》，元有施耐庵《水浒传》，明有《李献吉集》。或谓弇州《四部稿》较弘博。赞曰：不如献吉之古。"可见，与"古"相呼应的不一定是"陈规"，而可能是某种令人耳目一新的艺术追求。

考察前后七子的诗学祈向，不能忽略他们对"格调"说的重新阐释。《明史·文苑传》称："梦阳才思雄鸷，卓然以复古自命。弘治时，宰相李东阳主文柄，天下翕然宗之，梦阳独讥其萎弱，倡言'文必秦汉，诗必盛唐，非是者弗道'。……与何景明、徐祯卿、边贡、康海、王廷相号'七才子'……皆卑视一世，而梦阳尤盛。"在改造文坛的事业中，他们将新的内涵注入格调说中。

如第一章所说，明代格调说大体经历了三个演变阶段。自高棅至李东阳为第一个阶段，李东阳是其核心人物；前七子领诗坛风骚的时期为第二个阶段，李梦阳、何景明为其核心人物；后七子领诗坛风骚的时期为第三个阶段，李攀龙、王世贞为其核心人物。第一个阶段已作过阐述，这里集中考察第二、第三阶段。

与李东阳一样，前七子依然以每种诗体极盛期的代表作品的风格为"本色"，但在"格"、"调"二者中，更关注"格"，由此引发了对汉魏古诗的尊崇之意。"诗必盛唐"已经不能概括他们的诗学主张，准确的表述是"古诗宗汉魏，近体宗盛唐"。即何景明《海叟诗序》所谓"学歌行近体，有取于（李白、杜甫）二家，旁及唐初盛唐诸人，而古作必从汉、魏求之"。

前七子以一批北方的年轻诗人为主，这与茶陵派以南方诗人为主形成对照。如李梦阳为开封作家，康海、王九思为关中作家。南北文化的差异是客观存在。李梦阳等人则有意识地使这一差异理论化、体

---

① 嵇文甫：《晚明思想史论》，北京：东方出版社 1996 年 3 月版，第 156 页。

系化，使之更鲜明地呈现于世人之前。为此，他们向茶陵派发起了挑战。前七子也和李东阳一样同属尊唐派，不过，二者的宗唐，区别甚大。李东阳对王、孟一脉怀有执着的好感，李梦阳却只认可"雄阔高浑、实大声弘"的杜诗，即胡缵宗（1480～1560）《西玄诗集序》所谓"弘治间李按察梦阳谓诗必宗少陵"，追求"伟丽"，追求"激楚苍茫之致"，并指斥李东阳诗风"软靡"。李梦阳的"诗必盛唐"，对风格有种种限制，甚至连何景明的"俊逸"也在排斥之列。他的理由是，何景明的创作与元人相近，"似秀峻而实浅俗"。

李梦阳等人对王孟诗不满，还因为在李梦阳看来，它遮蔽了现实生活的种种疮痍。人们常替隐逸诗辩护，因为它表达了一种信念，表达了对与秽浊的现实相对照、相抗衡的美好世界的向往。这是通过艺术而传达出的理想化精神。但从另一个角度看，对一个理想境界的梦想不过是美好的虚构，隐逸的世界过于狭窄，不能成为理想的适当象征。我们的心灵是应该返回自然的，但不是在虚幻中返回。诗中的澄明之境激发不了我们的热情、激情和生命力。而生命力（一种慷慨多气的生命力）却是李梦阳等所心仪和向往的。他力倡学习杜甫，旨趣之一便是效法杜甫忧国伤时的精神。其创作表明，他在这方面是取得了几分成就的。比如其《土兵行》，陈田《明诗纪事》丁签卷一引《国史唯疑》说："江西苦调到狼兵，掠卖子女。其总兵张勇以童男女各二人，送费文宪家。费发愤疏闻，请严禁。诵李梦阳《土兵行》诸篇，情状可见。"沈德潜《明诗别裁集》亦评曰："杨用修云：只以谣谚近语入诗史，而古不可及。""归结正论，少陵亦云'此辈少为贵'也。"又如《玄明宫行》。据陈田《明诗纪事》丁签卷一引《名山藏》："司礼监刘瑾，请地数百顷，费数十巨万，作玄明宫朝阳门内，以祝上厘。复请猫竹厂地五十余顷，毁民居千九百余家，掘人冢二千五百余。筑室僦民，听其宿娼卖酒，日供赡玄明宫香火。"刘瑾筑玄明宫，在当时是一件大事。李梦阳《玄明宫行》写武宗宠信宦官，虚耗国库，大兴土木，足补史阙。

这样看来，李梦阳的学杜自有其合理性。不过，前七子所处的时代毕竟和杜甫的时代不同，因此，他们的"陈时事"的"忧君爱国"

之情，就显得有些文不对题，矫揉造作。王文禄《诗的》说："杜诗意在前，诗在后，故能感动人。今人诗在前，意在后，不能感动人。盖杜遭乱，以诗遣兴，不专在诗，所以叙事、点景、论心，各各皆真，诵之如见当时气象。故曰诗史。今人专意作诗，则惟求工于言，非真诗也。"袁宏道《显灵宫集诸公城市山林为韵》之二甚至说："自从老杜得诗名，忧君爱国成儿戏。"而当李梦阳要使他的声音成为整个诗坛的声音时，其弊端就更为明显了。

当然，李梦阳的声音并没有也不可能成为整个诗坛的声音。用一种风格去规范所有的作者，这在理论和实践上都不合理。七子内部，意见就不统一。何景明《与李空同论诗书》雄辩地指出："体物杂撰，言辞各殊，君子不例而同之也，取其善焉已耳。故曹、刘、阮、陆，下及李、杜，异曲同工，各擅其时，并称能言。何也？辞有高下，皆能拟议以成其变化也。若必例其同曲，夫然后取，则既主曹、刘、阮、陆矣，李杜即不得更登诗坛，何以谓千载独步也？"他还在《明月篇序》中批评杜诗"博涉世故"，以说理叙事为能。王廷相、郑善夫等也直言不讳地非议杜诗。如王廷相《与郭价夫学士论诗书》："若夫子美《北征》之篇……漫敷繁叙，填事委实，言多趁贴，情出附辏，此则诗人之变体，骚坛之旁轨也。"所以，即使是在李梦阳领袖诗坛的时期，仍有人创作以优游不迫见长的诗，如徐祯卿、高叔嗣。南京作家顾璘，亦以风神情调的俊爽流丽著称。从诗坛的宏观格局来看，这可视为对李梦阳诗风的补充。

第三个阶段，以李攀龙、王世贞为诗坛盟主。就风格而言，他们推崇的仍主要是高华壮丽一脉。据《然灯记闻》记载，清初王士祯编《唐贤三昧集》成，其门人就其编纂主旨求教，他回答："吾盖疾夫世之依附盛唐者，但知学'九天阊阖'、'万国衣冠'之语，而自命高华，自矜为壮丽，按之其中，毫无生气。故有《三昧集》之选。要在剔出盛唐真面目与世人看，以见盛唐之诗，原非空壳子、大帽子话；其中蕴藉风流，包含万物，自足以兼前后诸公之长。"所谓"九天阊阖"、"万国衣冠"云云，出于王维的《和贾至舍人早朝大明宫之作》。由此可见，即使是王维这样的山水田园诗派的代表诗人，七子派所关注的也只是他那些雄浑阔大之作。在"盛唐气象"的格局中，王、孟的清新隽逸被一种独特的视角遮蔽了。换句话说，前后七子的"盛唐气象"是排除了典型的王、孟诗风的。所以，何景明喜用"百年"、"万里"，以致李梦阳在《再与何氏书》中讥评他："'百年'、'万里'，何其层见而叠出也。"而落实下来，李梦阳也正有同样的嗜好，胡应麟《诗薮》续编卷二说他："又诮何'百年'、'万里'，层见叠出，今李集此类尚多于何。"所谓"百年"、"万里"，关注的是空间的巨大与时间的绵长，杜甫诗中常用这类词汇，如《狂夫》："万里桥西一草堂，百花潭水即沧浪。"《登楼》："锦江春色来天地，玉垒浮云变古今。"《登高》："万里悲秋常作客，百年多病独登台。"《绝句》："窗含西岭千秋雪，门泊东吴万里船。"自然，后七子模拟的对象并不限于杜甫，但在风格上却始终以雄浑壮阔为主导，胡应麟《诗薮》续编卷二论李攀龙说："'紫气关临天地阔，黄金台贮俊贤多'，'万里悲秋常作客，百年多病独登台'，少陵句也。'九天阊阖开宫殿，万国衣冠拜冕旒'，'云里帝城双凤阙，雨中春树万人家'，王维句也。'秦地立春传太史，汉宫题柱忆仙郎'，'南川粳稻花侵县，西岭云霞色满堂'，李颀句也。'三山半落青天外，二水中分白鹭洲'，'瑶台含雾星辰满，仙峤浮空岛屿微'，青莲句也。'万里寒光生积雪，三边曙色动危旌'，'沙场烽火侵胡月，海畔云山拥蓟城'，祖咏句也。'千门柳色迷青琐，三殿花香入紫微'，'花迎剑佩星初落，柳拂旌旗露未干'，岑参句也。凡于鳞七言律，大率本此数联。今人但见黄金、紫气、青山、万里，则以于鳞体，不熟唐诗故耳。中间李颀四首，尤是济南篇法所自。"七子主流派对"雄"、"高"、"大"是情有独钟的。

七子派几乎都有回顾诗史的习惯，对诗史的研究取得了公认的优秀成果。他们理解"过去的现存性"，努力寻找使自己的创作成为经典的途径。比如王世贞，从《诗经》到后七子所处的明代，他历时态地观照了中国古典诗的创作成就及演变情形，清理出这样的诗学观念："历下之于变，小有所未尽；而北地所谓尽，则大有所未满者也。"（王世贞《刘侍御集序》）他认为李梦阳、李攀龙的创作拟古有余而变化不足。这里，王世贞含蓄地表明了一个观点：诗人是必须尊重传统的，但不应该只去适应过去的某种标准；如果完全重复一两个典范，或如临帖一样复制典范，那就算不得一件艺术作品。他对李攀龙的批评即基于这一立场，《艺苑卮言》卷七：“于鳞拟古乐府，无一字一句不精美，然不堪与古乐府并看，看则似临摹帖耳。五言古，出西京建安者，酷得风神，大抵其体不宜多作，多不足尽变，而嫌于袭；出三谢以后者，峭峻过之，不甚合也。七言歌行，初甚工于辞，而微伤其气，晚节雄丽精美，纵横自如，烨然春工之妙。五七言律，自是神境，无容拟议。绝句亦是太白、少伯雁行。排律比拟沈宋，而不能尽少陵之变。”王世贞显然认为，李攀龙在处理与传统的关系时，其失误在于：仅靠他本人崇拜的几位作家来训练自己，仅靠他特别喜欢的某种诗风来训练自己。王世贞由此提出“师匠宜高，捃拾宜博”，这与谢榛兼取李杜、王孟、沈宋等“十四家”的主张是一致的。“捃拾宜博”，风格自然也不能限于高华雄健，李梦阳、李攀龙为格调说所设定的风格，实际上已被突破。如此看来，格调说在臻于极盛时也潜藏着被瓦解的契机。其后胡应麟等人的弥缝调和，已经不能从根本上力挽狂澜。

考察前后七子的诗学祈向，不仅要注意到他们对格调说的重新阐释，还必须留意他们的大家情结。

前后七子的突出个性是其化解不开的大家情结。面对辉煌的中国古典诗，他们经常思索并为之焦虑不安的问题是：怎样才能成为大家？换句话说，如何才能超越宋、元，与汉、唐鼎立？这种心态，从胡应麟《诗薮》的若干片断中可以明显地感觉到。如外编卷四：

　　大家名家之目，前古无之。然谢灵运谓东阿才擅八斗，元微之谓少陵诗集大成，斯义已昉，故记室《诗评》推陈王圣域；廷礼《品汇》标老杜大家。夫书画末技，钟、王、顾、陆，咸负此称；诗文大业，顾无其人？使子建与应、刘并列，拾遗与王、孟比肩，可乎？则二者之辨，实谈艺所当知也。

　　元和而后，诗道浸晚，而人材故自横绝一时。若昌黎之鸿伟，柳州之精工，梦得之雄奇，乐天之浩博，皆大家材具也。今人概以中、晚唐束之高阁。若根脚坚牢，眼目精利，泛取读之，亦足充扩襟灵，赞助笔力。

太白多率语，子美多放语，献吉多粗语，仲默多浅语，于鳞多生语，元美多巧语，皆大家常态，然后学不可为法。右丞、浩然、龙标、昌谷、子业、明卿即不尔，然终不以彼易此。

余尝谓大家如卓、郑之产，膏腴万顷，轮奂百区，而硗瘠卑陋，时时有之。名家如李都尉五千兵，皆荆、楚锐士，奇才剑客，然止可当一队。

《世说新语·任诞》载："有人讥周仆射与亲友言戏，秽杂无检节，周曰：'吾若万里长江，何能不千里一曲？'"胡应麟的措词与这位周仆射颇为相类。他一再指出"大家"的种种不足，落脚处却仍是推崇不已。千里一曲的万里长江是不屑与笔直的小河较量高下的。

在明代，较早使用"大家"一词的是明初高棅。他编选《唐诗品汇》，于各体诗均列正宗、大家、名家、正变之目。在七类诗体中，李白均为正宗，而杜甫有五类是大家，二类是羽翼。其中五言律诗，孟浩然、王维、高适、岑参均为正宗，杜甫独为大家；七言律诗中李憕、祖咏、崔曙、万楚、张谓、王昌龄，仅各选一首，亦为正宗，而杜甫选了三十七首，仍为大家。有人认为，"这是一个颇难理解的品选，唯一的解释就是李憕等就诗人而言虽为小家，但所选的一首诗却可奉为楷模，而杜甫的诗选得虽多，却非正宗，不能代表盛唐之音"①。照我的看法，高汇的品选自有理由。"大家"之称，主要着眼于作家的材具，"正宗"之称，则意在表示作家的创作合乎一定的格调。胡应麟认为，即使是开宋诗风气的韩愈、白居易也可称为"大家"，因为他们材具宏伟。王世贞《艺苑卮言》卷一说："才生

---

① 袁震宇、刘明今：《明代文学批评史》，上海：上海古籍出版社 1991 年 9 月版，第 66～67 页。

思，思生调，调生格，思即才之用，调即思之境，格即调之界。"这一见解的内在统一性在于：一方面以材具大小作为衡量诗人地位的首要标准，另一方面又要求诗人的材具受格调的规范，这从理论上说是不偏不倚的。

但在实际的创作中，王世贞却不免放纵才气，忘了格调，成为事实上偏重才气的文坛领袖。他在《与屠长卿书》中承认："夫仆之病在好尽意而工引事，尽意而工引事则不能无出入于格。以故诗有堕元白或晚季近代者，文有堕六朝或唐宋者，仆亦自晓之，偶不能割爱，因而灾木，行当有所删削也。"他删削了没有呢？也许删削了一部分，但基本的立场没有变，在才气与格调之间，依然更重才气。后来，他的门人胡应麟在给杜甫定位时，也不动声色地采取了与他相近的立场。《诗薮》内编卷四说："盛唐一味秀丽雄浑。杜则精粗、巨细、巧拙、新陈、险易、浅深、浓淡、肥瘦，靡不毕具，参其格调，实与盛唐大别。其能荟萃前人在此，滥觞后世亦在此。且言理近经，叙事兼史，尤诗家绝睹。其集不可不读，亦殊不易读。"论格调，杜甫是不能算正宗的，但他才气浩瀚，足以荟萃前人，滥觞后世，对这样一位集大成者，简单套用格调的标准是错误的。材具的重要性超过了格调，于是追求材具的宏伟便成为诸多明代诗人的首要目标。在创作上，这体现为对"集大成"境界的向往。

从学理层面考察，李梦阳、徐祯卿之间的纠纷是很有意义的。早年的徐祯卿，与唐寅、祝允明、文徵明齐名，号"吴中四才子"。"其持论于唐名家独喜刘宾客、白太傅，沈酣六朝，散华流艳，'文章''烟月'之句，至今令人口吻犹香。"中进士之后，与李梦阳等人交游，"改而趋汉、魏、盛唐，吴中名士颇有'邯郸学步'之诮。然而标格清妍，摛词婉约，绝不染中原伧父槎牙舁兀之习，江左风流，故自在也"（钱谦益《列朝诗集小传》丙集《徐博士祯卿》）。因徐祯卿的诗风始终与李梦阳有所不同，李梦阳颇为不满，讥之为"守而未化"。李梦阳与徐祯卿的分歧，焦点在于风格的差异。耐人寻味的是，当王世贞、胡应麟等人介入这一纠纷时，他们却从"谁更具有大家风范"的角度做出了盖棺论定的评价。王世贞《艺苑卮言》卷六：

> 昌谷（徐祯卿字昌谷）少即摘词，文近齐梁，诗沿晚季，迫举进士，见献吉（李梦阳字献吉）始大悔改。其乐府《选》体歌行、绝句，咀六朝之精旨，采唐初之妙则，天才高朗，英英独照。律体微乖整栗，亦是浩然、太白之遗。《骚》诔颂札，宛尔潘陆，惜微短耳。今中原豪杰，师尊献吉；后俊开敏，服膺何生；三吴轻隽，复为昌谷左袒。摘瑕攻颣，以模剽病李，不知李才大，固苞何孕徐不掩瑜也。李所不足者，删之则精；二子所不足者，加我数年，亦未至矣。

胡应麟《诗薮》续编卷二：

> 弘、正间，诗流特众，然皆追逐李、何。士选、继之、升之、近夫，献吉派也；华玉、君采、望之、仲鹍，仲默派也。昌谷虽服膺献吉，然绝自名家，遂成鼎足。
>
> 以唐人与明并论，唐有王、杨、卢、骆，明则高、杨、张、徐；唐有工部、青莲，明则弇州、北郡；唐有摩诘、浩然、少伯、李颀、岑参，明则仲默、昌谷、于鳞、明卿、敬美，才力悉敌。唯宣、成际无陈、杜、沈、宋比，而弘正、嘉、隆羽翼特广，亦盛唐所无也。

从所引《诗薮》的第一则看，胡应麟将诗坛三分，李梦阳、何景明（仲默）、徐祯卿各据其一，似乎不分轩轾。但第二则以李梦阳、王世贞比唐之李、杜，而以何景明、徐祯卿等比唐之王、孟等人，大家、名家之别，显而易见。三分天下，魏强而蜀、吴弱，并不在同一个级别上。

材具与格调并重，这是明代古典主义诗学的特征之一。敛才就范，则是格调说的注脚。而我们关心的问题是：一个生活在明代的有着大家材具的诗人，怎样做才足以显出大家风范？明人比较一致的看

法是：兼备众体，做创作上的全才。胡应麟在《诗薮》内编卷一中
这样阐述他的理由：

> 曰风、曰雅、曰颂，三代之音也。曰歌、曰行、曰吟、曰
> 操、曰辞、曰曲、曰谣、曰谚，两汉之音也。曰律、曰排律、曰
> 绝句，唐人之音也。诗至于唐而格备，至于绝而体穷，故宋人不
> 得不变而之词，元人不得不变而之曲。词胜而诗亡矣，曲胜而词
> 亦亡矣。明不致工于作，而致工于述；不求多于专门，而求多于
> 具体，所以度越元、宋，苞综汉、唐也。

《诗薮》续编卷一又说：

> 四言未兴，则《三百》启其源；五言首创，则《十九》诣
> 其极；歌行甫造，则李、杜为之冠；近体大畅，则开、宝擅其
> 宗。使枚、李生于六代，必不能舍两汉而别构五言；李、杜出于
> 五季，必不能舍开元而别为近体。盛唐而后，乐选律绝，种种具
> 备，无复堂奥可开，门户可立。是以献吉崛起成、弘，追师百
> 代，仲默勃兴河、洛，合轨一时。古惟独造，我则兼工，集其大
> 成，何忝名世。

胡应麟的意思是：《风》、《雅》、《颂》、古诗、乐府以及律、绝，种
种体格，至唐已臻于完备。唐以前，各个朝代均有"自开堂奥"的
余地，所以能凭藉"独造"见长，如先秦的四言诗、骚体，汉魏的
乐府、五言，唐代的近体，都以偏工而各擅胜场。唐以后，已无别创
一体的可能，若要胜过古人，就只有向"兼工"、"集大成"寻出路。
所以，结论是，汉、唐大家不妨偏工，明朝的大家却必须"兼备众
体"。胡应麟举了这样一些例证："偏精独诣，名家也；具范兼熔，
大家也。然又当视其才具短长，格调高下，规模宏隘，闳域浅深。有
众体皆工，而不免为名家者，右丞、嘉州是也。有律绝微减，而不失
为大家者，少陵、太白是也。"（《诗薮》外编卷四）可见唐代的大家

并不一定"兼备众体"。至于明代的大家,最典型的代表是王世贞。其特征首先就在于"兼备众体"。"有于鳞,有献吉,又兼有往哲,而又自有元美,广大变化,斯所以极玄也。"（屠隆《与王元美先生》）《诗薮》续编卷二说:"《弇州四部稿》,古诗枚、李、曹、阮、谢、鲍、庾以及青莲、工部,靡所不有,亦鲜所不合。歌行自青莲、工部以至高、岑、王、李、玉川、长吉,近献吉、仲默,诸体必备。每效一体,宛出其人,时或过之。乐府随代遣词,随题命意,词与代变,意逐题新,从心不逾,当世独步。五言律宏丽之内,错综变化,不可端倪。排律百韵以上,滔滔莽莽,杳无涯际。五七言绝句,本青莲、右丞、少伯,而多自出结构,奇逸潇洒,种种绝尘。七言律高华整栗,沉着雄深,伸缩排荡,如黄河溟渤,宇宙伟观;又如龙宫海藏,万怪惶惑。王太常云:'诗家集大成,千古唯子美,今则吾兄。'汪司马云:'上下千载,纵横万里,其斯一人而已。'"① 明代另一位典型的大家是李梦阳,王廷相序梦阳《空同子集》,甚至以为梦阳高出杜甫:"杜子美虽云大家,要自成一格尔,元稹称其薄风雅,吞曹、刘,固知其溢言矣。其视空同规尚古始,无所不极,当何以云?"由李梦阳、王世贞二例,我们得以基本了解明人界定本朝大家的标准。作为参照,还可看看王世贞非议徐祯卿的两句话:"昌谷之所不足者大也,非化也。昌谷其夷惠乎? 偏至而之化者也。"(《青萝馆诗集序》)"昌谷偏工虽在至境,要不得言具体,何能化乎?"(《与吴明卿书》) 王世贞固执地认为"偏至"之"化"算不得真正的"化"。真正的"化"只有在"兼备众体"的前提下才可能做到。

　　明人在诗的写作中追求"兼备众体",这是否合理呢? 晚明陶望龄的《马曹稿序》代我们回答了这一问题。陶望龄说:历来文人,自屈宋至唐之诸大家,均为"偏至之器",原因在于,每个作家都不可避免地"性有所蔽,才有所短",亦即曹丕《典论·论文》所说的"文非一体,鲜能备善"。这一点,王世贞、胡应麟等人也未尝不知,

---

① 屠隆《论诗文》批评王世贞"其病在于欲无所不有,急急以此道压一世也",从反面说出了王世贞欲"集大成"的强烈愿望。

王世贞《答胡元瑞书》说："足下谓诗文骚赋，虽用本相通，而体裁区别，独造有之，兼诣则鲜，精思者狭而简于辞，博识者滥而滞于笔；笃古则废今，趣今则远古。斯语也，诚学士之鸿裁，而艺林之巨匠也。"胡应麟对作家才性的区别，在《诗薮》中多有论列。内编卷四比较李、杜说："李、杜才气格调，古体歌行，大概相埒。李偏工独至者绝句，杜穷极变化者律诗。言体格，则绝句不若律诗之大；论结撰，则律诗倍于绝句之难，然李近体足自名家，杜诸绝殊寡入彀。截长补短，盖亦相当。惟长篇叙事，古今子美，故元、白论咸主此，第非究竟公案。"太白笔力变化，极于歌行，少陵笔力变化，极于近体。李变化在调与词，杜变化在意与格。对李白和杜甫两位诗人，胡应麟并不要求他们"兼备众长"。他甚至说过，王维、岑参虽众体皆工，仍不免为名家，李白、杜甫虽"律绝微减"，仍不失为大家。但是，一涉及明代诗人，他却绝不通融地以"兼备众体"作为大家风范的必要条件。"集大成"的创作观，其标准是与古人众家相合，结果必然是模仿前人，相形之下，提倡偏胜独造，却有可能发挥个人的创造性。明代的主流诗人由于追求"集大成"的境界，从而窒息了"自创一堂室"的希望。胡应麟说："自《三百篇》以迄于今，诗歌之道，无虑三变：一盛于汉，再盛于唐，又盛于明。"（《诗薮》续编卷一）"一盛"的汉人创造了古诗、乐府，"再盛"的唐人创造了律诗，"又再盛"的明人却只是述而不作。

明代诗人的大家情结，还导致了他们那种强烈的自尊心态。他们看不起宋人，更看不起元人，他们乐意做的事情是将本朝诗人与唐代诗人相提并论，在这种相提并论中给明代诗坛定位。如胡应麟《诗薮》续编卷二："唐歌行，如青莲、工部；五言律、排律，如子美、摩诘；七言律，如杜甫、王维、李颀；五言绝，如右丞、供奉；七言绝，如太白、龙标：皆千秋绝技。明则北郡、弇州之歌行，仲默、明卿之五言律，信阳、历下、吴郡、武昌之七言律，元美之五言排律、五言绝，于鳞之七言绝，可谓异代同工。至骚不如楚，赋不如汉，古诗不逮东、西二京，则唐与明一也。"这些话虽然出自胡应麟笔下，但表达的却是明代主流诗人至少是前后七子的共同观点，李梦阳、李攀龙、王世贞等都是自我期许甚高，抱负亦甚为宏伟的"天下士"。他们指点千古诗坛，时常显出那种自命不凡的派头。何良俊《四友斋丛说》卷十五载：

> 东桥言：何大复傲视一世。在京师日，每有宴席，常闭目坐，不与同人交一言。一日，命隶人携圊桶至会所，手挟一册坐圊桶上，傲然不屑，客散，徐起去。

王世贞《艺苑卮言》卷七记有这样一件事：

> 于鳞一日酒间，顾余而笑曰："世固无无偶者，有仲尼，则必有丘明。"余不答，第目摄之，遽曰："吾误矣，有仲尼，则必有老聃耳。"其自任诞如此。

中国文人本有"狂"的传统。"四海习凿齿，弥天释道安"，这是晋代名士与名僧相互之间心照不宣的捧场；世无孔子则不当在弟子之列，这是韩愈的目空一切的高自期许。相形之下，李攀龙的言论风采，比习凿齿、韩愈还要放诞和脱略形迹。也许，"狂者进取"，不如此就不足以开创一个流派。中国传统的"狂"的精神，在明代的特定土壤里表现得尤为充分。

前后七子的大家情结，如作同情的了解，可以视为一种理想主义精神。在唐宋时代，只有相当少的一部分人具有欣赏或模仿大诗人的能力，而在明代，其数目大大增加，远为广泛的社会阶层参与了对既往文化成就的分享和当时文化事业的建设。在一个文化人剧增的时代，召唤大家的出现正是情理之中的事。人与物的根本区别是什么？说一张桌子存在意味着有那么一件东西在那儿。可是说一个人存在却意味着，面对各种存在的可能性，他必须做出个人的选择。在做出个人选择的过程中，人不仅意识到自己的存在，而且意识到存在本身。前后七子有志于成为大家，这种对个人价值的强烈感觉，一个失去了理想主义情怀的人是不会有的。

第三章　启蒙学术思潮中的诗学变异

萧萐父先生曾将明代嘉靖至清代嘉庆时期的明清启蒙学术思潮划分为晚明、明末清初、清中叶三个阶段。晚明即从嘉靖至崇祯，约16世纪30年代至17世纪40年代为其中的第一阶段，"其思想动态的特点，可以概括为：抗议权威，冲破因缚，立论尖新而不够成熟。其思想旗帜，可以李贽为代表"①。中国社会从传统向现代转型，所提出的历史课题大致有三个方面："（一）个性解放思想，以自然人性论为出发点的新理欲观、新情理观、新义利观、新群己观等，以及对传统社会中各种异化现象的历史批判；（二）初步民主思想，以五伦关系的重新解释为基础的各种'公天下'的政治设计，以及对君主专制制度等的否定性批判；（三）近代科学精神。"② 就我们所涉及的晚明而言，"个性解放思想"无疑是中心课题或中心问题。

一　"童心说"发微

李贽作为晚明哲学新动向的代表人物，确有一种冲决网罗的大无畏气概。但应该指出，他的那些惊世骇俗的议论，并非空穴来风，无源之水，而是受到了泰州学派的启迪和滋养。黄宗羲著《明儒学案》，按地域对阳明的诸位弟子分类，共有浙中、江右、南中、楚

---

①　萧萐父：《历史情结话启蒙》，收入《吹沙二集》，成都：巴蜀书社1999年1月版，第156页。

②　萧萐父：《历史情结话启蒙》，收入《吹沙二集》，成都：巴蜀书社1999年1月版，第157页。

中、北方、粤闽、泰州七个学案（如算上止修学案则为八个），其中实力雄厚且特色鲜明的，主要有浙中、江右、泰州三派。江右学派以邹守益、聂豹、罗洪先、王时槐为主，视"慎独"、"戒惧"为"致良知"的主要修养方法，被认为是王学正宗。《明儒学案·江右王门学案叙录》："姚江之学，惟江右为得其传，东廓（邹守益）、念庵（罗洪先）、两峰（刘文敏）、双江（聂豹）其选也。再传而为塘南（王时槐）、思默（万廷言），皆能推原阳明未尽之意。是时越中流弊错出，挟师说以杜学者之口，而江右独能破之，阳明之道，赖以不坠。盖阳明一生精神俱在江右，亦其感应之理宜也。"浙中学派以王畿、钱德洪为主，其中，王畿影响尤大。"阳明先生之学，今遍行宇内，其门弟子甚众，都好讲学，然皆粘带缠绕不能脱洒，故于人意见无所发明。独王龙溪之言，玲珑剔透，令人极有感动处。余未尝与之交，不知其力行何如。若论其辩才无碍，真得阳明牙后慧者也。"（何良俊《四友斋丛说》卷四）《传习录》、《阳明年谱》、《龙溪集》均载有天泉证道一事，从中颇能见出王畿（龙溪）与钱德洪（绪山）的差异。据《传习录》下：

> 丁亥年九月，先生起复，征思白，将命行，时德洪与汝中（王畿字汝中）举先生教言曰："无善无恶是心之体，有善有恶是意之动。知善知恶是良知，为善去恶是格物。"德洪曰："此意如何？"汝中曰："此恐未是究竟话头。若说心体是无善无恶，意亦是无善无恶的意，知亦是无善无恶的知，物是无善无恶的物矣。若说意有善恶，毕竟心体还有善恶在。"德洪曰："心体是天命之性，原是无善无恶的，但人有习心，意念上见有善恶在，格致诚正修，此正是复那性体功夫，若原无善恶，功夫亦不消说矣。"是夕侍坐天泉桥，各举请正。先生曰："我今将行，正要你们来讲破此意。二君之见，正好相资为用，不可各执一边。我这里接人原有此二种：利根之人直从本原上悟入，人心本体原是明莹无滞的，原是个未发之中，利根之人一悟本体即是功夫，人己内外一齐俱透了。其次不免有习心在，本体受蔽，故且教在意

念上实落为善去恶，功夫熟后，渣滓去得尽时，本体亦明净了。汝中之见，是我这里接利根人的；德洪之见，是我这里为其次立法的；二君相取为用，则中人上下皆可引入于道；若各执一边，眼前便有失人，便于道体各有未尽。"既而曰："已后为朋友讲学，切不可失了我的宗旨。无善无恶是心之体，有善有恶是意之动，知善知恶的是良知，为善去恶是格物。只依我这话头随人指点，自没病痛，此原是彻上彻下的功夫。利根之人，世亦难遇，本体功夫一悟尽透，此颜子、明道所不敢承当，岂可轻易望人。人有习心，不教他在良知上实用为善去恶功夫，只去悬空想个本体，一切事为俱不着实，不过养成一个虚寂，此个病痛不是小小，不可不早说破。"是日，德洪、汝中俱有省。

天泉证道是明代思想界的一大公案。阳明以"心本体"取代了朱子的"性本体"，"心"作为本体，自是"无善无恶"的。但人的意念与朱子所说"心统性情"中的"情"实质上是对应的，因此意念之动就与"闻见"、习染相关，不可避免地"有善有恶"。唯其"有善有恶"，故需要"良知"来加以鉴别、判断，并扎扎实实地去做"为善去恶"的功夫。阳明的这四句教，旨在将本体与功夫打并在一起，以免陷入类似于"狂禅"的路数。王龙溪则从学理上将"心本体"的思路贯彻到底。① 既然"心"即是本体，而本体又是"无善无恶"

---

①　袁中道编《柞林纪潭》记有关于王龙溪的一段掌故，由此可见龙溪为人之放诞不羁。中道问："学道还须要根器否？"李贽答曰："如何不要？根器，即骨头也。有些骨头者，方可学道。当时王阳明不知多少人在他门下，彼一见知其软弱无用者，尽送与湛甘泉。且教之曰：湛甘泉是大圣人，可去就学。即甘泉亦以为推己，而不知阳明实拨去不堪种草之人寻好汉也。于是王龙溪少年任侠，日日在酒肆博场，王阳明偶见而异之，知其为大乘法器。然龙溪极厌薄讲良知者，绝不肯一会。阳明便日与门弟子陆博投壶饮酒。龙溪笑曰：'你们讲学，酸腐之儒也，如何作此事？'答者曰：'我这里日日是如此，即王老师在家亦然，岂有此酸腐之话？'龙溪便惊异，求见阳明。阳明一会，龙溪即纳拜矣。阳明得此一人，便是见过于师，可以传授。其余皆土苴也，何用之有？"

的，那么，由"心"主宰的"意"也必然是"无善无恶"的，照此推论下去，"知亦是无善无恶的知，物是无善无恶的物矣"。龙溪的四无说，就理论的推衍而言，实在是将阳明的"心本体"逻辑贯彻始终的结果，故阳明也承认他所说宜于接引"利根之人"。但是，只谈本体之悟，不谈"为善去恶"的功夫，却潜在地包含着危险，即：一个"有习心"的人，按照"习心"的指引去行动，他的所作所为可能会逸出伦理所划定的范围，故阳明一再叮嘱：德洪所说才是稳妥的，"已后与朋友讲学，切不可失了我的宗旨"。阳明对四无说持保留态度。四无说所体现的自然主义倾向，善恶双泯，任天而动，标志着王学已发生了重大演变。

自然主义的充分发展是泰州学派造成的。泰州学派与浙中、江右学派的一个显著区别是：它主要面对民间社会大规模地布道。其领衔人物王艮（心斋，1483～1541）年轻时做过灶丁（盐场工人）和小商贩，后来"措理财用，不袭常见，……而家道日裕"，每推其馀于邻里乡党，初多异之，寻皆以为不能及"（张峰著《年谱》二十一岁下）。心斋之学，"以悟性为宗，以及己为要，以孝弟为实，以乐学为门，以太虚为宅，以古今为旦暮，以明学启后为重任，以九二见龙为正位，以孔氏为家法。其言曰：只心有所向便是欲，有所见便是妄。既无所向，又无所见，便是无极而太极。又曰：知愚夫愚妇与知与能与鸢飞鱼跃，同一活泼泼地，则知性矣。语持功太严者曰：君子不以养心者害心。有问放心难收者，呼之，则应而起，曰：汝心见在，更何求乎？曰：即事是心，更无心矣，即心是事，更无事矣"（李贽《续藏书》卷二十二《理学名臣·心斋王公》）。他那首广为传诵的《乐学歌》云：

> 人心本自乐，自将私欲缚。私欲一萌时，良知还自觉。一觉便消除，人心依旧乐。乐是乐此学，学是学此乐。不乐不是学，不学不是乐。乐便然后学，学便然后乐。乐是学，学是乐。呜呼！天下之乐，何如此学。天下之学，何如此乐。

宋代理学的核心命题之一是"心统性情"，阳明确立"心即理"的本体论，未对"性"、"情"加以区分，由实质上的以"性"为本体过渡到实质上的以"情"为本体，并不存在难以逾越的鸿沟。王心斋的自然主义哲学便已具"情本体"的萌芽。他不赞成"持功太严"，主张任天而动，生机畅遂。他所说的"乐"，当然是超越富贵利达的本体之乐，是不受"私欲"戕害的真乐；但一任本体真乐自然呈现的说法，却可能造成道德伦理与思想活力之间的失衡，致使道德伦理的约束力减弱或松弛。

据说张居正曾打算吸取王心斋提倡的儒家功利主义。王心斋在《明哲保身论》中提出了一个大胆的见解。他认为，利他行为的背后是自我保存的考虑，所以，利他有一个限度，即不能伤害自己。其言曰："知保身而不知爱人，必至于适己自便，利己害人，人将报我，则吾身不能保矣。吾身不能保，又何以保天下国家哉！此自私之辈不知本末一贯者也。若夫知爱人而不知爱身，必至于烹身割股，舍生杀身，则吾身不能保矣。吾身不能保，又何以保君父哉！此忘本逐末之徒，'其本乱而末治者否矣。'"这样的见解，比起东林党人不稍假借的道德正义感来，当然与张居正管理国家的方式较为合拍。①

泰州学派由王心斋发轫，经过颜山农、何心隐、罗汝芳（近溪）等人的发展演变，其以自然人性为依据的"情本体"特征日渐鲜明：一种行为之受到人们喝彩并不是因为它与一种道德条文相符合，反而是因为它与道德条文不相符合，摆脱了名教约束，能够激发出某种陡然高涨的激情。《明儒学案·泰州学案序》说："阳明先生之学，有泰州、龙溪而风行天下，亦因泰州、龙溪而渐失其传。泰州、龙溪时时不满其师说，益启瞿昙之秘而归之师，盖跻阳明而为禅矣。然龙溪之后，力量无过于龙溪者，又得江右为之救正，故不至十分决裂。泰州之后，其人多能赤手搏龙蛇，传至颜山农、何心隐一派，遂复非名教之所能羁络矣。"所谓"非名教所能羁络"，即逸出了礼教纲常的

---

① 参见［美］牟复礼、［英］崔瑞德编：《剑桥中国明代史》（张书生等译）第九章，北京：中国社会科学出版社1992年2月版，第595～596页。

范围。王世贞《弇州史料后集》卷三五《嘉隆江湖大侠》云："嘉隆之际，讲学者盛行于海内，而至其弊也，借讲学而为豪侠之具，复借豪侠而恣贪横之私，其术本不足动人，而失志不逞之徒相与鼓吹羽翼，聚散闪倏，几令人有黄巾、五斗之忧。盖自东越之变为泰州，犹未至大坏；而泰州之变为颜山农，则鱼馁肉烂，不可复支。颜山农者，其别号也，楚人，读经书不能句读，亦不多识字，而好意见，穿凿文义，为奇邪之谈。间得一二语合，亦自洒然可听。所至，必先使其徒预往，张大衒耀其术。至则无识浅中之人亦有趋而附者。每言：'人之好财贪色，皆自性生，其一时之所为，实天机之发，不可壅阏之。第过而不留，勿成固我而已。'"《明儒学案·泰州学案序》引颜山农语曰："吾门人中，与罗汝芳言从性，与陈一泉言从心，馀子所言，只从情耳。""情本体"在颜山农那里已是一个清晰的理论命题。

顾宪成《小心斋杂记》卷十四云：

> 何心隐辈坐在利欲盆中，所以能鼓动得人。只缘他一种聪明，亦有不可到处。耿司农择家僮四人，人授二百金，令其生殖。其中一人尝从心隐请计。心隐授以六字诀曰：买一分，卖一分。又有四字诀：顿买零卖。其人遵用之，起家至数万。

所举具体例证是否真实，姑置不论。顾宪成说"何心隐辈坐在利欲盆中，所以能鼓动得人"，确系中肯之论，并揭示出一种异端哲学与大众感情之间的直接联系。《何心隐集》卷二《寡欲》说："性而味，性而色，性而声，性而安佚，性也。乘乎其欲者也。而命则为之御焉。"同卷《辩无欲》说："且欲惟寡则心存，而心不能以无欲也。欲鱼欲熊掌，欲也。舍鱼而取熊掌，欲之寡也。欲生欲义，欲也。舍生而取义，欲之寡也。能寡之又寡，以至于无，以存心乎？欲仁非欲乎？得仁而不贪，非寡欲乎？从心所欲，非欲乎？欲不逾矩，非寡欲乎？能寡之又寡，以至于无，以存心乎？"卷三《聚和老老文》："昔公刘虽欲货，然欲与百姓同欲，以笃前烈，以育欲也。太王虽欲色，亦欲与百姓同欲，以基王绩，以育欲也。育欲在是，又奚欲哉？仲尼欲明明德于天下，欲治国、欲齐家、欲修身、欲正心、欲诚意、欲致知在格物，七十从其所欲，而不逾平天下之矩，以育欲也。育欲在是，又奚欲哉？"无论是"乘欲"，还是"有欲"，或是"育欲"，都包含了以"欲"为人的基本生存状态的意味。

对于泰州学派，李贽曾虔诚地奉上一瓣心香。其《焚书》卷二《为黄安二上人三首之一（大孝）》云：

> 当时阳明先生门徒遍天下，独有心斋为最英灵。心斋本一灶丁也，目不识一丁，闻人读书，便自悟性，径往江西见王都堂，欲与之辩质所悟，此尚以朋友往也。后自知其不如，乃从而卒业焉，故心斋亦得闻圣人之道。此其气骨为何如者！心斋之后为徐波石，为颜山农。山农以布衣讲学，雄视一世而遭诬陷。波石以布政使请兵督战，而死广南。云龙风虎，各从其类，然哉！盖心斋真英雄，故其徒亦英雄也。波石之后为赵大洲，大洲之后为邓豁渠。山农之后为罗近溪，为何心隐，心隐之后为钱怀苏，为程后台。一代高似一代，所谓大海不宿死尸，龙门不点破额，岂不信乎！心隐以布衣出头倡道，而遭横死。近溪虽得免于难，然亦幸耳，卒以一官不见容于张太岳。盖英雄之士不可以免于世，而可以进于道。

这是对泰州学派谱系的一个相当完整的罗列。从泰州学派的颜山农、何心隐那儿，李贽继承了功利主义历史观和肯定人的自然欲望等重要见解，并加以洋洋洒洒的发挥。他论童心，论道学的虚伪，论人的善行背后的自私动机，都基于对人的自然本性的肯定。他攻击的主要目标，是向来被视为颠扑不破的许多传统信念，目的则是把人的人格从社会习俗和社会道德的束缚中解放出来。一部分束缚的解除，可以说是无关大体的，因为这些束缚本来只是偶然形成的惯例。但是，冲决束缚的热情一旦升腾，就很难再让它回到常态。它势必导向对基本意识形态的攻击。李贽是这方面的一个典型个案。《李氏焚书》卷三《童心说》云：

夫童心者，绝假纯真，最初一念之本心也；若失却童心，便
失却真心；失却真心，便失却真人；人而非真，全不复有初
矣。……

然童心胡然而遽失也？盖方其始也，有闻见从耳目而入，而
以为主于其内，而童心失；其长也，有道理从闻见而入，而以为
主于其内，而童心失；其久也，道理闻见，日以益多，则所知所
觉日以益广，于是焉又知美名之可好也，而务欲以扬之，而童心
失；知不美之名之可丑也，而务欲以掩之，而童心失。夫道理闻
见，皆自多读书识义理而来也。

《孟子·尽心上》说："孩提之童，无不知爱其亲也。及其长也，无
不知敬其兄也。亲亲，仁也；敬长，义也。"从字面看，李贽说的
"童心"似可与孟子的描述沟通，实则差异甚大。孟子的童心，略近
于宋代理学中的天命之性；而李贽的"童心"，却近于宋代理学中的
气质之性，即荀子"人之性恶"所指那种与生俱来的原始质朴的自
然属性。只是，荀子视人的自然属性为恶，主张化性起伪，经过教化
和学习，使之符合道德规范，李贽却对之热烈肯定，要求完整地保持
它。

为了保护"童心"，李贽提出了反对"多读书"的命题。这似乎
近于阳明，实则不然。阳明反对"多读书"，旨在"先立乎其大者"，
因为，人心不正，则本领愈大，作恶愈甚；知识的增长无助于人格的
完善。李贽反对"多读书"，是因为书中"义理"，有可能使人有意
改造自然属性。他对人的自然属性的钟爱，与《庄子·盗跖》相近，
说他受到道家影响是不牵强的①。

《李氏藏书》卷二《藏书德业儒臣后论》将人的自然属性称为私
心，并认为这是人类社会存在发展的基本依据。"夫私者，人之心

---

① 袁中道编《柞林纪谭》，记三袁诸人为李贽作评，中道曰："公即道
跖。"《庄子·杂篇·盗跖》记盗跖语孔子云："今吾告子以人之情：目欲视色，
耳欲听声，口欲察味，志气欲盈。"这些话，李贽当会首肯。

也。人必有私，而后其心乃见；若无私，则无心矣。如服田者私有秋之获，而后治田必力；居家者私积仓之获，而后治家必力；学者私进取之获，而后举业之治也必力。故官人而不私以禄，则虽召之，必不来矣；苟无高爵，则虽劝之，必不至矣；虽有孔子之圣，苟无司寇之任，相事之摄，必不能一日安其身于鲁也决矣。此自然之理，必至之符，非可以架空而臆说也。然则为无私之说者，皆画饼之谈，观场之见，但令隔壁好听，不管脚跟虚实，无益于事，只乱聪耳，不足采也。"他从这样的视角去看历史人物，结论是，所有善行都并非根源于一种道德信念，而出于功利主义的考虑。如李贽编《初潭集》卷三十《廉勤相》记：

> 公仪休相鲁而嗜鱼，一国争取买鱼而献之，公仪子不受。其弟曰："夫子嗜鱼而不受，何也？"曰："夫唯嗜鱼，故不受也。夫即受鱼，必有下人之色；有下人之色，将枉于法；枉于法，则免于相；免于相，则虽嗜鱼，此必不能致我鱼，我又不能自给鱼。即无受鱼而不免于相，虽不受鱼，我能常自给鱼。此明夫恃人不如自恃也；明于人之为己者，如己之自为也。"

李贽评曰："真切至到，非道学好名所知。"所谓"真切至到"，即实话实说，并不将拒贿视为一种道德实践，仅仅是由于害怕因小失大，有损自己的长远利益。① 李贽最为反感的是假道学。说来有趣，他将一些人的热衷于谈道学也归结为私心的驱动。《续焚书》卷二《三教归儒说》云："夫世之不讲道学而致荣华富贵者不少也，何必讲道学而后为富贵之资也？此无他，不待讲道学而致富贵者，其人盖有学有才，有为有守，虽欲不与之富贵，不可得也。夫唯无才无学，若不以

---

① 参见顾宪成：《顾文端公遗书》卷十四《当下绎》："李卓吾讲心学于白门，全以当下自然指点后学，说人都是见见成成的圣人，才学便多了。闻有忠孝节义之人，却云都是做出来的，大体原无此忠孝节义。学人喜其便利，趋之若狂，不知误了多少人！"

讲圣人道学之名要之，则终身贫且贱焉，耻矣，此所以必讲道学以为取富贵之资也。然则今之无才无学，无为无识，而欲致大富贵者，断断乎不可以不讲学矣。今之欲真实讲道学以求儒、道、释出世之旨，免富贵之苦者，断断乎不可以不剃头做和尚矣！”他甚至使用了恶毒而近乎粗野的语言：“阳为道学，阴为富贵，被服儒雅，行若狗彘。”李贽在与耿定向等理学家交锋时，惯以揭露道学之假为杀手铜。如《焚书》卷一《答耿司寇》：“试观公之行事，殊无甚异于人者。人尽如此，我亦如此，公亦如此。自朝至暮，自有知识以至今日，均之耕田而求食，买地而求种，架屋而求安，读书而求科第，居官而求尊显，博求风水以求福荫子孙。种种日用，皆为自己身家计虑，无一厘为人谋者。及乎开口谈学，便说尔为自己，我为他人；尔为自私，我欲利他。”① 德行是目的还是手段，这在伦理学中是一个存在分歧的问题。在西方，亚里士多德认为，德行乃是达到目的即获得幸福的手段；基督教则认为，德行本身就是目的，虽然道德行为的后果一般都是好的，但道德行为之为人重视则是因为德行本身的好，而不是因为其效果的好。在中国，正宗的儒家观念认为，德行是目的而不是手段，反之，道家则采取与之对立的看法。如《庄子·外篇·盗跖》，盗跖抨击孔子说：“今子修文武之道，掌天下之辩，以教后世；缝衣浅带，矫言伪行，以迷惑天下之主，而欲求富贵焉，盗莫大于子。”盗跖眼中的孔子，只是一个以德行换取富贵的人。以德行为目的，这样的人当然是君子；以德行为手段，则可能被视为小人。但李贽的宗旨则在于，将表面的德行与内在的卑污联系起来，从而揭露道学的虚伪。他无疑赞成这样的说法：一个坦率地谋取私利的人，比一个满嘴仁义道德、满肚子男盗女娼的人要可爱得多。从这样的见地出发，李

① 李贽这样抨击耿定向，可能有弦外之音。黄宗羲《明儒学案》卷三十五《恭简耿天台先生定向》：“先生（耿定向）因李卓吾鼓倡狂禅，学者靡然从风，故每每以实地为主，苦口匡救，然又拖泥带水，于佛学半信半不信，终无以压服卓吾。乃卓吾所以恨先生者，何心隐之狱，唯先生与江陵厚善，且主杀心隐之李义河又先生之讲学友也，斯时救之固不难，先生不敢沾手，恐以此犯江陵不说学之忌，先生以不容己为宗，斯其可已者耶？”

赘甚至故意"揭发"自己的阴暗面，如《焚书》卷三《自赞》："其性褊急，其色矜高，其词鄙俗，其心狂痴，其行率易，其交寡而面见亲热。其与人也，好求其过，而不悦其所长；其恶人也，既绝其人，又终身欲害其人。志在温饱，而自谓伯夷、叔齐；质本齐人，而自谓饱道饫德。分明一介不与，而以有莘藉口；分明毫毛不拔，而谓杨朱贼仁。动与物忤，口与心违。其人如此，乡人皆恶之矣。"虽然他的言外之意比较微妙，不宜简单化地加以界说，但这种过分铺张的表述，却可能引导读者走向对传统道德信念的否定。

李贽《童心说》不仅主张在生活中高扬"童心"，还由此提出了"天下之至文，未有不出于童心焉者也。苟童心常存，则道理不行，闻见不立，无时不文，无人不文，无一样创制体格文字而非文者"的命题。《李氏焚书》卷三《杂说》权衡《拜月记》、《西厢记》与《琵琶记》的短长，即是这一美学原则的具体运用。李贽以是否表达了一种不可遏制的真情为尺度，将艺术作品分为两类。一类以《琵琶记》为代表，虽然"穷巧极工"，但因缺乏充分的情感力量，"是故语尽而意亦尽，词竭而味索然亦随以竭"；"其气力限量只可达于皮肤骨血之间"。一类以《拜月记》、《西厢记》为代表，完全是在情感的驱动下写出来的。"其胸中有如许无状可怪之事，其喉间有如许欲吐而不敢吐之物，其口头又时时有许多欲语而莫可所以告语之处，蓄极积久，势不能遏。一旦见景生情，触目兴叹；夺他人之酒杯，浇自己之垒块；诉心中之不平，感数奇于千载。既已喷玉唾珠，昭回云汉，为章于天矣，遂亦自负，发狂大叫，流涕恸哭，不能自止。宁使见者闻者切齿咬牙，欲杀欲割，而终不忍藏于名山，投之水火。余览斯记，想见其为人，当其时必有大不得意于君臣朋友之间者，故借夫妇离合因缘以发其端。于是焉喜佳人之难得，羡张生之奇遇，比云雨之翻覆，叹今人之如土。"这样的作品，在李贽看来，其魅力或感染力直接作用于人的心灵，是持续而强烈的："倘尔不信，中庭月下，木落秋空，寂寞书斋，独自无赖，试取琴心一弹再鼓，其无尽藏不可思议，工巧固可思也。呜呼，若彼作者，吾安能见之与！"李贽将《西厢》、《拜月》的感性形式视为隐含某种伦理意义的讽喻或寓言，看来并不恰切；但这无关紧要，关键是他强调了评判作品价值高下的核心标准：所表达的感情真实吗？

无论是中国还是西方，都出现过"诗是感情的倾诉"的理论。这种理论认为，具有天赋的诗人远远超过陶冶而成的诗人，因为，具有天赋的诗人凭感情和直觉写诗，陶冶而成的诗人凭学识和技巧写诗。最纯粹的诗是抒情诗，最自然的诗的特征在于诗就是感情本身。自然而成的诗歌是没有目的的，表达本身就是目的。这套理论，与李贽的"童心说"可以沟通，用于阐释公安派的"独抒性灵，不拘格套"，也有吻合之处。事实上，李贽的"童心"说与公安派的理论主张之间，确乎存在直接的联系。这种联系正是我们接下来考察的重点。

二　李贽对袁宏道的影响

李贽的哲学（包括美学）在晚明文坛的影响几乎到了无论怎样估计也不会过分的程度。诗文中的公安派、竟陵派，戏曲小说中的《水浒传》、《西厢记》评论，莫不烙印着他的思想痕迹。就李贽与公安派而言，影响与被影响的关系尤为直接。

公安三袁与李贽的交情颇深。万历十七年（1589，宗道三十岁，宏道二十二岁，中道二十岁），宗道以册书事至荆楚，顺道回公安，与二弟"谈心性之说，亦有所省，互相商证"。"僧深有为龙潭（李贽）高足，数以见性之说启先生，先生乃遍阅大慧中诸录，得参求之诀。久之，稍有所豁，于是研精性命，不复谈长生事矣。"（清同治《公安县志·袁宗道传》）万历十八年，三袁及王以明共访李贽于柞林潭"村落野庙"中。袁中道所编《柞林纪谭》即记其事。李贽那种以识力自负、以胆力自豪的风采从其言谈中颇能见出几分。万历十九年，宏道赴黄州龙潭访李贽，二人"大相契合"（清同治《公安县志·袁宏道传》）。万历二十年，宏道秋游武昌，又与李贽会晤。万历二十一年初夏，袁氏三兄弟同访李贽于龙潭。李贽对三兄弟的考语是：宗道"稳实"，中道"英特"，"皆天下名士也"。宏道之"识力胆力，皆迥绝于世，真天下英灵男子"（清同治《公安县志·袁宏道传》）。袁宏道《别龙湖师》八首即临别所作，中有句云："死去君何恨？《藏书》大得名。纷纷薄俗子，相激转相成。"别后作《怀龙湖》诗，感叹"老子本将龙作性，楚人元以凤为歌。朱弦独操谁能识？白颈成群奈尔何？"宗道之《龙湖记》，亦本年所作。万历二十三年，宏道作《与李宏甫》书，有云；"作吴令亦颇简易，但无奈奔走何耳。……幸床头有《焚书》一部，愁可以破颜，病可以健脾，昏可以醒眼，甚得力。"万历二十四年，宏道读李贽《豫约》等书。《豫约》似是李贽的遗嘱。其小引曰："余年已七十矣。旦暮死皆不可知。然余四方之人也，无家属僮仆于此，所赖以供朝夕者，皆本院（龙湖上院）之僧，是故豫为之约。"虽以处置后事的口吻行文，笔墨间仍显出一股舍我其谁的气概，如《豫约·早晚守塔》云："我死不在今日也，自我遣家眷回乡，独在此落发为僧时，即是死人了也，已欲他辈以死人待我了也。是以我至今，再不曾遣一力到家者，以谓已死无所用顾家也。故我尝自谓我能为忠臣者，以此能忘家忘身之念卜之也，非欺诞说大话也。"一个置生死于度外的人，他还有什么可顾忌、可畏惧的呢？由此我们体会到一种不同寻常的胆力。也许不是偶合，恰好是在这一年，袁宏道作《叙小修诗》，首次提出"独抒性灵，不拘格套"的诗学主张。

　　李贽对三袁的直接而巨大的影响，使人们顺理成章地得出一个结论：没有李贽的哲学，就没有公安派的诗学。三袁中以宏道最为重要，故我们较多关注李贽与宏道的师弟之谊。

　　宏道与李贽之间的承传关系，汤显祖诗《读〈锦帆集〉怀卓老》已有所揭示：

> 世事玲珑说不周，慧心人远碧湘流。
> 都将舌上青莲子，摘与公安袁六休。

而将这一层意思说透的则是宏道之弟中道以及中道的朋友钱谦益。钱谦益《牧斋初学集》卷三十一《陶仲璞遁园集序》："万历之季，海内皆诋訾王、李，以乐天、子瞻为宗，其说倡于公安袁氏，而袁氏中郎、小修皆李卓吾之徒，其指实自卓吾发之。"又《列朝诗集小传·袁稽勋宏道》："万历中年，王、李之学盛行，黄茅白苇，弥望皆是，文长、义仍崭然有异，沉痼滋蔓，未克芟薙。中郎以通明之资，学禅于李龙湖，读书论诗，横说竖说，心眼明而胆力放。于是乃昌言排击，大放厥辞……"中道论及其兄，亦坦承李贽的影响之巨。其《吏部验封司郎中中郎先生行状》曰：

> 先生（袁宏道）既见龙湖，始知一向掇拾陈言，株守俗见，死于古人语下，一段精光不得披露；至是浩浩焉，如鸿毛之遇顺风，巨鱼之纵大壑；能为心师，不师于心；能转古人，不为古转；发为语言，一一从胸襟流出，盖天盖地，如象截激流，雷开蛰户，浸浸乎其未有涯也。……已复同伯修与中道游楚中诸胜，再至龙湖，晤李子。李子语人，谓伯也稳实，仲也英特，皆天下名士也。然至于入微一路，则谆谆望之先生，盖谓其识力胆力，皆迥绝于世，真英灵男子，可以担荷此一事耳。

李贽所谓"胆力"，乃指一种无所畏惧的担当精神；所谓"识力"，乃指一种深邃的历史文化意识。"'道德意识'与'历史文化意识'有所区别，前者仅止于个人道德实践之有得于心，仅在主观动机上表现其价值；后者则就个人实践之表现于客观世界而言，重在个人参与群体各种物质、文化的创造活动及其对后世影响而表现其历史价值。"① 在宋明哲学家中，朱子言理，阳明言心，皆聚焦于道德意识，而忽略历史文化意识；李贽论"势"，论社会运作的功利主义，皆聚焦于历史文化意识而忽略道德意识。（至王夫之，才兼重道德意识和历史文化意识，达到了否定之否定的更高程度，那是后话。）李贽以"识力胆力"许袁宏道，这几乎近于禅宗的亲授衣钵。盖"识力胆

---

① 萧萐父：《论唐君毅之哲学史观及其对船山哲学之阐释》，收入《吹沙集》，成都：巴蜀书社 1991 年 9 月版，第 554 页。

力",乃是李贽所自许而从不轻易许人的考语。袁宏道《〈枕中十书〉序》引李贽语云:"卓老子一生都肯让人,惟著书则吾实实地有二十分胆量,二十分见识,二十分才力。"他以"识力胆力""迥绝于世"评袁宏道,这是何等地不寻常。中道明乎此,故其《答须水部日华》曰:"总之,本朝数百年来出两异人,识力胆力迥超世外,龙湖、中郎非欤?然龙湖之后,不能复有龙湖,亦不可复有龙湖也;中郎之后,不能复有中郎,亦不可复有中郎也。"将李贽与袁宏道相提并论,此中意味,颇耐寻索。

在别出眼孔、热心于翻案方面,李贽与宏道可谓知音。袁中道《李温陵传》曾这样评述李贽:"公于诵读之暇,尤爱读史,于古人作用之妙,大有所窥。以为世道安危治乱之机,捷于呼吸,微于缕黍。世之小人既侥幸丧人之国,而世之君子理障太多,名心太重,护惜太甚,为格套局面所拘,不知古人清静无为、行所无事之旨,与藏身忍垢、委曲周旋之用。使君子不能用小人,而小人得以制君子。故往往明而不晦,激而不平,以至于乱。而世儒观古人之迹,又概绳以一切之法,不能虚心平气,求短于长,见瑕于瑜,好不知恶,恶不知美。至于今,接响传声,其观场逐队之见,已入人之骨髓而不可破。于是上下数千年之间,别出手眼,凡古所称为大君子者,有时攻其所短;而所称为小人不足齿者,有时不没其所长。其意大抵在于黜虚文,求实用,舍皮毛,见神骨;去浮理,揣人情。即矫枉之过,不无偏有重轻,而舍其批驳谲浪之语,细心读之,其破的中窍之处,大有补于世道人心。而人遂以为得罪于名教,比之毁圣叛道,则已过矣。"李贽的《藏书》,系统评价明以前的历史人物,确乎是独具眼光的。释袾宏《竹窗三笔·李卓吾》举例说:"(李贽)以秦皇之暴虐为第一君,以冯道之失节为大豪杰,以荆轲、聂政之杀身为最得死所。而故称贤人君子者,往往摘其瑕颣,甚而排场戏剧之说,亦复以《琵琶》、《荆钗》守节持节为勉强,而《西厢》、《拜月》为顺天性之常。"李贽反对以程朱理学作为评价历史人物的准绳,尤时时与朱熹的《通鉴纲目》立异。他所立的权衡,实以历史功利主义为核心,如《藏书》卷六十八《外臣传》誉五代冯道为"吏隐",其言曰:

"冯道自谓长乐老子，盖真长乐老子者也。孟子曰：社稷为重，君为轻。信斯言也，道知之矣。夫社者，所以安民也；稷者，所以养民也。民得安养而后君臣之责始塞。君不能安养斯民，而后臣独为之安养斯民，而后冯道之责始尽。今观五季相禅，潜移默夺，纵有兵革，不闻争城。五十年间，虽经历四姓，事十二君并耶律契丹等，而百姓卒免锋镝之苦者，道务安养之之力也。谯周之见，亦犹是也。呜呼，观于谯周仇国之论，而知后世人士，皆不知以安社稷为悦者矣。然亦必有刘禅之昏庸，五季之沦陷，东汉诸帝之幼冲，党锢诸贤之互为标帜乃可。不然，未可以是为藉口也。"所谓历史功利主义，其特点是注重具体的社会情势，对原则加以变通，在理、势之间求得平衡或适度的倾斜。社会情势是变动不居的，所以不存在放诸四海而皆准或行诸万世而皆通的"道"或"理"。以这样的见解来论社会人生，《李氏藏书》卷一《藏书世纪列传总目前论》振振有词地说："夫是非之争也，如岁时然，昼夜更迭，不相一也。昨日是而今日非矣，今日非后日又是矣。虽使孔夫子复生于今，又不知作如何非是也，而可遽以定本行罚赏哉？""定本"即"理"，"势"与"理"之间虽然可能有重合之处，二者的背离却是更为普遍的情形。李贽不"以孔子之是非为是非"，是由他重"势"的历史功利主义所决定的。

三袁评价历史人物，亦往往不循旧说。如宗道《读渊明传》。对这位古今著名的隐逸诗人，宗道却以"审缓急，识重轻，见事透彻，去就瞥脱"来概括其性格。他指出，人的欲望以口体表现得最为明显："口于味，四肢于安逸，性也。""人固好逸，亦复恶饥"，二者如不可兼得，便须舍弃一方。陶渊明先后三次出仕，即是为了满足口对美味的需求，"与世人奔走禄仕以厌馋吻者等耳"；无奈"疏粗之骨不堪拜起，慵惰之性不耐簿书，虽欲不归而贫，贫而饿，不可得也"。"譬诸好色之人，不幸禀受清羸，一纵辄死，欲无独眠，亦不可得。盖命之急于色也。"宗道的断语是：世上固有禀性孤洁者，"然非君子所重，何足以拟渊明哉！"

宏道的别出眼孔，则主要针对文坛。他历览诗史，亦有一种可与李贽相媲美的掀翻天地的气概。其《与张友于》云："至于诗，则不肖聊戏笔耳，信心而出，信口而谈。世人喜唐，仆则曰唐无诗；世人喜秦汉，仆则曰秦汉无文；世人卑宋黜元，仆则曰诗文在宋元诸大家。昔老于欲死圣人，庄生讥毁孔子，然至今其书不废；荀卿言性恶，亦得与孔子同传。何者？见从己出，不曾依傍半个古人，所以他顶天立地，今人虽讥讪得，却是废他不得。"

宏道扬宋诗而抑唐诗，这是对中国古典诗正宗的颠覆。

中国诗的源头是《诗经》。《诗经》中本有两种类型的诗，一种是《风》诗，一种是《雅》、《颂》。《风》诗以抒发感情为主，率真自然，功利观念淡薄，可以说是纯粹的抒情诗。《雅》、《颂》则兼有叙与议的功能，多"言王政废兴"，纯粹的抒情诗很少。汉代的乐府诗，以叙事为主而兼有浓郁的抒情意味，发展到汉末，便萌生出抒情的五言诗。但纯粹的抒情五言诗，大约要到魏晋之际的阮籍手中，才告完成。陆机《文赋》说"诗缘情而绮靡"，就是在纯粹抒情诗已经完成的情形下提出的。不过，与抒情诗不断纯粹的进程相伴随，也还有东晋玄言诗的抬头，表明《雅》、《颂》的传统依然顽强地延续着。

唐代依然是《风》诗传统和《雅》、《颂》传统并存。杜甫和韩愈的相当一部分作品，便与《雅》、《颂》较多相似之处，何景明《明月篇序》说：

> 仆始读杜子美七言诗歌，爱其陈事切实，布辞沈著，鄙心窃效之，以为长篇圣于子美矣。既而读汉魏以来诸诗，及唐初四子者之所为，而反复之，则知汉魏固承三百篇之后，流风犹可微焉，而四子者虽工，富丽去古远甚，至其音节往往可歌。乃知子美辞固沈著而调失流转，虽成一家语，实则诗歌之变体也。夫诗本性情之发者也，其切而易见者，莫如夫妇之间，是以《三百篇》首乎雎鸠，六义首乎《风》，而汉魏作者义关君臣朋友，辞必托诸夫妇，以宣郁而达情焉，其旨远矣。由是观之，子美之诗，博涉世故，出于夫妇者常少，致兼《雅》、《颂》，而风人之义或缺，此其调反在四子下焉。

何景明对杜甫诗的批评，一是"调失流转"，一是"风人之义或缺"。"风人之义或缺"是因，"调失流转"是果。可见，杜甫诗之不能见赏于何景明，在于背离了《风》诗轨则，与整体上的唐诗形成风貌上的差异甚至对立。至于韩愈，亦如刘克庄《后村诗话》所云："自唐以来，李、杜之后，便到韩、柳。韩诗沉着痛快，可以配杜，但以气为之，直截者多，隽永者少。"

《风》与《雅》、《颂》的区别是一个客观存在的事实。《风》诗传统在后世被发扬光大而《雅》、《颂》传统少人问津也自有其理由。李梦阳《空同集》卷六附《郭公谣》一诗，跋曰："世尝谓删后无诗，无者谓《雅》耳，风自谣口出，孰得而无之。今录其民谣一首，使人知真诗果在民间。"胡应麟《诗薮》内编卷一说得尤为具体："《国风》、《雅》、《颂》，并列圣经。第风人所赋，多本室家、行旅、悲欢、聚散、感叹、忆赠之词，故其遗响，后世独传，楚一变而为骚，汉再变而为选，唐三变而为律，体格日卑，其用于室家、行旅、悲欢、聚散、感叹、忆赠则一也。《雅》、《颂》宏奥淳深，庄严典则，施诸明堂清庙，用既不伦；作自圣佐贤臣，体又迥别。三代而下，寥寥寡和，宜矣。"《风》诗旨在抒情，《雅》、《颂》却主要是一种朝政上的实用文体，"独传"、"寡和"，原因在此。

在宋代，有一个备受关注的现象。一方面，诗文的区别是由宋人提出来的，另一方面，"以文为诗"也以宋人的创作表现得格外突出。造成这种现象的原因也许在于，唐人写诗，较少现实的功利追求，自然与《风》诗的传统一脉相承；宋人（如苏轼、黄庭坚）面对唐诗的卓越成就，总希望能够别开生面，于是，如同以诗为词旨在开拓词的境界一样，宋人也刻意"以文为诗"，藉以与唐人立异，显示自身的个性和创造力。这样一来，"以文为诗"便成了宋诗异于唐诗的基本特征。从与传统的关系看，所谓"以文为诗"，不过是《雅》、《颂》诗风在一个特殊时代异乎寻常地被发扬光大而已。

集中将唐宋诗作为两种不同类型加以评议的是宋末的严羽。他在《沧浪诗话·诗辨》中说："国初之诗，尚沿袭唐人：王黄州学白乐天，杨文公、刘中山学李商隐，盛文肃学韦苏州，欧阳公学韩退之古诗，梅圣俞学唐人平澹处。至东坡、山谷始自出己意以为诗，唐人之风变矣。山谷用工尤深刻，其后法席盛行，海内称为江西宗派。近世赵紫芝、翁灵舒辈，独喜贾岛、姚合之语，稍稍复就清苦之风；江湖之人多效其体，一时自谓之唐宗；不知止入声闻、辟支之果，岂盛唐诸公大乘正法眼者哉。"严羽评议宋诗，其参照系是"盛唐"标格。以盛唐为"第一义"，他对"自出己意以为诗"的苏、黄极为不满。《诗辨》中的一段锋芒毕露的阐述即针对苏、黄等人而发："夫诗有别材，非关书也；诗有别趣，非关理也。而古人未尝不读书，不穷理，所谓不涉理路，不落言诠者，上也。诗者，吟咏情性也，盛唐诗人唯在兴趣，羚羊挂角，无迹可求。故其妙处莹彻玲珑，不可凑泊，如空中之音，相中之色，水中之月，镜中之象，言有尽而意无穷。近代诸公作奇特解会，遂以文字为诗，以议论为诗，以才学为诗。以是为诗，夫岂不工，终非古人之诗也。"严羽敏锐地注意到了唐宋诗一重呈现、一重说明的特征，为了纠正宋诗的偏颇，遂揭出"不涉理路，不落言诠"的主张，强调逻辑的干预并非诗之正法眼，强调"文字"、"议论"、"才学"并非诗的美感魅力的源泉。

　　明人对唐诗的推崇源远流长。① 由唐到宋是我国古代诗歌转变的关键时期。宋诗较多解说性、演绎性的表达方式，唐诗则将认识与感悟化合为一。严羽扬唐抑宋，"截然谓当以盛唐为法"（《沧浪诗话·诗辨》）。元人已转向唐音，至明朝初期，力宗盛唐成为一时风气。

---

　　① 何景明《海叟诗序》说："景明学诗，自为举子历宦，于今十年，日觉前所学者非是。盖诗虽盛于唐，其好古者自陈子昂后，莫如李、杜二家，然二家歌行近体，诚有可法，而古作尚有离去者，犹未尽可法之也。故景明学歌行近体，有取于二家及唐初、盛唐诗人，而古作必从汉魏求之。"这提醒我们，前后七子于古诗以汉魏为榜样，于律诗以初、盛唐为榜样，"诗必盛唐"四字不足以概括其诗学主张。不过，这两个榜样有一个共同点，即继承《风》诗传统，以"不涉理路，不落言诠"为贵。所以，我们不妨用"唐诗"来代表汉魏古诗和初、盛唐律诗，以便行文。钱钟书《谈艺录》一《诗分唐宋》："唐诗、宋诗，亦非仅朝代之别，乃体格性分之殊。天下有两种人，斯分两种诗，唐诗多以丰神情韵擅长，宋诗多以筋骨思理见胜。"亦着眼于"体格性分"。

高棅《唐诗品汇》应运而生，既呼应了严羽的《沧浪诗话》，又为明代的格调说开了先河，遂成为一部影响深远的唐诗选集。高棅的论诗宗旨是"观诗以求其人，因人以知其时，因时以辨文章之高下，词气之盛衰"，由此出发，将唐诗划分为初、盛、中、晚四个发展阶段，提出以盛唐为主，并对各个时期的风格和各个诗人的艺术特点作了细致辨析和简要概括。他高扬唐诗，不言而喻是以宋诗为贬抑对象的。

高棅之后，茶陵派、前后七子及其追随者，无不奉唐诗为圭臬，视宋诗为糠秕。他们对宋诗的批评，集矢于其解说性、演绎性的特征。李东阳《麓堂诗话》不仅批评宋诗大家苏轼的作品"伤于快直，少委曲沉著之意"，还从整体上对宋诗下了这样的结论："诗太拙则近于文，太巧则近于词。宋之拙者，皆文也；元之巧者，皆词也。"谢榛的议论常常针对具体作品，体贴入微，不乏真知灼见，如《四溟诗话》卷三：

> 陈一庵太守因徽藩诬奏，谪戍琼州，寓邱文庄别墅，日耽诗酒。每闻缙绅间盛称苏舜泽总制《雪》诗："初随鸣雨喧相续，转入飘风静不闻。"写景入微，非老手不能也，若杨诚斋"筛瓦巧从疏处透，跳阶误到暖边融"，便是宋人本色。

谢榛举了杨万里（诚斋）的两句诗作为"宋人本色"的例证，其立论的前提是什么？叶维廉《中国古典诗中的传释活动》一文曾说："在我们和外物接触之初，在接触之际，感知网绝对不是只有知性的活动，而应该同时包括了视觉的、听觉的、触觉的、味觉的、嗅觉的和无以名之的所谓超觉（或第六感）的活动，感而后思。有人或者要说，视觉是画家的事，听觉是音乐家的事，触觉是雕刻家的事……而'思'是文学家的事，这种说法好像'思'（即如解释人与物、物与物的关系和继起的意义，如物如何影响人，或物态如何反映了人情）才是文学表现的主旨。事实上，'思'固可以成为作品其中一个终点，但绝不是全部，要呈现的应该是接触时的实况，事件发生的全面感受。"① 唐代诗人追求对"全面感受"的"呈现",所以在艺术表达中回避"思"的痕迹,回避对时间、空间、因果关系的交代。如"鸡声茅店月,人迹板桥霜",就没有确定"茅店"与"月"的空间关系。"板桥霜"也不一定就是"板桥上的霜"。诗中有"人",却并不插在读者和景物之间作絮絮叨叨的指点、说明。与这种让"景物自现"的境界成为对照,杨万里的诗却加入了作者的判断、说明以至于连"巧"、"误"这样的表示主观评价的词汇也用上了,结果,景物的独立性和客观性失去了,读者总意识到有个解说者在发表他的看法。胡应麟《诗薮》内编卷二说:"禅家戒事理二障,余戏谓宋人诗病正坐此。苏、黄好用事,而为事使,事障也;程、邵好谈理,而为理缚,理障也。"从普遍的情形看,宋诗的风貌与"思"的干预有着异常密切的关系。

与明代主流诗学的立场截然相反,袁宏道极力推崇宋诗,贬抑唐诗尤其是唐诗的仿效者。这既见出他的识力(这一点,我们将在下编《信心与信古》一章作集中探讨),更见出他的胆力。宏道《又与冯琢庵师》云:"宏实不才,不能供役作者,独谬谓古人诗文,各出己见,决不肯从人脚跟转,以故宁今宁俗,不肯拾人一字。词人见者多戟手呵骂,惟李龙湖、黄平倩、梅客生、陶公望、顾升伯、李湘洲诸公稍见许可。""词人见者多戟手呵骂"云云,从晚明人忌恨李贽的情形来看,袁宏道的境遇当然不会好到哪儿去,这句话讲的应当就是实情。处此境遇而依然我行我素,没有"二十分胆量",又如何能做到?袁中道《解脱集序》曾拿他本人与乃兄对比,说:"余以薄落,依之真州。相见顷刻,出所吟咏,捧读未竟,大叫欲舞。作而笑曰:'高者我不能言,格外之论我不敢言,与兄相别未久,胡遽至此?'"又在《花雪赋引》中说:"予与中郎意见相同,而未免修饰以避世訾,岂独才力不如,胆亦不如也。"以任侠不羁著称的中道尚且惊异于宏道的"格外之论",足见其"无忌惮"了。

---

① 叶维廉:《中国诗学》,北京:三联书店 1992 年 1 月版,第 22 页。

三 "性灵说"发微

袁宏道诗学的要领是"独抒性灵，不拘格套"。其《序小修诗》云：

> （小修）足迹所至，几半天下，而诗文亦因之以日进。大都独抒性灵，不拘格套。非从自己胸臆流出，不肯下笔。有时情与境会，顷刻千言，如水东注，令人夺魂。其间有佳处，亦有疵处。佳处自不必言，即疵处亦多本色独造语。然予则极喜其疵处。而所谓佳者，尚不能不以粉饰蹈袭为恨，以为未能尽脱近代文人气习故也。……

这篇洋洋洒洒的序，锋芒毕露，仍足以见出其过人的胆力；而从"识力"的角度考察，细读这篇序也不会令人失望。

如果我们要在李贽哲学与袁宏道诗学之间寻找对应之处，那么，我们可以说：袁宏道的"不拘格套"与李贽旨在解除禁忌的哲学一脉相承，袁宏道所说的"性灵"与李贽所青睐的"童心"可以画上等号或约等号。"禁忌就其原初的和文字上的意义而言，似乎仅仅意味着一个被划分出来的东西——这东西是与其它普通的、世俗的、不危险的东西不一样的。它被一种恐怖和危险的气氛所环绕。这种危险常常被形容为超自然的危险，但它决不是一种道德的危险。如果它与其它事物有区别的话，那这种区别并不意味着道德辨别力，也不包含一个道德判断。一个犯罪的男人成为禁忌，一个分娩的妇女也同样可以成为禁忌。"① 引申意义上的禁忌体系则指所有的社会约束和义务体系。它是整个社会的基石。君臣关系，上下关系，长幼关系，夫妻关系，社会生活的各个方面，无不依赖各具针对性的禁忌来调节和管

---

① ［德］恩斯特·卡西尔：《人论》（甘阳译），上海：上海译文出版社1985年12月版，第134页。

84

理。触犯禁忌是一桩危险的事情。李贽以其大无畏的气概向禁忌体系挑战，最终结果是被逮下狱，自杀身亡。但他的这种胆力确曾在某个阶段极大地鼓舞了袁宏道，所谓"不拘格套"，即打破所有禁忌。自然，宏道锋芒所向，与李贽大有不同：李贽破除的主要是哲学和历史学领域的禁忌，袁宏道破除的则主要是诗学领域的禁忌。

明了了上述联系，接下来考察"性灵"这一术语在明代诗学中的不同内涵和袁宏道的独特阐释，将有助于我们把握公安派诗学的特征。

"性灵"、"性情"一类的词，在明人笔下的含义不能贸然加以阐释，因为各人所指实际上是大不相同的。比如陈献章（1428～1500）几乎是将"性情"等同于传统的"志"，他在《批答张廷实诗笺》中说："欲学古人诗，先理会古人性情是如何，有此性情方有此声口。只看程明道、邵康节诗，真天生温厚和平，一种好性情也。"程明道、邵康节的诗，乃正宗理学诗，其中的"性情"可解释为基于理学的纯儒人格或人品。而李东阳所说的"情思"，才与《毛诗序》"情动于中而形于言"的"情"相近，或"安以乐"，或"怨以怒"，或"哀以思"；但"发乎情"、"止乎礼义"，强调对私生活领域中的感情的抑制或排除。中国古代之所以贬抑宫体诗，之所以没有直抒恋爱之情的诗歌流派，可由此得到说明。杨慎则致力于论证"性"与"情"的相通，将言志与抒情统一在一起。其《性情说》云："《尚书》而下，孟、荀、杨、韩至宋世诸子言性而不及情，言性情俱者《易》而已。《易》曰'利贞'者，性情也。庄子云：'性情不离，安用礼乐'。甚矣，庄子之言性情有合于《易》也。……合之则双美，离之则两伤。举性而遗情，何如曰死灰；触情而忘性，何如曰禽兽。古今之言性情者，《易》尽之矣，庄子之言有合于《易》者也。"以性兼情，旨在防止理学诗的萌生；以情兼性，旨在遏制色情诗的出现。杨慎的态度，和他的老师李东阳大体一致。又如"性灵"一词，也同样不能囫囵吞枣不加辨析。颜之推说："陶冶性灵，从容讽谏，亦乐事也。"白居易说"陶冶性灵存底物"。他们说的"性灵"，实即儒家"发乎情，止乎礼义"的"情"。明代较早使用"性灵"一词的是王世懋（1536～1588），他在《李唯寅贝叶斋诗集序》中说诗为"性灵所托"，又称赞李唯寅"稍稍纵其性灵，时复悠然自得"。其言曰：

> 夫诗于道未尊，国家不以程士，乡州不以充赋，仕而谈者罪，讳而触者祸，然且士争趣之何？则其情近之也。……夫士于诗，诚无所利之，乃其性灵所托，或缘畸于世，意不自得；而一以宣其湮郁于诗。

诗的功能是"宣其湮郁"，即发泄内心的痛苦和愤懑。这种因"缘畸于世"而产生的牢骚，当然主要是针对社会的，是一种产生于公共生活领域的感情。王世懋对这种感情及其表达有下述描绘：

> 余谓君之故俗言性命，好节俭，于道为近；而君善诗酒，慕游侠，于道似远。然君顾舍彼而趋此，何也？丈夫要在行己意为真耳。得之非真，即近，远也；得之真，即远，近也。（《曾应元诗画册小序》）。
>
> 孔子不云乎，狂者进取。……大都豪杰之士，其始意有所激于中，而气常溢乎其外，则往往有托而类狂。（《赠汪仲淹序》）
>
> 搢绅先生意气中讧，则或吐而诗，或负而侠，又乌在其为殊途也！（《送朱在明序》）

赞美豪侠，赞美狂狷，这样的一种诗情，自然是有个性的，但依然是应对公共生活的个性，而非私生活中的喜、怒、哀、乐。

屠隆常用"性灵"一词，如《与汤义仍奉常》："仆自中含沙以来，性灵无恙，皮毛损伤，仕学两违，身名俱毁。"《高以达少参选唐诗序》："夫诗者技也。……而舒畅性灵，描写万物，感通神人，或有取焉。"《贝叶斋稿序》："余闻惟寅筑贝叶斋，日踟跞蒲团，而诵西方圣人书，与衲子伍，则惟寅之性灵见解何如哉！"《行戍集序》："夫纯父有道者，视荼如荠，齐夷险死生，而时写性灵，寄之笔墨，即文字可灭，性灵不可灭也。"《鸿苞·清议》："矜虚名而略实际，爱皮毛而忽性灵。"《鸿苞·文章》："夫文者华也，有根焉，则性灵是也。"在屠隆那儿，"性灵"有时候指"内容"，即与艺术表达相对的"实"、"情"、"见解"，有时候指参透佛理的心灵的境界，与"道"相通。这样的"性灵"，与中国人所说的私人生活是无缘的。

李维桢也用过"性灵"一词。其《王吏部诗选序》云："余窃惟诗始《三百篇》，虽风雅颂、赋比兴分为六义，要之触情而出，即事而作，五方风气，不相沿袭，四时景物，不相假贷。田野间阎之咏，宗庙朝廷之制，本于性灵，归于自然，无二致也。迨后人说诗，有品有调，有法有体，有宗门，有流派，高其目以为声，树其鹄以为招，而在下心慕之，诸大家名家篇什为后进蹈袭掯撅，遂成诗道一厄，其弊不可胜原矣。"李维桢的"性灵"，与性情含义相近，指在某种特定场景中产生的思想、感情，与具体的时空背景相联系，带有较为鲜明的时代特征和个性特征，是社会性的而非私人化的。

至于公安派的"独抒性灵"，其意味就大不相同了。他们的"性灵"，无须经过社会规范的过滤，"事无不可对人言"，即使是风月谈之类，也毫无保留。由于追求本性毕现，遂格外推崇真率。无论是反映生活内容，还是表达思想、情绪，都不忌讳私生活——私人的故事，私人的情趣，私人的七情六欲。袁宏道在给伯修的信中说："近来，诗学大进，诗集大饶，诗肠大宽，诗眼大阔。世人以诗为诗，未免为诗苦；弟以《打草竿》、《擘破玉》为诗，故足乐也。"《打草竿》、《擘破玉》之类，即民歌时调，属于典型的"私情谱"。其《兰亭记》又说：　"古之文士爱念光景，未尝不感叹于死生之际。……于是卑者或纵情曲蘖，极意声伎；高者或托为文章、声歌以求不朽；或究心仙佛与夫飞升坐化之术。其事不同，其贪生畏死之心一也。独庸夫俗子，耽心势利，不信眼前有死。而一种腐儒，为道理所锢，亦云：'死即死耳，何畏之有！'此其人皆庸下之极，无足言者。……夫世果有不好色之人哉？若果有不好色之人，尼父亦不必借之以明不欺矣。"他以为"纵情曲蘖，极意声伎"、"贪生畏死"、

"好色"都显示了人的真实，不必遮掩，反而是不怕死的人，被认为"庸下之极"。他的作品可以说是他这种想法的体现。如他的《浪歌》："朝入朱门大道，暮游绿水桥边。歌楼少醉十日，舞女一破千钱。鹦鹉睡残欲语，花骢蹄健无鞭。愿为巫峰一夜，不愿缑岑千年。"以颠狂浪子自负，在诗中放肆地展示"青娥之癖"，袁宏道之外，这样的诗人不会太多。他如《小妇别诗》四首、《湖上迟陶石篑戏题》、《艳歌》等"通于人之喜怒哀乐嗜好情欲"的作品，"以诗为诗"的人是决计写不出来的。值得指出的是，这种热衷于私生活的情怀，公安派不只是无所忌讳地作感性的表达，还上升到理性的高度作了淋漓尽致的阐发。袁宏道所津津乐道的"趣"、"韵"，就洋溢着浓郁的私生活的气息。其《叙陈正甫会心集》专谈"趣"："夫趣得之自然者深，得之学问者浅。当其为童子也，不知有趣，然无往而非趣也。面无端容，目无定睛，口喃喃而欲语，足跳跃而不定。人生之至乐，真无逾于此时者。孟子所谓不失赤子，老子所谓能婴儿，盖指此也，趣之正等、正觉，最上乘也。山林之人，无拘无缚，得自在度日，故虽不求趣而趣近之。愚不肖之近趣也，以无品也。品愈卑故所求愈下，或为酒肉，或为声伎，率心而行，无所忌惮。自以为绝望于世，故举世非笑之不顾也。此又一趣也。迨夫年渐长、官渐高、品渐大，有身如梏，有心如棘，毛孔骨节俱为闻见知识所缚，入理愈深，然去趣愈远矣。"他的《寿存斋张公七十序》则侧重于论"韵"："大都士之有韵者，理必入微，而理又不可以得韵。故叫跳反掷者，稚子之韵也。嬉笑怒骂者，醉人之韵也。醉者无心，稚子亦无心。无心故理无所托，而自然之韵出焉。由斯以观，理者是非之窟宅，而韵者大解脱之场也。"袁宏道所说的"韵"、"趣"，摆脱了公共生活领域的准则即"理"的束缚，摆脱了社会身份的讲求即"学问"的制约；这里纯然是私人生活的空间，个人以其纯真的面目呈露于世界之前。而后来对公安派诗的批评，也往往针对这一特点，如明末鹿善继《俭持堂诗序》："诗之亡，亡于离纲常为性情，彼所指为性情，只落饮食男女，任入云雾中，最昏人志。非澹泊无以明之。"

对"性灵"或"趣"、"韵"的强调，表达了对某种摆脱道德裁制的生活方式的向往。人类成就中最伟大的东西通常是在热情洋溢的状态下创造出来的，一味的深谋远虑只会造成思想和感情的沉闷。如果表达得周全些，不妨这样说：没有热情洋溢的成分，生活是没有趣味的；一味的热情洋溢，生活则是危险的。深谋远虑与热情洋溢是我们人类面对的两种难以统一的选择。在大多数情况下，人们宁愿选择深谋远虑，因为危险与趣味相比，对危险的恐惧毕竟容易压倒对趣味的热衷。然而，"性灵说"和趣韵说，强调的正是趣味，而忽视未来的危险。袁宏道甚至把因热情洋溢而招致的危险也视为一种趣味，他在给舅父龚惟长的信（《与龚惟长》）中，意气不凡地提及"人生五乐"：

> 真乐有五，不可不知。目极世间之色，耳极世间之声，身极世间之安，口极世间之谭，一快活也。堂前列鼎，堂后度曲，宾客满席，觥罍若飞，烛气熏天，巾舄委地，皓魄入帷，花影流衣，二快活也。箧中藏万卷书，书皆珍异。宅畔置一馆，馆中约真正同心友十余人，就中择一识见极高如司马迁、罗贯中、关汉卿者为主，分曹部署，各成一书，远文唐、宋酸儒之陋，近完一代未竟之篇，三快活也。千金买一舟，舟中置鼓吹一部，知己数人，游闲数人，泛家浮宅，不知老之将至，四快活也。然人生受用至此，不及十年，家资田地荡尽矣。然后一身狼狈，朝不谋夕，托钵歌妓之院，分餐孤老之盘，往来乡亲，恬不为怪，五快活也。士有此一者，生可无愧，死可不朽矣。若只幽闲无事，挨排度日，此世间最不紧要人，不可为训。

人之所以为人，一个基本的标志是他遵循理性生活。为了未来的快乐而忍受眼前的痛苦，这是合乎理性的；为了眼前的快乐而造成未来的痛苦，这是不合理性的。袁宏道提及第五乐，说明他并非不能深谋远虑，而是不愿深谋远虑。他拒绝深谋远虑，当然是因为理性的压抑令他厌倦。他乐于承受因违背理性而招致的所有惩罚。这样一种清醒的热情，表明其选择不是盲目的，宗旨正是摆脱道德的奴役和烦扰，逃向诗与热情所结合成的自由中去。

换一个角度考察袁宏道的性灵说或趣韵说，我们发现，其特征是用审美的标准代替了功利的标准。他喜欢不寻常的东西、罕见的东西，乐于从渺远和新奇的境界中寻求美感。一种理论，一种风格，一种生活，只要是新鲜的、奇异的，他就乐于奉上他的欢呼。就与传统的关系看，有勇气越轨是胆力不凡的证明，摆脱谨慎和约束是创造新奇的有效方式。越是猛烈地冲决桎梏，越是豪迈地发表叛逆之情，就越具有美感。他倡导非理性，他倡导一种神采飞扬、不计后果的情感方式，他调侃公认的伦理标准和审美标准。他的那类议论，也和他的情感方式一样，飘逸不拘，不循常规。

袁宏道时时以楚人自居，可由此得到解释。在中国古典诗中，《诗》、《骚》两大传统有着内在的紧张关系。"温柔敦厚，诗教也。"而屈原的《离骚》却以感情抒发的激烈为特点，以至于汉代班固在《离骚序》中批评屈原"露才扬己，竞乎危国群小之间，以离谗贼。然责数怀王，怨恶椒、兰，愁神苦思，强非其人，忿怼不容，沉江而死，亦贬絜狂狷景行之士"。"谓之兼诗风雅而与日月争光，过矣。"对《诗》、《骚》两大传统，林庚所作《中国文学简史》认为，《诗经》代表写实的"生活的艺术"，所歌咏的是一种"家的感觉"，后来变为儒家思想，却形成了一种束缚或规律。《离骚》代表"相反的浪漫的创造的精神"，所追求的是"一种异乡情调和惊异"，也就是"一种解放的象征"①。这两种传统在历代文坛上此消彼长，而《诗经》具有更为稳固的正宗地位。但袁宏道却甘于以《离骚》的继承者自居，以楚人自居，坦率表示对"温柔敦厚"的"诗教"不甚认可。其《叙小修诗》云："大概情至之语，自能感人，是谓真诗，可传也。而或者犹以太露病之。曾不知情随境变，字逐情生，但恐不达，何露之有？且《离骚》一经，忿怼之极，党人偷乐，众女谣诼，不揆中情，信谗赍怒，皆明示唾骂，安在所谓怨而不伤者乎？穷愁之

---

① 参见林庚：《中国文学简史》附录《朱佩弦先生序》，北京：北京大学出版社 1995 年 7 月版。

时，痛哭流涕，颠倒反复，不暇择音，怨矣，宁有不伤者？且燥湿异地，刚柔异性，若夫劲质而多怼，峭急而多露，是谓楚风，又何疑焉。"对艺术经典的选择不完全是被动的。一方面，每个作家都必须接受过去标准的裁判，艺术经典的现存秩序具有强大的制约作用；另一方面，传统并不只有一个色调，后来者可以在几种色调中进行选择和调整，从而在一定程度上改变艺术经典的秩序。这种改变体现了后人的主动性和潜在的创造欲望。袁宏道重《骚》而轻《诗》，其意义不在于就传统论传统，而在于经由对传统的论析确定自己在历史中的位置：他不想跻身于正宗的行列，宁可做一个锋芒毕露的边缘作家。

到此为止，我们事实上已经涉及"不拘格套"的问题了。"格套"二字如何理解，首先当然要参考三袁的意见。袁宏道《答李元善》云：

> 文章新奇，无定格式，只要发人所不能发，句法字法调法，一一从自己胸中流出，此真新奇也。近日有一种新奇套子，似新实腐，恐一落此套，则尤可厌恶之甚。

说"格式"，说"新奇套子"，表明"格套"的含义或含义之一是"模式套路"。对这一方面，李健章先生《公安派的创作论》一文已有详尽的解释。"这种公式化的格套，有三个来源和三种类型：一种是从拟古而来的旧套，一种是旧货改装的新套，另一种则是来自世俗应酬的客套。"① 其中，从拟古而来的旧套，又有四种形式：模式套子；陈腐套子；滥用典故的套子；盗窃剿袭的套子。②

袁中道《答钱受之》亦曾论及"格套"：

① 李健章：《〈袁宏道集笺校〉志疑》（外二种），武汉：湖北人民出版社1994 年 4 月版，第 346 页。
② 李健章：《〈袁宏道集笺校〉志疑》（外二种），武汉：湖北人民出版社1994 年 4 月版，第 347 页。

> 诗文之道，昔之论气格者，近于套；今之论性情者，近于俚。想受之悟此久矣。

这是对"格套"的另一种界定。所谓"格套"，不是泛论模式套子，而特指因讲求"气格"而形成的模式套子，所针对的主要是格调说中的"格"。

七子派论"格"，至少包括两个方面的意思。一指"体格"，强调"文各有体，得体为佳"；二指"品格"，强调不同诗体的尊卑高下。惯与七子立异的公安派，在这两方面都拿出了针锋相对的意见。就体格而言，袁宏道提倡以不法为法，以非诗为诗。其《叙梅子马王程稿》以赞赏的笔调引梅蕃祚（字子马）语云："诗道之秽，未有如今日者。其高者为格套所缚，如杀翮之鸟，欲飞不得；而其卑者，剿窃影响，若老妪之傅粉；其能独抒己见，信心而言，寄口于腕者，余所见盖无几也。"称心而言，信腕而书，目的是摆脱体裁规范的约束。宏道《叙姜陆二公同适稿》在批评苏州地区的剿窃之风时说："至于今市贾佣儿，争为讴吟，递相临摹，见人有一语出格，或句法事实非所曾见者，则极诋之为野路诗。"所谓"出格"，即不遵守体裁规范。就品格而言，袁宏道反对"体以代变，格以代降"的说法。其《与丘长孺》云："夫诗之气，一代减一代，故古也厚，今也薄。诗之奇之妙之工之无所不极，一代盛一代，故古有不尽之情，今无不写之景，然则古何必高，今何必卑哉？"《序小修诗》亦云："唯夫代有升降，而法不相沿，各极其变，各穷其趣，所以可贵。原不可以优劣论也。"一个矢志创新的人，他是不能容忍"格以代降"的说法的。

四 从"不拘格套"到"自律甚严"

万历三十年（1602），李贽在狱中自杀，这标志着"非名教所能羁络"的哲学思潮的受挫。李贽之被逮，从人际关系一面看，并非孤立的现象。陶望龄《歇庵集》卷十二《寄君奭弟》云："卓吾先生虽非真悟正见，而气雄行洁，生平学道之志甚坚，但多口好奇，遂构此祸，当事者处之太重，似非专为一人。""此间诸人，日以攻禅逐僧为风力名行，吾辈虽不挂名弹章，实在逐中矣。"凡属李贽圈内的人，大约都有一种惴惴不安的感觉。就晚明社会所面对的危机而言，这种情形的出现有其必然性。每一个社会都受到来自不同方向的危险的威胁：一方面是由于过分尊重权威与传统而导致的僵化，另一方面是由于不加节制的个性独立而使任何合作都难以成功，以致社会解体，或被外来者所征服。"一般说来，重要的文明都是从一种严格和迷信的体系出发，逐渐地松弛下来，在一定的阶段就达到了一个天才辉煌的时期；这时，旧传统中的好东西继续保存着，而在其解体之中所包含着的那些坏东西则还没有来得及发展。但是随着坏东西的发展，它就走向无政府主义，从而不可避免地走向一种新的暴政，同时产生出来一种受到新的教条体系所保证的新的综合。自由主义的学说就是想要避免这种无休止的反复的一种企图。自由主义的本质就是企图不根据非理性的教条而获得一种社会秩序，并且除了为保存社会所必须的束缚而外，不再以更多的束缚来保证社会的安定。"① 比照明代的情形，我们可以说：阳明属于"天才辉煌的时期"，李贽则面对着"新的暴政"。晚明是这样一个时代：传统的束缚消失了，因为它们被认为是不合情理的，即令孔子生于当日，也会被预设为一定有新的想法；从约束中解放出来，人们充满了对新思想的兴趣和艺术创造的活力，以公安派的小品文为例，那是一种何等罕见的美文。但与此同时，由于道德秩序的解体，由于繁富与混乱相伴而生，社会安定和团体意志受到了极大的损害。明王朝大开杀戒以惩治异端，乃是出于摆脱社会危机的需要。明朝前期，道德过分拘谨，过分传统；晚明时期，道德过分松弛，过分放纵。二者之间的对比太鲜明了。

　　李贽的同时代人，对他有褒有贬，而贬之者显然居于上风。在所有对李贽以及对与李贽同类的哲学家的指责中，下述两个例子格外令

---

　　① ［英］罗素：《西方哲学史》上册（何兆武、李约瑟译），北京：商务印书馆 1963 年 9 月版，第 23 页。

人不能释然。一是张居正。张居正是奉行功利主义的政治家，故东林党人对他深为不满。东林党人严守儒家统绪，强调道德行为与功利的势不两立，并以道德考虑为其出发点。在他们看来，为了提高行政效率而以私利笼络下属，甚至在服丧期间以夺情的名义继续执政，这样一位张居正是在滥用权力，其后果是使道德水准不高的投机分子得到好处而使正直的士大夫失去任职机会。与东林党人的道德理想主义不同，李卓吾则是崇尚功利主义的思想家，行政效率较之官员的道德纯洁性是更受他关注和肯定的。其《送郑大姚序》一文以汉代名相曹参等人为例，说明"不庄不正，得罪名教"的官员只要在行政中措置有方，照样可以"成治"。从这样一种功利主义历史观出发，李贽真心为张居正喝彩。其《答邓明府》云：

> 何公布衣之杰也，故有杀身之祸；江陵宰相之杰也，故有身后之辱。不论其败而论其成，不追其迹而原其心，不责其过而赏其功，则二老者皆吾师也。非与世之局琐取容，埋头顾影，窃取圣人之名，以自盖其贪位固宠之私者比也。

说来颇具讽刺意味，张居正恰是特别厌恶李贽一类哲学家的人，何心隐之死即与张居正相关。当然，理解这一事实并不困难，因为有秩序的社会生活与思想上、伦理上的个人主义是不相容的。张居正身为政治家，他首先关心的自是社会秩序。功利主义的理论，政治家可以照着去做，却不会整天挂在嘴上去说；非但不会去说，甚至乐于以一套道德说教来掩饰其行政运作的真相。李贽这一类哲学家，东林党不会喜欢，张居正也不会喜欢。

另一个例子是紫柏大师（名真可，字达观）。蒋以化《西台漫记》卷二《纪李卓吾》引台臣康丕扬语云："不逐李贽，无以端天下之习；不擒达观，无以服李贽之心。"足见在时人眼中，他们是同一类人物。然而，达观在所著《紫柏老人集》卷二十一中论李贽与耿定向学术异同，却非议李贽，且语含讥讽地感叹道："卓吾，卓吾，果真龙也耶？果叶公之所画者耶？"由此一例，足见当时高倡思想独立的哲学家，仍处于孤立少援的境地。

在 16 世纪晚期，儒家道德理想的吸引力比我们通常所认为的可能要大得多。王时槐（1522～1605）《三益轩会语》指斥泰州学派说：

> 学者以任情为率性，以媚世为与物同体，以破戒为不好名，以不事检束为孔颜乐地，以虚见为超悟，以无所用耻为不动心，以放其心而不求为未尝致纤毫之力者多矣，可叹哉！

这是江右学派的声音。江右学派一向被视为王学正宗，东林党人也以王学修正派或王学正宗自居，他们的立场是一致的。其特征是以名节相砥砺，一方面实践孟子反专制的思想，坚定不移地用儒家伦理政治观念来批判朝廷和皇帝，另一方面执著于社会风气的改善，不能同意反传统主义者李贽的放言高论。李贽在朝廷和东林党那里都未获得支持，其结局可想而知。（自然，东林成员的思想不是没有例外，像汤显祖和董其昌也被视为东林成员。）

公安派诗学与"非名教所能羁络"的哲学思潮息息相关，当这股思潮遭遇挫折之时，即是三袁收敛锋芒之日。但我们不必将袁宏道的转向仅仅视为外界压力使然，在某种程度上，这也是内在的自觉选择。袁宏道确乎是一介名士，作小品文，赞《金瓶梅》，标榜"趣"、"韵"，声张"性灵"，俱见其名士派头。然而，他身上仍潜伏着几分儒家士大夫的气质，在一定的场合，在一定的人生阶段，便会表现为具体的言行。比如，他的七言古诗《显灵宫集诸公以城市山林为韵》第二首说：

> 野花遮眼酒沾涕，塞耳愁听新朝事。邸报束作一筐灰，朝衣典与栽花市。新诗日日千余言，诗中无一忧民字。旁人道我真聩聩，口不能答指山翠。自从老杜得诗名，忧君爱国成儿戏。言既无庸嘿不可，阮家那得不沉醉？眼底浓浓一杯春，恸于洛阳年少泪。

表面上，这首诗调侃了那些仿效老杜将"忧君爱国"高唱入云的所谓诗人，但骨子里倒真有几分老杜的神韵。作为一个关心世道的读书人，他敬佩顾宪成是情理之中的事。据钱伯城《袁宏道集笺校》引《顾文端公年谱》万历三十七年条："袁考功宏道主陕西乡试，发策有'过劣巢由'之语，监临者问意云何。袁曰：'今吴中大贤亦不出，将令世道何所倚赖，故发此感耳'。""吴中大贤"指顾宪成，著名的东林党领袖，节操耿介的"方巾气"人物。

宏道主陕西乡试，所作对策程文《策·第一问》中的一节也不宜忽略：

> 而今日之风尚，抑尤有可愕者。民服于奇淫，士竞于吊诡，丑宿儒之所共闻，而傲天下以不可知。言出于《六经》、《语》、《孟》，常言也；有一人焉，谈外方异教奥僻不可训之书，则相与诵而法之。行出于仁义孝友，庸行也；有一人焉，破常调而驰格外，寂寞至于不可甘，泛驾至于不可羁络，则相与侈而传之。进稗官而退史籍。敢于侮圣人，而果于宗邪说。其初止于好新耳，以为不奇则不新，故争为幽眇之说以撼之；又以为不乖常戾经则不奇，故至于叛圣贤而不自觉。世道人心至此，几于白日之昏霾，而阴机遍天下矣。

参照宏道的履历，我们发现，他所指斥的"有一人焉"，与前期的宏道是极为相像或吻合的。这种严格的心平气和的自我反省，与迫于外界压力的表态不可同日而语。（或许，这种前后期的区别与表态时的身份有些关系。一个从事艺术创造的人，没有几分浪漫的不甘受规矩约束的情怀，他怎能成为一个称职的艺术家？相反，一个从事管理或担任主考的人，热心于破规坏矩，又怎能成为一个合格的公职人员？一个人所生活的领域不同，言行的方式自亦有所不同。）

"胆力"的收敛在宏道之弟中道的文章中呈现得格外显著。万历三十八年（1610）宏道病逝，万历四十年年底，中道作《吏部验封司郎中中郎先生行状》，其中着重指出，万历二十六年（1598）之

96

后，宏道的哲学见解发生了重大变化：

> 戊戌（1598），伯修以字趣先生入都，始复就选，得京兆校官。……逾年，先生之学复稍稍变，觉龙湖所见，尚欠稳实。以为悟修犹两毂也，向者所见，偏重悟理，而尽废修持，遗弃伦物，偭背绳墨，纵放习气，亦是膏肓之病。夫智尊则法天，礼卑则象地，有足无眼，与有眼无足者等，遂一矫而主修，自律甚严，自检甚密，以澹守之，以静凝之。

中道的描述既揭示了宏道思想变化的轨迹，也表达了中道本人的哲学立场。① 哲学上由偏重悟理向注重修持转化，诗学上由抑唐扬宋向唐宋兼重转化，风格上由主张怨怼不平向主张哀乐中节转化，公安派立场的迁移，其轨迹清晰可见，核心则是对传统正宗的接纳或认可。以风格为例，宏道早年作《叙小修诗》，以楚人自居，赞赏不加节制的宣泄；而万历三十七年（1609）作《和者乐之所由生》，则说：

> 夫和非他也，喜怒哀乐之中节者也。喜怒哀乐莫不有和，则莫不有乐。喜不溢，怒不迁，乐不淫，哀不伤，和之道也。惟和不可斯须去身，则乐亦不可斯须去身。是故有才知而无乐，如木石之槎枒露刻，而未经礲砥也。有德行而无乐，如乡三老之习汉官仪，而椎鲁可掬也。其详在夫子之论成人，孟子之论孝弟已。夫乐之言乐也，学至于乐，而趣始极。然则箪瓢之不改，乃陋巷之琴瑟；而曲肱之忘忧，正阙里之金声玉振邪！今学者不知寻孔、颜之乐，而安知有中节之和？不知有和，又安知有古人大成之乐哉？岂惟不知乐，亦不知礼。礼者，因人情之所安而自为升降，和之达于身者也。岂惟不知礼，亦不知诗。诗者，因人情之

---

① 参见袁中道《游居柿录》卷八："与云浦论学，大约顿悟必须渐修。阳明所云：'吾人虽顿悟自心，若不随时用渐修功夫，浊骨凡胎，无由脱化。'是真实语。卓吾诸公一笔抹杀，此等即是大病痛处。"

所欲鸣，而自为抑扬，和之达于口者也。岂惟不知诗，亦不知政
事兵刑。政以道天下之喜，兵以平天下之怒，刑以释天下之忿，
和之达于名物器具者也。故曰兴于诗，立于礼，成于乐，礼乐必
和而后近情也。……

袁宏道以"孔、颜之乐"为"和"的最高境界，又以知"和"为懂
得诗礼、政事兵刑的基本前提，"和"在他的伦理构架中占有中心位
置。那么，什么是"和"呢？不是别的，就是"喜怒哀乐之中节"。
如何对待感情本是中国古代一个长期争论的话题。儒家主张节制，即
使是怨怒之情，也应以含蓄的方式表达出来；道家反对节制，纵酒放
歌，牢骚发尽，没有必要吞吞吐吐。早期的袁宏道以楚人自居，偏于
道家一路，而这一段引文却提醒读者，袁宏道已颇具儒家气象。这样
一位诗人的作品，如果不是回归中国古典诗正宗的路数，反而是会令
人惊讶的。

明代诗学的主要理论问题

下 编

第一章 诗"贵情思而轻事实"

讨论中国诗学的人，不可能忘记"抒情"这一概念。说"抒情是诗的本分"，这是一个诗学常识，似乎不必唠唠叨叨，即使唠唠叨叨也引发不了读者的兴趣。

然而，这是误解。理论突破往往包含在对"常识"的重新考察之中，对"常识"的漫不经心的接受很容易麻痹我们的感觉和思维。事实上，正如西方诗学中由于对摹仿因素、实用因素、表现因素和客观因素的重视程度不同而形成了不同的诗学理论一样，中国诗学也存在相似的情形。或认为艺术是一种摹仿，或以为艺术的核心是影响读者，或以为艺术是作家内心世界的呈现，或以为艺术作品是一自给自足的内在统一体，单纯的抒情原则远不足以概括中国诗学对诗的本质的认定。只有正视这一点，才能明白诗"贵情思而轻事实"这一主张的针对性及理论意义。

李东阳《麓堂诗话》说："诗有三义，赋止居一，而比兴居其二。所谓比与兴者，皆托物寓情而为之者也。盖正言直述，则易于穷尽，而难于感发。惟有所寓托，形容摹写，反复讽咏，以俟人之自得，言有尽而意无穷，则神爽飞动，手舞足蹈而不自觉，此诗之所以贵情思而轻事实也。"这里应该郑重指出，"情思"包含了"情感"，但其含义又非"情感"二字所能取代，因为，它同时还强调了感觉和音乐效果。"比兴"与"情思"的联系指向对诗人感觉的关注，"手舞足蹈而不自觉"与"情思"的联系则表明情感、情绪与音乐相通，一旦进入诗的情感和情绪氛围，同样有聆听音乐时那种回肠荡气的感受。李东阳的这一创获，李梦阳也显然是认可的。梦阳在《缶音序》中说："诗至唐，古调亡矣，然自有唐调可歌咏，高者犹足被

101

管弦。宋人主理不主调，于是唐调亦亡。""夫诗，比兴错杂，假物以神变者也。难言不测之妙，感触突发，流动情思，故其气柔厚，其声悠扬，其言切而不迫，故歌之心畅而闻之者动也。"这里，李梦阳不是以"情"作为"理"的对立面，而是以"调"作为其对立面，这是一个不能忽视的用法。"情"是多层面的，理学家也有理学家的情。但"调"却强调"感触突发"，由此导向对感觉和意象的捕捉；强调"流动情思"，"其声悠扬"，由此导向对诗的音调节奏的关注。"情思"是界于文学语言和音乐语言之间的名词，而"情"则只是一个文学名词，"情思"与议论和铺叙事实是格格不入的。并且，从诗与作者的关系看，所抒之"情"是可以作伪的，即所谓"心声心画总失真"，但所表达的"情思"，却是不可以作伪的，因为，诗人的创作个性、创作风格无法矫饰。对此，李梦阳所见甚为真切。他在《林公诗序》中说："夫诗者，人之鉴者也。夫人动之至必著之言，言斯永，永斯律，律和而应，声永而节。言弗睽志，发之以章，而后诗生焉。故诗者，非徒言者也。是故端言者未必端心，健言者未必健气，平言者未必平调，冲言者未必冲思，隐言者未必隐情。谛情、探调、研思、察气，以是观心无厦人矣。故曰诗者，人之鉴也。""言"不由衷是可能的，如热衷功名的人故作清高之论，性情怯懦的人故作豪勇之语；"调"、"气"等则属于个性和风格范畴，那是不能作假的，这些才真的是"人之鉴"。李梦阳等人用"情思"而不用"情"来作为建立诗学的基础，其理论意义不容忽视。本章打算由此切入，展开与此相关的几个侧面，如"诗史"概念的辨证、诗乐关系的梳理、"真诗在民间"的多重蕴含等。

一 "诗史"概念的辨证

"诗史"一词出现于中国诗学中，并不太早，但诗史的观念，在华夏人心中却是根深蒂固的，至少可追溯到《左传》季札观诗的记载。襄公二十九年，吴公子季札到鲁国聘问。他提出观周乐的要求，于是鲁国人命乐工为他歌《诗》，从《周南》、《召南》、《邶》、

《鄘》、《卫》等十五《国风》，一直歌到大、小《雅》及《颂》。他所观的《诗》，名目、内容与后来相传为孔子所删定的三百篇一致。季札对于全部的《风》、《雅》、《颂》，一概从反映政俗盛衰的角度加以批评。因诗而论及各国的成败，这样的评诗方法开启了后世以"诗史"论杜甫诗的法门。①

《左传》对诗本事的重视从另一个侧面显示出"诗史"传统的深厚。中国古代有所谓"采风"的作法。前人称民歌为"风"，因而称搜集民间歌谣为"采风"。《汉书·艺文志》云："故古有采诗之官，王者所以观风俗，知得失，自考证也。"对于诗的本事的关注和掌握，目的是"明乎得失之迹"。《左传》时时说到诗本事，从事实和环境出发探究诗的旨趣，则兼有诗、史相互发明的作用。"本来，诗与史的关系很密切。读诗而不读史，对于事实的环境，不能深知，就不能深得诗旨。但史是直叙事实；诗是因事实环境深有感触而发表情感，使人读着如身临其境。所以读史又兼读诗，就更可以对于当时的事实，有深刻的印象。这种诗史相通之义，无论读后来何代的诗，都应当知道。《左传》说到诗本事，就是深深的告诉我们这个意义了。"②

东汉郑玄是著名的《诗经》研究专家。他依据司马迁的《史记·年表》为《诗经》排定年谱，是为《诗谱》。在《诗谱序》中，他显然受《左传》襄公二十九年季札观诗的启示，明确强调政治、道德、风俗与诗的不可分割的联系。《诗谱序》认为美诗先于刺诗而产生。美诗与周王朝的兴盛同步，刺诗则出现于从"懿王始受谮亨齐哀公"至"陈灵公淫乱之事"这一时期。以对美诗、刺诗的考察为基础，郑玄大力提倡联系社会背景来阐释诗义的社会学研究方法："欲知源流清浊之所处，则循其上下而省之；欲知风化芳臭气泽之所及，则傍行而观之。此诗之大纲也。举一纲而万目张，解一卷而众篇

---

① 乐工为季札歌《诗》，亦可见诗、乐关系之密切。

② 方孝岳：《中国文学批评》，见《中国文学八论》合印本，北京：中国书店 1985 年 6 月版，第 11～12 页。

明，于力则鲜，于思则寡。"郑玄以诗证史，根据《诗经》作品的国别与篇次，系统地附会史料，自然免不了牵强的毛病。

用"诗史"一词来赞美杜甫，这是广为人知、影响深远的说法之一。① 语出唐孟棨《本事诗》高逸第三："杜逢禄山之难，流离陇蜀，毕陈于诗，推见至隐，殆无遗事，故当时号为'诗史'。"又见《新唐书》卷二〇一《杜甫传·赞》。孟棨的意思是，杜甫的诗，敷陈时事如同史传，故时人称之为诗史。这就更为直接地将诗与史联系在了一起。另有一些人赞美杜甫，虽不用"诗史"一词，但所采用的角度其实是一致的。如元稹《乐府古题序》："近代唯诗人杜甫《悲陈陶》、《哀江头》、《兵车》、《丽人》等，凡所歌行，率皆即事名篇，无复依傍。"宋王□《王氏谈录》："公言杜甫为诗，多用当时事。所言'玉鱼蒙葬地'者，事见韦述《两京记》云云。有言'铁马汗常趋'者，昭陵陵马助战是也。此类甚多，此篇不全。"这都是将"诗史"解释为"以诗述时事"，断言杜甫的诗具有考史的功能，为别的诗人所难以企及。

也有人将"诗史"理解为"叙事工绝"，比如宋代的黄彻。其《䂬溪诗话》卷一云："子美世号'诗史'，观《北征》诗云：'皇帝二载秋，闰八月初吉。'《送李校书》云：'乾元元年春，万姓始安宅。'又《戏友》二诗：'元年建巳月，郎有焦校书。''元年建巳月，官有王司直。'史笔森严，未易及也。"

明人对"诗史"概念的辨证，大体上是在三个层面上展开的：一、从"诗贵情思而轻事实"的角度表示对杜甫"博涉世故"的不满；二、从叙事技巧的角度论证杜甫并非唯一当得起"诗史"之称的诗人；三、从是否真实可信的角度对杜甫提出批评。他们辨证的核

---

① 王世贞《艺苑卮言》卷二："沈休文云：子建'函京'之作，仲宣'灞岸'之篇，子荆'零雨'之章，正长'朔风'之句，并直取胸情，非傍诗史，正以音律取高前式。然则少陵以前，人固有'诗史'之称矣。"王世贞所引沈约（休文）之语见《宋书·谢灵运传论》，其中"非傍诗史"的意思是：不是依傍别人的诗句或依靠运用史实作诗；"诗史"的含义与赞美杜甫的"诗史"不同。

心是杜甫的诗，目的却是对整个中国古典诗学加以反省，摆脱"诗史"观念的强有力束缚。杜甫不过因其巨大影响而被选中作为剖析的标本罢了。

下面依次加以缕述。

李东阳提出诗"贵情思而轻事实"的命题，乃着眼于诗与文不同的审美特征。其《春雨堂稿序》有云："夫文者，言之成章，而诗，又其成声者也。章之为用，贵乎纪述铺叙，发挥而藻饰；操纵开阖，惟所欲为，而必有一定之准。若歌吟咏叹，流通动荡之用，则存乎声，而高下长短之节，亦截乎不可乱。虽律之与度，未始不通，而其规制，则判而不合。"所谓"贵乎纪述铺叙"，即文章以"事实"为重，所谓"歌吟咏叹"，即诗以"情思"为重。诗"贵情思而轻事实"，它与史的区别是甚为鲜明的。

何景明《明月篇序》以诗"贵情思而轻事实"为理论基点，对杜诗提出了尖锐的批评意见。据何景明说，他早年读杜甫的七言诗，"爱其陈事切实，布辞沉着"，认定杜甫为长篇圣手。后来读汉魏古诗及初唐四杰的诗，才体会出杜诗并非古诗的正宗。在何景明看来，"博涉世故"、多叙时事的杜诗，其实是侵入了另一文体的畛域，少比、兴，多赋体，这样的一种路数背离了《风》诗传统。

稍晚于何景明的王廷相亦有相近的看法。他在《与郭价夫学士论诗书》中说："夫诗贵意象透莹，不喜事实粘著，古谓水中之月，镜中之影，难以实求是也。《三百篇》比兴杂出，意在辞表；《离骚》引喻借论，不露本情。……若夫子美《北征》之篇，昌黎《南山》之作，玉川《月蚀》之词，微之《阳城》之什，漫敷繁叙，填事委实，言多趁帖，情出附辏，此特诗人之变体，骚坛之旁轨也。浅学曲士，志乏尚友，性寡神识，心惊目骇，遂区畛不能辨矣。嗟乎！言征实则寡馀味也，情直致而难动物也，故示人以意象，使人思而咀之，感而契之，邈哉深矣，此诗之大致也。"王廷相提出"意象"的概念，其核心还是倡比、兴而抑赋体，理由是作者的意思不应表达得太直接、太浅露，而要经由形象或场面自然而然地流露出来。他批评杜甫《北征》、韩愈《南山》等诗"漫敷繁叙，填事委实"，仍是为了

105

突出诗"贵情思而轻事实"的审美特征。

对"诗史"概念辨证尤力的是李东阳的弟子杨慎。《升庵诗话》卷十一《诗史》云：

> 宋人以杜子美能以韵语纪时事，谓之"诗史"。鄙哉宋人之见，不足以论诗也。夫六经各有体，《易》以道阴阳，《书》以道政事，《诗》以道性情，《春秋》以道名分。后世之所谓史者，左记言，右记事，古之《尚书》《春秋》也。若诗者，其体其旨，与《易》、《书》、《春秋》判然矣。《三百篇》皆约情合性而归之道德也，然未尝有道德字也，未尝有道德性情句也。二南者，修身齐家其旨也，然其言琴瑟钟鼓，荇菜芣苢，夭桃秾李，雀角鼠牙，何尝有修身齐家字耶？皆意在言外，使人自悟。至于变风变雅，尤其含蓄，言之者无罪，闻之者足以戒。如刺淫乱，则曰"噰噰鸣雁，旭日始旦"，不必曰"慎莫近前丞相嗔"也；悯流民，则曰"鸿雁于飞，哀鸣嗷嗷"，不必曰"千家今有百家存"也；伤暴敛，则曰"维南有箕，载翕其舌"，不必曰"哀哀寡妇诛求尽"也；叙饥荒，则曰"牂羊坟首，三星在罶"，不必曰"但有牙齿存，可堪皮骨干"也。杜诗之含蓄蕴藉者，盖亦多矣，宋人不能学之。至于直陈时事，类于讪讦，乃其下乘末脚，而宋人拾以为己宝，又撰出"诗史"二字以误后人。如诗可兼史，则《尚书》《春秋》可以并省。又如今俗卦气歌、纳甲歌，兼阴阳而道之，谓之《诗〈易〉》可乎？

毋庸讳言，杨慎的立论是并不周密、严谨的。首先，以"诗史"二字评说杜甫的作品并非始于宋人，而首见于唐代孟棨的《本事诗》。"诗史"的含义，当然包括"以韵语记时事"在内，但唐人以"诗史"赞美杜甫，则又指他在对社会生活的展现中抒发了自身丰富深沉的感情。杨慎用"以韵语记时事"总括"诗史"之义，有欠周全。其二，杨慎认为《诗经》无"讪讦"之句，这也与事实不符。明摆着的例证如《魏风·葛屦》："维是褊心，是以为刺。"《陈风·墓门》："墓门有梅，有鸮萃止。夫也不良，歌以讯之。讯予不顾，颠倒思予。"《小雅·节南山》："家父作诵，以究王讻。或讹尔心，以畜万邦。"《小雅·何人斯》："为鬼为蜮，则不可得。有靦面目，视人罔极。作此好歌，以极反侧。"故王世贞《艺苑卮言》卷四驳杨慎曰："其言甚辩而核，然不知向所称皆兴比耳。《诗》固有赋，以述情切事为快，不尽含蓄也。语荒而曰'周馀黎民，靡有孑遗'，劝乐而曰'宛其死矣，它人入室'，讥失仪而曰'人而无礼，胡不遄死'，怨谗而曰'豺虎不受，投畀有昊'，若使出少陵口，不知用修如何贬剥也。且'慎莫近前丞相嗔'，乐府雅语，用修乌足知之。"

但瑕不掩瑜，虽有局部的失误，杨慎之见仍具有重要的理论价值。其一，杨慎不满于"诗史"之说，旨在反对过多地将诗与政治、国运的盛衰联系在一起。季札评诗，侧重于与时政的关联；孔子教儿子学《诗》，目的是"授之以政"；郑玄撰《诗谱》，将季札的方法推而广之，更加系统化。在他们眼中，诗只是政教的工具而已，诗的价值全在于它所传达的"意"或"义"，在于它是"有关系"之言。但事实上，一首诗对读者的吸引力，并不取决于它是否"有关系"，或"关系"的疏密。当然不是说社会生活内容不重要，而是说社会生活只是整个美感经验的一部分。如果没有艺术化的表达，是谈不上吸引读者的，能否称为诗还是一个疑问。可以举两个极端的例子。明清时期有两部名为"诗史"的书，一本十五卷，旧题明顾正谊撰（相传实为明唐汝询作），"是书以列朝纪传编为韵语，各为之注，以便记诵，不过蒙求之类"（《四库全书总目》史评类存目二）；一本十二卷，清葛震撰，"是书于历代帝王各以四言韵语括其始末，起自盘古，终于有明。据康熙癸未钟国玺序，其书尚有全注，此特先刊其正文。然读史之学，在于周知兴废始末。此书如为童稚设，则事无注释，断乎不解为何语，诵之何益。如曰成人读之，可毋须注，世乌有已成人尚诵此种书者乎？所谓进退无据也"（《四库全书总目》史评类存目二）。这种"诗史"，我们之所以不将之视为文学，就因为它虽"有关系"，却没有经过艺术的陶冶。杨慎经由对"诗史"概念的思考，提醒我们注意到这一事实，也表现出了作为一个诗论家的艺术感受力。其二，杨慎不满于"诗史"之说，旨在对杜甫"以文为诗"的某些作法提出批评，以期引起世人的警醒。郑善夫是明代甚为推崇杜甫的作家之一，连他也觉得杜甫的诗存在若干失误："诗之妙处，正在不必说到尽，不必写到真，而其欲说欲写者，自宛然可想。虽可想而又不可道，斯得风人之旨。杜公往往要到真处尽处，所以失之。""长篇沉着顿挫，指事陈情，有根节骨格，此杜老独擅之能，唐人皆出其下。然正不以此为贵，但可以为难而已。宋人学之，往往以文为诗，雅道大坏，由杜老启之也。"（转引自陈田辑《明诗纪事》丁签卷四）晚明谢肇淛也在《小草斋诗话》中说："少陵以史为诗，已非风雅本色。""诗不可太著议论……不可太述时政……故子美《北征》，退之《南山》，乐天《琵琶》、《长恨》，微之《连昌》，皆体之变，未可以为法也。"而杨慎则不仅看出了杜诗之"失"，还由"诗史"概念入手，纲举目张地标示出问题的症结，目光如炬，确乎高人一筹。其三，杨慎不满于"诗史"之说，旨在反对涉理路、落言筌的倾向。这种倾向在宋代臻于极盛，诚如严羽《沧浪诗话·诗辨》所说："其末流甚者，叫噪怒张，殊乖忠厚之风，殆以骂詈为诗。诗而至此，可谓一厄也，可谓不幸也。"由此之故，杨慎评"诗史"之说而落脚于"宋人"，一再说"鄙哉宋人拾以为己宝"，其理论的针对性是不难把握的。

以上所述，大体侧重于从"诗贵情思而轻事实"的角度表示对杜甫"博涉世故"的不满，这是明人辨证"诗史"概念的第一个层面，也是核心层面。另两个层面的内容没有这么丰富，重要性也逊色得多。但作为辨证"诗史"概念的有机组成部分，还是有必要稍加梳理。明人辨证"诗史"概念的第二个层面是：从叙事技巧的角度论证杜甫并非唯一当得起"诗史"之称的诗人。胡应麟《诗薮》内编卷一："四言之赡，极于韦孟。五言之赡，极于《焦仲卿》。杂言之赡，极于《木兰》。歌行之赡，极于《畴昔》、《帝京》。排律之赡，极于《岳州》、《夔府》诸篇。虽境有神妙，体有古今，然皆叙事工绝。诗中之史，后人但知老杜，何哉！"这里，胡应麟将"诗史"理解为一种卓越的叙事境界，认为"叙者工绝"者，在中国古典诗中并非只有杜诗。因此，即使要用"诗中有史"赞人，也不应仅仅注意老杜。

胡应麟对中国古代叙事诗的观照应该引起足够的注意。闻一多曾在《文学的历史动向》一文中指出：中国、印度、希腊和以色列四个古老民族在上古同时歌唱起来。但印度、希腊的歌讲着故事，而中国、以色列的歌则是抒情的咏叹。由此，直到南宋，抒情诗一直是中国文学的主要样式，有别于欧洲从史诗悲剧向小说的发展途径。在这里，闻先生强调了中国古代诗歌的抒情特征，这种强调是有意义的。然而，主色调并不是唯一的色调。正如古希腊时代也有过抒情诗人品达那样，中国古代的叙事诗所取得的成就不应估价太低。

中国的叙事诗在《诗经》中已经萌芽。《大雅》中的《生民》、《公刘》、《绵》、《皇矣》、《灵台》、《大明》、《文王有声》等，依次排列下来，俨然一部周部族的开国史诗。① 这些作品大都具有较强的记事性，但情节往往极为简单，重血缘谱系而轻戏剧情境，多直述事件结果而少冲突描写，还不能说是纯粹的叙事诗。早期的汉代五言乐府，如《陌上桑》、《羽林郎》、《东门行》、《病妇行》、《上山采蘼芜》等，标志着中国纯粹叙事诗的成立，其特征是：创造戏剧情境，并作客观的呈现。作为早期叙事诗，其不足主要表现在：诗呈现的核心基本上只是一场对话，是用铺陈手法展示对话情境中的人物。情节的叙述未能成为全诗的主导面。由展示戏剧情境到展示戏剧情节，由关注一个场景到关注事件的发展变化，这是叙事诗臻于较高阶段的两个必要条件。以这样的标准来衡量，《古诗为焦仲卿妻作》（即胡应麟说的《焦仲卿》）和蔡琰《悲愤诗》是当之无愧的。但二者体现的方式有所不同：《古诗为焦仲卿妻作》用第三人称叙事，蔡琰《悲愤诗》用第一人称自叙，构成中国古代叙事诗的两种类型。北朝时代的《木兰诗》以第三人称叙事，与《古诗为焦仲卿妻作》属于同一类型。

---

① 刘大杰《中国文学发展史》（上海古籍出版社 1963 年版），陆侃如、冯沅君《中国诗史》（作家出版社 1956 年版）等均有类似的意见。

杜甫的叙事诗大体上是沿着上述两种类型而创作的。《北征》、《自京赴奉先咏怀五百字》基本采用第一人称自叙方式，《石壕吏》等基本采用第三人称叙述方式，而且，这些诗依然是五言的。这种情形表明，杜甫的那些为他赢得了"诗史"赞誉的叙事诗，并不是凭空出现的，汉代以来的叙事诗传统是他取资和仿效的对象。因此，如果我们肯定杜诗"叙事工绝"，无愧于"诗史"之称，那么，就不能数典忘祖，将《古诗为焦仲卿妻作》、《木兰诗》等置之脑后。"诗中有史，后人但知老杜，何哉！"胡应麟对古代叙事诗的观照和清理，将杜甫的叙事诗放在文学史长河中加以考察的努力，显示了一个学者的睿智和深刻。

明人辨证"诗史"概念的第三个层面是：从是否真实可信的角度对杜甫提出批评。杨慎《升庵诗话》卷十二《滕王》："杜子美《滕王亭子》诗：'民到于今歌出牧，来游此地不知还。'后人因子美之诗，注者遂谓滕王贤而有遗爱于民，今郡志亦以滕王为名宦。予考新、旧《唐书》，并云元婴为荆州刺史，骄佚失度。太宗崩，集宦属燕饮歌舞，狎昵厮养。巡省部内，从民借狗求置，所过为害，以丸弹人，观其走避则乐。及迁洪州都督，以贪闻。高宗给麻二车，助为钱缗。小说又载其召属宦妻于宫中而淫之。其恶如此。而少陵老子乃称之，所谓'诗史'者，盖亦不足信乎？未有暴于荆、洪两州而仁于阆州者也。"在杨慎看来，既然称之为"诗史"，它所表达的内容就应具有史家的严肃性和可信性，否则就当不起这一称呼。中国文化对于史书的实录品格是格外重视的。

明人辨证"诗史"概念，既曾在褒的意义上使用"诗史"一词，又曾在贬的意义上使用"诗史"一词。属于褒的，如胡应麟《诗薮》内编卷一："（杜诗）言理近经，叙事兼史，尤诗家绝睹。"属于贬的，如谢榛《四溟诗话》卷一："用事多则流于议论。子美虽为'诗史'，气格自高。"尤其是杨慎《升庵诗话》卷十一《诗史》一则。在我们看来，从贬的角度使用和讨论"诗史"概念，尤其值得注意，因为这显示了明人的独特眼光，乃是诗"贵情思而轻事实"这一命题的展开与深化。亚里士多德曾针对诗说过一句充满智慧的话："宁

110

可要似乎可能的不可能而不要未必会有的可能。"英国文学批评家艾·阿·理查兹（1893～）则称诗的语言为情感语言，在诗中，陈述服从于感情。他在《意义的四大种类》中讨论了陈述服从于感情的种种方式："一个诗人可以歪曲他的陈述；他的陈述可以与他所处理的主题毫无逻辑关系；他可以用隐喻或其他方式提出一些逻辑上毫不相干的进行思想的事物；他可以用逻辑上的胡说八道，哪怕在逻辑上很可能是琐碎的、愚蠢的东西；所有这些都是为了诗中语言的其他作用——表达感情，调节语气，或是达到其他目的。如果他达到了上述其他方面的目的，那么任何读者（那些至少是理解他应该被理解的意义的人）都不能对他进行什么有效的指摘。"诗是一种精神，许多诗句表面看去是陈述，其实不过是感情、语气、目的等的装饰形式和间接表达。理查兹的学生，同为英国人的威·燕卜荪（1906～1984）则称诗的语言为含混语言。所谓"含混"，可以意味着你的意思不确定，意味着有意表示好几种意义，意味着可能指二者之一或二者兼指，意味着一项陈述有多种意义。在诗中，具有重要意义的是气氛而不是事实的陈述。而美国新批评派的关键人物之一克林斯·布鲁克斯（1906～）对历史分析方法的排斥尤其果决，甚至假设伟大的诗作中存在着超越具体文化背景条件的某些绝对原则。他在《诡论语言》中雄辩地说："科学的趋势必须使其用语稳定，把它们的引申意义严格地固定起来。诗人的趋势恰好相反，是破坏性的，他使用的词不断地在互相修饰，从而互相破坏彼此的词典意义。""诗人必须靠比喻生活。但是比喻并不存在于同一平面上，也并非边缘整齐地贴合。各种平面在不断地倾倒，必然会有重迭、差异、矛盾。甚至最直截了当、朴实无华、简洁明快的诗人也比我们所设想的更经常地被迫使用诡论，只要我们对他们使用的技巧足够敏感就能发觉。"他注意到一个事实，只有比喻才能表达微妙的情感状态，相反，比喻在事实或真理的陈述中却往往不准确。诗人靠比喻生活，也就是说，诗人不能靠陈述（事实或真理）生活。这与诗"贵情思而轻事实"的命题不谋而合。

理论是一柄双刃剑。在用它割开某一疑团时，也可能划伤自己的

111

手。如果我们平心静气，不难承认一个事实：历史性的论述，只要读者相信，就足以诱发某种感情，而一切诗歌只要与历史隔绝，就会导致情感的公式化。有鉴于此，明代中后期，有关知人论世的说法又逐渐浮出水面。如焦竑《青溪山人诗集序》："古今称诗莫盛于李、杜，学者诵其诗，莫不思论其世，至为谱其年以传。盖自毛、郑以来皆然。……故李、杜之诗编年为序，岂独行役之往来，交游之聚散，与夫文艺之变幻，犁然可考；而时之治乱升降，亦略具焉。昧者取其编，门分类析，而因诗以论世之义日晦，余尝叹之。"周明宇的《青溪山人诗集》系编年体，故焦竑誉之为"诗史"。焦竑的话，从理论建设的意义上看，只是传统"诗史"观念的翻版，但它针对的弊端是文学创作中感情类型化的肤廓现象，这样来看，就有特殊的意义了。

李维桢（1547～1626）对杜甫的长篇叙事诗的评价也应从这个角度来考察。李东阳、何景明、王廷相、杨慎等人论诗，轻事实而重情思，故对"诗史"之说颇多微词。李维桢却从明代的创作现状意识到，完全割断诗与史的联系，已造成感情的类型化即肤廓之弊，"夫诗可以观，以今人诗观今人，何不类之甚也？"（李维桢《端揆堂诗序》）感情一旦类型化，今人诗和古人诗所抒之情就见不出区别了。因此，他认为，诗中还是应该有"史"，其《游大初乐府序》引元稹语论杜诗曰："近代惟杜甫《悲陈陶》、《哀江头》、《兵马》、《丽人》诸歌行即事名篇，无有依傍。"显然地，他关注的是诗中有"事"，有诗人所处时代发生的"事"。他还从理论上系统地提出了必须重"事"的主张。其《汲古堂集序》云：

> 诗文大旨有四端，言事、言理、言情、言景，尽之矣。六代而前，三唐而后，同此宇宙，宁能外事、理、情、景？

在这段话中，李维桢虽然情、景、事、理并提，但目光所注，却在"事"字。理由很简单，"情"、"景"为七子派常谈，如谢榛《四溟诗话》卷三："作诗本乎情景"，"景乃诗之媒，情乃诗之胚，合而为诗"。"理"则为性气诗派的熟话头。所以，李维桢的创获在于强调情、景之外，"事"也是诗的要素之一。他重视"事"，因而对宋元诗并不歧视："以宋元人道宋元事，即不敢望雅颂，于十五国风者宁无一二合耶？……宋诗有宋风焉，元诗有元风焉，采风陈诗，而政事学术，好尚习俗，升降污隆，具在目前。""事"常是某种感情产生的实际原因，写出这一原因，感情就可望具体化，易于被理解和相信。也许这确是纠正肤廓之弊的有效途径。

二　诗、乐关系的梳理

英国作家布朗（1715～1716）曾在《诗歌与音乐的兴起、融合、兴盛、进展、分离以及败坏》（1763）一文中条分缕析而"揣测性地"叙述诗歌发展的历史。他搜集了世界各地的诸多例证，然后得出结论：各个民族中都形成过一种最初的"歌、舞、诗三位一体的汇合"。韵文先于散文，因为对旋律和舞蹈的自然感情，势必把伴奏歌曲推向一种谐和的节奏。"随着文明的推进，所有的艺术开始分门别类。诗人、音乐家、艺术立法者的统一消失了，于是产生出相互区别的艺术类型。"①

这位布朗先生，在中国不难找到他的知音。从较早的文献资料来看，《尚书·尧典》的一段文字应首先予以注意。"诗言志，歌永言，声依永，律和声，八音克谐，无相夺伦，神人以和。"在文学发展的初期，诗、乐是紧密联系在一起的，同样起着"言志"和教育人的作用。二者虽然在后来发展成为两个独立的部门，但它们依然分而不离。明代学者胡应麟相当深入地探讨过这一问题，他在《诗薮》内编卷一中说："《三百篇》荐郊庙，被弦歌，诗即乐府，乐府即诗，犹兵寓于农，未尝二也。诗亡乐废，屈、宋代兴，《九歌》等篇以侑乐，《九章》等作以抒情，途辙渐兆。至汉《郊祀十九章》，《古诗十

---

① 雷纳·韦勒克：《近代文学批评史》第一卷（杨岂深、杨自伍译），上海：上海译文出版社 1987 年 3 月版，第 169 页。

九首》，不相为用。诗与乐府，门类始分，然厥体未甚远也。如《青青园中葵》，曷异古风；《盈盈楼上女》，靡非乐府。唱酬新什，更创五言，节奏即殊，格调复别。自是有专工古诗者，有偏长乐府者。梁、陈而下，乐府、古诗变而律绝，唐人李、杜、高、岑名为乐府，实则歌行。张籍、王建，卑浅相矜；长吉、庭筠，怪丽不典。唐末、五代，复变诗馀。宋人之词，元人之曲，制作纷纷，皆曰乐府，不知古乐府其亡久矣。"这里谈诗与乐府的关系，实即谈诗与乐的关系。

诗与乐的共生性特点启示我们，诗的本质之一是其音乐性。前苏联学者莫·卡冈《艺术形态学》一书指出："我们所考察的文学形式的系谱，分布在语言艺术和音乐相毗邻和相对峙的方向上……语言创作形式从散文向诗歌的运动，正是面向音乐的运动。"杨庆存根据这一理论，从诗歌、散文发生、发展和演变的历史动态中考察文学处于始源形态时语言上的两种表达类型，一是讲述性语言，一是歌唱性语言。他所得到的结论是：讲述性语言"以表意为旨归，语言较为简单、直接、朴实、明了，而发音平缓，声音振幅波动较小，声调变化幅度不大"；歌唱性语言"则以抒情为目的，由于这种语言主要依靠借助于声音的高下抑扬、轻重缓急、顿挫起伏等倾泻内心的情感，从而形成音调的大幅度变化和强烈鲜明的振幅以及规则性的旋律，与音乐融为一体，因此，这种歌唱性的语言自诞生之日起，即具有音乐的属性，成为音乐的附属物。讲述性语言和歌唱性语言是'前艺术'时期的两大基本语言形式，它们分别形成了这一时期仅有的两种文学形态——散文与诗，而后世千变万化的各种文学形式，也都是这两种基本的语言类型发展变化和组合复生的结果。"①

雷纳·韦勒克在其《近代文学批评史》第一卷第九章《狂飙突进与赫尔德》中评述德国批评家赫尔德（1744～1803）时注意到：他"越来越承认诗歌的基础是语言和语言的音响。他要求我们'不单单用眼睛'去阅读一位诗人。'同时要聆听，或者尽可能地把他的

---

① 杨庆存：《古代散文的研究范围与音乐标界的分野模式》，《文学遗产》1997 年第 6 期，第 9～10 页。

诗作朗诵给别人听。抒情诗应当那样去读……它们的精神、起伏、生命随着音响而呈现出来'。""这种看法是跟下述看法联系在一起的：诗歌和音乐之间曾经存在着一种原始的统一，诗歌和音乐结合时最有力量；诗人和作曲者本是两位一体的。"① 这表明，将音乐与诗视为一体，是一种很有影响力的观点。

尽管如此，历史上仍不乏努力将诗与乐区而别之的学者。唐孔颖达《经解篇·正义》说："然诗为乐章，诗乐是一，而教别者。若以声音干戚以教人，是乐教也；若以诗辞美刺讽谕以教人，是诗教也。"南宋朱熹尤其轻视诗的音乐性，《朱子语类》卷三十七《答陈体仁》："诗之作本为言志而已……是以凡圣贤之言诗，主于声音少，而发其义者多，仲尼所谓'思无邪'，孟子所谓'以意逆志'者，诚以诗之所以作，本乎其志之所存……得其志而不得其声音有矣，未有不得其志而能通其声音也……故愚意窃以为……志者诗之本，而乐者其末也。末虽亡不害本之存。"孔颖达和朱熹的说法提醒我们：凡偏重诗教和"言志"的学者，对"乐"都是轻视的。"乐"本是与抒情性联在一起的。

时至明代，对于音乐性的重视成为主流诗学的基本立场。如林弼《熊太古诗集序》："古文无古人之气骨，则不臻于雄浑奥雅之妙；诗无古人之音节，则徒为秾纤靡丽，而无温厚和平之懿矣。"王损斋《郁冈斋笔麈》卷四："唐之歌失而后有小词；则宋之小词，宋之真诗也。小词之歌失而后有曲；则元之曲，元之真诗也。若夫宋元之诗，吾不谓之诗矣；非为其不唐也，为其不可歌也。"高棅《唐诗品汇·总序》也把声律作为评定诸家高下的一个重要依据。但专以声音论诗，将音乐性视为诗的原生属性和根本属性，却不可不推李东阳为代表。②

---

① 雷纳·韦勒克：《近代文学批评史》第一卷（杨岂深、杨自伍译），上海：上海译文出版社 1987 年 3 月版，第 247～248 页。

② 李东阳论诗、乐关系，详见上编第一章阐述"茶陵派的诗学建构"的有关部分，此处从略。

在诗、乐浑然未分的时代，并无所谓声律一说。因为只要吟唱起来顺畅动听就行，不必遵循特别的格律。诗乐分离以后，为了追求音乐性的美，于是探索出一套规则，南朝齐梁之际沈约的声律论因而应运而生。沈约为人所熟悉并常提起的是他的四声八病之说，而其理论的精髓实在他的《宋书·谢灵运传论》。这篇传论"商榷前藻"，包含了若干深刻的思想。先秦时代，《尚书》说"声依永，律和声"，《周礼》说"六律为之音"，已隐约含有以声律论诗的意味。但那个时代的诗原本就是入乐的，有现成的音律作标准，考校文字的声律并非一件难事。后世的诗，不再入乐，没有定谱；诗人写诗，只需留心文字，不必协于唇齿。在这种背景下，沈约提出声律的问题，真可说是发现了一个未曾被人窥破的"秘"。诗的美感魅力的来源在于动人观感，如果不能摇荡读者的性灵，就未免淡乎寡味了。魏文帝曹丕看出"文以气为主"，体会到"气"的作用；沈约发现了"声"的奥妙，指出"五色相宣，八音协畅"的效果。"气"与"声"相辅，这才将题目的意思说透。因此，要评价沈约的声律论，必须认识到一点，即：四声八病之说不过是沈约确立的一种外在标准，他真正注重的是"音韵天成，皆暗与理合，匪由思致。"音律的种种变化，需要各人自悟，沈约并不打算用几条外在的标准从根本上解决诗的音乐感的问题。

四声八病说作为一种外形的标准，它一出现，就曾带来"使文多拘忌，伤其真美"的负面的影响。钟嵘在《诗品》中指责道："余谓文制本须讽读，不可蹇碍；但令清浊通流，口吻调利，斯为足矣。至平上去入，则余病未能；蜂腰鹤膝，闾里已具。"为了谨守声律而导致"文多拘忌"，"蹇碍"不通，这样就不仅未能臻于诗、乐结合的境界，反而走向了它的反面。针对这一现象，以声律之学作为论诗重心的谢榛一再指出，流畅优美的音乐感和谨守声律不是一回事，他在《四溟诗话》中举例说："古《采莲曲》、《陇头流水歌》，皆不协声韵，而有《清庙》遗意。""范德机曰：'诗当取材于汉魏，而音律以唐为宗。'此近体之法，古诗不泥音律，而调自高也。"（卷一）谢榛的话，涉及古诗与近体的区别，如朱自清《〈唐诗三百首〉指导大概》所说:"古体诗的声调近乎语言之自然,七言更其如此,只以读来顺口、听来顺耳为标准。""近体诗的声调却有一定的规律;五、七言绝句还可以用古体诗的声调,律诗老得跟着规律走。""节奏本是异中有同,同中有异,律诗的平仄式也不外这道理。即使不懂平仄的人只默诵或朗吟这两个平仄式,也会觉得顺口顺耳;但这种顺口顺耳是音乐性的,跟古体诗不同,正和语言跟音乐不同一样。"① 朱自清所说的古近体之别,除了"古体诗的顺口顺耳没有音乐性"这提法外,其他的谢榛大约都会认可。谢榛说古诗调高,就是从音乐性着眼的。这表明,与沈约一样,谢榛也不打算用几条外在的标准来彻底解决诗的音乐感的问题。

尽管如此,对于声律的讲求在诗、乐分离以后却毕竟是一桩不容忽视的事情,因为这是诗臻于音韵节奏之美的重要途径。美国诗人爱伦·坡(1809~1849)在《诗的原理》中说:"这里让我简单谈谈韵律的问题。我确信以下几点,而且感到心安理得:音乐通过它的格律、节奏和韵的种种方式,成为诗中的如此重大的契机,以致拒绝了它,便不明智——音乐是如此重要的一个附属物,谁要谢绝它的帮助,谁就简直是愚蠢;所以我现在毫不犹豫地坚持它的重要性。也许正是在音乐中,诗的感情才被激励……文字的诗可以简单界说为美的有韵律的创造。"② 对于诗的格律与音乐性之间的联系,沈约无疑是了然的,所以他才提出了四声八病之说;谢榛同样是了然的,所以他在《四溟诗话》卷三中说:

> 予一夕过林太史贞恒馆留酌,因谈诗法妙在平仄四声而有清浊抑扬之分。试以"东""董""栋""笃"四声调之,"东"字平平直起,气舒且长,其声扬也;"董"字上转,气咽促然易

---

① 《朱自清古典文学论文集》下,上海:上海古籍出版社 1981 年 7 月版,第 362、363 页。

② 伍蠡甫主编:《西方文论选》下册,上海:上海译文出版社 1979 年 11月版,第 500~501 页。

尽，其声抑也；"栋"字去而悠远，气振愈高，其声扬也；"笃"字下入而疾，气收斩然，其收抑也。夫四声抑扬，不失疾徐之节，惟歌诗者能之，而未知所以妙也。非悟何以造其极，非喻无以得其状。譬如一鸟，徐徐飞起，直而不迫，甫临半空，翻若少旋，振翮复向一方，力竭始下，塌然投于中林矣。沈休文固已订正，特言其大概。若夫句分平仄，字关抑扬，近体之法备矣。凡七言八句，起承转合，亦具四声，歌则扬之抑之，靡不尽妙。如子美《送韩十四江东省亲》诗云："兵戈不见老莱衣，叹息人间万事非。"此如平声扬之也。"我已无家寻弟妹，君今何处访庭帏？"此如上声抑之也。"黄牛峡静滩声转，白马江寒树影稀。"此如去声扬之也。"此别应须各努力，故乡犹恐未同归。"此如入声抑之也。安得姑苏邹伦者，樽前一歌，合以金石，和以琴瑟，宛乎清庙之乐，与之按拍赏音，同饮巨觥而不辞也？贞恒曰："必待吴歌而后剧饮，其如明月何哉？"因与一醉而别。

夫平仄以成句，抑扬以合调。扬多抑少，则调匀；抑多扬少，则调促。若杜常《华清宫》诗："朝元阁上西风急，都入长杨作雨声。"上句二入声，抑扬相称，歌则为中和调矣。王昌龄《长信秋词》："玉颜不及寒鸦色，犹带昭阳日影来。"上句四入声相接，抑之太过；下句不入声，歌则疾徐有节矣。刘禹锡《再过玄都观》诗："种桃道士归何处，前度刘郎今又来。"上句四去声相接，扬之又扬，歌则太硬；下句平稳。此一绝二十六字皆扬，惟"百亩"二字是抑。又观《竹枝词》作序，以知音自负，何独忽于此邪？

所引的这几则，全是谈声律的，而且都是从歌唱的角度来谈声律的。谢榛目光所注，在于"口吻调利"，即诗歌声韵的和谐。所谓和谐，不是相同或相近的音的重复，而是变化流动中的多样统一，是清浊通流，是阴阳相间，是轻重相接，是平仄交替，是异中之同，是抑扬抗坠之妙。王士禛说："毋论古、律、正体、拗体，皆有天然音节，所谓天籁也。唐、宋、元、明诸大家，无一字不谐。明何、李、

边、徐、王、李辈亦然。袁中郎之流，便不了了矣。"（王士禛等
《师友诗传续录》）对古典诗的"天然音节"，谢榛及其所属的七子派
诗人是花了一番体会功夫的。

就声律辨析的细致而言，谢榛在整个明代甚至在中国古代都是屈
指可数的一位。诸如择韵、起结、实字、虚字等，无不在其关注的范
围之内。如《四溟诗话》卷一："诗宜择韵。若秋、舟，平易之类，
作家自然出奇；若眸、瓯，粗俗之类，讽诵而无音响；若镂、搜，艰
险之类，意在使人难押。""七言律绝，起句借韵，谓之'孤雁出
群'，宋人多有之。宁用仄字，勿借平字，若子美'先帝贵妃但寂
寞'、'诸葛大名垂宇宙'是也。""五言诗皆用实字者，如释齐己
'山寺钟楼月，江城鼓角风'。此联尽合声律，要含虚活意乃佳。诗
中亦有三昧，何独不悟此邪？予亦效颦曰：'渔樵秋草路，鸡犬夕阳
村'。""凡起句当如爆竹，骤响易彻；结句当如撞钟，清音有馀。郑
谷《淮上别友》诗：'君向潇湘我向秦。'此结如爆竹而无馀音。予
易为起句，足成一首，曰：'君向潇湘我向秦，杨花愁杀渡江人。数
声长笛离亭外，落日空江不见春。'"卷二："'欢''红'为韵不雅，
子美'老农何有罄交欢'、'娟娟花蕊红'之类。'愁''青'为韵便
佳，若子美'更有澄江销客愁'、'石壁断空青'之类。凡用韵审其
可否，句法浏亮，可以咏歌矣。"这些话，着眼于具体诗句，理论色
彩虽弱，却显示出一个行家的功力。

在李东阳、谢榛之间，还有两位不能忽略的人物：李梦阳、何景
明。胡应麟《诗薮》内编卷五说："律诗全在音节，格调风神尽具音
节中。李、何相驳书，大半论此。所谓俊亮沉着、金石鏦铮等喻，皆
是物也。"李、何相驳，即李、何之争。何景明《与李空同论诗书》
有云：

> 夫意象应日和，意象乖日离，是故乾坤之卦，体天地之撰，
> 意象尽矣。空同丙寅间诗为合，江西以后诗为离。譬之乐，众响
> 赴会，条理乃贯；一音独奏，成章则难。故丝竹之音要眇，木革
> 之音杀直。若独取杀直，而并弃要眇之声，何以穷极至妙，感情

119

饰听也？试取丙寅间作，叩其音，尚中金石；而江西以后之作，辞艰者意反近，意苦者辞反常，色澹黯而中理披慢，读之若摇鼙铎耳。空同贬清俊响亮，而明柔澹沉着含蓄典厚之义，此诗家要旨大体也。然究之作者命意敷辞，兼于诸义不设自具。若闲缓寂寞以为柔澹，重浊宛切以为沉着，艰诘晦塞以为含蓄，野俚辏积以为典厚，岂惟缪于诸义，亦并其俊语亮节，悉失之矣！

李维桢《彭伯子诗跋》曾谈及李、何的区别所在："李由北地家大梁，多北方之音，以气骨称雄；何家申（信）阳近江汉，多南方之音，以才情致胜。"他从"音"的角度辨析二人之异，对我们把握李、何之争颇有启发。何景明偏爱"清俊响亮"的声调，而对雄奇粗犷的"杀直"之音深为不满，所以，当李梦阳劝他改弦易辙，致力于"柔澹沉著含蓄典厚"时，他却将李所向往的"北方之音"斥之为"闲缓寂寞"、"重浊宛切"、"艰诘晦塞"、"野俚辏积"，表示不屑一顾。道不同不相为谋，李、何因趣味不同，终至决裂，并非偶然。但他们的势不两立却共同表明了一点，即李、何对"音节"是非常重视的。

李东阳、李梦阳、何景明、谢榛等人对诗的音乐性的重视，构成了诗"贵情思而轻事实"理论的一个侧面。他们立论的依据，即儒家经典《乐记》。《麓堂诗话》明白无疑地说："观《乐记》乐声处，便识得诗法。"而《乐记》的基本思想是："凡音之起，由人心生也，人心之动，物使之然也。"音乐是抒情色彩最为浓郁的一门艺术。所以，李梦阳《鸣春集序》说："物以情徵，窍遇则声，情遇则吟，吟以宣和，宣以乱畅，畅而永之，而诗生焉。故诗者，吟之章而情之自鸣者也。"徐祯卿《谈艺录》说："情无定位，触感而兴。既动于中，必形于声……盖因情以发气，因气以成声，因声而绘词，因词而定韵，此诗之源也。"李东阳等人重视诗的音乐性，落实下来，即对情思的重视。法国象征主义诗人和理论家保·瓦莱里（1871～1945）曾在《诗与抽象思维：舞蹈与走路》中描述道："诗是一种语言的艺术，某些文字的组合能够产生其他文字组合所无法产生的感情，这就是我们所谓的诗的感情。""在我内心中,我是这样体验这种感情的:普通世界中各种可能存在的外在的或内在的东西、人物、事件、感情及行动,虽然还是像普通世界中的那些东西,却又突然与我的整个感觉有一种难以言喻的密切。""它们,请允许我这样说,音乐化了,互相共鸣,并且似乎和谐地联在一起。"自然,"音乐化"和音乐本身是有区别的,诗人毕竟不是音乐家。但是,每一个字都是一个声音和一个意义的即时的结合,当诗人别出心裁地创造出某种节奏和韵律时,当他根据感觉来调节音响时,诗除了被定义为语言的艺术外,也应同时被定义为音乐的或音乐化的艺术。它与我们的"情思"是密切相关的。

在诗与音乐的关系方面,明代主流诗学的几位代表人物相当充分地显示了他们的睿智和深刻。如果要提出什么批评的话,也许应该指出,他们对诗的音乐性太钟情,重视得过分了一些。音乐的表现力取决于旋律、节奏、和声这三种要素,而诗歌语言只具备节奏的音乐性(虽然个别的作品也有"旋律"),这样,音乐在诗中所起的作用便只能是辅助性的。同时,音乐没有明确的含义,而语言在表达感情时也表达某种观念,其功能是音乐没法取代的。所以,强调诗与乐的沟通,理由是充足的;但用音乐取代语言,却是不小的失误。周济《宋四家词选叙论》说:"阳声字多则沈顿,阴声字多则激昂,重阳间一阴,则柔而不靡,重阴间一阳,则高而不危。""东、真韵宽平,支、先韵细腻,鱼、歌韵缠绵,萧、尤韵感慨,各具声响。"确实,某种韵律与某种情感存在着一定程度的对应关系,但我们不能因此而忘记了一个基点:诗是语言的艺术;语言的主要功能是表义。

三 "真诗在民间"的多重蕴含

"真诗在民间",这是明代诗学中出现多次的一个提法。李梦阳、李开先、李维桢、袁宏道、冯梦龙等,尽管年代不同,诗学的总体主张亦不尽相同,甚至差异很大,但对"真诗在民间"这一命题,却都热情地一致予以肯定。(在明代,连台阁体诗人也尊重民间的创作，譬如杨荣。他在《省愆集序》中说："嗟夫，诗自《三百篇》之后，作者不少，要皆以自然醇正为佳。世之为诗者务为新巧而风韵愈凡，务为高古而气格愈下，曾不若昔时闾巷小夫女子之为，岂非天趣之真与夫模拟掇拾以为能者，固自有高下哉！"看重"天趣之真"，与"真诗在民间"的命题有一致之处。)

宋、元、明、清是民间文学由兴盛而至全面繁荣的时期，明代民歌时调所取得的成就尤其辉煌。沈德符《万历野获编》记载说："自宣、正至化、治后，中原又兴［锁南枝］、［傍妆台］、［山坡羊］之属。……自兹以后，又有［耍孩儿］、［驻云飞］、［醉太平］诸曲，然不如三曲之盛。嘉、隆间乃兴［闹五更］、［寄生草］、［罗江怨］、［哭皇天］、［干荷叶］、［粉红莲］、［桐城歌］、［银绞丝］之属……比年以来，又有［打枣竿］、［挂枝儿］二曲，其腔调约略相似，则不问南北，不问男女，不问老幼良贱，人人习之，人人喜听之，以至刊布成帙，举世传诵，沁人心腑，其谱不知从何而来，真可骇叹！"这些产生于闾巷的民歌时调，感情真挚，富于活力，引起了诸多文人的重视。李梦阳是明代首先对民歌时调欣然表示赞许的文坛领袖。

据李开先《词谑》记载："有学诗文于李崆峒（李梦阳）者，自旁郡而之汴省。崆峒教以：'若似得传唱《锁南枝》，则诗文无以加矣。'请问其详，崆峒告以：'不能悉记也。只在街市上闲行，必有唱之者。'越数日，果闻之，喜跃如获重宝，即至崆峒处谢曰：'诚如尊教！'何大复（何景明）继至汴省，亦酷爱之，曰：'时调中状元也。如十五国风，出诸里巷妇女之口者，情词婉曲，自非后世诗人墨客操觚染翰刻骨流血所能及者，以其真也。'每唱一遍，则进一杯酒。终席唱数十遍，酒数亦如之。更不及他词而散。"① 李梦阳、何

---

① 沈德符《万历野获编》的记载亦可参看："元人小令行于燕、赵后，浸淫日盛。自宣、正至化、治后，中原又行［锁南枝］、［傍妆台］、［山坡羊］之属。李崆峒先生初自庆阳徙居汴梁，闻之，以为可继国风之后。何大复继至，亦酷爱之。今所传［泥捏人］及［鞋打卦］［熬髭髻］三阕，为三牌名之冠，故不虚也。……又［山坡羊］者，李、何二公所喜。"李梦阳、何景明身为文坛盟主，却丝毫不掩饰对民歌时调的爱好，足见一时风气。

景明所激赏的［锁南枝］，李开先《词谑》附录了其原文：

> 傻酸角，我的哥，和块黄泥儿捏咱两个。捏一个你，捏一个我。捏的来一似活托，捏的来同床上歇卧。将泥人儿摔碎，着水儿重和过，再捏一个你，再捏一个我——哥哥身上也有妹妹，妹妹身上也有哥哥。

这样的作品，其好处何在呢？李梦阳从理论上阐释过这一问题。其《诗集自序》引其友人王叔武的言论道："夫诗者，天地自然之音也。今途咢而巷讴，劳呻而康吟，一唱而群和者，其真也，斯之谓风也。孔子曰：'礼失而求之野。'今真诗乃在民间。而文人学子，顾往往为韵言，谓之诗。夫孟子谓《诗》亡然后《春秋》作者，雅也。而风者亦遂弃而不采，不列之乐官。悲夫！""诗有六义，比兴要焉。夫文人学子，比兴寡而直率多。何也？出于情寡而工于词多也。夫途巷蠢蠢之夫，固无文也。乃其讴也，咢也，呻也，吟也，行咠而坐歌，食咄而寤嗟，此唱而彼和，无不有比焉兴焉，无非其情焉，斯足以观义矣。故曰：诗者，天地自然之音也。"

李梦阳提出"真诗乃在民间"，包含了多方面的意蕴。首先，"真诗乃在民间"的理论前提是诗、乐一体说。在这样的理论基点上，《诗集自序》对"真"的定义是："真者，音之发而情之原也，非雅俗之辨也。"判断是不是真诗，关键不在于雅俗，而在于，其具有特定风格的音调节奏是否真切地传达出了某种情绪、情感或情思。真情经由自然和谐的音乐表达出来，才具动人心魄的魅力。

李梦阳对"音"的重视与他对作者的真实感情的重视是联系在一起的。《乐记》说："唯乐不可以为伪。"《孟子·尽心》说："仁言不如仁声之入人深也。"《吕氏春秋·音初》说："君子小人，皆形于乐，不可隐匿。"谭峭《化书·德化》说："衣冠可诈，而形器不可诈；言语可文，而声音不可文。"他们都意识到：人的言辞是可以作伪的，不能成为我们了解一个人的基本依据，只有声音才真正是心灵的表征。李梦阳对此深有体会，他的《杜公诗序》就是讨论这一命题的精彩篇章。元好问《论诗三十首》有云："心画心声总失真，文章宁复见为人。高情千古《闲居赋》，争信安仁拜路尘。"西晋诗人潘岳性格轻躁，热衷于追名逐利，谄事权贵贾谧，"每候其出"，"望尘而拜"（《晋书·潘岳传》），这样一个人，却写出了"高情千古"的《闲居赋》，从他的作品又怎能看得出他的为人？李梦阳同意元好问的见解，所以才毫不含糊地说："端言者未必端思，健言者未必健气，隐言者未必隐情。"但李梦阳的思辨水平显然高出元好问一筹，他指出"诗者非独言者也"，诗还有其他重要的部分，如声调、气脉、情思，即"声"、"律"、"调"、"气"，而这些都是无法作伪的。正是从这样一个角度立论，李梦阳依然认同"诗者人之鉴"的说法。

李梦阳的《结肠操谱序》也涉及"音"与真情的必然联系。《结肠操》是李梦阳所作的悼亡诗。他认为"音"乃"发之情而生之心者"，所以天下"无非情之音"。"音"总是表达着某种真情。《风》诗系"天地自然之音"，所以他才毫不迟疑地说："真诗乃在民间"。其《论学上》更以一种感叹的笔调写道："吁《黍离》之后，《雅》、《颂》微矣。作者变正靡达，音律罔谐，即有其篇，无所用之矣。予以是专乎《风》言矣。吁，不得已者。"

"惟乐不可以为伪"，这种观念，西方也有。古希腊人谈艺，以为乐最能直接心源。近代叔本华指出，音乐最能写心示志。英国意象派诗人埃兹拉·庞德（1885～1972）也在《回顾》一文中表示，他相信一种"绝对的韵律"，一种与诗中所表达的感情及感情的各种细微差别完全相称的韵律。"一个诗人的韵律必须具有解说力，因此，韵律最终将是他自己的，不是伪造的，也是不可伪造的。"这些说法，可以与李梦阳的陈述相互参证。

其二，这一命题含有扬《风》诗而抑《雅》、《颂》的意味。讨论《诗经》传统是一个容易引发争议的话题。春秋列国的赋诗言志，造成了实用主义地对待《诗经》的风气，两汉的《诗经》专家也习惯于将《诗经》与时政的兴废治乱联系在一起，郑玄释赋、比、兴曰："赋之言铺，直铺陈今之政教善恶。比，见今之失，不敢斥言，取比类以言之。兴，见今之美，嫌于媚谀，取善事以喻劝之。"均着眼于政教善恶。故北宋邵雍《观诗吟》说："无《雅》岂明王教化，有《风》方识国兴衰。"《诗画吟》又说："不有风雅颂，何由知功名？不有赋比兴，何由知废兴？"李梦阳、王叔武则未受这种实用主义学说的误导，他们从作品本身出发，认定《风》诗系民间的抒情诗。

关于《风》与《雅》、《颂》的区别，从发生学的角度加以考察是较为容易说明的。《风》是民间的歌谣，以表情为主，将高兴或悲哀的心情表达出来，作者的目的就达到了。他们功利观念很淡薄，甚至没有功利观念，率性自然，其作品因而成为比较纯粹的抒情诗。至于《雅》、《颂》，尤其是大《雅》和《颂》，却主要是这样来的："贵族们为了特种事情，如祭祖、宴客、房屋落成、出兵、打猎等等作的诗。这些可以说是典礼的诗。又有讽谏、颂美等等的献诗；献诗是臣下作了献给君上，准备让乐工唱给君上听的，可以说是政治的诗。"① 其作者为了实现某种政治目的或其他功利目的而写诗，是将诗当作一种实用的工具使用的。由于《风》诗的生命在抒情，故多用比、兴手法，只要感情表达到位就成，不必讲多馀的道理，或铺叙多馀的场景。《雅》、《颂》则多铺陈和议论，目的是把某种意思说明白，或者是把某种仪式事件交待清楚。所以朱熹《诗集传序》说："凡诗之所谓《风》者，多出于里巷歌谣之作。所谓男女相与咏歌，各言其情者也。""若夫《雅》、《颂》之篇，则皆成周之世，朝廷郊庙乐歌之词，其语和而庄，其义宽而密；其作者往往圣人之徒，固所以为万世法程而不可易者也。至于《雅》之变者，亦皆一时贤人君子，闵时病俗之所为；而圣人取之。其忠厚恻怛之心，陈善闭邪之意，犹非后世能言之士所能及之。此《诗》之为经，所以人事浃于下，天道备于上，而无一理之不具也。"论《风》诗，强调"情"；论《雅》、《颂》，则强调"义"、"理"；《风》与《雅》、《颂》确乎具有不同的审美特

---

① 朱自清：《经典常谈·〈诗经〉第四》，《朱自清古典文学论文集》下，上海：上海古籍出版社 1981 年 7 月版，第 626 页。

征。从这种区别我们可以明白，李梦阳注重《风》诗而撇开《雅》、《颂》，旨在突出抒情的重要性，他不希望一个诗人对叙事说理倾注太多的兴趣。（晚明谭元春撰《诗触》，要于《雅》、《颂》中看出《风》来，合三者为一，这种见解在《诗经》研究中并不多见。）

在《风》诗传统和《雅》、《颂》传统之间，人们的选择是并不相同的。比如宋濂，他便扬《雅》、《颂》而抑《风》诗，其《汪右丞诗集序》云："诗之体有三，曰《风》曰《雅》曰《颂》而已。《风》则里巷歌谣之辞，多出于氓隶女妇之手，仿佛有类乎山林。《雅》、《颂》之制则施之于朝会，施之于燕飨，非公卿大夫或不足以为，其亦近于台阁矣乎！""山林之文，其气枯以槁，台阁之文，其气丽以雄。"而李梦阳却认为，民间的歌谣，饶有《风》诗遗意；而"文人学子"以韵言为诗，虽以《雅》、《颂》为榜样，却并不能继承《雅》、《颂》的传统。这是对于台阁体诗的委婉批评，也是对《雅》、《颂》传统的悄悄放弃。

其三，"真诗乃在民间"的命题，还含有尊唐诗抑宋诗的意味。谢榛《四溟诗话》卷一引《国宝新编》曰："唐风既成，诗自为格，不与《雅》、《颂》同趣。汉魏变于《雅》《颂》，唐体沿于《国风》。《雅》言多尽，《风》辞则微。今以《雅》文为诗，未尝不流于宋也。"可见，扬《国风》而弃《雅》、《颂》，同时也是为了尊唐抑宋，唐诗与《国风》一脉相承，而宋诗与《雅》、《颂》遥相呼应。

"真诗乃在民间"的要害是对"真情"的重视。中国早期的诗学大体建立在功利考虑的基础上。孔子诗学的要点之一是兴、观、群、怨说。所谓"兴"，即"感发志意"（朱熹注）；所谓"观"，指读者可以从作品中"考见得失"（朱熹注），"观风俗之盛衰"（《集解》引孔安国注）；所谓"怨"，即"怨刺上政"（《集解》引孔安国注），以促使政治改善。兴、观、群、怨的归宿则是"事父"、"事君"。这种从社会功能的角度为诗定位的做法，其直接后果是将"诗"作为工具来使用，是对诗人自身情感的忽视或熟视无睹。从汉代起，一部分作者和理论家开始改变角度考虑问题。刘安、司马迁将"怨刺上政"的"怨"阐释为诗人内心的某种悲剧性情感，然后在"兴、观、

群、怨"四者中格外突出了"怨"的重要性,比如刘安强调屈原的
《离骚》"盖自怨生也"。至钟嵘《诗品》,"怨"进一步得到重视。
突出"诗可以怨",即突出诗"吟咏情性"的抒情特征,从"诗言
志"的框架中解放出来。至南朝民歌,所抒之情更与"止乎礼义"
的儒家诗教相悖。"真诗乃在民间",其源流可谓长矣!

"李梦阳的真情说在明代文学批评中首次把情提到决定性的高
度,对以后情感论的发展当有积极的影响,但其局限亦相当明显,即
他对情的具体的理解还缺乏新的内容,并未超出传统诗论所涉及的范
围。为什么李梦阳一方面力倡情真之说,一方面又要效摹古人的格
调,甚至说'学古不的,苦心无益'呢?其原因也即在此。因为他
要抒发的一己之真情,如对腐败政治的批评,对理学虚伪的不满,对
萎弱文风的抨击等,都还没有明显地越出儒家传统的观念,故他或把
自己比作屈原、贾谊,或在山水与友情中寻解脱。总之,他在封建社
会前期的优秀的诗文中大致相仿地寻得了一己之真我,寻得了寄托。
这就是他的情真说与复古的格调说的会合之处,也是他与袁宏道诗论
发生歧异的关键所在。① 这样的分析大体是中肯的,但似乎仍嫌隔
膜。说透一点,李梦阳所关注的"真诗乃在民间"之"真",实质在
于坦率表达不受礼义拘束的私生活领域中的情怀,这与中国古典诗所
抒发的公共生活领域的情怀是有质的区别的。李梦阳对此是意识到了
的,因此,他才会在《诗集自序》中将效法李、杜歌行鄙薄为"驰
骋之技",将效法六朝诗鄙薄为"绮丽之馀",将效法琴操、古歌诗
等鄙薄为"糟粕"。他对拟古是失望的,但却终于没有勇气在自己的
诗中抒发私生活领域中的情怀,也就只能依然拘守在古典诗歌的审美
规范之内,这是无可奈何的事。

从某种意义上说,诗是使情感固定下来的一种方式,也可以说是
让世世代代的读者都能感受其情感的一种方式。虽然不同文化环境中
客观事物的功能发生了变化,或者某种客观事物已成单纯的史实,比

---

① 袁震宇、刘明今:《明代文学批评史》,上海:上海古籍出版社 1991 年
9 月版,第 11～12 页。

如，《诗经》中的《硕人》描写女性的姿色时将其脖子比喻为天牛的幼虫，这在今人眼里是很难引起美感的，但是，只要我们平心静气地寻求，其中仍有若干永恒的因素在人类历史的变迁中始终可以为诗的情感提供创作对象。雪莱说："诗人是世界上未被承认的立法者。"比尔兹利说："诗人是感情法则的主要阐述者。"当某些意象与某些固定情感已难以分割时，当几种类型的情感在诗中被逐渐固定下来时，情感也会公式化，李梦阳尊重情感，却无意中陷入了公式化的情感中，其原因在此。

在李梦阳之后，热情洋溢地赞成"真诗在民间"这一命题的是李开先。李开先的诗学主张有诸多异于李梦阳之处。嘉靖初年，李开先与王慎中、唐顺之、熊过、陈束、任瀚、赵时春、吕高并称"八才子"。其时王慎中、唐顺之倡议"尽洗李、何剽拟之习"，而李开先、赵时春等为之辅佐。然而，在对待民歌时调的问题上，他却与前七子态度一致。他不仅在《词谑》中，就李梦阳、何景明激赏［锁南枝］一事表示："若以李、何所取时词为鄙俚淫亵，不知作词之法，诗文之妙者也。"而且还在《市井艳词序》中侃侃陈词："忧而词哀，乐而词亵，此今古同情也。正德初尚［山坡羊］，嘉靖初尚［锁南枝］，一则商调，一则越调。商，伤也；越，悦也；时可考见矣。二词哗于市井，虽儿女子初学言者，亦知歌之，但淫艳亵狎，不堪入耳。其声则然矣，语意则直出肺肝，不加雕刻，俱男女相与之情，虽君臣友朋，亦多有托此者，以其情尤足感人也。故风出谣口，真诗只在民间。《三百篇》太半采风者归奏，予谓今古同情者此也。"

李梦阳论"真诗在民间"，其理论前提是"诗乐一体"，李开先却强调诗、乐之别。这种处理问题的方式，他以为与孔子相合。孔子论诗向来重视中和之美，对不符合这一要求的民间音乐采取轻视、排斥的态度，说"郑声淫"，主张"放郑声"（《论语·卫灵公》）。但这是从音乐的角度作出的评价。至于文义，孔子对《诗经》三百篇整体的断语是："思无邪。"因而并未在《诗经》中删掉郑风。将"声"与"诗"分别对待，这给了李开先启示。所以他在《市井艳词序》中说："孔子尝欲放郑声，今之二词可放，奚但郑声而已。虽然，放郑声，非放郑诗也。"一方面指责［山坡羊］、［锁南枝］等民歌时调的乐曲"淫艳亵狎，不堪入耳"，另一方面又赞赏"其语意则直出肺肝，不加雕刻，俱男女相与之情，虽君臣友朋，亦多有托此者"。

李开先为民歌所作的辩护是机智的。在中国文学史上，以男女恋爱喻君臣遇合及其他重大人生现象有着深厚的传统。这一传统的基点，在于二者存在微妙的相似之处，即"爱"的共相。"嗟乎，君臣朋友夫妇，其道一致，而夫妇之情尤足以感人，故古之作者，每藉是以托讽，而孤臣怨友之心于此乎白，因之感激以全其义分者多矣。是故温柔敦厚者，诗人之体也。发乎情止乎义理者，诗人之志也；杂出比兴，形写情志，诗人之辞也。"（王廷相《巴人竹枝歌序》）"人世间之所谓'爱'，当然有多种之不同，然而无论其为君臣、父子、夫妇、朋友之间的伦理的爱，其对象与关系虽有种种之不同，可是当我们欲将之表现于诗歌，而想在其中寻求一种最热情、最真挚、最具体，而且最容易使人接受和感动的'爱'的意象，则当然莫过于男女之间的情爱。所以歌筵酒席间的男女欢爱之辞，一变而为君国盛衰的忠爱之感，便也是一件极自然的事，因为其感情所倾注之对象，虽有不同，然而当其表现于诗歌时在意象上二者却可以有相同之共感。所以越是香艳的体式，乃越有被用为托喻的可能。这不仅在中国的诗歌中如此，即使在西文的诗歌中，我们也可以同样发现不少以香艳的诗来写寓托之意的作品。"① 李开先把握住这一文学现象并据以立论，从学理的角度看是很有道理的。

中国诗的"喻托"传统，始于屈原的《离骚》，即胡应麟《诗薮》内编卷二所谓"屈子孤吟泽畔，尚托寄美人公子"。晚一些的例证如王安石《君难托》：

> 槿花朝开暮还坠，妾身与花宁独异？忆昔相逢俱少年，成君

① 叶嘉莹：《常州词派比兴寄托之说的新检讨），见《迦陵论词丛稿），上海：上海古籍出版社 1980 年 11 月版，第 348～349 页。

129

家计良辛苦。人事反复那能知，谗言入耳须臾离。嫁时罗衣羞更着，如今始悟君难托。君难托，妾亦不忘旧时约！

这首诗作于王安石罢相后隐居于金陵半山园期间。诗以夫妻喻君臣，抱怨宋神宗对他未能始终不渝地予以支持，以致变法流产。旧日的士人常以恋爱或婚姻关系中的女性自比，此其一例。词中的辛弃疾等，也不止一次采用象征手法。清代的常州词派论词主张"意内言外"，求比兴，重寄托，虽不免穿凿附会，却也并非无缘无故。（令人感兴趣的是，不少禅师和讲学者也常以艳诗喻"道"托"理"。如昭觉克勤禅师的开悟诗云："金鸭香销锦绣帏，笙歌丛里醉扶归。少年一段风流事，只许佳人独自知。"据说，克勤听到"频呼小玉元无事，只要檀郎认得声"的艳诗，遂大彻大悟。他的开悟诗即用"少年一段风流事，只许佳人独自知"比喻道只能自证自悟，不可言说，不可用概念表达，无法传达给别人。明代的讲学者黄佐曾作《春夜大醉言志》，落句云："倦游却忆少年事，笑拥如花歌《落梅》。"据其自注，乃"欲尽理还之喻"。）李开先说："虽君臣友朋，亦多有托此者"，就是借中国古典诗词中源远流长的象征传统来为民歌时调辩护。不过，他的用意并非想说明民歌时调具有多么深厚的内涵，他只是以此作挡箭牌而已，其落脚点还在于突出"其情尤足感人"的特征。

徐渭、李维桢、袁宏道、袁中道的看法，相互之间较为接近，谨一并予以评述：

> 今之南北东西虽殊方，而妇女儿童，耕夫舟子，塞曲征吟，市歌巷引，若所谓竹枝词，无不皆然。此真天机自动，触物发声，以启其下段欲写之情，默会亦自有妙处，决不可以意义说者，不知夫子以为何如？（徐文长《奉师季先生书》）
>
> 诗以道性情，性情不择人而有，不待学问文词而足。故《诗》三百篇，《风》与《雅》《颂》等。《风》多出闾阎田野细民妇孺之口，……余尝谓以学问文词为诗，譬之雇佣，受直受

事，非不尽力于主人，苦乐无所关系；譬之俳优，苦乐情状极可粲齿流涕，而揆之昔人本事，不啻苍素霄壤，何者？非己之性情也。犹六朝人闺阁艳曲与俗所传南北词及市井歌谣，往往得十五国风遗意。男女人之大欲存焉，不虑而知，不学而能，此之谓性情。古今所同，是以暗合，盖无意为诗，而自得之。（李维桢《读苏侍御诗》）

　　吾谓今之诗人不传矣。其万一传者，或今闾阎妇人孺子所唱［擘破玉］、［打草竿］之类，犹是无闻无识，真人所作，故多真声。不效颦于汉、魏，不学步于盛唐，任性而发，尚能通于人之喜怒哀乐嗜好情欲，是可喜也。（袁宏道《叙小修诗》）

　　有声自东南来，慷慨悲怨，如叹如哭。即而听之，杂以辘轳之响。予乃谓二弟曰："此忧旱之声也。夫人心有感于中，而发于外，喜则其声愉，哀则其声凄。女试听：夫酸以楚者，忧禾稼也；沉以下者，劳苦极也；忽而疾者，劝以力也。其词俚，其音乱。然与'旱既太甚'之诗，不同文而同声，不同声而同气，真诗其果在民间乎？"（袁中道《游荷叶山记》）

　　这几段论述所关注的都是"真"的问题。李贽的《童心说》是一篇有着广泛影响的哲学文献。李贽认为，所谓童心、真心，也就是赤子之心和真情实感。具有童心的文学才是真文学，否则就是假文学。李贽以童心解释文学现象，其思想与徐渭、李维桢、袁宏道等脉络相连。所谓"天机自动，触物发声"，所谓"诗以道性情，性情不择人而有，不待学问文词而足"，所谓"任心而发，尚能通于人之喜怒哀乐嗜好情欲"，所谓"人心有感于中，而发于外，喜则其声愉，哀则其声凄"，都与"童心"相近，与"道理闻见"背道而驰。

　　袁宏道提到"无闻无识"的"真人"，表明他对禅宗话头也甚感兴趣。相传，六祖慧能曾问他的弟子们："我有法，无名无字，无眼无耳，无身无意，无言无示，无头无尾，无内无外，亦无中间，不去不来，非青黄赤白黑，非有非无，非因非果。此是何物？"大众面面相看，不敢答。时有荷泽寺小沙弥神会，年始十三，答："此乃佛之

131

本源。"慧能问:"云何是本源?"神会答:"本源者,诸佛本性。"慧能问:"我说无名无字,汝云何言佛性,有名字?"神会答:"佛性无名字,因和尚问故立名,正名字时,即无文字。"

从思辨的角度看,神会的回答是相当周密的,简直当得起"滴水不漏"的评价。然而,思辨活跃的地方,禅便没有立足之地。禅只能亲身接触,亲自体验,亲自领悟。禅不能通过语言来传授,不能运用理智来分析。因此,神会自以为回答得很高明,慧能却说他"向后没有把茅盖头也,只成得个知解宗徒"。

禅和诗都是直接经验的世界。袁宏道拈出"无闻无识"一语,确有眼力。只有"无闻无识",才能写出"真诗"。"真诗"之所以"在民间",就因为民歌的作者们尚未被"闻见道理"堵塞性灵;"不虑而知,不学而能,此之谓性情。""盖无意为诗,而自得之。"

袁宏道之后,还有一位冯梦龙,似也不宜忽略。在晚明文坛上,冯梦龙特别重视小说戏曲和民间文学,毕生从事通俗文学的搜集、整理和编辑工作,《山歌》即是他所编纂的一部民歌专集。其《序山歌》云:"书契以来,代有歌谣,太史所陈,并称风雅,尚矣。自楚骚唐律,争妍竞畅,而民间性情之响,遂不得列于诗坛,于是别之曰山歌,言田夫野竖矢口寄兴之所为,荐绅学士家不道也。唯诗坛不列,荐绅学士不道,而歌之权愈轻,歌者之心亦愈浅。今所盛行者,皆私情谱耳。虽然,桑间、濮上,国风刺之,尼父录焉,以是为情真而不可废也。山歌虽俚甚矣,独非郑、卫之遗欤?且今虽季世,而但有假诗文,无假山歌,则以山歌不与诗文争名,故不屑假。苟其不屑假,而吾藉以存真,不亦可乎?……若夫借男女之真情,发名教之伪药,其功于《挂枝儿》等,故录《挂枝词》而次及《山歌》。"冯梦龙在此对中国诗史作了鸟瞰式的勾勒。在他看来,《诗经》中的大部分作品,实为民间歌谣,这类情爱之作,为孔子所收录,不容置疑地具有经典的地位。自"楚骚唐律,争妍竞畅",文人学士掌握了诗文命脉,民间歌谣便被逐出了诗坛,只被称为山歌。冯梦龙以为,山歌不屑于与诗文争名,故亦不屑于矫揉造作,反因此具有了不朽的生命力。歌谣的特点在于有"性情",在于"情真","真"即是其价值所在；尽管"鄙俚"，尽管只是"私情谱"，仍"不可废"。"真诗只在民间"六字可以概括冯梦龙的基本思想。①

明清之际的钱谦益、贺贻孙，其见地有与冯梦龙重合之处，可以参看。如钱谦益《季沧韦诗序》："古诗根柢性情，笼挫物态，高天深渊，穷工极变，而不能出于太史公之两言。所谓两言者，好色也，怨诽也。士相媚，女相悦，以至于风月婵娟花鸟繁会，皆好色也。春女哀，秋士悲，以至于《白驹》刺作，《角弓》怨张，皆怨诽也。好色者，情之橐籥也；怨诽者，情之渊府也。好色不比于淫，怨诽不比于乱。所谓发乎情，止乎义理者也。人之情真，人交斯伪。有真好色，有真怨诽，而天下始有真诗。"贺贻孙《诗筏》："近日吴中山歌《挂枝儿》，语近风谣，无理有情，为近日真诗一线所存。如汉古诗云：'客从北方来，欲到到交趾，远行无他货，惟有凤凰子。'句似迂鄙，想极荒唐，而一种真朴之气，有张、蔡诸人所不能道者。晋、宋间《子夜》、《读曲》及《清商曲》亦尔。安知歌谣中遂无佳诗乎？每欲取吴讴入情者，汇为风雅别调，想知诗者不以为河汉也。"

综上所述，我们的结论是：在李梦阳、李开先、袁宏道、冯梦龙等人笔下，虽然"真诗在民间"的理论前提不同，但其锋芒所向，却集中一点，即：荐绅士大夫所创作的"诗文"，假面目多，真性情少。他们呼唤着真情的表达。这一主题贯串在诸多诗论家的文字中，如李东阳《麓堂诗话》："林子羽《鸣盛集》专学唐，袁凯《在野集》专学杜，盖皆极力摹拟，不但字面句法，并其题目亦效之，开卷骤视，宛若旧本。然细味之，求其流出肺腑，卓尔有立者，指不能一再屈也。"徐渭《肖甫诗序》："古人之诗本乎情，非设以为之者也。是以有诗而无诗人。迨于后世，则有诗人矣。乞诗之目，多至不可胜应，而诗之格，亦多至不可胜品，然其于诗，类皆本无是情，而设情以为之。夫设情以为之者，其趋在于干诗之名，干诗之名，其势必至于袭诗之格而剿其华词，审如是，则诗之实亡矣。是之谓有诗人

---

① 袁宏道《答李子髯》亦云："当代无文字，闾巷有真诗。却沽一壶酒，携君听竹枝。"

而无诗。"这几位明人，都对本朝真诗少、假诗多、性情之诗少、工于言之诗多的现象提出批评，其立论宛如出于同一人之口，显示了明人追求真诗的愿望之强烈。

创作与理论的两歧使明代诗学处于颇为尴尬的境地。对此，我们应该多一些理解，少一些讥讽。朱东润《述钱谦益之文学批评》曾说："明代人论诗文，时有一'真'字之憧憬往来于胸中。……自其相同者而言之，此种求'真'之精神，实弥漫于明代之文坛。空同求'真'而不得，则赝为古体以求之；中郎求'真'而不得，则貌为俚俗以求之；伯敬求'真'而不得，则探幽历险以求之。其求之之道不必正，而其所求之物无可议也。此犹昏夜独行，仰视苍穹，大熊煌煌，北极在上，而跬步所指，横污行潦，断汉绝港，杂出其左右，虽一步不可复前，其方向固不谬。明人或以赝求'真'，其举措诚可笑，然其所见，论真诗，论诗本，论各言其所欲言，不误也。自明而后，迄于清代，论者言及明人，辄加指摘，几欲置之于不问不闻之列而后快，此三百年来覆盆之冤，不可不为一雪者也。"① 这样来评价明人，是公允的。

_____

① 朱东润：《中国文学论集》，北京：中华书局 1983 年 4 月版，第 88～89 页。

第二章 诗体之辨：从体裁到风格

"文各有体，得体为佳。"所谓文体，"是指一定的话语秩序所形成的文本体式，它折射出作家、批评家独特的精神结构、体验方式、思维方式和其他社会历史、文化精神"。① 具体说来，它包括两个层次：第一个层次指体裁的规范及由于体裁不同而导致的不同风格；第二个层次指作家风格，即作家独特的创作个性在作品中的体现。以这两个层次为逻辑顺序，我们试对明代诗学的相关侧面略作考察。

一 体 裁 辨 析

体裁就是文学作品的表现形式。不同类型的文学作品有着不同的体式规范。一般说来，某种类型的文学作品，总是经由若干基本要素的特殊组合而构成的；这种基本要素的特殊组合，不取决于个别作家的个人意愿，而是人类长期文学实践的产物，具有其约定俗成的规范。承认这一点是我们讨论诗的体裁规范的前提。

文章以体裁为先。中国古代对于体裁的重视是一贯的。早在先秦，《尚书·毕命》就有"辞尚体要"之论，《墨子》亦有"立辞而不明于其类，则必困矣"之语。魏曹丕《典论·论文》提出"文非一体，鲜能备善"的观点，强调各体文章的功能有别，其表现方法自亦有所不同。继曹丕而起，专就文学体裁考源流、辨特征的，当推晋代的挚虞。他的《文章流别论》将辨体研究推向一个新的阶段。

---

① 童庆炳：《文体与文体的创造》，昆明：云南人民出版社 1994 年 5 月版，第 1 页。

齐梁时代的刘勰，其划时代的理论巨著《文心雕龙》上篇备论各种文体，无不着眼于体制的特性。《辨骚》、《明诗》、《乐府》、《诠赋》、《颂赞》、《祝盟》、《铭箴》、《诔碑》、《哀吊》、《杂文》、《谐讔》诸篇所论，皆有韵之文；《史传》、《诸子》、《论说》、《诏策》、《檄移》、《封禅》、《章表》、《奏启》、《议对》、《书记》，诸篇所论，皆无韵之笔。自来研究《文心雕龙》的，多看重下篇，而对分论文体的上篇，每多忽视。其实，上篇讨论各种文体的特性，立言审慎，精义纷呈，乃是刘勰深思熟虑的成果。刘勰等人之所以如此重视文体规范，其理由正如徐师曾《文体明辨序》所说："夫文章之有体裁，犹宫室之有制度，器皿之有法式也。为堂必敞，为室必奥，为台必四方而高，为楼必陕而修曲，为笤必圜，为筐必方。为簠必外方而内圜，为簋必外圜而内方，夫固各有当也。苟舍制度法式，而率意为之，其不见笑于识者鲜矣，况文章乎？"

体制的重要性如此不容置疑，辨体遂成为明代诗学的核心课题之一。在诗、文之异和诗、词之异两个领域中，明人首先关心的是诗、文之异。这或许因为，以文为诗、以议论为诗曾是部分宋诗的一个特征，明人的思考往往是针对宋人的失误而来的。

诗文作为两种文学体裁，二者的区别在它们产生时就已存在，但在观念上对这种区别加以确认，使之凸显于人们的意识中，大约是在唐代古文运动时期。六朝注重文、笔之分，所谓"有韵者文，无韵者笔"，但无论文，还是笔，都以"沉思翰藻"为其必要条件，讲求形式和辞藻的华美，以及对典故和古人言论的审慎引用。以"沉思翰藻"为标准，萧统编纂《文选》，将"经书"、"子书"和历史著作排除在外。他说经书是神圣的，不敢加以删选；子书"以立意为宗"，"不以能文为本"；历史著作则以"褒贬是非，纪别异同"为务。如此推重"沉思翰藻"，从文学史发展的角度来看，当然功不可没；但过于讲求，却也造成了部分六朝诗文"其声清以浮，其节数以急，其辞淫以哀，其志弛以肆，其为言也乱杂而无章"的弊病（韩愈《送孟东野序》）。因此，当韩愈发动起衰救敝的古文运动时，他是有意与六朝对着干的。六朝人将"以立意为宗"的子、史排除于视野之外，韩愈则专主立意，藉以改造沉思翰藻能文为本的习气。这样一来，古文就确立了其文体规范：以立意为宗。

在古文运动使诗、文的体式之异清晰地显现于创作实践的氛围中，韩愈的朋友柳宗元从理论上做出了概括和总结。其《杨评事文集后序》云："文有二道：辞令褒贬，本乎著述者也；导扬讽谕，本乎比兴者也。著述者流，盖出于《书》之《谟》、《训》，《易》之《象》、《系》，《春秋》之笔削。其要在于高壮广厚，词正而理备，谓宜藏于简册也。比兴者流，盖出于虞、夏之咏歌，殷、周之风雅，其要在于丽则清越，谓宜流于谣诵也。兹二者，考其旨义，乖离不合。故秉笔之士，恒偏胜独得，而罕有兼者焉。"他将文称之为"著述"，将诗称之为"比兴"，指出二者体制有别，宗旨有异，作者因才情性分的不同，往往偏擅其一。北宋的黄庭坚也意识到了诗、文的畛域之分，陈师道《后山诗话》引其语云："诗文各有体，韩以文为诗，杜以诗为文，故不工尔。"

柳宗元、黄庭坚注意到诗文体制的差异，但这种差异是绝对的，还是相对的，他们似乎并未留心。而这其实是不应忽略的。如果诗比散文更有必要重视感情的话，我们是否可以得出结论，断定理性内容对于诗的成功与否无关紧要呢？换一个角度看，既然人类语言必然包含了理性内容，诗又怎么可能不包含理性内容呢？理性内容一定会存在于诗中。既然诗与理性内容密不可分，完全忽视理性内容的表达就没有充足的理由。

后面一种顾虑确实有人提出过，如明初宋濂即反对把诗与文"歧而二之"，主张"诗文本出于一原"。他何以反对把诗与文"歧而二之"呢？目的是要求"诗"也像"文"一样发挥载道的功能。他的《题许先生古诗后》一文说："诗文本出于一原，诗则领在乐官，故必定之以五声，若其辞则未始有异也。如《易》、《书》之协韵者，非文之诗乎？《诗》之《周颂》多无韵者，非诗之文乎？何尝歧而二之？沿及后世，其道愈降，至有儒者、诗人之分。自此说一行，仁义道德之辞遂为诗家大禁，而风花烟鸟之章留连于海内矣，不亦悲夫！"他希望诗人以道为诗，敷写"仁义道德之辞"，这是比较典型的道学家的诗论，与邵雍等人一脉相承。并且，宋濂还以为诗文之异仅在于有韵无韵，仅在于诗"必定之以五声"。宋濂的这个说法当然是站不住脚的。"仁义道德之辞遂为诗家大禁"，这本来是一种合理的创作现象。谢榛《四溟诗话》卷一云："傅玄《艳歌行》，全袭《陌上桑》，但曰'天地正厥位，愿君改其图'。盖欲辞严义正，以裨风教。殊不知'使君自有妇，罗敷自有夫'，已含此意，不失乐府本色。""《木兰词》后篇不当作。末曰：'忠孝两不渝，千古之名焉可灭。'此亦玄之见也。"卷三又云："'忠孝'二字，五七言古体用之则可。若能用于近体，不落常调，乃见笔力。于濆《送戍客南归》诗云：'莫渡汨罗水，回君忠孝肠'。此即野蔬借味之法，而濆亦知此邪？"前两则直接否定了"欲辞严义正，以裨风教"的作法；第三则承认例外，表明通常情况下务必慎用"忠孝"二字。文"载道"而诗"缘情"，宋濂却试图用"载道"的文吞并"缘情"的诗，显然是不合理的。

较之前人，明代主流诗学对诗文之异的辨析更为细致、深入，也周密一些。李东阳《沧洲诗集序》认真考察了诗歌创作中的两种矛盾情形。一方面，"有长于记述，短于吟讽，终其身而不能变者"，似乎写诗极难，另一方面，"或庸言谚语，老妇稚子之所通解，以为绝妙"，又似乎十分容易，其原因何在呢？在于诗、文体裁有别，对作者才情的要求不同。《麓堂诗话》也说："诗与文不同体，昔人谓杜子美以诗为文，韩退之以文为诗，固未然。然其所得成就，亦各有偏长独到之处。近见名家大手以文章自命者，至其为诗，则毫厘千里，终其身而不悟。然则诗果易言哉？"

讨论诗文之异，对"文"本身的认识是一个不可忽略的前提。中国古代的"文"，包括两个大类，即"载道之文"和"纪事之文"，也就是我们所说的议论文和叙事文。但从更深的意义上来看，二者又是统一的。一方面，我们可以说中国古代的"文"全是"载道之文"，因为，《六经》是"载道"的，而种种"纪事"的正史也旨在经由对事实的安排揭示出历史发展的某些规律（即"道"），另一方面，我们也可以说中国古代的"文"全是"纪事之文"，所谓

"六经皆史"表达的正是这个意思："典章制度，可本以见一时之政事；六经义理，九流道术，微文考献，亦足窥一时之风气。道心之微，而历代人心之危著焉。故不读儒老名法之著，而徒据系年之录，不能知两宋。"① 照这样的说法，强调"文"的"载道"功能，或者强调"文"的"纪事"功能，都是合理的。不过，有一个现象足以引起我们注意，即：理学家文论更乐于突出"文"的"载道"特性，非理学家文论则有可能突出"文"的"纪事"特性。比如，宋濂是明初推尊理学的代表人物，他一再强调："文者道之所寓也。"（宋濂《徐教授文集序》）"明道之谓文，立教之谓文，可以辅俗化民之谓文。其文也，果谁之文也？圣贤之文也。"（宋濂《文说赠王生黼》）"大抵为文者，欲其辞达而道明耳，吾道既明，何问其馀哉？"（宋濂《文原》）宋濂曾主持编修《元史》。《元史》的体例大体依循前代正史，唯将儒林与文苑合而为一，称为"儒学"。宋濂在题序中阐述他这样合并的理由说："前代史传，皆以儒学之士，分而为二，以经艺颛门者为儒林，以文章名家者为文苑。然儒之为学一也，六经者斯道之所在，而文则所以载夫道者也。故经非文则无以发明其旨趣；而文不本于六艺，又乌足谓之文哉！由是而言，经艺文章，不可分而为二也明矣。"这样的议论，在重道轻文的同时，还以"载道"吞并了"纪事"。

自然，宋濂并不是彻底地忘记了"纪事之文"，但他心目中的"纪事之文"，只有在"载道"这个基本前提之下才具有合法性。宋濂在《文原》中说："世之论文者有二：曰载道，曰纪事。纪事之文，当本之司马迁、班固；而载道之文，舍六籍吾将焉从？虽然，六籍者本与根也；迁、固者枝与叶也。"其用意是显而易见的。

至于李梦阳等不甚推尊理学的人，相对而言，对"文"的"纪事"的一面要重视一些。李梦阳颇为偏爱《战国策》那类据事实录的作品，原因在于它们具有"录往者迹其事，考世者证其变"的作

---

① 钱钟书：《谈艺录》（补订本），北京：中华书局1984年9月版，第266页。

用（李梦阳《刻〈战国策〉序》）。何景明《汉纪序》说得更为明白：“天下皆事也。”《诗》、《书》、《易》、《礼》、《春秋》之类，“皆纪事之书也”，“皆未有舍事而议于无形者”。这已经接近于“六经皆史”的命题。

“六经皆史”说在明代的兴盛是一桩足以激发理论热情的大事。王阳明提出“《五经》亦史”，出于摆脱程朱理学束缚的需要，主旨并不在讨论“文”的特点。并且，由于他本人也是理学家，他的落脚处还是“载道”：“《五经》亦只是史。史以明善恶，示训戒，善可为训者，时存其迹以示法；恶可为戒者，存其戒而削其事以杜奸。”（王阳明《传习录上》）到了王世贞等人手中，这一命题才具有了以“纪事”压倒“载道”的含义。王世贞《艺苑卮言》卷一说：“天地间，无非史而已，三王之世，若泯若灭，五帝之世，若存若亡，噫，史其可以已耶？《六经》，史之言理者也。”李贽《焚书》卷五《经史相为表里篇》说：“《春秋》一时之史也；《诗经》《书经》，二帝三王以来之史也；而《易经》则又示人以经之所自出，史之所从来，为道屡迁，变易不常，不可以一定执也。故谓《六经》皆史也。”胡应麟《少室山房笔丛》卷二说：“夏商以前，经即史也。周秦之际，子即集也。”

提倡“六经皆史”，表明了部分诗论家在面对古文时欲与理学家划清界限的用意。但是，“立意”毕竟是“文”的重要特征。王世贞说：“《六经》，史之言理者也。”（《艺苑卮言》卷一）胡应麟说：“诗主风神，文先理道。”（《诗薮》外编卷一。）于是，当他们探讨诗、文之异时，从抨击性气诗的需要出发，仍然格外关注文主理而诗主情思的特征。李梦阳《缶音序》云：

> 宋人主理作理语，于是薄风云月露，一切铲去不为，又作诗话教人，人不复知诗矣。诗何尝无理，若专作理语，何不作文而诗为耶？今人有作性气诗，辄自贤于“穿花蛱蝶”、“点水蜻蜓”等句，此何异痴人前说梦也。即以理言，则所谓“深深”、“款款”者何物耶？《诗》云：“鸢飞戾天，鱼跃于渊”，又何说也？

140

孔子曰："礼失而求之野。"予观江海山泽之民，顾往往知诗，
不作秀才语，如缶音是也。

李梦阳所说"自贤于'穿花蛱蝶''点水蜻蜓'"，锋芒所向，第一
个就是北宋理学家程颐。《正谊堂全书》本《二程语录》卷十一记程
颐语云："某素不作诗，亦非是禁止不作，但不欲为此闲言语。且如
今言能诗无如杜甫，如云：'穿花蛱蝶深深见，点水蜻蜓款款飞。'
如此闲言语道出作甚。某所以不常作诗。"两宋是理学兴盛的时代。
一部分理学家出于阐述义理的需要，他们或者干脆不作诗，理由是没
有这种闲功夫；或者写论理诗，即"语录讲义之押韵者"（刘克庄
《吴恕斋诗稿跋》）。《四库全书总目提要·击壤集》论邵雍诗云：
"自班固作《咏史诗》，始兆论宗，东方朔作《诫子诗》，始涉理路，
沿及北宋，鄙唐人之不知道，于是以论理为本，以修词为末，而诗格
于是乎大变。此集其尤著者也。"邵雍的诗以论理为本，程颐的诗亦
然，比如其《谢王子真诗》："至诚通化药通神，远寄衰翁济病身。
我亦有丹君信否？用时还解寿斯民。"这正是李梦阳所不满的"专作
理语"，从根本上违背了诗的抒情原则。①

李梦阳批评"今人""作性气诗"，这在明代自有其针对性。明
初的方孝孺即曾大倡道学诗。其《读朱子感兴诗》云："《三百篇》
后无诗矣，非无诗也，有之而不得诗之道，虽谓之无亦可也。夫
《诗》所以列于五经者，岂章句之云哉！盖有增夫纲常之重，关乎治
乱之教者存也。非知道者孰能识之？非知道者孰能为之？人孰不为诗
也，而不知道，岂吾所谓诗哉？呜呼，若朱子《感兴二十篇》之作，
斯可谓诗也已。其于性命之理昭矣，其于天地之道著矣，其于世教民
彝有功者大矣。系之于《三百篇》，吾知其功无愧，虽谓《三百篇》
之后未尝无诗亦可也。斯道也，亘古而不亡，心会而得之，岂不在乎

---

① 对于论理诗，如从哲学的角度加以评价，看法当有所不同，因为"专
作理语"本是哲学的特点所在。李梦阳等人以诗的标准来衡量哲学家的作品，
当然会觉得格格不入。他也许没有注意到，邵雍等人的目的首先是写哲学作品。

人哉!"方孝孺的见地，与程颐用"如此闲言语道出则甚"一句否定诗歌创作的态度是一致的。永乐以后，邵雍的《伊川击壤集》尤其受到理学家们推崇。薛瑄作《读邵康节击壤集》二十首，赞颂邵雍说:"乾坤清气产英豪，大隐天津道德高。……《书》前有《易》心能悟，删后无诗句独谣。"陈献章、庄昶创作的性气诗，深受《击壤集》影响，风行一时，以致形成气势颇盛的性气诗派。杨慎《升庵诗话》举了好些例证调侃性气诗，如卷九《假诗》:"今之作赝诗者异此，谓诗必用语录之话，于是无极、先天、行窝、弄丸，叠出层见。又云:'须夹带禅和子语'。于是打乖、打睡、打坐、样子、撒子、句子，朗诵之有矜色，疾书之无怍颜，而诗也扫地矣。"卷九《庄定山诗》:"庄定山早有诗名，诗集刻于生前，浅学者相与效其'太极圈儿大，先生帽子高'，以为奇绝。又有绝可笑者，如'赠我一壶陶靖节，还他两首邵尧夫'，本不是佳语，有滑稽者，改作《外官答京宦苞苴》诗云:'赠我两包陈福建，还他一匹好南京。'闻者捧腹。"这些关于义理诗的富于喜剧意味的例证，说明邵雍和程颐在明代不乏传人，李梦阳对之加以抨击是完全必要的。

李梦阳批评宋诗"专作理语"，在更广泛的层面上是不满于宋诗的议论化。这也是主流诗学的共同看法。王世贞《艺苑卮言》卷一:"一涉议论，便是鬼道。"屠隆也在《文论》中以居高临下的口气鄙薄宋诗:"宋人之诗，尤愚之所未解。古诗多在兴趣，微辞隐义，有足感人。而宋人多好以诗议论，夫以诗议论，即奚不为文而为诗哉?《诗三百篇》多出于忠臣孝子之什，及闾阎匹夫匹妇童子之歌谣，大意主吟咏，抒性情，以风也，固非傅综诠次以为篇章者也，是诗之教也。唐人诗虽非《三百篇》之音，其为主吟咏，抒性情，则均焉而已。"屠隆的话，本于张戒、严羽①，就宋诗的流弊而言，确有几分道理。但他有意掩盖了一个事实，即:《诗三百篇》和唐诗中其实也有议论。所以，比较起来，晚明陆时雍的《诗镜总论》就说得客观

---

① 张戒《岁寒堂诗话》:"子瞻以议论为诗"。严羽《沧浪诗话》:"近代诸公……以议论为诗"。

些、周密些："叙事议论，绝非诗家所需，以叙事则伤体，议论则费词也。然总贵不烦而至，如《棠棣》不废议论，《公刘》不无叙事。如后人以文体行之，则非也。戎昱'社稷依明主，安危托妇人'，'过因谗后重，恩以死前酬'，此亦议论之佳者矣。""晋多能言之士，而诗不佳，诗非可言之物也。晋人惟华言是务，巧言是标，其衰之所存能几也？其一二能诗者，正不在清言之列，知诗之为道微矣。"

谭元春《东坡诗选序》从题材选择及处理的角度讨论诗文之别，颇具理论深度：

> 文如万斛泉，不择地而出；诗如泉源焉，出择地矣。文行乎不得不行，止乎不得不止；诗则行之时即止，虽止矣其行未已也。文了然于心，又了然于手口；诗则了然于心，犹不敢了然于口，了然于口，犹不敢了然于手者也。

谭元春认为，文章在题材选择及处理上很少限制，无论什么样的意，无论什么样的事，都可以放手写去；诗则不然，不仅有些题材不能写，表达时也要务求蕴藉，"不敢了然于口"，"不敢了然于手"。

谭元春的这一看法有其内在的文体依据。文章要么记事，要么说理，记事务求清晰、准确，说理务求透彻、明朗，故作吞吐、含蓄，或故作古气盎然，只能视为失误。王世贞的一个观点反复受到明人批评，就是由于他无视文章的这一基本特征。他在《艺苑卮言》卷三中说："呜呼！子长不绝也，其书绝矣。千古而有子长也，亦不能成《史记》，何也？西京以还，封建、宫殿、官师、郡邑，其名不雅驯，不称书矣，一也；其诏令、辞命、奏书、赋颂鲜古文，不称书矣，二也；其人有籍、信、荆聂、原、尝、无忌之流足模写者乎？三也；其词有《尚书》、《毛诗》、左氏、《战国策》、韩非、吕不韦之书足荟蕞者乎？四也。呜呼！岂惟子长，即尼父亦然，六经无可着手矣。"古典主义的语言前提是语言的普适性。这其中包含有真理的成分：为了不使艺术变得完全无法理解或索然无味，所有艺术必须带有一定的一般意义。语言的根本属性是通过一般化而发生作用。王世贞从这样

143

的角度看问题，注意到后世的典章、名物已与汉代以前不同，形之于笔下，便自然缺少《史记》那种风格，这是有眼力的。所谓"不称书"，即语言的共性不足，特殊性是被王世贞作为负面因素看待的。但王世贞显然犯了一个错误：如果语言完全丧失了其特殊性，无论叙事、说理，都将丧失应有的准确性和清晰程度。人们对他的批评，也总是指向这一要害。比如，袁宗道《文论》（上）说："空同不知，篇篇模拟，亦谓反正。后之文人遂视为定例，尊若令甲，凡有一语不肖古者，即大怒骂为野路恶道。……且空同诸文，尚多己意，纪事述情，往往逼真，尤可取者，地名官衔俱用时制。今却嫌时制不文，取秦汉名衔以文之，观者若不检《一统志》，几不识为何乡贯矣。且文之佳恶，不在地名官衔也。司马迁之文，其佳处在叙事如画、议论超越，而近说乃云：'西京以还，封建、宫殿、官师、郡邑，其名不雅驯，虽子长复出，不能成史。'则子长佳处，彼尚未梦见也，而况能肖子长乎？"孙矿（1542～1613）《与余君房论文书》说："足下甚推服弇州，第此公文字虽俊劲有神，然所可议者，只是不确。不论何事出弇州手，便令人疑其非真，此岂足当巨家。即太函亦然。此固由'宁失诸理'一语致之。"于慎行《谷山笔麈·诗文》："《史》、《汉》文字之佳本自有在，非谓其官名、地名之古也。今人慕其文之雅，往往取其官名、地名以施于今，此应为古人笑也。"就叙事说理的文章而言，一旦被定性为"不确"，再"雅驯"也价值不大了。

与文章有别，"确"不是对诗的首要要求。诗中不可能没有"理"，诗中不可能没有"事"，诗中不可能没有"情"，诗中不可能没有"景"，但在抒情写景说理叙事时却有诸多表达上的限制。"人谓诗主性情，不主议论，似也，而亦不尽然。试思二雅中何处无议论？杜老古诗中，《奉先》、《咏怀》、《北征》、《八哀》诸作，近体中，《蜀相》、《咏怀》、《诸葛》诸作，纯乎议论。但议论须带情韵以行，勿近伧父面目耳。戎昱《和蕃》云：'社稷依明主，安危托妇人。'亦议论之佳者。"（沈德潜《说诗晬语》）"诗中比兴固多，情景各有难易。若江湖游宦羁旅，会晤舟中，其飞扬坎坷，老少悲欢，感时话旧，靡不慨然言情，近于议论，把握住则不失唐体，否则流于宋调。"（谢榛《四溟诗话》卷二）所谓"议论须带情韵以行"，所谓"把握住则不失唐体"，均强调诗在叙事、说理之外，其美感魅力的来源别有所在。所以，不是所有的"理"、"事"、"情"、"景"都可以进入诗中的；一部分"理"、"事"、"情"、"景"有幸进入诗中，但也不能像文章那样放笔写去。陆时雍《诗镜总论》说："人情物态不可言者最多，必尽言之，则俚矣。知能言之为佳，而不知不言之为妙，此张籍王建所以病也。张籍小人之诗也，俚而佻。王建款情熟语，其儿女子之所为乎？诗不人雅，虽美何观矣。"袁宏道曾力倡"不拘格套"，言下之意是：没有什么不可写的，在表达上不必有种种禁忌。但时隔不久，他的弟弟袁中道就在《蔡不瑕诗序》中说："诗以三唐为的，舍唐人而别学诗，皆外道也。国初，何、李变宋元之习，渐近唐矣。隆、万七子辈，亦效唐者也。然倡始者不效唐诸家，而效盛唐一二家……其后浸成格套，真可厌恶。后之有识者矫之，情无所不写，景无所不收，而又渐见俗套，而趋于俚矣。"诗是一个有着诸多限制的艺术世界。

诗与文在语言运用上的区别也曾引起明人的注意。从语言呈现的形态来理解文体，这在西方文体概念中是最为流行的方法。亚里士多德《修辞学》第三卷说："知道我们应当说什么还不够，我们还必须把它说得好像是我们所应当说的。这样，就可以帮助我们的演说，产生一种良好的印象。""写下来的语言的效果，更多地取决于文体，而不是思想内容。"他在这里强调了两个方面：说什么和怎么说不是一回事；文体即语言呈现的形态，其作用比"思想内容"更大。亚里士多德之后，西塞罗和昆提等人都确认文体是语言对思维的恰当修饰。英国当代文体学家杰弗瑞·里奇和米歇尔·肖特，在他们合著的《小说文体》一书中，列举了七种关于文体的"可信的观点"：

1. 文体是语言使用的方式，即文体属于话语而不属于语言。

2. 因此文体是语言所有表达方式中的选择。

3. 文体的定义以语言使用领域为准绳。（例如，一个作家在一种特殊的文学体裁中，或一部特殊的作品中会做出什么样的

145

选择。)

4. 文体学所研究的典型对象是文学语言。

5. 文学文体学的特征在于解释文体与文学功能或审美功能之间的关系。

6. 文体既是透明的，又是朦胧的：透明意味着可以解说；朦胧意味着解说不尽，而且解说在很大程度上依赖于读者的创造性想像。

7. 文体的选择限定在语言选择各个方面之中，它考虑的是表现同一主题时采用不同的方法。

里奇和肖特的列举并未涵盖所有的文体学观点，而是突出了文体与语言的密切关系。在他们看来，文体是语言使用方式或语言表达中的选择；文体学研究的主要对象是文学语言；说什么与怎么说可以区别也应该区别。

从语言呈现的形态来考察诗、文的特征，李东阳《沧洲诗集序》强调诗之"所以有异于文者，以其有声律讽咏，能使人反复讽咏，以畅达情思，感发志气，取类于鸟兽草木之微，而有益于名教政事之大"。李东阳意识到诗歌的基础是"声律讽咏"，是语言的音响，因此，我们不单要（用眼）去"读"一首诗，而且要（用耳）去"听"一首诗；作者也应该把他的诗吟诵给别人听。抒情诗的精神、起伏和生命，随着"讽咏"呈现出来。与诗不同，"文"的宗旨是记清一桩事情，或讲明一个道理，说理叙事的清晰明白构成其基本的价值。所以他在《麓堂诗话》中说：

> "鸡声茅店月，人迹板桥霜。"人但知其能道羁旅野况于言意之表，不知二句中不用一二闲字，止提掇出紧关物色字样，而音韵铿锵，意象具足，始为难得。若强排硬叠，不论字面之清浊，音韵之谐舛，而云我能写景用事，岂可哉？

"鸡声茅店月，人迹板桥霜"是唐代温庭筠《商山早行》中的两句。

146

按照散文的表述常规，可以这样改写：商山中的荒山野店，传出了鸡的啼叫声，唤起行客赶路，天空还有着残月；板桥上满铺的白霜，留下了行人的足迹。这样的表述，意思是很明白的，然而不见得有多少诗意，也感受不到音韵的美妙。原因何在呢？这与人类感觉的迟钝或敏锐有关。第一次接触某种情景，我们感到陌生、新鲜，留下深刻的印象；但在一百次、一千次接触同样的情景后，司空见惯，感受减弱，于是进入"熟视无睹"的状态：看到了却毫无感受。俄国形式主义的代表人物什克洛夫斯基称之为"自动化过程"。为了恢复我们对某种情景的新鲜感，有必要用诗而不是用散文。因为散文的陈述完全合乎日常的语言规范，不能造成必要的对常规的偏离；诗却"止提掇出紧关物色字样"而忽略空间关系等的铺叙，打破了种种语法限制，从而"音韵铿锵，意象具足"，成功地实现了使对象陌生化的目的。

在散文中，意义比声韵重要；在诗中，声韵在某些情况下的重要性却可能超过意义。对此，明代的主流诗学有确凿无疑的表述，如谢榛《四溟诗话》卷三：

> 凡字异而意同者，不可概用之，宜分乎彼此，此先声律而后义意，用之中的，尤见精工。然禽不如鸟，翔不如飞，莎不如草，凉不如寒：此皆声律中之细微。作者审而用之，勿专于义意而忽于声律也。

清代的吴乔在《答万季野诗问》中指出，诗与文之别主要在于"体制辞语"："意喻之米，文喻之炊而为饭，诗喻之酿而为酒。饭不变米形，酒形质尽变。啖饭则饱，可以养生，可以尽年，为人事之正道；饮酒则醉，忧者以乐，喜者以悲，有不知其所以然者。如《凯风》、《小弁》之意，断不可以文章之道平直出之，诗其可已于世乎？"文主"醒"，叙事言理，须明白畅达；诗主"醉"，抒写情思，宜婉转含蓄。因此，诗不能仅仅追求达意，还应讲求声韵之美。明代的王文录在《文脉》中也说："文显于目也，气为主；诗咏于口，声为主。文必体势之庄严，诗必音调之流转。是故文以载道，诗以陶性情，道在其中矣。"

屠隆讨论诗、文之异，与李东阳的意见存在一定程度的联系。屠隆《与友人论诗文》说："诗者非他，人声韵而成诗，以吟咏写性情者也。固非搜隐博古，标异出奇，旁通俚俗，以炫耀恢诡者也。即欲搜隐博古，标异出奇，旁通俚俗，以炫耀恢诡，曷不为汲冢《竹书》、《广成》、《素问》、《山海经》、《尔雅》、《本草》、《水经》、《齐谐》、《博物》、《淮南》、《吕览》诸书，何诗之为也？"其意思是说：诗以富于音韵的文字动人，其魅力不在于学问的广博，如欲以广博征服读者，还不如干脆去写《博物志》一类旁搜博采的书。他在《文论》中还说："宋人又好用故实，组织成诗，夫《三百篇》亦何故实之有？用故实组织成诗，即奚不为文而为诗哉？"

撇开韵律不论，诗与文在语言运用上的其他区别也同样值得探讨。王世贞《艺苑卮言》卷四提到苏轼创作中的一个有趣现象："读子瞻文，见才矣，然似不读书者。读子瞻诗，见学矣，然似绝无才者。"同一个作家，何以在语言运用上会有"见才"与"见学"之别呢？王世贞并未回答这一问题，但他所指出的这一现象，却是我们透视诗、文之异的一个窗口。清刘大櫆《论文偶记》曾就此发表过看法："王元美论东坡云：'观其诗，有学矣，似无才者。观其文，有才矣，似无学者。'似元美不知文而以陈言为学也。东坡诗于前人事词无所不用，以诗可用陈言也。东坡文于前人事词一毫不用，以文不可用陈言也。正可于此悟古人行文之法与诗迥异，而元美见以为有学无学。夫一人之诗文，何以忽有学忽无学哉？由不知文，故其言如此。""元美所谓有学者，正古人之文所唾弃而不屑用，畏避而不敢用者也。东坡之文，如太空浩气，何处可着一前言，以貌为学问哉？"其实，刘大櫆不必与王世贞展开辩驳，因为，王世贞只是发现现象，刘大櫆则对现象加以透视，揭示了其中的奥秘。王世贞的门人胡应麟在《诗薮》内编卷四中也谈到了写诗用典的合理性："诗自模景述情外，则有用事而已。用事非诗正体，然景物有限，格调易穷，一律千篇，只供厌饫。欲观人笔力材诣，全在阿堵中。且古体小言，姑置可也，大篇长律，非此何以成章？"

　　胡应麟、刘大櫆的分析或许粗略了些。"惟陈言之务去"，这是唐代韩愈所提出的古文写作的规则之一。为什么要这样做呢？我们提笔作文，或是表达一种意见，或是叙述一桩事实，总要力求做到条理清晰，阐述透彻。就论说文而言，决定其价值的首先是其义理主张的高下；就叙事文而言，决定其价值的首先是所叙事件的真实程度和意趣的丰啬。因此，古文家最好少用典故，少用陈言，以免因辞藻的华丽花哨妨碍了意思的表达，影响事件的真实感。韩愈当年发起古文运动，之所以将锋芒对准骈文，即旨在以朴质代浮华，以确切恰当的文句代替那些敷衍熟滥堆砌典故的陈言。质朴而切合情理，这是古文家的理想标准。袁枚《胡稚威骈体文序》说："散文可踏空，骈文必徵典。"虽对古文意存贬抑，却揭示出古文去陈言、少用典的特性（"踏空"即不用典故，"徵典"即引用典故）。

　　至于诗，决定其高下的既不是作者所表达的义理，也不是所叙事件的真实程度。与此相关，条理清晰、阐述透彻便不能成为对诗的语言的基本要求。"诗无达诂"，它的含义总是多层面的。中国诗的多义性以及由此造成的审美效果已是有目共睹的事实。所以，如果说古文写作中必须"唯陈言之务去"的话，那么，诗人却不一定要回避"徵典"。叶维廉《秘响旁通：文意的派生与交相引发》一文说："一首诗，不是留一个简单的字条：'你走了，别忘记我啊'那样单一的传意。"一首诗的文、句是与许多古代作品联系在一起的。"我们读的不是一首诗，而是许多诗或声音的合奏与交响。中国书中的'笺注'所提供的正是笺注者所听到的许多声音的交响，是他认为诗人在创作该诗时整个心灵空间里曾经进进出出的声音、意象和诗式……"① 明代杨慎是一位擅长以笺注方式解诗的诗论家，如《升庵诗话》卷二《不嫁惜娉婷》：

---

　　①　叶维廉：《中国诗学》，北京：三联书店1992年1月版，第72页、70页。

杜子美诗"不嫁惜娉婷"，此句有妙理，读者忽之耳。陈后山衍之云："当年不嫁惜娉婷，傅粉施朱惜后生。不惜卷帘通一顾，怕君着眼未分明。"深得其解矣。盖士之仕也，犹女之嫁也，士不可轻于从仕，女不可轻于许人也。着眼未分明，相知之不深也。古人有相知之深，审而始出，以成其功者，伊尹、孔明是也。有相知不深，确乎不出，以全其名者，严光、苏云卿是也。有相知不深，闻然以出，身名俱失者，刘歆、荀彧是也。白乐天诗："寄言痴小人家女，慎勿将身轻许人。"亦子美之意乎？

诗人写诗，当然是要将他观、感所得的心象呈现于读者之前，但诗中文句的含义不是固定的，而是与前人的某些创作有着文化和文学的关联。作者注意到这个关联，那么，他所写下的文句就属于用典；读者把握住这个关联，那么，他才真正读懂了这些文句。杜甫的"不嫁惜娉婷"很少引起读者注意，杨慎却体会出了丰富的意蕴。其间的关键，在于他将中国古代士人的出仕与女子的出嫁相提并论，由此出发，读出了杜甫诗句的深意。所引白居易诗，见于《新乐府》中的《井底引银瓶》。白诗的表层意义是说：女子婚后的地位取决于"聘"、"奔"的差异，"聘则为妻奔则妾"，为了未来生活的稳定，一个女孩子，万勿感情用事随人私奔。这是一般读者的看法。杨慎认为诗中有典，表达了劝人出仕务必慎重的忠告。

再如《升庵诗话》卷三《白莲诗》：

陆鲁望《白莲诗》"素花多蒙别艳欺，此花端合在瑶池。无情有恨何人见，月晓风清欲堕时。"观东坡与子帖，则此诗之妙可见。然陆此诗祖李长吉，长吉《咏竹》诗云："斫取青光写《楚辞》，腻香春粉黑离离。无情有恨何人见，露压烟笼千万枝。"或疑无情有恨不可咏竹，非也。竹亦自妩媚，孟东野诗云："竹婵娟，笼晓烟。"左太冲《吴都赋》咏竹云："婵娟檀栾，玉润碧鲜。"合而观之，始知长吉之诗之工也。

又卷五《李贺昌谷北园新笋》：

> "斫取青光写《楚辞》，腻香春粉黑离离。无情有恨何人见，
> 露压烟笼千万枝。"汗青写《楚辞》，既是奇事，腻香春粉，形
> 容竹尤妙。以情恨咏竹，似是不类。然观孟郊《竹诗》，"婵娟
> 笼晓烟"，竹可言婵娟，情恨亦可言矣，然终不若《咏白莲》之
> 妙。李长吉在前，陆鲁望诗句非相蹈袭，盖着题不得避耳。胜棋
> 所用，败棋之着也，良庖所宰，族庖之刀也，而工拙则相远矣。

人类不存在所谓"没有假设"的知识。所有的理解都以某种假设为
前提，某一种文化观念，某一桩历史事实，先入为主地制约着我们的
阅读。当然，最大的制约还是来自于作者。他经由用典将其作品与某
种历史根源联系起来，从而引导读者在接触他的作品时，同时接触了
许多别的作品，"他"的作品已被其他众多的作品所渗透，互相照
应，互相演绎，互相提示，作品的含蕴因此丰富起来，厚重起来，成
为一个多义的、意味不可穷尽的世界。在中国古代，诗人乐于用典，
读者乐于笺注，这决不是偶然的，而是从一个侧面显示了中国古典诗
的语言特征，与古文形成对照的一个特征。

在辨析诗、文体制之异的基础上，明人还对诗歌内部的诸种体制
之异作了考察，如古诗与律诗之异，律诗与绝句之异等，其中不乏真
知灼见。试作缕述。

论古诗与律诗之异。

古体诗又叫"古风"。近体诗在唐代成熟之后，诗人们并没有就
此放弃古代的形式，有些诗篇依然模仿古人那种较少拘束的诗，不遵
守近体诗的平仄、对仗和语法。这样，律绝和古风便成为相互对照的
两种诗体。

古体诗每篇的字数是不确定的，可论的是每句的字数。就每句的
字数而言，大体可分为七种：四言；五言；七言；五七杂言；三七杂
言；三五七杂言；错综杂言。其中，纯粹的五言古风最为常见，纯粹
七言次之，长短句比较少见。

五言的古体诗可说是正宗的古体诗,因为《古诗十九首》是五言,六朝的诗大多数也是五言。七言诗的产生并不比五言诗晚,先秦两汉时代已经有七言的民间谣谚。但当五言成为建安时代最普遍的诗歌形式时,值得一提的七言诗却仅有曹丕的《燕歌行》。直到南北朝初期,鲍照写了较多七言诗,这才引起文人们的注意,作者渐渐多起来。

近体诗主要指律诗。律诗是在两晋至南北朝逐渐形成,而在初唐确立下来的。其特征是格律严密。以八句四韵为定格,其中第三句和第四句,第五句和第六句必须对仗,每句之内、句与句之间必须按固定格式调配平仄,第二、四、六、八句必须押韵,首句可押可不押,通常只押平声韵,而且必须一韵到底,不能邻韵通押。分五言、七言两体,每句五言者称为五律,每句七言者称为七律。

与律诗相比,古体诗则自由得多。比如,每篇的句数长短不拘;每句的字数无严格限制;押韵的方式灵活多样;于对偶没有特殊要求;音节纯任自然,没有固定的规律和限制。

上面所说,都只是古体诗和律诗的粗浅的区别,它们更具本质意义的区别是什么呢?

李东阳《麓堂诗话》说:"古诗与律不同体,必各用其体乃为合格。然律犹可间出古意,古不可涉律。古涉律调,如谢灵运'池塘生春草,红药当阶翻',虽一时传诵,固已移于流俗而不自觉。若孟浩然'一杯还一曲,不觉夕阳沉',杜子美'独树花发自分明,春渚日落梦相牵',李太白'鹦鹉西飞陇山去,芳洲之树何青青',崔颢'黄鹤一去不复返,白云千载空悠悠',乃律间出古,要自不厌也。予少时尝曰:'幽人不到处,茅屋自成村。'又曰:'欲往愁无路,山高溪水深。'虽极力摹拟,恨不能万一耳。""古律诗各有音节。"李东阳是针对两种类型的诗而言的。一种是"入律的古风",即在古体诗中出现了平仄合律的律句,甚至出现了律联,这样的作品,就呈现出入律的趋向;李东阳认为这样做导致了格调日卑,于是严厉地加以反对。他的弟子杨慎也认为古诗格高,律诗格卑,不赞成古诗入律。《升庵诗话》卷七《高棅选〈唐诗正声〉》云:"高棅选《唐诗正声》,首以五言古诗,而其所取,如陈子昂'古人江北去,杨柳春风生'，李太白'去国登兹楼，怀归伤莫秋'，刘眘虚'沧溟千万里，日夜一孤舟'，崔曙'空色不映水，秋声多在山'，皆律也。而谓之古诗，可乎？譬之新寡之文君，屡醮之夏姬，美则美矣，谓之初笄室女，则不可。"高棅将律诗当作古诗，这使杨慎非常愤怒。因为，杨慎眼中的古、律二体，有着明显的贵贱之分，古诗高贵如处女，律诗卑贱如多次改嫁的妇人，岂容混为一谈。

李东阳提到的另一种类型即古风式的律诗。本来，入律的古风和古风式的律诗，其特征都在于受了另一种诗体的影响，但李东阳认为古风格高，因而对律诗向古风靠近，他是表示赞成的。杨慎亦然。《升庵诗话》卷二《五言律八句不对》："五言律，八句不对，太白浩然集有之，乃是平仄稳贴古诗也。僧皎然有《访陆鸿渐不遇》一首云：'移家虽带郭，野径入桑麻。近种篱边菊，秋来未看花。到门无犬吠，欲去问西家。报道山中去，归来每日斜。'虽不及李白之雄丽，亦清致可喜。"

从创作或风格着眼论古、近体之别，探讨较为深入的当数谢榛。《四溟诗话》中有两则值得给予注意。一见于卷三：

> 《古诗十九首》，平平道出，且无用工字面，若秀才对朋友说家常话，略不作意。如"客从远方来，寄我双鲤鱼。呼童烹鲤鱼，中有尺素书"是也。及登甲科，学说官话，便作腔子。昂然非复在家之时。若陈思王"游鱼潜绿水，翔鸟薄天飞。始出严霜结，今来白露晞"是也。此作平仄妥帖，声调铿锵，诵之不免腔子出焉。魏晋诗家常话与官话相半，迨齐梁开口，俱是官话。官话使力，家常话省力；官话勉然，家常话自然。夫学古不及，则流于浅俗矣。今之工于近体者，惟恐官话不专，腔子不大，此所以泥于盛唐，卒不能超越魏晋而追两汉也。嗟夫！

另一则见于卷四：

> 或曰："子谓作古体、近体概同一法，宁不有误后学邪？"

四溟子曰："古体起语比少而赋兴多，贵乎平直，不可立意涵蓄。若一句道尽，馀复何言？或兀坐冥搜，求声于寂寥，写真于无象，忽生一意，则句法萌于心，含毫转思，而色愈惨澹，犹恐入于律调，则太费点检斗削而后古。或中有主意，则辞意相称，而发言得体，与夫工于炼句者何异。汉、魏诗纯正，然未有六朝、唐、宋诸体萦心故尔。若论体制，则大异而小同，及论作手，则大同小异也。未必篇篇从头叙去，如写家书然，毕竟有何警拔？或以一句发端，则随笔意生，顺流直下，浑成无迹，此出于偶然，不多得也。凡作近体，但命意措词，一苦心则成章可逼盛唐矣。作古体不可兼律，非两倍其工，则气格不纯。今之作者，譬诸宫体，虽善学古妆，亦不免微有时态。"

谢榛这两段话提出了若干引人思索的问题。其一，所谓"官话"和"家常话"之别，涉及古、近体诗在句式、语法等方面的差异。《古诗十九首》是古诗的典型代表。从《古诗十九首》可以看出：古体诗的句式、语法与古代散文是大体相近的，谢榛所举的四句"客从远方来，寄我双鲤鱼。呼童烹鲤鱼，中有尺素书"即是例证。由于与古代散文相近，与口语的距离较小，所以给人说"家常话"之感。律诗的句式、语法却与散文大相歧异。"其所以渐趋歧异的原因，大概有三种：第一，在区区五字或七字之中，要舒展相当丰富的想像，不能不力求简洁，凡可以省去而不至于影响语义的字，往往都从省略；第二，因为有韵脚的拘束，有时候不能不把词的位置移动；第三，因为有对仗的关系，词性互相衬托，极便于运用变性的词，所以有些诗人就借这种关系来制造'警句'。例如韩愈的'暖风抽宿麦，清雨卷归旗'，'抽'和'卷'都是所谓使动词（或称'致动'）。因为有了暖风，所以使得宿麦都抽了芽；因为有了清雨，所以使得归旗都被卷起了。这种句法是散文里所罕用的。"① 近体诗中常见、而古

---

① 王力：《汉语诗律学》，上海：上海教育出版社 1979 年 11 月新 2 版，第 252 页。

体诗中罕见或不宜有的语法形式，王力一共举了十七种，下列几种是比较重要的：

1. 前二字为名词语（所谓"前二字"等等，系指五言），中二字为方位语或时间语，末字为动词或形容词。如"老树空庭得，清渠一邑传"；"丛篁低地碧，高柳半天青"；"野鹤清晨出，山精白日藏。"

2. 前二字为目的语倒置。如"柳色春山映，梨花夕鸟藏"。

3. 叠字或连绵字如副词，紧接在形容词或不及物动词的前面或后面以修饰它们者。如"野日荒荒白，春流泯泯清"；"城乌啼眇眇，野鹭宿娟娟"；"汀烟轻冉冉，竹日静辉辉"；"种竹交加翠，栽桃烂漫红"。

4. 其余一切不合散文语法的形式。如"客病留因药，春深买为花"；"饭抄云子白，瓜嚼水精寒"；"竹喧归浣女，莲动下渔舟"；"寻觅诗章在，思量岁月惊"；"绿垂风折笋，红绽雨肥梅"；"泉声咽危石，日色冷□□"；"买薪犹白帝，鸣橹已沙头"，等等。

并非偶合，王力所举近□□□□□□□□罕见或不宜有的语法例证，全是对偶句。□□□□□□□□，而唐以前的古诗是不一定要对偶的；律诗□□□□□□□□古体诗，一个重要目的即求得对偶的工稳。□□□□□□□的"平仄妥帖，声调铿锵"的"官话"。

李攀龙曾在《选唐□□□》一文中说："唐无五言古诗，而有其古诗。陈子昂以其古诗为古诗，弗取也。"这话颇遭非议，其实颇有见地。古体诗成熟于汉魏六朝。唐代律诗产生以后，虽然仍有不少诗人写古体诗，但因受律诗的影响已深，潜移默化，做古体诗时，便不由自主地多少用些律诗的平仄、对仗或语法，与汉魏六朝的古体诗风貌有别。说"唐无五言古诗"，即唐代没有纯粹的不受律诗影响的五言古诗；说唐"有其古诗"，即唐代存在受律诗影响的古诗。受律诗的影响，有两种相反相成的情形。一是较多地使用律句、律联，有的甚至全篇入律，如李白《子夜吴歌》。一是尽量避免对仗。本来，古体诗虽不拘对仗，却也不避对仗。但有些唐代作者，鉴于对仗有入律或似律之嫌，遂尽量少用对仗。这后一种情形，即谢榛说的"太费点检斗削而后古"，也不值得提倡。这是谢榛提出的第二个引人思索的问题。

在一般人看来，古体诗和近体诗的构思方法理应有所分别。古诗雄浑，律诗精微，古诗重拙，律诗华美，因此，写律诗应先得警句，写古诗宜平直叙起。谢榛则强调，古诗与律诗的整体风貌确乎是"大异而小同"，但在构思方法上却"大同小异"，都必须重视警句的锤炼，否则，作古诗"篇篇从头叙去，如写家书然，毕竟有何警拔"？提醒人们作古诗要防止"流于浅俗"，这是谢榛涉及的第三个引人思索的问题。①

在关注古诗与律诗的区别之外，明人也注意到律诗与绝句的差异。

绝句字数正好是律诗的一半：律诗八句，绝句只有四句。但"绝句"二字的意义，却不像"律诗"那样意义明确。明徐师曾《文体明辨》论绝句云：

> 绝之为言截也，即律诗而截之也。故凡后两句对者是截前四句，前四句对者是截后四句，全篇皆对者是截中四句，皆不对者是截首尾四句。故唐人绝句皆称律诗，观李汉编《昌黎集》，绝句皆入律诗，盖可见矣。

---

① 谢榛这样讲是有针对性的，王世贞的弟弟王世懋也与之所见略同。《艺圃撷馀》云："律诗句有必不可入古者，古诗字有必不可为律者。然不多熟古诗，未有能以律诗高天下者也。初学辈不知苦辣，往往谓五言古诗易就，率尔成篇。因自诧好古，薄后世律不为。不知律尚不工，岂能工古？徒为两失而已。词人拈笔成律，如左右逢源，一遇古体，竟日吟哦，常恐失却本相，乐府两字，到老摇手不敢轻道。李西涯、杨铁崖都曾做过，何尝是来？"可见，率尔操觚，以为古诗易作，这是不少明人的通病。

明吴讷《文章辨体序说·绝句》引《诗法源流》说：

> 绝句者，截句也。后两句对者是截律诗前四句，前两句对者是截后四句，皆对者是截中四句，皆不对者是截前后各两句。故唐人称绝句为律诗，观李汉编《昌黎集》，凡绝句皆收入律诗内是也。

这两段话的意思是完全一致的。《诗法源流》的作者是元人傅汝砺，可见元人已持这种见解。上推至编《昌黎集》的李汉，则这一见解唐时已有。根据《诗法源流》的论述，可将绝句分为四类：

（1）截取律诗的首尾两联的；

（2）截取律诗的后半首的；

（3）截取律诗的前半首的；

（4）截取律诗的中两联的。

仅从平仄声律看，这种分法自有充足的理由。但是，就律诗和绝句各具审美品格而言，视"绝句"为"截句"却是我们不能接受的。胡应麟《诗薮》内编卷六："五、七言绝句，盖五言短古、七言短歌之变也。""谓截近体首尾或中二联者，恐不足凭。"近人罗根泽曾撰《绝句三源》一文，考定"绝句的名称在梁时已经成立，由梁至隋，继续存在，可知绝句的体裁决非源出律诗，绝句的名称也决非缘于截取律诗"[①]。足供参考。

在考察律诗与绝句之异的过程中，明人较多地注意到杜甫。原因在于，杜甫作为律诗大家，其绝句的成就却相当有限。这极有说服力地表明，律诗与绝句的创作有着很不相同的路数。

杨慎说：

> 唐人乐府多唱诗人绝句，王少伯、李太白为多。杜子美七言近百，锦城妓女独唱其《赠花卿》一首，所谓"锦城丝管日纷

---

① 罗根泽：《罗根泽古典文学论文集》，上海：上海古籍出版社 1985 年 7月版，第 217 页。

纷，半入江风半入云。此曲只应天上有，人间能得几回闻"也。
盖花卿在蜀，颇僭用天子礼乐，子美作此讽之，而意在言外，最
得诗人之旨。当时妓女独以此诗入歌，亦有见哉。杜子美诗，诸
体皆有绝妙者，独绝句本无所解。而近世乃效之而废诸家，是其
真识冥契，犹在唐世妓人之下乎？（杨慎《升庵诗话》卷十三
《锦城丝管》）

少陵虽号大家，不能兼善，一则拘于对偶，二则汩于典故。
拘则未成之律诗，而非绝体；汩则儒生之书袋，而乏性情。故观
其全集，自"锦城丝管"之外，咸无讥焉。近世有爱而忘其丑
者，专取而效之，惑矣！（杨慎《唐绝增奇序》）

以杜甫之才情，何以竟不长于绝句呢？这就涉及绝句的风格特征了。
杨慎曾表达过这样的意见："唐人之所偏长独至，而后人力追莫嗣
者"唯在绝句；绝句与《风》诗传统最为吻合。这意见具有相当充
分的理由。唐代的几种主要诗歌体裁，其成熟时间略有不同。大体说
来，七言歌行和五言律在初唐即已完善；七言绝句的鼎兴期在盛唐；
七律则是在盛、中唐之交的杜甫手中完全成熟的。如果要以盛唐诗作
为榜样的话，榜样中的首选无疑便是七绝；如果说盛唐诗不可企及的
话，最不可企及的当然是七绝。七绝的妙处，最根本的还在于它与风
诗的潜在而深刻的相通。周容《春酒堂诗话》说："唐诗中最得风人
遗意者，唯绝句耳。意近而远，词淡而浓，节短而情长。从此悟入，
无论李、杜、王、孟，即苏、李、陶、谢皆是矣。"

周容注重绝句与风诗的联系，这是有眼光的。罗根泽《绝句三
源》指出："绝句的起源虽有三方面，但起决定性作用的却只是一方
面，即体裁源于歌谣的一方面。如文中所考查，联句只是绝句的名称
起源，对偶格律则是在原有体裁——即原有形式——上的加工提高。
事实上也是先有不拘守对偶格律的绝句诗，等到对偶说和调声术起来
以后，才有拘守对偶格律的绝句诗。"① 一般说来，与歌谣的血缘关

---

① 罗根泽：《罗根泽古典文学论文集》，上海：上海古籍出版社 1985 年 7
月版，第 230 页。

系越近，也就越能具备风韵天然、浑成无迹的品格。而且，正如杨慎所揭示的那样，唐人绝句是入乐的。据《全唐诗话》记载：

> 禄山之乱，李龟年奔放江潭，曾于湘中采访使筵上唱云："红豆生南国，春来发几枝。愿君多采撷，此物最相思。"又："秋风明月苦相思，荡子从戎十载馀。征人去日殷勤嘱，归雁来时数附书。"此皆王维所制，而梨园唱焉。

> 开元中，之涣与王昌龄、高适齐名，共诣旗亭，贳酒小饮。有梨园伶官十数人会宴，三人因避席隈映，拥炉以观焉。俄有妙妓四辈，奏乐皆当时名部。昌龄等私相约曰："我辈各擅诗名，每不自定甲乙。今者可以密观诸伶所讴，若诗入歌词之多者为优。"初讴昌龄诗，次讴适诗，又次复讴昌龄诗。之涣自以得名已久，因指诸伎中最佳者曰："待此子所唱，如非我诗，即终身不敢与子争衡。"次至双鬟发声，果讴"黄河远上白云间，一片孤城万仞山。羌笛何须怨杨柳，春风不度玉门关"云云。因大谐笑。诸伶诣问，语其事。乃竞拜，乞就筵席。三人从之，饮醉竟日。

这两则记载中，被选作歌词配乐演唱的全是绝句。所以胡应麟《遁叟诗话》说："唐初歌曲多用五七言绝句，律诗亦间有采者。"绝句入乐，这一事实的重要性不可低估。它的贵自然而轻矜持、贵风神而轻雕琢、贵委婉而轻瘦硬的特征，皆与此相关。如王世懋《艺圃撷馀》所说："绝句之源，出于乐府，贵有风人之致。其声可歌，其趣在有意无意之间，使人莫可捉着。盛唐惟青莲、龙标二家诣极，李更自然，故居王上。晚唐快心露骨，便非本色。议论高处，逗宋诗之径；声调卑处，开大石之门。"李维桢《唐诗隽论则》也说："七言绝句当以盛唐为法。如李太白、杜子美、王摩诘、孟浩然诸公，突然而起，以意为主，意到辞工，不假雕饰，而自有天然真趣，浑成无迹，此所以为盛唐。四公中，又太白称谪仙才者，而七言绝尤为入神，诚行乎不得不行，止乎不得不止，即太白亦不自知其所以然而然矣。若晚唐，则意工而气不甚完，间有至者，亦未可尽以为足法也。合而言之，初唐盛唐，以无意得之，其气常完，其调常合；中唐晚唐，以有意得之，其气常歉，其调常离。"的确，绝句重在暗示，重在启迪，宜于凭直觉领悟；它如一道美丽的风景，"直下便是，动念即乖"，着意求之，殊悖本旨。杜甫拘于对偶和典故，刻意雕琢，语意分明，用在律诗上见其长，用在绝句上却成为短处。

胡应麟《诗薮》内编卷六也讨论过律绝之异的问题：

> "野旷天低树，江清月近人"，神韵无伦；"天势围平野，河流入断山"，雄浑杰出。然皆未成律诗，非绝体也。对结者须意尽，如王之涣"欲穷千里目，更上一层楼"，高达夫"故乡今夜思千里，霜鬓明朝又一年"，添着一语不得乃可。

"对结"是绝句中的一体，即绝句的后二句采用了对偶的形式。这种体式，无论五绝还是七绝都颇为罕见，原因在于，绝句不一定要用对偶，如果用对偶，最好用在首联，倘用在末联，看上去就太像半首律诗了。唐代诗人中，杜甫的绝句多用对结，"诗家率以半律讥之"，但胡应麟认为，"绝句自有此体，特杜非当行耳"，如能做到"词竭意尽"，则"对犹不对也"。（胡应麟《诗薮》内编卷六）他还举了若干"对结"而词意俱尽的成功例证。如："岑参《凯歌》'丈夫鹊印摇边月，大将龙旗掣海云'、'排兵鱼海云迎阵，秣马龙堆月照营'等句，皆雄浑高华，后世咸所取法，即半律何伤？若杜审言'红粉楼中应计日，燕支山下莫经年'、'独怜京国人南窜，不似湘江水北流'，则词竭意尽，虽对犹不对也。"大体说来，绝句对结，易造成板滞之感，这与绝句重风神情韵是背道而驰的。① 由此我们可以得到

---

① 杨慎《升庵诗话》卷十一《绝句》亦可参看："绝句四句皆对，杜工部'两个黄鹂'一首是也。然不相连属，即是律中四句也。唐绝万首，惟韦苏州'踏阁攀林恨不同'及刘长卿'寂寂孤莺啼杏园'二首绝妙，盖字句虽对，而意则一贯也。"

一点启示，即：绝句虽然在形式上与律诗的一半相同，但其审美追求却与律诗迥然不同，万不可用写律诗的方法写绝句。

二 风格辨析

风格是一个作家成熟的标志。对很多作家来说，贯穿其整个创作历程的往往只是其风格。在不同的体裁和题材中，其风格反复出现，有时是隐约的，有时是明显的，有时是时隐时现的，有时突出，有时淡化，有时集中，有时分散。但无论属于哪一种情况，作家的风格总是要表现出来的。体裁和题材，大家都可以用；甚至思想和感受，也可以由私人的空间进入公共领域。唯有风格，它是真正属于作家个人的。即令有人袭用，那也只是摹仿。所以，一个作家的成熟，只能以其创作是否具有独特的风格作为标志。

风格的形成，有赖于作家的创作个性。创作个性与生活个性是两个不同的范畴。现实的自我是人格的现实形式；艺术的或称理想的自我，则是在一定现实条件下对于现实的自我的突破与超越，是艺术个性也是人格发展的方向。有时，在作品中具有重大意义的印象和经验，在作家的日常生活中可能是微不足道的；与此形成对照，某些在日常生活中强烈体验过的情绪、感受，在作品中的位置可能并不重要。因此，我们考察作家个性与风格的联系，必须注意生活与艺术的适当的距离与区别。

中国古代所说的"文体"，有两重含义，一是指体裁，二是指风格。比如，刘勰《文心雕龙》有《体性》篇，"体"，指体貌、风格；"性"指作家才性与个性。将"体"、"性"放在一起讨论，旨在强调作家性格与作品风格之间的内在联系。

作家个性与作品风格之间的关系，曹丕《典论·论文》已做出比较明确的阐述，由此形成了中国早期的风格论。其言曰："文以气为主，气之清浊有体，不可力强而致。譬诸音乐，曲度虽均，节奏同检，至于引气不齐，巧拙有素，虽在父兄，不能以移子弟。"曹丕所说的"气"，兼指才与气而言："清"是俊爽超迈的阳刚之气，"浊"

161

是凝重沉郁的阴柔之气。作家气质、个性不同，其创作风格也就各具特征，不容互相取代或混淆。比如徐干"时有齐气"，应场"和而不壮"，刘桢"壮而不密"，孔融"体气高妙"。他们的创作风格据此得到解释和说明。

刘勰《文心雕龙》中的《体性》、《风骨》、《定势》、《时序》等篇标志着中国古代风格论的成熟。广泛涉及时代风格、作家风格、文体风格等层面。就时代风格而言，他认为，每个时代都有其独特的风貌，并必然赋予文学以不同的色彩和情调，即《时序》所谓"歌谣文理，与世推移"，"文变染乎世情，兴废系乎时序"。就作家风格而言，在他看来，风格的产生有个由隐至显、因内符外的过程，风格是作家内在精神特征和外在文体风格的协调与统一，即《体性》所谓"情动而言形，理发而文见，盖沿隐以至显，因内而符外者也"。他将作品的外在风格，如辞理的庸俗或俊美，风趣的刚健或柔婉，事义的深刻或浮浅，体式的雅正或华靡，一律溯源于先天的才气与后天的涵养，藉以表明：每个作家按照自己的个性来写作，作品的风格就像各人面貌一样彼此不同。就文体风格而言，刘勰接受了曹丕等人的看法，认为某种文章体裁应有其固定的基本风格。唯其如此，某种内容的表达务必选用相应的体裁，并根据体裁来形成文势，即《定势》所谓"因情立体，即体成势"。

《体性》篇还从风格的角度将各种文章区分为八种类型："一曰典雅，二曰远奥，三曰精约，四曰显附，五曰繁缛，六曰壮丽，七曰新奇，八曰轻靡。"这八种风格，根据其相反相成的关系，又可分为四组，如精约与繁缛、远奥与显附、典雅与新奇、壮丽与轻靡，"八途而包万举"，构成一个严整而浑然的体系。在此基础上，《风骨》不再泛泛罗列各种风格，而是高屋建瓴，树立了一个理想的风格标准："风骨"。刘勰之后，受这一理论指导，总结汉魏文学而提出的"建安风骨"、"汉魏风骨"等，一向是作家们反对轻艳绮靡文风的旗帜，对中国古代诗歌的健康发展起了有力的促进作用。

隋唐以降，关于诗歌风格分类的探讨呈现出百家争鸣的状况，各家意见颇不统一。比如：李峤《评诗格》将风格分为"形似"、"质气"、"情理"、"直置"、"雕藻"、"影带"、"宛转"、"飞动"、"情切"、"精华"等十体；王昌龄《诗格》将风格分为"高格"、"古雅"、"闲逸"、"幽深"、"神仙"等五种"趣向"；皎然《诗式》提出了"辨体"（区分风格）"一十九字"，即："高、逸、贞、忠、节、志、气、情、思、德、诚、闲、达、悲、怨、意、力、静、远"；司空图《诗品》将风格分为二十四种，即：雄浑、冲淡、纤秾、沉著、高古、典雅、洗练、劲健、绮丽、自然、含蓄、豪放、精神、缜密、疏野、清奇、委曲、实境、悲慨、形容、超诣、飘逸、旷达、流动；严羽的《沧浪诗话》将风格分为九类："曰高，曰古，曰深，曰远，曰长，曰雄浑，曰飘逸，曰悲壮，曰凄婉。"以上诸家，大抵依据主观感受分类，带有较大的随意性。

明代的风格论有其自身的特点。对诗的风格从总体上作分类概括的并不多见，但比较注重对时代风格的描述，即许学夷《诗源辩体》所谓"论字不如论句，论句不如论篇，论篇不如论人，论人不如论代"。这种风格描述较多史家的韵味，长于揭示时代精神在作家文体上留下的烙印，有助于我们把握作家与文学风尚之间的联系。其中许多意见是相当精彩的。

首先考察他们对唐代不同时期诗风的描述。这方面，明初高棅的《唐诗品汇总序》颇具代表性。高棅将唐诗划分为四个时期：其初唐、盛唐，相当于《沧浪诗话》的唐初体、盛唐体；其中唐，约略对应于《沧浪诗话》的大历体，但大历体仅就大历十才子之诗而言，此则兼包韦、刘、皇甫、秦系诸人，范围较广；其晚唐，大致对应于《沧浪诗话》的元和体及晚唐体，但在元和体、晚唐体之外，兼包韩、柳、张、王诸人，范围也要广些。

一个作家的风格总是与他的时代联系在一起的。雪莱说过："我避免摹仿当代任何作家的风格。但是，在任何时代，同时代的作家总难免有一种近似之处，这种情形并不取决于他们的主观意愿。他们都少不了要受到当时时代条件的总和所造成的某种共同影响，虽然在一定程度上说来，每个人之所以周身浸透着这种影响，毕竟是他自己造成的。"① 雪莱所谈论的，其实就是时代精神的问题。"时代精神"是一个用来分析历史上各个先后承续的时期所独具的特点的名词。不同时代之间存在着不同的趣味标准。《诗经》时代的趣味不同于《离骚》时代的趣味。六朝的趣味不同于唐代的趣味。每个时代都有它自己的基调和色彩，准确地描绘出一个时代的特征，使之与其他时代鲜明地区别开来，会给关心这一问题的人带来许多快乐。明人热心于这一问题并取得了令人不能忽视的成就。他们常用"气运"一类的词来表示时代精神的特征及其不可抗拒的影响，如："初盛中晚，区分域别。故以古律唐，则工拙难见；以唐律唐，则盛衰可言。大都初唐以气驭情，情畅而气愈完；中晚以情役思，思苦而气弥衰。要之，朝阳暮露，春卉寒英，咸各有致，宁容植本而损枝，举首而遗尾？"（冯时可《唐诗类苑序》）"盛唐前，语虽平易，而气象雍容；中唐后，语渐精工，而气象促迫，不可不知。"（胡应麟《诗薮》内编卷三）"张子容'海气朝成雨，江天晚作霞'，李嘉祐'朝霞晴作雨，泾气晚生寒'，二语极相似，而盛唐、中唐分焉。"（陈继儒《佘山诗话》卷上）唐诗之所以被划分为四个时期，正在于四者之间"界限斩然"。

但同时代的作家，又各有其不同的个性。现代历史意识强调：考察过去，应当把承认个性与意识到历史的变化发展结合起来。二者是相辅相成的。因为，没有一系列的个性就不存在真正的历史发展，认识不到历史的发展也不可能真正理解一系列的个性。明人在勾画出"气运"的变迁时，也注意各个诗人的独特面貌，表现出历史研究者所应具备的良好素质。譬如，同为盛唐作家，"李翰林之飘逸，杜工部之沉郁，孟襄阳之清雅，王右丞之精致，储光羲之真率，王昌龄之声俊，高适、岑参之悲壮，李颀、常建之超凡"（《唐诗品汇总序》），即各具丰采。"诗人这个字眼是什么意思呢？诗人是什么呢？他是向谁讲话呢？我们从他那里得到什么语言呢？——诗人是以一个人的身

---

① 雪莱：《〈伊斯兰的起义〉序言》，伍蠡甫主编：《西方文论选》下卷，上海：上海译文出版社 1979 年 11 月版，第 49 页。

份向人们讲话。他是一个人，比一般人具有更敏锐的感受性……能更敏捷地表达自己的思想和感情，特别是那样的一些思想和感情，它们的发生并非由于直接的外在刺激，而是出于他的选择，或者是他的心灵的构造。"① 诗人是富于个性的，个性化是诗的魅力的主要来源之一。在揭示诗人的个性方面，明代诗学常有睿智的评析。比如，关于王维诗与禅的相通之处，其讨论就远较唐、宋、元深入，而清代在这一题目上似也瞠乎其后。先将明人的话引在下面：

> 空同子曰：……王维诗，高者似禅，卑者似僧，奉佛之应，人心系则难脱。（谢榛《四溟诗话》卷二）
>
> 右丞精神，其诗玄诣。（屠隆《唐诗类苑序》）
>
> 王右丞邃于禅旨，取维摩诘作名字无论，以禅旨为诗，得上乘神密。即诸题咏，虽壮丽新巧，而精远澹逸，往往悟禅于言外。（李维桢《大泌山房集》卷一二九）
>
> 太白五言绝自是天仙口语，右丞却入禅宗。如："人闲桂花落，夜静深山空。月出惊山鸟，时鸣春涧中"、"木末芙蓉花，山中发红萼。涧户寂无人，纷纷开且落"，读之身世两忘，万念皆寂。不谓声律之中，有此妙诠。（胡应麟《诗薮》内编卷六）
>
> 摩诘以淳古淡泊之音，写山林闲适之趣，如辋川诸诗，真一片水墨不着色画。（胡震亨《唐音癸签》卷五引《震泽长语》）
>
> 摩诘五言绝意趣幽玄，妙在文字之外。摩诘《与裴迪书》略云："夜登华子冈，辋水沦涟，与月上下，寒山远火，明灭林外；深巷寒犬，吠声如豹；村墟夜舂，复与疏钟相间。此时独坐，僮仆静默，每思曩昔携手赋诗，倘能从我游乎？"摩诘胸中滓秽净尽，而境与趣合，故其诗妙至此耳。（许学夷《诗源辩体》卷十六）

---

① 华兹华斯：《〈抒情歌谣集〉1800 版序言》，伍蠡甫主编：《西方文论选》，上海：上海译文出版社 1979 年 11 月版，第 10 ~ 11 页。

165

以禅入诗，大抵有三种途径。一是阐述佛理，如白居易的《赠草堂宗密上人》："吾师道与佛相应，念念无为法法能。口藏宣传十二部，心台照耀百千灯。尽离文字非中道，长往虚中是小乘。少有人知菩萨行，世间只是重高僧。"堆砌佛教术语，读来兴味索然。二是大量运用佛教语汇，如绳床、锡杖、莲花、贝叶、朝梵、夜禅、须弥、恒沙、色空、寂灭等，像杨慎的《感通寺》："岳麓苍山半，波涛黑水分。传灯留圣制，演梵听华云。壁古仙苔见，泉香瑞草闻。花宫三十六，一一远人群。"嵌入许多佛教字眼，也经不住玩索。

王维的诗代表了第三种途径：作品集中表现空寂的境界，既不大谈禅理，又不运用佛教语汇，但字里行间，笔墨之外，却荡漾着无穷的禅意。

禅宗的核心是"无念"，即心不为外境所动。《坛经》说："汝之本性，犹如虚空，了无一物可见，是名正见。无一物可知，是名真知，无有青黄长短，但见本源清静，觉体圆明，即名见性成佛，亦名如来知见。"视外境为幻相，保持心的清静，这便是佛。

中国的禅宗偏爱空寂的气象，王维对淡墨、寒色、幽景也有明显的偏爱。采用淡墨写景的，如《汉江临眺》："江流天地外，山色有无中。"《终南山》："白云回望合，青霭入看无。"采用寒色入诗的，如《华岳》："积翠在太清……白日为之寒。"采用幽景入诗的，如《山居即事》："寂寞掩柴扉，苍茫对落晖。"《归嵩山作》："荒城临古渡，落日满秋山。"从艺术表现看，李白那样大声鞺鞳的山水诗在王维的集子里极为少见，一般都是节奏舒缓、语调平和的；从抒写的情绪看，闲适恬淡，自我解脱，宁静优雅，清净澹泊，构成其主体部分；从审美效果看，这类作品并不引导读者进入亢奋、激越的状态，而是令人身心俱忘，忘却尘世，忘却繁华，忘却纷争，渐渐地、慢慢地沉入幽深澄明之境，如梦如幻，如雾如烟。这是一个远于俗情的世界。可以这样说，把握住了王维诗中的禅意，也就把握住了王维诗的主要风格特征。明人的眼光堪称犀利。

明人对杜甫的评价亦极见功力。李、杜并称，向来如此。但二人的诗风差异甚大。盖李白、王维、孟浩然、高适、岑参等，以其不同的个性共同体现了"盛唐之音"，呈现出豪迈、飘逸的气象，洋溢着青春活力以及对未来的热烈憧憬。而杜甫虽与李白等为同辈人，其创作的全盛期却在"安史之乱"期间和"安史之乱"以后，其作品的风貌，与其他盛唐诗人形成鲜明对照。明人看出了这一点并着力予以揭示，对读者启发甚大。如高棅《唐诗品汇·七言诗叙目》：

> 盛唐作者虽不多，而声调最远，品格最高。若崔颢，律非雅纯，太白首推其《黄鹤》之作，后至《凤凰》而仿佛焉。又如贾至、王维、岑参早朝唱和之什，当时各极其妙，王之众作尤胜诸人。至于李颀、高适，当与并驱，未论先后，是皆足为万世程法。……少陵七言律法独异诸家，而篇什亦盛。如《秋兴》等作，前辈谓其大体浑雄富丽，小家数不可仿佛耳。

胡应麟《诗薮》内编卷四：

> 盛唐一味秀丽雄浑，杜则精粗、巨细、巧拙、新陈、险易、浅深、浓淡、肥瘦靡不毕具，参其格调，实与盛唐大别。其能荟萃前人在此，滥觞后世亦在此。

经由与盛唐诗人的整体对比，高棅、胡应麟成功地凸显出了杜甫的个性。研究文学史的人，如果不能把握这一事实，对诗坛前后的流变是不可能准确地加以描述的。

明人对本朝诗人的创作个性也同样关注。其中，王世贞做得最为出色。他在《艺苑卮言》卷五中，先全文引录了敖陶孙对历朝诗人风格的描述，接下来，他自出机杼，系统评述了"国朝前辈名家"的诗风，包括高启、刘基等一百余人，计2 400余字。对一个时代的诗人作如此全面的风格评述，这在历代诗学中是极为罕见的，至少是前无古人。他的评述，胜见叠出，令人有行山阴道上、目不暇接之感。评刘基一例就足以显示其卓越的批评眼光。在明代（含明清之际），对刘基加以品评的主要有两位，即王世贞和钱谦益。钱谦益的

《列朝诗集小传》——为明代诗人作传，应该说是不同寻常的文化工程，但他所作的事情，并不能掩盖或取代王世贞的贡献。比如，钱谦益评刘基，大体限于知人论世，着重阐述刘基前后期创作的变化情形。其言曰：

> 公自编其诗文曰《覆瓿集》者，元季作也；曰《犁眉公集》者，国初作也。公负命世之才，丁有元之季，沉沦下僚，筹策龃龉，哀时愤世，几欲草野自屏。然其在幕府，与石抹艰危共事，遇知己，效驰驱，作为歌诗，魁垒顿挫，使读者愦张兴起，如欲奋臂出其间者。遭逢圣祖，佐命帷幄，列爵五等，蔚为宗臣，斯可谓得志大行矣。乃其为诗，悲穷叹老，咨嗟幽忧，昔年飞扬硉矹之气，澌然无有存者，岂古之大人志士义心苦调，有非旅常竹帛可以测量其浅深者乎！呜呼，其可感也。孟子言诵诗读书，必曰论世知人。余故录《覆瓿集》列诸前编，而以《犁眉集》冠本朝之首。百世而下，必有论世而知公之心者。（《列朝诗集小传》甲前集）

比较而言，王世贞的风格批评则另有其精微之处。刘基的诗在元末明初占有显赫地位。清代的沈德潜、周准编《明诗别裁集》，选入刘基诗共20篇，在同时诗人中，入选数量之多仅次于高启（21篇）。其评语云："元季诗都尚辞华，文成独标高格，时欲追逐杜、韩，故超然独胜，允为一代之冠。乐府高于古诗，古诗高于近体，五言近体又高于七言。"《四库全书总目提要》也说："其诗沉郁顿挫，自成一家，足与高启相抗。"

但是，读刘基的诗，总觉比高启稍逊，原因何在呢？《四库全书简明目录》提供了一个答案："其学术经济似耶律楚材、刘秉忠，而文章则在二人上。其诗沉着顿宕，自成一家，可亚高启。其文亦宋濂之亚。所不能突过二人者，神锋豁露而已。"所谓"神锋豁露"，即辞气过于奔放、畅达，因而丰神意态不够本色，王世贞说他尽管"事力既称，服艺华整"，但见了"王谢衣冠子弟"，仍"不免低

眉"，正指其丰神意态不足而言。胡应麟《诗薮》续编卷一："大概
婺诸君子沿袭胜国二三遗老后，故体裁纯正，词气充硕，与小家尖巧
全别。惟其意不欲以诗人自命，以故丰神意态，小减当行，而吴中独
擅。今海内第知其文矣。"这里的"婺诸君子"，指刘基等；"吴中"，
指高启等。以胡应麟的评点与王世贞之语相比照，也许能进一步体会
出其措辞的贴切。

　　王世贞之后，顾起纶《国雅品》专就风格品评明代诗人，亦具
特色。"士品"类计"国初迄洪武，凡二十五人"；"永乐迄成化凡二
十一人"；"弘治迄正德凡三十有三人"；"嘉靖迄今凡五十有三人"。
"闺品"类计"洪武迄嘉靖凡十九人"；"自嘉中迄今凡三人"。"仙
品"类计"洪武迄嘉靖凡七人"；"自嘉中迄今凡一人"。"释品"类
计"洪武迄嘉靖凡十三人"；"自嘉中迄今凡一人"。"杂品"类"嘉
中凡二人"；"嘉隆间凡一人"。其评语侧重于风格描述，如评高季
迪："始变元季之体，首倡明初之音。发端沈郁，入趣幽远，得风人
激刺微旨。"评杨孟载："才长逸荡，兴多隽永，且格高韵胜，浑然
无迹。"评刘伯温："公伊吕之祖，文其绪余耳。故骏才鸿调，工为
绮丽。古风如《思归引》、《思美人》，近体如《古戍》，并出《骚》、
《雅》，亦足以追步《梁父》，凭陵燕公矣。"评徐昌谷："豪纵英裁，
格高调雅，驰骋于汉、唐之间，婉而有味，浑而无迹。"顾起纶识力
不足，故其评语较少画龙点睛的精彩，但他对诗人风格的注重还是值
得称道的。

　　胡应麟《诗薮》也不乏论诗人风格的片断。其续编专论明诗，
如卷一："国初称高、杨、张、徐。季迪风华颖迈，特过诸人。同时
若刘诚意之清新，汪忠勤之开爽，袁海叟之峭拔，皆自成一家，足相
羽翼。""高太史诸集，格调体裁不甚逾胜国，而才具澜翻，风骨颖
利，则远过元人。""季迪下，刘青田才情不若杨孟载，气骨稍减汪
忠勤，以较张、徐诸子，不妨上座。绝句小诗特多妙诣，但未脱元习
耳。《旅兴》等作，有魏、晋风，足为国朝选体前驱。"胡应麟长于
从比较中揭示各家的创作特征，加上他广涉书史，学问淹博，故所论
中肯。

明代诗学不仅注意到各家诗风的差异，由此深入，还将流派风格与作家风格的关系纳入了讨论的视野。刘勰特别关注时代风格、作家风格和文体风格，唐人特别关注作家风格和风格类型，宋人特别关心唐宋诗之异等话题，比较而言，对流派风格关注不多。这种状况与流派发展尚不充分有关。明代的流派竞争极为热烈，相应地，流派风格与个人风格的关系也受到空前关注。流派风格强调同一文学流派相同的一面，作家风格强调不同作家艺术个性的差异，流派风格与作家风格之间，存在事实上的紧张关系。

在这样一种视角中，徐祯卿的"因情立格"论具有重要的考察价值。他在《谈艺录》中说：

> 诗家名号，区别种种。原其大义，固自同归。歌声杂而无方，行体疏而不滞，吟以呻其郁，曲以导其微，引以抽其臆，诗以言其情，故名因象昭。合是而观，则情之体备矣。夫情既异其形，故辞当因其势。譬如写物绘色，倩盼各以其状；随规逐矩，方圆巧获其则。此乃因情立格，持守圜环之大略也。
>
> 夫任用无方，故情文异尚：譬如钱体为圆，钩形为曲，箸则尚直，屏则成方。大匠之家，器饰杂出。要其格度，不过总心机之妙应，假刀锯以成功耳。……若夫款款赠言，尽平生之笃好；执手送远，慰此恋恋之情。勖励规箴，婉而不直；临丧挽死，痛旨深长。……此诗家之错变，而规格之纵横也。

徐祯卿提出"因情立格"，旨在为作家风格争取更大空间，其锋芒所向，主要是针对李梦阳的"因格立情"。李梦阳承认并尊重诗的抒情原则，但认为感情的抒发应受到某些规则的制约，即必须根据格调的需要来确定抒发哪一种感情。支撑这一理念的核心旨趣是：作家风格应服从于流派风格，其表现受到流派风格的制约。

李梦阳所谓格调的需要，即高华风格的需要。崇高由积聚而产生，渺小因分散而造成。高华的风格宜于表达那种具有普遍性的重大感情，气象闳丽与日常情趣难以共存。所以，李梦阳诗论中的"情"

往往与我们所说的私人化的感情差异甚大，因为它是类型化的，其性质经由对"杜样"（杜甫诗的雄浑风格）的推崇而作了事实上的规定，所谓"因格立情"就是这种规定的表征。他备极推崇杜甫而置王维、孟浩然于不顾，他偏爱杜诗的格调，其热忱和风格影响了弘、正时期的整个诗坛。如陈束《苏门集序》所说："成化以来，海内和豫，搢绅之声，喜为流易，时则李（东阳）、谢（迁）为之宗。及乎弘治，文教大起，学士辈出，力振古风，尽削凡调，一变而为杜诗。"杨慎《升庵诗话》也说："自李、何二子一出，变而学杜，壮乎伟矣。"其实，李梦阳、何景明对杜甫的态度是有所不同的。李倾心于杜诗的壮阔风格、多变句式，以杜诗为不二法门。何对杜诗则颇有微词，曾在《明月篇序》中批评杜诗"博涉世故，出于夫妇者常少，致兼《雅》、《颂》，而《风》人之义或缺"，又在《与李空同论诗书》中批评李梦阳的创作"间入于宋"，"似苍老而实疏卤"，隐含有讥杜诗开宋人习气的意味。① 所以，王世贞《艺苑卮言》卷一在评述明人学杜的情形时，就没有提到何景明："国朝习杜者凡数家，华容孙宜得杜肉，东郡谢榛得杜貌，华州王维桢得杜一支，闽州郑善夫得杜骨，然就其所得，亦近似耳。唯梦阳具体而微。"李梦阳既是明代开学杜风气的人，在学杜的创作实绩方面也最有成就。并且，作为文坛领袖，他以气魄宏伟自许，有志于统一文坛的风尚，因而，李梦阳在他本人矢志习杜的同时，也要求别的诗人一概如此，何景明即因诗风俊逸受到他的严厉指责。这样看来，"因格立情"的底蕴是，只有一种风格（即杜甫的"雄阔之体"）被认可，只有这种风格能容纳的感情被认可。这无异于泯灭诗人的个性，无异于扼杀"杜样"之外的种种风格。有鉴于此，徐祯卿提出"因情立格"，即根据诗人的不同个性来确定采用什么样的风格。情有多方，故格亦多体。以情为本，他的格调说与李梦阳差别甚大。李梦阳的格调说指向流派风

---

① 何景明从总体上说仍是尊杜的。杨慎《升庵诗话》："何仲默枕藉杜诗，不观余家，其于六朝初唐未数数然也。与余及薛君采言及六朝初唐，始恍然自失，乃作《明月》、《流萤》二篇拟之，然终不若其效杜诸作也。"

格，徐祯卿的格调说指向作家风格。如处理流派风格与作家风格的关系，这是明代诗学中一个引人注目的话题。

作品风格是作家创作个性的呈现或标记。在讨论与这一命题相关的明代诗学时，注意到明人对生活个性与艺术个性的区别是必要的。传统的风格论通常强调，"文如其人"，作家的生活个性直接呈现在诗中。而相当一部分明人却认为，作家的个性与感情，决不能直接呈现在诗中。其原因不仅在于"文各有体"，一部分个性与感情宜于用别的文体来表现，而且在于，即使适宜用诗来表达的那一部分，也要考虑表达的方式是否与前人重复。在这里引述英国诗人和批评家托·斯·艾略特（1888～1965）的见解是必要的。他在《传统与个人才能》一文中说："诗不是放纵感情，而是逃避感情，不是表现个性，而是逃避个性。自然，只有有个性和感情的人才会知道要逃避这种东西是什么意义。""一个艺术家的前进是不断地牺牲自己，不断地消灭自己的个性。"艾略特这些话是什么意思呢？他其实是在强调作家的生活个性与创作个性的区别。他反复地告诫读者："诗人没有什么个性可以表现，只有一个特殊的工具，只是工具，不是个性，使种种印象和经验在这个工具里用种种特别的意想不到的方式来相互结合。对于诗人具有重要意义的印象和经验，在他的诗里可能并不占有地位；而在他的诗里是很重要的印象和经验，对于诗人本身，对于个性，却可能并没有什么作用。""诗人所以能引人注意，能令人感到兴趣，并不是为了他个人的感情，为了他生活中特殊事件所激发的感情。他特有的感情尽可以是单纯的，粗疏的，或是平板的。他诗里的感情却必须是一种极复杂的东西，但并不是像生活中感情离奇古怪的一种人所有的那种感情的复杂性。"

生活个性与创作个性的区别，其产生原因是多种多样的。其中很重要的一点是，一个诗人在创作时，不仅有他所处时代的文学背景，还有从《诗经》、《离骚》以来的整个中国古典诗的背景，这就是诗人所无从回避的传统。他的个人才能是以传统为前提而发挥出来的。"诗人，任何艺术的艺术家，谁也不能单独的具有他完全的意义。他的重要性以及我们对他的鉴赏就是鉴赏对他和已往诗人以及艺术家的关系。你不能把他单独的评价；你得把他放在前人之间来对照，来比较。"正是在这样一种意义上，每个诗人的创作都要以现存的艺术经典作为参照；如果他的创作仅仅只是追随经典，即使他表达的感情完全真实、所表现的个性一点儿也不虚假，也不是一个真正的新作品，因为他没有为艺术增加新的东西。所以，艺术的感情在某种程度上是非个人的。"这种感情的生命是在诗中，不是在诗人的历史中。"

由此看来，创作个性的形成与深厚的艺术涵养是密切相关的。所谓艺术的涵养，主要表现在：一个诗人懂得他的前辈诗人之所以不朽，也懂得一件新作品之"新"，不在于它刚刚产生，而在于它真正为艺术经典增加了新的成分、新的活力。创作个性是与传统联系在一起的，而不仅仅与诗人的生活联系在一起。艾略特说"不断地消灭自己的个性"，这里的"个性"指生活个性。艾略特说"诚实的批评和敏感的鉴赏，并不注意诗人，而注意诗"，目的是突出创作个性而忽略生活个性："创作个性"呈现于诗中，"生活个性"则与诗人直接联系在一起。

考察诗人的创作个性，重心是考察其诗作；对诗作的考察，目光所注其风格。在这个问题上，明代诗学是把握得比较好的。谢榛《四溟诗话》卷三说："自古诗人养气，各有主焉。蕴乎内，著乎外，其隐见异同，人莫之辨也。熟读初唐、盛唐诸家所作，有雄浑如大海奔涛，秀拔如孤峰峭壁，壮丽如层楼叠阁，古雅如瑶瑟朱弦，老健如朔漠横雕，清逸如九皋鸣鹤，明净如乱山积雪，高远如长空片云，芳润如露蕙春兰，奇绝如鲸波蜃气，此见诸家所养之不同也。""所养"就诗人的素质而言，侧重于性格及与之相关的学养；"雄浑"、"秀拔"、"壮丽"、"古雅"云云，描述的是一种风格特征，并不是指作品所表现的内容（如题材等）。吴处厚《青箱杂记》卷五曾说："山林草野之文，其气枯碎。朝廷台阁之文，其气温缛。晏元献诗但说梨花院落、柳絮池塘，自有富贵气象；李庆孙等每言金玉锦绣，仍乞儿相。""气象"是风格的另一表述，它比题材（"所言之物"）更值得注意，"狷急人之作风，不能尽变为澄澹；豪迈人之笔性，不能尽变

为谨严"①。谢榛所论,即着眼于初、盛诗人的不同气象。相似的例子,明代诗学中所在多有,如:

> 《刘长卿集》凄婉清切,尽羁人怨士之思,盖其情性固然,非但以迁谪故,譬之琴有商调,自成一格。若柳子厚永州以前,亦自有和平富丽之作,岂尽为迁谪之音耶?(李东阳《麓堂诗话》)
>
> 明诗流谈汉、魏者徐昌谷,谈六朝者杨用修,谈盛唐者顾华玉。三君自运,大略近之。然昌谷才本丽而澄之使清,故其为汉、魏也,间出齐、梁;用修才本秾而炫之以博,故其为六朝也,时流温、李;华玉持论甚当,见亦甚超,第主调不主格,又才不逮二君,故但得唐人规模,而骨力远矣。(胡应麟《诗薮》外编卷四)

李东阳和胡应麟都对知人论世的批评套路不感兴趣。个中原因在于,"知人论世"与用史事来附会诗作之间并无不可逾越的鸿沟,而且会导致题材决定论,这是明代主流诗学所极力反对的一种倾向。他们宁可关心"风格"、"气象"、格调,这些都是较之史事、题材更难把握的东西,弄不好还会被鄙薄为"诗中无人"、"缥缈无着"、"肤廓"。因为诗歌一旦与历史隔绝,极易流于情感的公式化。然而,这却在深刻的层面上把握住了"文"与"人"之间的内在的沟通脉络。

关于个性与风格这一题目,公安派大笔挥洒,意气风发地凸显地域风格,若干见解远较七子派奔放不羁。袁中道《淡成集序》坦率承认:"楚人之文,发挥有馀,蕴藉不足。然直摅胸臆处,奇奇怪怪,几与潇湘、九派同其吞吐。大丈夫意所欲言,尚患口门狭,手腕迟,而不能尽抒其胸中之奇,安能嗫嗫嚅嚅,如三日新妇为也?不为中行,则为狂狷;效颦学步,是为乡愿耳。"由此形成了公安派与七

---

① 钱钟书:《谈艺录》(补订本),北京:中华书局 1984 年 9 月版,第 163 页。

子派的一个重要区别：七子派虽然也重视作家个性对作品风格的决定作用，但他们所能接受的作家个性必须经过古典审美理想的规范，逾越了这一规范，则被认为与诗应有的格调不合；公安派眼中的个性具有独立的不容横加规范的地位，古典审美理想及古典人格乃是公安派所抨击的对象。所以，尽管同是讨论个性与风格的联系，但他们对"楚人之文"的描述，显然带有强烈的抗争意味。他们不是在纯学术的意义上描述地域意识，而是在与主流文学的抗争中肯定地域意识，① 以楚人自居，决不认同以主流自居的古典风格。在明诗发展史上，公安派不是主流，其意义正在于，它明确地以非主流自居。

综上所述，明代的风格论内容之丰富，已可见一斑。而对流派风格、作家艺术个性、地域风格的关注，更赋予明代诗学大开大阖、超越前贤的壮阔气象。

---

① 参见雷纳·韦勒克：《近代文学批评史》第八卷（杨自伍译），上海：上海译文出版社 2006 年 12 月版，第 89 页。

第三章 信心与信古

明代诗坛上的前后七子与公安派一向被视为两个水火不相容的流派。确实，从局部来看，从它们各自侧重的追求看，二者是尖锐对立的；但是，如果我们对诗学的内部要素加以考察，则不难发现，它们之间的对立实际上是互补，是诗学史上经常出现的那种经由对立而构成的平衡的关系。这种对立互补关系的价值，既在于它们的互补，也在于它们的对立。因为，有对立，才有冲突，而只有经过冲突才能达到动态的平衡，即发展中的平衡。艺术是不可能在静态的平衡中向更高层次运动的。同时，实际上的互补关系又提供了双方渗透和融合的可能，不然，平衡就永远不可能达到。从这样的角度来考察明代主流诗学与非主流诗学的内在联系及其各自的地位，也许会比过去看得清晰一些，全面一些。

一 前后七子诗学的核心及其体系

前后七子诗学的核心，一向被概括为"诗必盛唐"。① 这固然简明，但却抹杀了前后七子真正的追求，也不利于准确地把握其诗学的核心及其内容广泛的体系。

前后七子的追求，就明代诗坛的情形而言，确如近人宋佩韦《明文学史·引言》所说，"很明显地是对于雍容平易的台阁体"的"反动"，"李梦阳等提出'文必秦汉'、'诗必盛唐'的口号，使人

---

① 其实，"诗必盛唐"只是就律诗而言。至于古体诗，他们的榜样是汉魏诗人。

家知道……啴缓的台阁体的诗外，还有雄健的盛唐诗。正合着时代的要求，所以振臂一呼，应者四起。"① 但从唐宋以来诗歌发展的全局看，却主要是为了革除宋诗的流弊。宋诗的一个特征在于"以文为诗"。宋人所以如此，本来是想在唐诗的广阔天地外，另外开拓出一片生意盎然的世界。但"尚理而病于意兴"，"言理而不言情"（严羽《沧浪诗话》），甚至"流而为理学，流而为歌诀，流而为偈颂"（《袁宏道（雪涛阁集序》），却是宋诗末流无可否认的缺点。前后七子认为这是混淆诗、文两种体裁的恶果，所以他们特别重视诗作为一种体裁的自身特征，热衷于从诗的文体规范入手来阐发对诗的一系列看法。例如七子的前驱李东阳即反复强调诗与文"各有体而不相乱"。前七子主将李梦阳明确针对宋诗的弊端而论述了诗的文体特征："夫诗，比兴错杂，假物以神变者也。……故其气柔厚，其声悠扬，其言切而不迫，故歌之心畅，而闻之者动也。"（李梦阳《缶音序》）

末五子之一的屠隆，其议论也同样铺张扬厉："宋人之诗，尤愚之所未解。古诗多在兴趣，微辞隐义，有足感人。而宋人多好以诗议论，夫以诗议论，即奚不为文而为诗哉？……宋人又好用故实，组织成诗，夫《三百篇》亦何故实之有？用故实组织成诗，即奚不为文而为诗哉？"（屠隆《文论》）

由于主流派十分重视诗的文体规范，所以，他们不仅细致研究了诗作为一个大的品种有异于文的特征，而且深入探讨了诗中各种体裁之间的区别甚至特有的手法。如胡应麟所著《诗薮》，分内、外、杂三编，而于最受重视的内编分体，即是着眼于各体的特征："《风》、《雅》之规，典则居要；《离骚》之致，深永为宗；古诗之妙，专求意象；歌行之畅，必由才气；近体之攻，务先法律；绝句之构，独主风神，此结撰之殊途也。"（卷一）所谓"结撰殊途"，即各体有各体的规范和写作要求。

---

① 柳存仁等：《中国大文学史》，上海：上海书店出版社 2001 年 4 月版，第 669 页。

　　基于他们对于诗、文之异以及诗中各体特征的认识，七子派自然地走上了古诗尊汉、魏，近体尊盛唐的道路。李攀龙《选唐诗序》："唐无五言古诗，而有其古诗。陈子昂以其古诗为古诗，弗取也。七言古诗，惟子美不失初唐气格，而纵横有之。太白纵横往往强弩之末，间杂长语，英雄欺人耳。"李攀龙的意思是，唐人虽然也写古诗，但并未臻于汉、魏古诗的境界，以"第一义"来要求，可以说没有古诗。王世贞也赞同这一说法："余少年时称诗，盖以盛唐为鹄云，已而不能无疑于五言古，及李于鳞氏之论曰：'唐无古诗而有其古诗'，则洒然悟矣。"（王世贞《梅季豹居诸集序》）王世贞早年只提诗以盛唐为法，后来感觉盛唐五言古似不足为法，听了李攀龙的议论，才悟出五言古当师汉魏。胡应麟论唐五言古，也说："四杰，梁陈也；子昂，阮也；高、岑，沈、鲍也；曲江、鹿门、右丞、常尉、昌龄、光羲、宗元、应物，陶也。惟杜陵《出塞》乐府有汉魏风，而唐人本色时露。太白讥薄建安，实步兵、记室、康乐、宣城及拾遗格调耳。李于鳞云'唐无五言古诗，而有其古诗'，可谓具眼。"（《诗薮》内编卷三）由此可见，古体（尤其是五言古）宗汉、魏是七子派反复探索后所得出的结论，忽略这一点是不对的。至于近体宗盛唐，则是前后七子自始至终的一贯主张。王世贞《徐汝思诗集序》说："盛唐之于诗也，其气完，其声铿以平，其色丽以雅，其力沈而雄，其意融而无迹，故曰：盛唐其则也。"并且，考虑到在创作中把握文体特征的困难，他也赞同李梦阳"勿读唐以后文"的主张。在他的晚年，尽管对宋诗的态度要宽容一些，但只承认宋诗中也有若干篇章遵守了诗的体裁规范，而从总体上看，宋诗仍是不惬人意的。其《宋诗选序》云："余所以抑宋者，为惜格也。然而代不能废人，人不能废篇，篇不能废句，盖不止前数公（指欧、梅、苏、黄）而已。此语于格之外者也。"这些都提醒我们，七子派的尊唐，并非意气用事。从他们的观点看来，古体宗汉魏、近体宗盛唐都是矫正宋诗流弊的正确道路。

　　基于对诗的体裁规范的认识和对汉魏古体、盛唐近体的体会，七子派非但不像许多人所误解的那样轻视情感，恰恰相反，他们强烈地意识到"情"在诗歌创作中的重要性。李梦阳就这一问题发表了许多富于生气的议论，如《张生诗序》："夫诗发之情乎！声气其区乎！正变者时乎！"《鸣春集序》："诗者，吟之章而情之自鸣者也！"以抒情作为诗的文体特征之一，李梦阳甚至把他的目光转向民歌，给予热情洋溢的肯定。其他人也发表了与李梦阳类似的意见。例如徐祯卿《谈艺录》："夫情能动物，故诗足以感人。……若乃嘘唏无涕，行路必不为之兴哀；愠难不肤，闻者必不为之变色。"王世贞《金台十八子诗选序》说诗乃"心之精发而声者也"，《章给事诗集序》说"言为心之声，而诗又其精者"。屠隆《唐诗品汇选释断序》并根据"诗由性情生"的原理系统评述了历代诗歌："诗自《三百篇》而降，作者多矣，乃世人往往好称唐人，何也？则其所托兴者深也。非独其所托兴者深也，谓其犹有风人之遗也。非独谓其犹有风人之遗也，则其生乎性情者也。"

七子派论"情"，是在格调说的整体布局中展开的，即"因格立情"，或"设情以为之"，虽有徐祯卿提出"因情立格"的说法，但并未成为七子派诗学的主流。从与格调说对立的立场阐述情对格调的支配作用的，当推李贽。其《读律肤说》云："盖声色之来，发于情性，由乎自然，是可以牵合矫强而致乎？故自然发于情性，则自然止乎礼义，非情性之外复有礼义可止也。惟矫强乃失之，故以自然之为美耳，又非于情性之外复有所谓自然而然也。故性格清彻者音调自然宣畅，性格舒徐者音调自然舒缓，旷达者自然浩荡，雄迈者自然壮烈，沉郁者自然悲酸，古怪者自然奇绝。有是格，便有是调，皆情性自然之谓也。"李贽反对"矫强"，实即反对格调对性情的约束。对照李贽的说法，可加深对七子派的抒情理论的理解。

基于对诗的文体规范和对汉魏古诗、盛唐律诗的体会，七子派特别重视诗的表达方式。他们就一系列问题作了探讨，尤其是关于比兴，关于诗歌创作的虚实关系，关于意象和意境，关于文辞法度等。例如，关于诗的意象和意境，谢榛《四溟诗话》卷三云："作诗本乎情景，孤不自成，两不相背。凡登高致思，则神交古人，穷乎遐迩，系乎忧乐。此相因偶然，著形于绝迹，振响于无声也。夫情景有异同，模写有难易，诗有二要，莫切于斯者。"王世贞《艺苑卮言》则格外欣赏"兴与境诣，神合气完"之作："篇法之妙，有不见句法者；句法之妙，有不见字法者。此是法极无迹，人能之至，境与天会，未易求也。有俱属象而妙者，有俱属意而妙者，有俱作高调而妙者，有直下不偶对为妙者，皆兴与境诣，神合气完使之然。"（卷一）其他有关的见解在主流诗学中比比皆是，显示出他们对诗的艺术表现的高度关心。

上述各个方面，即七子派的尊汉魏（古体）、尊唐（近体），对"情"的重视以及对诗的艺术表现的探讨，都是围绕着诗的文体规范这一中心来展开的。由它们所构成的主流诗学是一个有机体系。在这个有机体系中，即使是"情"，也是从属于对文体特征的探讨的。而这种探讨文体特征的热情又是来自对文体规范和艺术表达的重视。明乎此，我们就可以清晰地看出七子派的追求：他们希望创造出像汉魏古诗和盛唐律诗那样的充分体现出诗的文体规范的作品。

二 入门须正，立志须高

在明代的诗学舞台上，前后七子是一群出类拔萃、指点江山的人物。他们如此倾心于"法式"古人，自有其相当充分的理由。至少这些理由在某种意义上是可以成立的，或者从他们的角度看是可以成立的。

说来，他们的理由也很简单明了，即：入门须正，立志须高。谢榛《四溟诗话》卷一说："严沧浪曰：'学其上，仅得其中；学其中，斯为下矣。'岂有不法前贤，而法同时者？李洞、曹松学贾岛，唐彦谦学温庭筠，卢延让学薛能，赵履常学黄山谷。予笔之以为学者诚。"

入门须正、立志须高的命题确实是由严羽提出来的。他在《沧浪诗话·诗辨》中说：

夫学诗者以识为主：入门须正，立志须高；以汉、魏、晋、盛唐为师，不作开元、天宝以下人物。若自生退屈，即有下劣诗魔入其肺腑之间；由立志之不高也。行有未至，可加工力；路头一差，愈骛愈远；由入门之不正也。故曰：学其上，仅得其中；学其中，斯为下矣。又曰：见过于师，仅堪传授；见与师齐，减师半德也。工夫须从上做下，不可从下做上。先须熟读《楚辞》，朝夕讽咏以为之本；及读《古诗十九首》，乐府四篇，李陵、苏武、汉魏五言皆须熟读，即以李、杜二集枕藉观之，如今人之治经，然后博取盛唐名家，酝酿胸中，久之自然悟入。虽学之不至，亦不失正路。

严羽何以要摒宋诗于门外呢？理由是：宋诗背离了"盛唐名家"等前贤的轨辙，"自出己法以为诗"，"以文字为诗，以议论为诗，以才学为诗"，非"盛唐诸公大乘正法眼者"。他担心"正法眼之无传"，故大声疾呼向"盛唐名家"等前贤学习。所谓"正法眼"，强调的即是"入门须正"。

明初高棅的《唐诗品汇》是一部影响深远的唐诗选集。他继承严羽的"正路"之说，致力于探寻学习唐诗的门径。其书"大略以初唐为正始，盛唐为正宗、大家、名家、羽翼，中唐为接武，晚唐为正变、余响"（《唐诗品汇·凡例》）。这样区别的目的，是要确定何者为正，何者为变，"本乎始以达其终，审其变而归于正"，以免严羽所谓"下劣诗魔"干扰诗的创作。

湖南茶陵人李东阳，长期以台阁大臣的身份主持诗坛。在台阁体之后，七子派之前，形成了一个以他为首的茶陵诗派，风云一时。他论诗重在辨体和音律法度，重在"规制"，因而力主宗汉、魏、盛唐。《麓堂诗话》说：

> 六朝宋元诗，就其佳者，亦各有兴致，但非本色，只是禅家所谓"小乘"，道家所谓"尸解"仙耳。

"六朝"相对于汉魏而言，"宋元"相对于盛唐而言，拈出"本色"

二字，与严羽"入门须正"意思相近。后来前后七子拟汉魏盛唐，可说是沿其流而扩其波澜。故胡应麟《诗薮》续编卷一说："成化以还，诗道旁落，唐人风致，几于尽隳。独李文正才具宏通，格律严整，高步一时，兴起李、何，厥功甚伟。是时中、晚、宋、元诸调杂兴，此老砥柱其间，故不易也。"

以李梦阳、何景明为首的前七子和以李攀龙、王世贞为首的后七子，在明代诗坛的古典主义潮流中影响最为深巨。他们的诗学主张被简单地概括为"诗必盛唐"，忽略汉魏古诗，当然是不全面的，但他们对盛唐确实格外青睐。李梦阳《潜虬山人记》有段耐人寻味的记载："山人商宋、梁时，犹学宋人诗。会李子客梁，谓之曰：'宋无诗'。山人于是遂弃宋而学唐。已问唐所无，曰：'唐无赋哉！'问汉，曰：'无骚哉！'山人于是则又究心赋骚于唐汉之上。"李梦阳所谓宋人无诗，唐人无赋，汉人无骚，真实的含义是，宋人无第一义的诗，唐人无第一义的赋，汉人无第一义的骚，宋诗、唐赋、汉骚不足以成为效法的榜样，即他对王廷相所说："学其似不至矣，所谓取法乎上而仅中也，过则至且超矣。"（王廷相《空同集序》引）何景明亦持"第一义"之说，即古诗学汉魏，近体学唐。所谓"第一义"之作，指各类诗体兴盛时期最富于生命活力的作品。杨慎《升庵诗话》卷十二《莲花》诗曾讥评何景明不读宋诗：

> 张文潜《莲花》诗："平池碧玉秋波莹，绿云拥扇青摇柄。水宫仙子斗红妆，轻步莲波踏明镜。"杜衍《雨中荷花》诗："翠盖佳人临水立，檀粉不匀香汗湿。一阵风来碧浪翻，真珠零落难收拾。"此二诗绝妙。又刘美中《夜度娘歌》："菱花炯炯垂鸾结，烂学宫妆匀腻雪。风吹凉鬓影萧萧，一抹疏云对斜月。"寇平仲《江南曲》："烟波渺渺一千里，白蘋香散东风起。惆怅汀州日暮时，柔情不断如春水。"亡友何仲默尝言宋人书不必收，宋人诗不必观，余一日书此四诗讯之曰："此何人诗？"答曰："唐诗也。"余笑曰："此乃吾子所不观宋人之诗也。"仲默沉吟久之，曰："细看亦不佳。"可谓倔强矣。

杨慎是正德六年的状元，出自李东阳门下，诗文衣钵，实得之于茶陵。李梦阳等人排击茶陵，一时海内为之风靡，杨慎"乃沉酣六期，揽采晚唐，创为渊博靡丽之词，其意欲压倒李、何，为茶陵别张壁垒"（钱谦益《列朝诗集小传》丙集《杨修撰慎》）。在对待宋诗的问题上他也有意与李、何对着干。李、何说宋人诗不必读，他则说宋诗不乏优秀作品。但不无讽刺意味的是，杨慎评宋诗所采用的标准仍是唐诗，是以像唐诗与否决定宋诗的高下。这在实质上与李、何"宋无诗"之论如出一辙。在《升庵诗话》的其他地方，也有类似的意见。如卷四《宋人绝句》："宋诗信不及唐，然其中岂无可匹休者，在选者之眼力耳。"如苏舜钦《吴江》、王半山《雨》、孔文仲《早行》、崔鸥《春日》、寇平仲《南浦》等，"有王维辋川遗意，谁谓宋无诗乎？"卷十四《谢皋羽诗》："谢皋羽《晞发集》诗皆精致奇峭，有唐人风，未可例于宋视之也。"不难看出，杨慎对这些诗的肯定，系因它们在宋诗中属于例外；从整体上看，他对宋诗评价不高。卷二《王雪山论诗》甚至说"宋人不知比兴"。卷八《唐诗主情》，尤其集中地表达了他扬唐抑宋的理念："唐人诗主情，去《三百篇》近；宋人诗主理，去《三百篇》却远矣。非唯作诗也，其解诗亦然。"

李攀龙于明代独推李梦阳，诗文主张亦与李梦阳一脉相承。他编选过一部《古今诗删》，共三十四卷，始于古逸，次以汉魏南北朝唐，继以明人之诗，唯不取宋元，毫不含糊地表达了"宋无诗"的看法。与他相比，王世贞对宋诗的否定似乎不如此绝对，但也属于法外施恩，从总体上仍是看不起的。其《宋诗选序》一方面强调"师匠宜高"，为此必须抑宋；另一方面提倡"捃拾宜博"，所以"代不能废人，人不能废篇，篇不能废句"，宋诗中也有可为我用的成分。他的宗旨是："以彼为我则可，以我为彼则不可"，保持高格，不要在主导风格上沦入宋诗一流。

《艺苑卮言》是王世贞所撰《弇州山人四部稿》中说部七种之一，是一部颇负盛名的诗话。其卷四有这样三个片断："鲁直不足小乘，直是外道耳。""谢皋羽微见翘楚，《鸿门行》诸篇，大有唐人之致。""永叔不识佛理，强辟佛；不识书，强评书；不识诗，自标誉能诗。子瞻虽复堕落，就彼趣中，亦自一时雄快。"他对苏轼肯定稍多一些，但言语口吻之间，殊少敬重之意。作为参照系，他的《徐汝思诗集序》论及盛唐，那才算得热情洋溢的赞美。其立足点依然是"功夫须从上做起"。

王世贞于古体也倡导"第一义"，倡导"入门须正"，故《艺苑卮言》有"四言诗须本风雅"、"汉魏之辞务寻古色"之语。他的弟弟王世懋，诗学见解时有异于乃兄之处。但就主张"当行"、"本色"而言，却是一致的。其《艺圃撷余》云："作古诗先须辨体，无论两汉难至，苦心模仿，时隔一尘。即为建安，不可堕落六朝一语。为三谢，纵极排丽，不可杂入唐音。小诗欲作王、韦，长篇欲作老杜，便应全用其体。第不可羊质虎皮，虎头蛇尾。词曲家非当家本色，虽丽语博学无用，况此道乎？"关于辨体，钱钟书《中国文学小史序论》有过精彩的阐释："吾国文学，横则严分体制，纵则细别品类。体制定其得失，品类辨其尊卑，二事各不相蒙，试以例证之：譬之诗词二体，词号'诗余'，品卑于诗；诗类于词，如前节《眉庵集》云云，固为失体；然使词类于诗，此物此志，其失惟均。""体之得失，视乎格调（style），属形式者也；品之尊卑，系于题材（subject），属内容者也。惟此处所谓品，差与 Brunetiêre 所谓 genre 相当，司空图《诗品》则品性、品格之谓，视乎格调，非系于题材也。"前后七子重视"得体"，即要求古诗写得像汉魏古诗，律诗写得像盛唐律诗，否则就偏离了正宗。"得体"即"当行"、"本色"。

作为末五子之一，胡应麟得到王世贞的大力提携，其《诗薮》品评历代诗作，不时发挥王世贞之论。"本色"二字，亦为他所常用，如内编卷三：

> 诗五言古、七言律至难外，则五言长律、七言长歌。非博大雄深、横逸浩瀚之才，鲜克办此。……学者务须寻其本色，即千言巨什，亦不使有一字离去，乃为善耳。

内编卷六：

> 刘辰翁评诗，有绝到之见，然亦时溺宋人。如杜题雁"翅
> 在云天终不远，力微缴缴绝须防"，原非绝句本色，而刘大以为
> 沈著道深，且谓无意得之。此类是也。

胡应麟所说的"本色"、"当行"，其标准是各体中符合"第一义"
的作品，因而，落脚点就不能不是古诗学汉魏，律诗学盛唐。即
《诗薮》外编卷五所云："故观古诗于六代、李唐，而知古之无出汉
也；观律体于五季、宋、元，而知律之无出唐也。"追求的目标是
"不失正路"。

胡应麟对宋诗的鄙薄，始终着眼于其门径不正。他批评苏轼说：
"'青山在屋上，流水在屋下。中有五亩园，花竹秀而野。'此乐天声
口耳，而坡学之不已。又晚年剧喜陶。故苏诗虽时有俊语，而失之太
平，由才具高，取法近故也。"（《诗薮》外编卷五）胡应麟对宋诗的
不满，归结到一点，即：宋诗取法太近，背离了"第一义"的轨则。
不失正路，取法乎上，这是七子派的基点。

三　歧路亡羊：主流派的内部争执

前后七子以及其前驱、羽翼，就追求"第一义"而言，他们的
旗帜、色调是统一的；但如何效法前人才能圆满地实现目的，却不免
见仁见智，以致在主流派内部酿成轩然大波。

还是从高棅的《唐诗品汇》说起。他在总序中将唐代诗歌的发
展分为初、盛、中、晚四个阶段，并依次缕述了各阶段的风格特征及
其代表诗人的艺术特点，旨在引导读者"得其门而臻其壶奥"。因
此，他有掩去人名猜想作者的提议；他以为，只有做到了这一点，才
能真正得其门径。

掩去人名猜想作者，这需要极高的素养。不对各个时代各个作家
的作品，均下过一番"熟参"的功夫，骤然之间如何能辨别出来呢？

一个作家的作品，犹如一个人的言谈、举止，只有非常熟悉的朋友，才能一眼看出其特点，才能把握得准确。高棅的建议，是要经由对名家名作的反复体会得到诗的"正法眼"。

李东阳在某种程度上已具备了掩去人名猜出作者的能力。《麓堂诗话》记有这样一件事：

> 诗必有具眼，亦必有具耳。眼主格，耳主声。闻琴断，知为第几弦，此具耳也；月下隔窗辨五色线，此具眼也。费侍郎廷言尝问作诗，予曰："试取所未见诗，即能识其时代格调，十不失一，乃为有得。"费殊不信。一日与乔编修维翰观新颁中秘书，予适至，费即掩卷问曰："请问此何代诗也？"予取读一篇，辄曰："唐诗也。"又问何人，予曰："须看两首。"看毕曰："非白乐天乎？"于是二人大笑，启卷视之，盖《长庆集》，印本不传久矣。

李东阳是如何猜出作品的时代和作者的呢？他的经验之谈是："从声音格调"入手。"具耳""具眼"之论，其精义在此。李东阳论风格，常与声音联系在一起，认为风格与各地方言一样，具有明晰的可资辨别的特征。"天地间气机所动，发为音声，随时与地，无俟区别，而不相侵夺。"（《麓堂诗话》）各地有各地的方言，每一时代有每一时代的诗风，每个诗人亦各有其独特秉赋，既然如此，掩去人名猜出作者也并不太难。在李东阳那里，"格调"是"一切声容意义体制"的高度抽象，由此入手，他主张学习前人不能泥于一枝一节的"规矩"，而应"心领神会"，领悟其魅力的源泉所在。《麓堂诗话》举例说：唐、宋、元时代的律诗，不仅字数相同，而且平仄也无不相同，但"其调之为唐为宋为元者"，却差别井然。"此何故耶？大匠能与人以规矩，不能使人巧。律者，规矩之谓，而其为调则有巧存焉。苟非心领神会，自有所得，虽日提耳而教之无益也。"糟粕所传非粹美，丹青难写是精神。真正的精髓，决不在一枝一节的"规矩"中。

李梦阳曾猛烈攻击李东阳。李梦阳与李东阳之间的区别，是在格调旗帜下的局部差异。讲求格调，追求"第一义"，不可避免地要取法于先贤；但如何取法，西涯与空同取径不同。李东阳主张"心领神会"，从总体的"声容意兴体制"方面去体会典范之作的时代特征与个性特征，用以指导自己的创作。李梦阳却偏重具体的"规矩"和"法式"。他振振有词地说："作文如作字，欧、虞、颜、柳，字不同而同笔。"（《驳何氏论文书》）"夫文与字一也，今人模临古帖，即太似不嫌，反曰能书。何独至于文，而欲自立一门户邪？自立一门户，必如陶之不冶，冶之不匠，如孔之不墨，墨之不杨邪？"（《再与何氏书》）"文必有法式，然后中谐音度。如方圆之于规矩，古人用之，非自作之，实天生之也。今人法式古人，非法式古人也，实物之自则也。"（《答周子书》）他把古人作诗的具体方法视为永恒的"物之自则"，提倡尺尺寸寸加以模拟。

　　李梦阳对古人作诗方法的尊重，建立在他视之为"规则"的基础上，在他看来，只有遵循规则，才能写出合格的作品。针对何景明讥评他的创作"高处是古人影子"，"其下者已落近代之口"，未曾"自筑一堂奥，突开一户牖，而以何急于不朽"的说法，李作《驳何氏论文书》，反复强调一点，即：历史上的名工巧匠，出于他们之手的建筑物，无论窗户和堂室，均互不相同，但他们制方作圆，所用的规矩却是一样的。所谓规矩，也就是法则，我尺尺寸寸加以仿效的，正是法则。"假令仆窃古之意，盗古形，剪截古辞以为文，谓之影子诚可。若以我之情，述今之事，尺寸古法，罔袭其辞"，"此奚不可也？""子试筑一堂，开一户，措规矩而能之乎？措规矩而能之，必并方圆而遗之可矣，何有于法？何有于规矩？"既然称之为"法"和"规矩"，也就意味着必须遵循。因为，"不以规矩不能成方圆"，规矩是想舍弃也舍弃不了的。

　　古人的格调是"声容意兴体制"的综合，难于具体地加以说明。李梦阳希望由"法式"入手把握格调，而"法式"又不宜说得过于抽象，过于抽象便助长了舍筏登岸之论，于是，他对"法式"的探讨便侧重于篇章安排、句式处理等可入写作指南的技巧，如："古人之作，其法虽多端，大抵前疏者后必密，半阔者半必细，一实者必一虚，叠景者意必二。此予之所谓法，圆规而方矩者也。"又批评何景明说："仲默《神女赋》《帝妃篇》'南游日'，'北上年'四句接用，古有此法乎？'水亭菰苕'，'风殿薜萝'意不一乎？盖君诗徒知神情会处，下笔成章为高，而不知高而不法，其势如搏巨蛇，驾风螭，步骤即奇，不足训也。君诗结语太咄易，七言律与绝句等更不成篇，亦寡音节。'百年''万里'，何其层见而叠出也。七言若剪得上二字，言何必七也。"（李梦阳《再与何氏书》）李梦阳所注重的是一些具体手法。《明史·文苑传》说："华州王维桢以为七言律自杜甫以后，善用顿挫倒插之法，惟梦阳一人。而后有讥梦阳诗文者，谓其模拟剽窃，得史迁、少陵之似而失其真云。"说惟有他"善用顿挫倒插之法"，足见李梦阳用功之深，独有心得；说他"失其真"，是指个性丧失，以步趋前人代替了创造。

与李梦阳对垒、提倡舍筏登岸的何景明，其实也重格调，也主张向汉魏盛唐学习。二人的区别在于：李重体裁，偏爱雄奇豪放的气度；何重才情，偏爱"清俊响亮"的风格。注重才情，不愿过多受规则约束，故有舍筏登岸之论："领会神情"，"不仿形迹"，虽从古人入，归宿却是"自创一堂室，一户牖，成一家之言"。王世贞《艺苑卮言》卷六对他的评价是："仲默才秀于李氏，而不能如其大。又义取师心，功期舍筏，以故有弱调而无累句。诗体翩翩，俱在雁行。顾华玉称其'咳唾珠玑，人伦之隽'。"他的才情偏于"俊逸"一路。

何景明注意到了作家风格的差异，实即注意到了作家艺术个性的差异，其《述归赋》云："仆闻之殊途者不可以同观，异趣者不可以强翕，故嗜竽者不媚之以瑟，好圆者不进之以矩，何则？殊途而异趣也。"对作家艺术个性的重视，已在一定程度上超出"格调"的范畴，由此导致了对"变"的肯定，即《何子·上作篇》所云："夫观世以易化者圣也，矫时以从俗者明也。物必有敝，承敝者复其盛；势必有变，袭变者反其常。"相形之下，李梦阳眼中的"法"，却是稳定的独立体，并不随着情思、题材、文辞的变化而变化；李梦阳是反对"变"的。

与何景明观点相近，列名前七子之中的王廷相也意识到，由于各人资质、才性的差异，其创作必然呈现出不同的风格；既然风格不同，完全以古人之"体"为标准就是不合理的。其《与郭价夫学士论诗书》云："乃若诸家所谓雄浑、冲澹、典雅、沉着、绮丽、含蓄、飘逸、清俊、高古、旷逸等类，则由夫资性学力好尚致然，所谓万流宗海，异调同工者也。"重视各人的独特秉赋，肯定创作中因时而异、因人而异的现象，不像李梦阳那么拘泥。

面对李、何之争，后七子领袖王世贞也许感到尴尬。因为，李、何同为复古领袖，同室操戈，不免自溃阵脚。他试图将二人的争执归结为一时意气使然，并指出，二人的意见构成动态的互补关系，双方的分歧在更高的层次上是可以弥合的。他努力从理论上融合二家，不乏建树。《方鸿胪息机堂集序》云："……不孜孜求工于效颦抵掌之似，大较气完而辞畅，出之自才，止之自格，人不得以大历而后名之。"《沈嘉则诗集序》云："夫格者才之御也，调者气之规也。子之向者遇境而必触，蓄意而必达，夫是以格不能御才，而气恒溢于调之外。……今子能抑才以就格，完气以成调，几乎纯矣。"照他的看法，诗始于"才"而终于"格"；或者换句话说，"才"是一切的根本，但必须受到"格"的约束、规范。注重"才"，这是他同于何景明之处；注重"格"，则是他同于李梦阳处。合"才""格"为一体，又建立了一个新的理论基点。所以，王世贞谈"法"，就布阵周密，足以八面迎敌。一方面，与李梦阳一样，王世贞注意到作诗的具体技巧，如《艺苑卮言》卷一云："篇法有起有束，有放有敛，有唤有应。大抵一开则一阖，一扬则一抑，一象则一意，无偏用者。句法有直下者，有倒插者，倒插最难，非老杜不能也。字法有虚有实，有沉有响，虚响易工，沉实难至。"另一方面，就对"法"的态度而言，王世贞又近于何景明，他说：

> 篇法之妙，有不见句法者；句法之妙，有不见字法者。此是法极无迹，人能之至，境与天会，未易求也。有俱属象而妙者，有俱属意而妙者，有俱作高调而妙者，有直下不对偶而妙者，皆兴与境诣，神合气完使之。（《艺苑卮言》卷一）

> 尚法则为法用，裁而伤乎气；达意则为意用，纵而舍其津筏。……吾来自意而往之法，意至而法偕至，法就而意融合其间矣。夫意无穷而法有体也，意来甚难而出之若易；法往甚易，而窥之若难。此所谓相为用也。（《五岳山房文稿序》）

王世贞将"达意"与"尚法"对举，"离而合，合而离"，既维护了七子派的基本立场，又兼顾了个人的风格与创造性，就体系而言具有较大的容量。

如何对待法则本是中国艺术的中心话题之一。罗曼·罗兰说："最高的艺术，名副其实的艺术，决不受一朝一夕的规则限制；它是一颗向无垠的太空飞射出去的彗星。"就艺术的极致而言，这话可能是对的。但事情还有另外的一面。明代的项穆在《书法雅言》中说："资过乎学，每失颠狂；学过乎资，犹存规矩。""不工"以"工"为基础，才是真正的创造，否则只是乱来；打破法则以遵循法则为前提，才是真正的突破，否则只是"颠狂"。这也就是王世贞所说的"诗有常体，工自体中。文无定规，巧运规外"（《艺苑卮言》卷一）。创新是艺术生命力的表现，但创新必须以合规矩、中绳墨为出发点，要得到大家公认。

后七子中，谢榛对具体问题用功甚勤，因而较多注意到作诗之"法"，如《四溟诗话》卷二："律诗虽宜颜色，两联贵乎一浓一淡。若两联浓，前后四句淡，则可；若前后四句浓，中间两联淡，则不可。亦有八句皆浓者，唐四杰有之；八句皆淡者，孟浩然、韦应物有之。非笔力纯粹，必有偏枯之病。"与谢榛不同，王世贞之弟王世懋目睹了诸多因"泥法"造成的失误，故对"自运"更重视一些。他在《艺圃撷余》中说："谈艺者有谓七言律一句不可两入故事，一篇中不可重犯故事。此病犯者故少，能拈出亦见精严，然我以为皆非妙悟也。作诗到神情传处，随分自佳。下得不觉痕迹，纵使一句两入，两句重犯，亦自无伤。如太白《峨眉山月歌》，四句入地名者五，然古今目为绝唱，殊不厌重。蜂腰、鹤膝、双声、叠韵，休文三尺法也，古今犯者不少，宁尽被汰耶？""大都取法固当上宗，论诗且莫轻道。诗必自运，而后可以辨体；诗必成家，而后可以言格。……故予谓今之作者，但须真才实学，本性求情，且莫理论格调。"现代美学家苏珊·朗格指出："你愈是深入地研究艺术品的结构，你就会愈加清楚地发现艺术结构与生命结构的相似之处，这里所说的生命结构包括着从低级生物的生命结构到人类情感和人类本性这样一些高级复杂的生命结构（情感和人性正是那些最高级的艺术所传达的意义）。正是由于这两种结构之间的相似性，才使得一幅画、一支歌或一首诗与一件普通的事物区别开来——使它们看上去像是一种生命的形式，看上去像是创造出来的，而不是用机械的方法制造出来的；使它们的表现意义看上去像是直接包含在艺术品之中（这个意义就是我们自己的感性存在，也就是现实存在）。"① 人在痛苦时双眉紧蹙，高兴时面容舒展，这种内心的情感的表现可以说是生命存在的方式。与此相对应，诗则是为表达生命存在而发展了的"可塑形式"，它不但具有各种各样的体制和技法，而且要具有变动不拘的活泼精神。也就是王世懋说的"须真才实学，本性求情"。置"自运"于"辨体"之前，即置精神于体制、技法之前。

在李梦阳与何景明之间，胡应麟较为偏袒李梦阳。其原因在于，何景明的意见在一定程度上动摇了复古派的根基。顾璘《国宝新编传赞》已指出这一事实："夫文章之道，初慎师承，乃能立体；驯臻妙境，始能成家。观其（指何景明）与李氏论文，直取舍筏登岸为优。斯将尽弃法程，专崇质性，苟为己地，固非确论。"胡应麟也深知"体裁法度"在七子派诗学体系中的重要性，舍弃法度，复古主张便无法落到实处。所以，尽管他对何景明的个人才情不乏欣赏之意，也意识到"才"具有独立于"格"之外的价值。② 但当涉及总

① ［美］苏珊·朗格：《艺术问题》，北京：中国社会科学出版社 1983 年 5 月版，第 55 页。

② 如《诗薮》外编卷二："汉人诗，气运所钟，神化所至也，无才可见、格可寻也。魏才可见、格可寻，而其才大，其格高也。晋、宋其格卑矣，其才故足尚也。梁、陈其才下矣，其格故亡讥焉。""士衡诸子，六代之初也；灵运诸子，六代之盛也；玄晖诸子，六代之中也；孝穆诸子，六代之晚也。苏、李之才，不必过于曹、刘；陆、谢之才，不必下于公干；而其诗不同也，则其世之变也。其变之善也，则其才之高也。"

体的诗学构架时，他却毫不含糊地否定了达岸舍筏之论。《诗薮》续编卷一说：

> 自信阳有筏喻，后生秀敏，喜慕名高，信心纵笔，动欲自开堂奥，自立门户。诘之，则大言《三百篇》出自何典，此殊为风雅累。余请得备论之：夫燧人邈邈，声诗蔑闻；尼父删修，制作斯备。夷考《国风》、《雅》、《颂》，非圣臣名世之笔，则田畯红女之词。大以纪其功德，微以写厥性情，曷尝刻意章句，步趋绳墨，而质合神明，体符造化。犹夫上栋下宇，理出自然。此道既开，后之作者即离朱、墨翟，奚容措手！东、西二京，人文勃郁。韦、孟诸篇，无非二《雅》；枚乘众作，亦本《国风》。迨夫建安、黄初，云蒸龙奋。陈思藻丽，绝世无双。揽其四言，实《三百》之遗；参其乐府，皆汉氏之韵。盛唐李、杜，气吞一代，目无千古。然太白《古风》，步骤建安；少陵《出塞》，规模魏、晋。惟歌行律绝，前人未备，始自名家。是数子者，自开堂奥，自立门户，庸讵弗能？乃其流派根株，灼然具在。良以前规尽善，无事旁搜，不践兹途，便为外道。故四言未兴，则《三百》启其源；五言首创，则《十九》诣其极。歌行甫道，则李、杜为之冠；近体大畅，则开、宝擅其宗。使枚、李生于六代，必不能舍两汉而别构五言；李、杜出于五季，必不能舍开元而别为近体。……上下千余年间，岂乏索隐吊诡之徒，趋异厌常之辈。大要源流既乏，蹊径多纡，或南面而陟冥山，或褰裳而涉大海，徒能鼓声誉于时流，焉足为有亡于来世！其仅存者，若唐李长吉之歌行，樊绍述之序记，堂奥门户竟何如哉！
>
> 今人因献吉祖袭杜诗，辄假仲默舍筏之说，动以牛后鸡口为辞。此未睹《何集》者。就仲默言，古诗全法汉、魏；歌行短篇法杜，长篇王、杨四子；五七言律法杜之宏丽，而兼取王、岑、高、李之神秀，卒于自成一家，冠冕当代。所谓门户堂奥，不过如此。古今影子之说，以献吉多用杜成语，故有此规，自是药石，非欲其尽弃根源，别安面目也。今未尝熟读其诗，熟参其

语,徒执斯言,师心信手,前人弃去,拾以自珍,一时流辈,互相标
鹄,将来有识,渠可尽诬?譬操一壶,以涉溟渤,何岸之能登?

胡应麟这两段话,关系到几个重要的问题。其一,每一种文体的
极盛时代出现于何时。焦循等人的一句老生常谈:"一代有一代之所
盛",包含着丰富的理论蕴含。艺术中的一个特殊品种与有机体生命
的现象存在相似之处。它具有一定的生命周期,迟早会衰老和枯萎,
并最终走向死亡。它的极盛时代就是它的青年时代,是在一种传统开
始形成而又未臻完美的时候。在一种文体的青年时代出现的艺术家是
幸运的,他的收获最为丰富,并成为后世难以企及的榜样。胡应麟是
看出了这一点的,所以他才说:四言诗以《诗经》成就最高,五言
古诗以《古诗十九首》成就最高,歌行以李白、杜甫成就最高,近
体以开元、天宝年间的代表诗人成就最高。但他由此得出的结论却
是:后世必须以这些极盛时期的诗为榜样,否则就是南辕北辙,走错
了路。当然,胡应麟反对自开堂奥,自立门户,与主张尺尺寸寸的模
仿还是有别的。《诗薮》内编卷五云:"何仲默谓:'富于才积,使神
情领会,天机自流,临景结构,不傍形迹。'此论直指真源,最为吃
紧,于往代作家大旨初无异同。舍筏之云,以献吉多拟则前人成句,
欲其一切舍去,盖刍狗糟粕之谓,非规矩谓也。献吉不忿,拈起法字
降之。学者但读献吉书,遂以舍法为废法,与何规李本意,全无关
涉,细绎仲默书自明。"这表明,胡应麟赞成富于才积、领会神情地
学习前贤,而不赞成搬用前人成句,也不赞成为某些枝枝节节的手法
或技巧所束缚。其二,作家的历史意识问题。所谓历史意识,指作家
写作时不但有他自己所处时代的背景,而且还要感到从《诗经》以
来整个中国古典诗的存在。任何艺术家都不可能在割断历史联系的情
况下具有完整的意义。但是,历史意识旨在引导我们写出真正的新作
品。如果因为尊重传统而满足于追随前贤,满足于墨守过去的种种标
准,那么,我们的作品是否有资格被称为"新作品"就还存在疑问。
新颖总比重复好。令人遗憾的是,胡应麟建立在对传统了解基础上的
"集大成"主张,所倡导的实际上是重复古人。

四 对"变"的观照：两种价值尺度

美国散文家爱默生（1803～1882）说：

> 诗人总是在孤独幽寂中倾吐诗句。他所说的，大多数无疑是
> 传统的东西；但是他逐渐说出了一些独创的和美丽的东西。这使
> 他高兴得着迷了。以后他就不说别的，只说这类东西。①

在爱默生看来，诗人的凭证，就在于他说出人们所没有说过的
话。独创性是他的通行证。以这样的眼光来考察诗史，对于它在各个
阶段所发生的种种变化，无疑会兴高采烈地喝彩。但是也还有另外一
种角度。他们的看法是，艺术的美存在于符合某些标准的固定形式之
中，任何偏离都会导致艺术的衰退。罗马帝国时期的诗人、批评家贺
拉斯（公元前65～前8）在《诗艺》中对这一命题的表述是："不论
作什么，至少要作到统一、一致"；"每种体裁都应该遵守规定的用
处。"就通常情况而言，要求体裁的纯粹性是古典主义和新古典主义
的重要特征之一，它立足于传统，总是希望维持已经建立起来的秩
序。但体裁的纯粹性只能相对而言，在各种体裁之间难以划出一道截
然的界线，真正固定不变的体裁规则或许是不存在的。古典主义者却
执着地相信存在着纯粹的体裁原型，因而无疑是片面的。

或者崇尚独创性，或者崇尚规则，这两种不同的态度，可借用来
作为标尺，据以划分出明代诗学中的两个流派：信心派和信古派。信
心派赞美"变"，信古派贬抑"变"。只是要附加一个说明，一部分
信古派成员也在有限的程度上对"变"予以认可，如李东阳、何景
明、王世贞、谢榛、屠隆等；当然，他们的认可与信心派对"变"
的热情赞美是有不容混淆的区别的。这给我们的描述增加了困难，但

---

① 爱默生：《诗人》，伍蠡甫主编：《西方文论选》下卷，上海：上海译文
出版社1979年11月版，第493页。

也多了几分"疑义相与析"的乐趣。

李东阳已注意到"变"的相对的合理性。《麓堂诗话》云:"昔人论诗,谓'韩不如柳,苏不如黄'。虽黄亦云'世有文章名一世,而诗不逮古人者',殆苏之谓也。是大不然。汉魏以前,诗格简古,世间一切细事长语,皆著不得。其势必久而渐穷,赖杜诗一出,乃稍为开扩,庶几可尽天下之情事。韩一衍之,苏再衍之,于是情与事,无不可尽。而其为格,亦渐粗矣。然非具宏才博学,逢原而泛应,谁与开后学之路哉?"李东阳所谓"格""粗",是就风格而言的。他虽然意识到"变"是艺术发展的必然结果,却认为韩、苏的创新造成了诗风粗率的弊端。

何景明对"变"的合理性有较为充分的认识。他在《与李空同论诗书》中赞赏曹、刘、阮、陆和李杜"皆能拟议以成其变化",提倡"体物杂撰,言辞各殊"的"异曲同工"而反对一味"同曲",这都具有鼓励后人创新的意识。康海的立论与何景明相近。《续藏书·康修撰海》引其语曰:"古人言以见志,故其性情,其状貌,求而可得焉。此孔子所以于师襄得文王也。故昔人陶则陶,杜则杜,韩则韩,柳则柳,咸自成家。今或不能自立,傍人门户,效颦而学步,志意性情略无见焉,无乃类诸译人也耶?君子不凤鸣而鹦鹉言,陋矣哉!"康海的观点是:诗是诗人感情的流露、表达,或形象的写照。按照这种思路,诗人自身就成了产生艺术作品及其判断标准的要素。由此得出的结论是:既然我们每个人都各有性情,我们的诗也理应具有异于前贤的风格。他看不起鹦鹉学舌、模拟旧套之辈。

既崇古,又尚变,这是王世贞诗学体系的一个特征。其《刘侍御集序》云:"自西京以还至于今千余载,体日益广而格日益卑,前者毋以尽其变,而后者毋以返其始。呜呼,古之不得尽变,宁古罪哉?今之不能返其始,其又何辞也矣。""返其始"是为了格高,"尽其变"是为了广体,二者不容偏废。这便与李攀龙的一味返古有所不同。他还在《与屠长卿书》中批评过李攀龙:"李于鳞无一语作汉以后语,亦无一字不出汉以前。其自叙乐府云:'拟议以成其变化',又云:'日新之谓盛德',亦此意也。若寻端拟议以求日新,则不能无微憾。""于鳞居恒谓'富有之谓大业'、'日新之谓盛德'、'拟议以成其变化'为文章之极则。余则以'日新'之与'变化',皆所以融其'富有''拟议'者也。"李攀龙强调的是"富有""拟议",即对前人成功方法的熟悉和模仿,王世贞强调"日新""变化",即注重与传统有所不同之处。

谢榛明确提出了"文随世变"的命题。他在《四溟诗话》中说:"《三百篇》直写性情,靡不高古,虽其逸诗,汉人尚不可及。今学之者,务去声律,以为高古。殊不知文随世变,且有六朝唐宋影子,有意于古,而终非古也。"(卷一)"诗至三谢,乃有唐调;香山九老,乃有宋调;胡元诸公,颇有唐调;国朝何大复李空同,宪章子美,翕然成风。吾不知百年后,又何如尔。"(卷一)"雪夜过恕庵主人,诸子列座,因评钱刘七言近体两联多用虚字,声口虽好,而格调渐下,此文随世变故尔。"(卷四)荣格(1875~1961)在《心理学和文学》中表达过如下思想:诗人的作品是来适应他所生活的那个社会的精神需要的。艺术创造以及艺术效果的秘密要返回到"参禅"的状态中去找,在那样的经验境界里,活着的是人,而不是个人。诗人的个体对他的艺术并不起决定的作用,伟大的诗是应他的时代的需要而产生的。谢榛所说的"文随世变",就旨在表明时代的这种异乎寻常的影响力。时代的风气,孤立的个人是抗拒不了的。

广五子之一的李维桢则从作者境遇的变化入手探究诗风变化的成因。其《青莲阁集序》云:"今夫唐诗祖《三百篇》而宗汉魏,旁采六朝,其妙解在悟,其浑成在养,其致在情,而不强情之所无,其事在景,而不益景之所未有。……触景以生情,而不迫情以就景;取古以证事,而不役事以骋才。"《唐诗纪序》亦云:"即事对物,情与景合而有言。干之以风骨,文之以丹彩,唐诗如是止耳。……缘机触变,各适其宜,唐人之妙以此。今惧其格之卑也,而偏求之于凄惋悲壮、沉痛感概,过也。"他重视的是景之合、事之实、情之真,而景、事、情三者,综合起来看,实即作者的社会人生境遇。诗人不是与世隔绝的个体,他的创作并不只与他本人相关。由此,他得出的结论也是"文随世变":"格由时降,而适于其时者善;体由代兴,而

适于其代者善；乃若才，人人殊矣，而适于其才者善。"（李维桢《亦适编序》）

屠隆对"文随世变"观念的表达，在信古派中要算格外酣畅淋漓的。其特点是反复运用排比句式："诗之变随世递迁，天地有劫，沧桑有改，而况诗乎？善论诗者，政不必区区以古绳今，务求其至可也。论汉、魏者，当就汉、魏求其至处，不必责其不如《三百篇》；论六朝者，当就六朝求其至处，不必责其不如汉、魏；论唐人者，当就唐人求其至处，不必责其不如六朝。汉、魏凄惋如苏、李，沉至如《十九首》，高华如曹氏父子，何必《三百篇》？六朝冲玄如嗣宗，清奥如景纯，深秀如康乐，平淡如光禄，婉壮如明远，何必汉、魏？唐人清绮如沈、宋，雄大如子美，超逸如太白，闲适如右丞，幽雅如襄阳，简质如韦、储，俊丽如龙标，劲响如高、岑，何必鲍、谢？宋诗河汉不入品裁，非谓其不如唐，谓其不至也。如必相袭而后为佳，诗止《三百篇》，删后果无诗矣！至我明之诗，则不患其不雅，而患其太袭；不患其无辞采，而患其鲜自得也。夫鲜自得，则不至也。"（屠隆《论诗文》）屠隆在这里依然谨守七子派的立场，对宋诗横加指责（有意味的是，没有指责六朝古诗），但不再批评宋诗未遵循唐诗轨范，而是说宋诗之变尚未臻于完善。

胡应麟经常涉及"变"的话题。他将"体以代变"和"格以代降"并提，是诗学中一代不如一代论的代表者。《诗薮》内编卷一，第一则便直指本题：

> 四言变而《离骚》，《离骚》变而五言，五言变而七言，七言变而律诗，律诗变而绝句，诗之体以代变也。《三百篇》降而《骚》，《骚》降而汉，汉降而魏，魏降而六朝，六朝降而三唐，诗之格以代降也。

"体以代变"，"格以代降"，这八字可视为《诗薮》一书的总纲。这里的"格"，首先是"品格"之意，强调不同体裁的尊卑高下。也含有"风格"之意，因为风格也是有等级差异的。《内编》卷二还说："四言不能不变而五言，古风不能不变而近体，势也，亦时也。然诗至于律，已属俳优，况小词艳曲乎！宋人不能越唐而汉，而以词自名，宋所以弗振也。元人不能越宋而唐，而以曲自喜，元所以弗永也。"胡应麟虽然承认变化的必然性，但却认定变所导致的是"体格日卑"。信古派不会毫无保留地赞美"新变"。

信心派的观点，则与信古派有着本质的区别。既认识到变化的必然性，又肯定变化是前进和发展，这样的观点才能真正为信心派首肯。

提到信心派，一般都以公安派为中坚，以李贽、徐渭等为前驱，这在大体上是合理的。但如果把视野放宽些，我们会发现，信心派的队伍较我们原来的印象要雄厚些。

约略与前七子同时的孙绪已雄辩地说明不能以世之先后定诗之高下。其《无用闲谈》云："今人掇拾前人残唾，才见贺诗，即曰鬼才；见苏诗，即曰不无利钝；至魏晋李杜之诗、秦汉之文，即拱手降服，惟恐不及。问其所以为佳，茫然四顾。不必取于心，而论世之先后。学之卤莽，一至于此。大抵文章与时高下，人之才力亦各不同，今人不能为秦汉战国，犹秦汉战国不能为六经也。"这些话词锋犀利，讽刺得恰到好处。本来，人类对消逝了的美总是怀着深长的缅怀之情，因此，作为一种文化趣味，好古是无可厚非的。但由好古出发，走到厚古薄今、贵远贱近的地步，那就荒唐无理了。孙绪所嘲笑的正是这种情形：唯以"世之先后"论诗文高下。

嘉靖年间的黄姬水，视"真"为诗的本质，写诗无非"取诸泄志而真已矣"。其《刻唐诗二十六家序》所用的反推法是颇为巧妙的。他指出，如果要将以世之先后定诗文高下的逻辑贯彻到底，那么，世上只要有部《三百篇》就足够了，还要《离骚》干什么？还要汉、魏诗干什么？还要唐诗干什么？按时代先后论诗，正如以颜色或雌雄定马的优劣一样，必然挑选不出真正的好马。

为信心派张目而影响巨大的哲学家，当首推李贽。他反对以时代先后论体格高下，而以是否抒写"童心"作为衡量标准。从理论分类的角度看，李贽所倡导的是"表达说"。一般说来，表达说的主要倾向可以这样概括：艺术作品是在感情冲动下所创造的成果，它同时体现了诗人的知觉、思想和感情。诗是强烈感情的自发溢流或鲜明个性的形象呈现。既然如此，感情表达的纯粹与否才是确定诗歌优劣的标准，时代先后是无关紧要的因素。

公安派主将袁宏道对是古非今论的抨击尤为激烈。他着眼于"变"的不须加以限定的合理性，为艺术史上的种种新变击节称快。其《叙小修诗》云："盖诗文至近代而卑极矣。文则必欲准于秦、汉，诗则必欲准于盛唐，剿袭模拟，影响步趋，见人有一语不相肖者，则共指为野狐外道。曾不知文准秦、汉矣，秦、汉人曷尝字字学《六经》欤？诗准盛唐矣，盛唐人曷尝字字学汉、魏欤？秦、汉而学《六经》，岂复有秦、汉之文？盛唐而学汉、魏，岂复有盛唐之诗？唯夫代有升降，而法不相沿，各极其变，各穷其趣，所以可贵，原不可以优劣论也。"《与江进之》云："夫物始繁者终必简，始晦者终必明，始乱者终必整，始艰者终必流丽痛快。其繁也，晦也，乱也，艰也，文之始也。如衣之繁复，礼之周折，乐之古质，封建井田之纷纷扰扰是也。古之不能为今者也，势也。其简也，明也，整也，流丽痛快也，文之变也。夫岂不能为繁，为乱，为艰，为晦，然已简安用繁？已整安用乱？已明安用晦？已流丽痛快，安用聱牙之语，艰深之辞？辟如周书《大诰》、《多方》等篇，古之告示也，今尚可作告示否？毛诗《郑》、《卫》等风，古之淫词媟语也，今人所唱《银柳丝》、《挂针儿》之类，可一字相袭否？世道既变，文亦因之，今之不必摹古者也，亦势也。"袁宏道的这些如激流般汹涌而出的语言，似乎缺少深思熟虑，但却具有振聋发聩的力度，并包含了若干发人深省的见解。一、他以为"各极其变，各穷其趣"的诗才是可贵的。对艺术法则的严格遵守或许是产生优秀作品的必要条件，但读者更欣赏的却首先是灵感与新颖。二、文学的发展演变是时代的发展演变使然。每个时代都有它自己的艺术和艺术家。一切真正的和不朽的诗，都植根于它那个时代的生活中。它必须像一棵活着的树，把触须伸进生活的土壤。因此，袁宏道《雪涛阁集序》用一个比喻说，严冬季节，就不应该穿夏天的衣服，正如战国时代，不能依样画葫芦地写大、小《雅》，汉、魏时代，不能沉溺不返地写《离骚》，盛唐时代，不能亦步亦趋地写《古诗十九首》一样。时代变了，艺术理应随着变化。三、各种文体的地位是平等的。不同时代有不同的文学样式，它们之间没有优劣之分。注重实用的人热衷于为各种文体划分等级。在他们看来，艺术作品都有一个目的，即在读者中产生某种特定的效果。既然艺术作品只是达到目的的一种手段，那么，作品实现这一目标的成功与否就是判定其价值的依据。既然把艺术作品看成旨在影响读者的工具，也就相应地产生了体裁的等级之论，如文高于诗、古体高于近体、诗高于词等。七子派为诗划分等级，动机与实用派有别，主要是崇古心理作祟。但归宿是一致的，即抱着牢不可破的体裁等级观不放。袁宏道则认为，《古诗十九首》等作品，尽管"音节体制"有异于《离骚》，"然不谓之真《骚》不可也"。他看重的是二者精神实质的一致，而不是形式的一致。

信古派的基本观点之一是："文不程古，则不登于上品。"（屠隆《文论》）强调在各种诗体的写作中，务必遵循前人的轨范。这种轨范是从"第一义"的流传久远的作品中提取出来的，具有某种心理学的依据，对写作确有一定的指导作用。但正如"写作指南"指导不出优秀作家一样，艺术的轨范纵然取之于经验，却代替不了"新颖"和"灵感"的作用。所以，公安派断言，无论什么文体，在不同时代，都有不同的风格特征。陈陈相因则弊生，只有变才能通，只有通才能发展，久而又穷则又变，艺术史就是这样一个由通而穷，由穷而变，由变而通的往复不断的过程，因而文体规范不是固定不变的。袁宏道在《雪涛阁集序》中举例说："古之为诗者，有泛寄之情，无直书之事；而其为文也，有直书之事，无泛寄之情，故诗虚而文实。晋、唐以后，为诗者有赠别，有叙事；为文者有辩说，有论叙。架空而言，不必有其事与其人，是诗之体已不虚，而文之体已不能实矣。古人之法，顾安可概哉！"既然诗、文之体没有一成不变的轨范，诗中的各种体裁也就同样没有一成不变的轨范。由此出发，袁宏道力倡"破体"，即打破种种条例和规则。

信古派一向鄙薄宋诗，其理由是，宋诗打破了唐诗的传统，未能从"第一义"入门，轨辙不正。出于矫枉过正的需要，公安派对宋诗表示了极大的热情。袁宗道平生崇敬唐代诗人白居易和宋代文学家苏轼，并将自己的书斋命名为"白苏斋"，诗文集取名为《白苏斋集》，袁宏道更有意用偏激的口吻来赞美宋诗，即他在《与张幼于》中所说："至于诗，则不肖聊戏笔耳。信心而出，信口而谈。世人喜唐，仆则曰唐无诗；世人喜秦、汉，仆则曰秦、汉无文；世人卑宋黜元，仆则曰诗文在宋、元诸大家。"故意和对手寻开心，很能见出袁宏道的个性。比较而言，《雪涛阁集序》是较为平实的："夫法因于敝而成于过者也。矫六朝骈俪饤饾之习者，以流丽胜，饤饾者，固流丽之因也。然其过在轻纤，盛唐诸人以阔大矫之；已阔矣，又因阔而生莽，是故续盛唐者，以情实矫之；已实矣，又因实而生俚，是故续中唐者，以奇僻矫之；然奇则其境必狭，而僻则务为不根以相胜，故诗之道，至晚唐而益小。有宋欧、苏辈出，大变晚习，于物无所不收，于法无所不有，于情无所不畅，于境无所不取，滔滔莽莽，有若江河。今之人，徒见宋之不唐法，而不知宋因唐而有法者也。如淡非浓，而浓实因于淡。然其弊至以文为诗，流而为理学，流而为歌诀，流而为偈诵，诗之弊，又有不可胜言者矣。"袁宏道从艺术演化的角度论"变"，指出各种流派均有其产生、发展的合理性，这是史家卓识；虽然也正视宋诗的流弊，却充分肯定其矫晚唐之弊的功绩及创新价值，不失为稳妥之论。

袁中道比袁宏道小两岁，但他的去世晚于宗道二十余年，晚于宏道十余年，在冷静的考察与反省中，他既看到公安派在改革诗风方面所取得的成就，又意识到因矫枉过正所造成的某些负面影响，所以能心平气和地讨论问题。其《宋元诗选》云："诗莫盛于唐，一出唐人之手，则览之有色，扣之有声，而嗅之若有香。相去千余年之久，常如发硎之刃，新披之萼。后来宋、元诸君子，其才情之所独至，为词为曲，使唐人降格为之，未必能过，而至于诗，则不能无让。……非为才不如，学不如，直为气运所限，不能强同。""宋元承三唐之后，殚工极巧，天地之英华几泄尽无余，为诗者处穷而必变之地，宁各出手眼，各为机局，以达其意所欲言，终不肯雷同剿袭，拾他人残唾，死前人语下。于是乎情穷而遂无所不写，景穷而遂无所不收。无所不写，而至写不必之之情；无所不收，而至收不必收之景，甚且为迂为拙，为俚为狷，若倒困倾囊而出之，无暇拣择焉者。总之，取裁肺腑，受法性灵，意动而鸣，意止而寂，即不得与唐争胜，而其精彩不可磨灭之处，自当与唐并存于天地之间。此宋、元诗所以刻也。"为宋、元诗作序在明代是一个敏感话题。自从南宋末年的严羽对宋诗作了总体否定以来，元、明人均讳言宋诗，而明人又兼讳元诗，信古派笔下，宋、元诗的主要价值是用作批判的靶子。袁中道的意见是，盛唐诗确乎是宋、元人未能企及的典范，但原因不在宋、元人才情不足，而是为气运所限。盛唐诗的风格确乎令人心向往之，然而却不应要求宋、元人仿效。理由是：这种风格对取材的要求太苛刻，途径狭窄，连唐代的杜甫、韩愈也只能另辟蹊径，何况宋、元人呢？宋、元诗人处于穷而必变之地，与其死于前人句下，不如自出手眼，虽有失误，也比裹足不前要强。袁中道一方面充分肯定盛唐诗的成就，另一方面也称赞宋、元诸家"不肯雷同剿袭，拾他人残唾"，由"变"以存其人之真的精神，持论中庸，但在退守中仍坚持了公安派的宗旨。

五　信心论与信古论的融合

　　一般说来，文体规范是整合有序的、力求达到稳定的因素，而性灵却是活跃的，丰富多彩的，力求拓宽已经稳定的文体规范甚至冲决某种文体规范，它们之间的对立是必然的。从艺术发展的历史来看，稳健的流派通常着眼于文体规范，而激进的流派则偏重性灵或与之相近的标示作家主体情感的概念。前后七子与公安派的矛盾也具有这种稳健与激进相对立的性质。但是，艺术向更高层次的发展却要求矛盾的双方达到平衡，既尊重性灵，又尊重文体规范，既信心，又信古，辩证地处理性灵与文体规范的对立统一的关系。如此看来，前后七子和公安派的争论似属无谓，但用这种静态的平衡关系来要求艺术发展的历史是荒谬的。事实往往是这样：艺术的发展经常需要片面强调对立统一关系中的某个侧面。宋诗末流以"理学"、"歌诀"、"偈诵"

为诗，混淆诗文两种文体，于是前后七子强调文体规范，这一点，连袁宏道也承认其合理性；对于文体规范的片面重视又导致了一味模仿古人，于是公安派转而提倡"独抒性灵"，"中郎之论出，王、李之云雾一扫，天下之文人才士始知疏瀹心灵，搜剔慧性，以荡涤摹拟涂泽之病，其功伟矣"（钱谦益《列朝诗集小传》丁集中《袁稽勋宏道》）。袁中道《解脱集序》从这种对立统一、补偏救弊的角度阐述前后七子和公安派的功过，立论精当："夫文章之道，本无今昔，但精光不磨，自可垂后。唐、宋于今，代有宗匠，降及弘、嘉之间，有缙绅先生倡言复古，用以救近代固陋繁芜之习，未为不可，而剿袭格套，遂成弊端。后有朝官，递为标榜，不求意味，惟仿字句，执议甚狭，立论多矜，后生寡识，互相效尤，如人身怀重宝，有借观者，代之以块，黄茅白苇，遂遍天下。中郎力矫弊习，大格颓风。昔昌黎文起八代之衰，亦非谓八代以内都无才人，但以辞多意寡，雷同已极，昌黎去肤存骨，荡然一洗，号谓功多，今之整刷，何以异此。"所以，这种"片面"有其不容抹杀的深刻性，借用一个命题，即"深刻的片面"。但"深刻的片面"客观上需要完善，当两种"深刻的片面"处于对立状态并各自暴露出其不可避免的短处时，它们的前景必然是走向融合，走向动态的平衡。而它们本质上的互补关系也正是在这个融合的过程中无可置疑地显示出来。

　　信古论与信心论的融合在屠隆、李维桢、邹迪光和袁中道的诗论中已露端倪。屠隆、李维桢与公安派同时，其中屠隆与汤显祖过从甚密。他们既已感到前后七子的模拟之弊，又意识到公安派对文体规范的蔑视过于偏激，合则两全，离则两伤。因而，他们在表现出愿意接纳"性灵"的同时，也不忘记指责公安派"体敝"。屠隆说："文不程古，则不登于上品。"（屠隆《文论》）所谓"程古"，即法古，这自是针对公安派"决裂文体"而言的。又说："至我明之诗，则不患其不雅，而患其太袭；不患其无辞采，而患其鲜自得也。"（屠隆《论诗文》）"见非超妙，则傍古人之藩篱而已。"（屠隆《文论》）则是针对前后七子拘守前人规范而言的。以此为基点，他为诗坛开出的药方是兼取性灵和文体规范。《论诗文》云："杜撰则离，离非超脱之谓，格虽自创，神契古人，则体离而意未尝不合；程古则合，合非摹拟之谓，字句虽因，神情不傅，则体合而意未尝不离。"诗道有法，昔人贵在妙悟，新不欲杜撰，旧不欲剿袭，实不欲粘带，虚不欲空疏，浓不欲脂粉，澹不欲干枯，深不欲艰涩，浅不欲率易，奇不欲谲怪，平不欲凡陋，沉不欲黯淡，响不欲叫啸，华不欲轻艳，质不欲俚野，如禅门之作三观，如元门之炼九还，观熟则现，心珠炼久，斯结黍米，岂易臻化境哉？"他们所说的"化境"，实为规范与性灵交融的产物。至于其行文的折中衷色彩，更令人感觉到一个力图不偏不倚地面对文坛争执的诗论家的存在。

李维桢以简洁的语言提出了"取材于古而不以摹拟伤质，缘情于今而不以率易病格"的兼顾"情"与"格"的主张（李维桢《方于鲁诗序》）。尽管徐祯卿已有"因情立格"之论，王世贞也有"用格而不为格所用"的见解，李维桢的主张仍然具有不容忽视的意义，即：他将对立的双方在一个格言式的句子中"公正"地组织到了一起。其实他在感情上是偏袒前后七子的，所以他对公安派的指责极为严厉，斥其创作为"野体、鄙体、俗体"（李维桢《吴韩诗选题辞》），认为文体规范的决裂导致了"诗道陵迟"。但这并不妨碍他在其理论中悄悄容纳许多公安派的东西，如："诗以道性情，性情不择人而有，不待学问文词而足。故《诗》三百篇，《风》与《雅》、《颂》等。"（李维桢《读苏侍御诗》）"今学诗者工摹拟而非情实，善雕镂而伤天趣，增蛇足，续凫胫，失之弥远。"（李维桢《绿雨亭诗序》）这些话，放在公安派的文字中，不会给人扦格不入之感。大体说来，李维桢论诗，侧重于"破"，既指责师古者"非情实"，"伤天趣"，又指责师心者"取里巷语，不加修饰润色"，"甚则驱市人野战"，各责五十板，意在倡导"师心"与"师古"的融合。

邹迪光（1549～?）的诗论偏于七子一路，但不默守陈说。他在《王懋中先生诗集序》中对万历前、中期的诗风加以评述，于七子派和公安派，均有所不满：批评万历初期世人谈诗必曰李何、王李，这是对七子派末流表示不满；批评万历中期"必子瞻而后为诗"，则是对公安派表示不满。他建议折中二者："以今法古，而不泥古"；将

"无所不模拟"与"自运、自裁、自命"合为一体。同样的意思也见于他的《太室山人集序》中:"夫伦节者古也,而自然者我也,以我运古,其谁废之! 遗我则强涕无从,巧笑不欢;泥古则优孟学敖,寿陵学步。二者诗文道丧矣。"

袁中道对公安派末流随意决裂文体规范的弊病看得比较清楚,意识到尊重文体规范有其合理性,与其兄宏道有别。他不是一般地反对前后七子,而是反对七子末流;也不是一般地赞赏袁中郎,而是赞赏他革除了七子末流之弊:"国朝有功于风雅者,莫如历下,其意以气格高华为主,力塞大历后之窦,于时宋、元近代之习,为之一洗。及其后也,学之者浸成格套,以浮响虚声相高,凡胸中所欲言者,皆郁而不能言,而诗道病矣。先兄中郎矫之,其意以发抒性灵为主,始大畅其意所欲言,极其韵致,穷其变化,谢华启秀,耳目为之一新。及其后也,学之者稍入俚易,境无不收,情无不写,未免冲口而发,不复检括,而诗道又将病矣。由此观之,凡学之者,害之者也,变之者,功之者也。……夫昔之功历下者,学其气格高华,而力塞后来浮泛之病;今之功中郎者,学其发抒性灵,而力塞后来俚易之习。有作始自宜有末流,有末流自宜有鼎革,此千古诗人之脉,所以相禅于无穷者也。"(袁中道《阮集之诗序》)袁中道的见地,已接近于"深刻的片面"。他以为,七子派和公安派都各有其深刻性,也各有其片面性。其深刻性表现为开了诗坛的新局面,其片面性则又理所当然地导致了末流的产生。在他看来,注重"性灵"的袁宏道,并不一定超出注重文体规范的前后七子,重"性灵"和重"法律"各有其长,也各有其短。他的话甚至潜在地包含了这样一个意思:假如前后七子与公安派易时而处,他们都有可能扮演对方的角色。所处的时代不同,所面对的现状不同,提出的主张也自然不同。但他们又有本质上的一致处,即都是为了改变所处时代诗学中的不良风气。就他们都曾发挥补偏救弊的作用而言,前后七子和公安派(尤其是袁宏道)理应同样受到称赞。"创新"和"保守"都有价值。

袁中道还试图从兼顾"信心"与"信古"的立场出发对其兄中郎的诗学和创作历程作出观照或概括。他在《吏部验封司郎中中郎先生行状》中将袁宏道的人生历程相当明晰地划分为两个阶段。前一阶段受到李贽的巨大影响，"谓凤凰不与凡鸟同巢，麒麟不共凡马伏枥，大丈夫当独往独来，自舒其逸耳，岂可逐世啼笑，听人穿鼻络首！"后一阶段则归于稳重周密一路："遂一矫而主修。"

由主悟到主修，这是从一端走向了另一端。禅宗的南宗是主张顿悟的，认为只要消除妄念，性体无生，则刹那成佛，毋须缓缓静修。神会用一个精彩的比喻来说明这种顿悟，叫作"利剑斩束丝"。他说："譬如一缕之丝，其数无量，若合为一绳，置于木上，利剑一斩，一时俱断。丝数虽多，不胜一剑。发菩提心，亦复如是。"既然烦恼妄念可以"一时俱断"，那么，刹那之间成佛就是完全有可能的。

禅宗的北宗虽然也用过"顿悟"一词，但北宗的顿悟以渐修为前提，实质还是渐修。"犹如伐木，片片渐砍，一时顿倒。"它是经过长期修持后的恍然大悟，即所谓"以定发慧"。定，指专注一境而不散乱的精神状态：心不起妄念，顺视线向下凝望，把精神集中到内部，或者向外部游曳，把心力定住。如此认真地实践冥想，最终便能臻于离念之境（把明镜的客尘拂去）。

由主悟到主修，即由偏重性灵到偏重规范。伴随着袁宏道诗学思想的变化，其创作也呈现为相互区别的两种风格。其前期"诗文如《锦帆》、《解脱》，意在破人之执缚，故时有游戏语，亦有才高胆大，无心于世之毁誉，聊以抒其意所欲言耳"。其后期则"学以年变，笔随年老，故自《破砚》以后，无一字无来历，无一语不生动，无一篇不警策，健若没石之羽，秀若出水之花，其中有摩诘，有杜陵，有昌黎，有长吉，有元、白，而又自有中郎"（袁中道《袁中郎先生全集序》）。

袁宏道诗学与创作的前后期差异，作为一种值得探索的现象，使我们想起赫尔岑（1812～1870）在《科学中的一知半解》中关于浪漫主义和古典主义的论述。赫尔岑提示我们，浪漫主义和古典主义中均包含有永恒的真理成分，它们是人类的伟大遗产。不同的人，因其性分的差异，或理智胜于多愁善感，或爱耽溺于冥想之中，就分别成为古典主义者或浪漫主义者。在人生的不同阶段，例如青年时期，更易成为浪漫主义者，中年时期，更易成为古典主义者。但这种人生现象与"特殊流派的形成"不是一回事。所以，当我们参考赫尔岑的理论来分析袁宏道这一个案时，我们既要注意到，他由主悟到主修，这一转变恰好与他的青年、中年两个人生阶段对应，又要明白，他的转变虽与进入中年相关，但主要是因为公安派末流的种种弊端，促使他反省和重新思考若干问题。袁中道为他写的传，把握住了他作为转变型艺术家的特点：他年青时为了打破千人一套的局面，提出"独抒性灵，不拘格套"，其创作确有不避俚俗之处；但随着阅历渐深，逐渐意识到规范的重要性，抒性灵而"有法"，已臻于较为成熟的境地。袁中道如此具体地描述袁宏道的变化，意在提供一个"信心"与"信古"统一的标本，以便从理论上探讨融合性灵与规范的可能性。①

竟陵派尝试将文体规范与"性灵"融合为一，取得了阶段性的重大理论成果。他们的诗学建构，有两个值得注意的地方，一是信心与信古的统一，二是"灵"与"厚"的统一。

关于第一点，钟惺在《诗归序》中提出了精神之变无限，途径之变有限的命题。"诗文气运，不能不代趋而下，而作诗者之意兴，虑无不求其高。高者，取异于途径耳。夫途径者，不能不异者也；然其变有穷也。精神者，不能不同者也；然其变无穷也。操其有穷者以求变，而欲以其异与气运争，吾以为能为异，而终不能为高。其究途径穷，而异者与之俱穷，不亦愈劳而愈远乎？此不求古人真诗之过也。"既然途径（指具体的规则和技巧）之变有限，着眼于"途径"的变化与古人争胜，就是不明智的。钟惺仍然坚持向古人学习，但不是学古人的"途径"，而是学古人的"精神"，"不敢先有所谓学古不学古者，而第求古人真诗所在。真诗者，精神所为也。察其幽情单

————————

①　袁中道另有若干关于中郎的评述亦足资参考，如《吴表海先生诗序》："先兄中郎之诗若文，不取程于世匠，而独抒新意，其实得唐人之神，非另创也。"

绪,孤行静寄于喧杂之中;而乃以其虚怀定力,独往冥游于寥廓之外。"他和谭元春共选《诗归》,其宗旨亦在求古人"精神","非谓古人之诗,以吾所选为归,庶几见吾所选者,以古人为归也。引古人之精神,以接后人之心目,使其心目有所止焉,如是而已矣"。他们把古人诗歌看作是古人信心而发的"真有性灵"之言,"信古"是"信心"的表现,因此,他们信古而能"不为古人役,而使古人若为受役"(李维桢《谭友夏诗序》)。

竟陵派的这种诗学建构,就其学术渊源而言,与宋濂、袁宗道等人的古文理论关系颇为密切。宋濂《苏平仲文集序》云:"古之为文者未尝相师,郁积于中,抒之于外,而自然成文。其道明也,其事核也,引而申之,浩然而有余,岂必窃取辞语以为工哉!"宋濂的意见,概括地说,就是"师其意而不师其辞"。这与他在《文原》中所说的"大抵为文者欲其辞达而道明耳,吾道既明,何问其余"是相通的。袁宏道《论文》所阐发的,与宋濂的思想颇多相通之处。其言曰:"古文贵达,学达即所谓学古也,学其意不必泥其字句也。"从表层涵义来看,袁宗道与宋濂的观点是完全一致的。但二人笔下的"意",所指差异甚大。宋濂的"意",指正宗的儒家思想;袁宗道的"意",可理解为"见解",无论是哪一家的见解,只要独到、深刻就行,"道家则明清净之理,法家则明赏罚之理,阴阳家则述鬼神之理,墨家则揭俭慈之理,农家则叙耕桑之理,兵家则列奇正变化之理;汉、唐、宋诸名家,如董、贾、韩、柳、欧、苏、曾、王诸公,及国朝阳明、荆川,皆理充于腹,而文随之"。将袁宗道的文论嫁接到诗论上,就是"精神之变无穷,途径之变有穷,善学古人者,学其精神,而不学其途径;善变古人者,亦不津津取异于途径"。竟陵派的诗学,正是沿着这一逻辑展开的。大致可以这样说,竟陵派的目的是以公安派的基本立场为立场,接受前后七子诗学的合理因素而使"信心"说趋于完善,所以,他们将"信古"纳入"信心"之中。

关于第二点。谭元春曾在《诗归序》中自称"与钟子约为古学,冥心放怀,期在必厚"。钟惺《与高孩之观察》说得更为系统:"诗至于厚而无余事矣。然从古未有无灵心而能为诗者,厚出于灵,而灵者不能即厚。弟尝谓古人诗有两派难入手处：有如云气大化，声息已绝，此以平而厚者也，《古诗十九首》、苏、李是也；有如高岩浚壑，岸壁无阶，此以险而厚者也，汉《郊祀》《铙歌》、魏武帝乐府是也。非不灵也，厚之极，灵不足以言之也。然必保此灵心，方可读书养气，以求其厚，若夫以顽冥不灵为厚，又岂吾孩之所谓厚哉？"灵"为诗心，近于公安，故钟、谭的某些议论，声口颇近三袁，如谭元春《诗归序》："夫真有性灵之言，常浮出纸上，决不与众言伍。"谭元春《汪子戊子诗序》："夫作诗者一情独往，万象俱开，口忽然吟，手忽然书。即手口原听我胸中之所流，手口不能测；即胸中原听我手口之所止，胸中不可强。"所有这些，都表现出他们对"性灵"说的认可与认识。以"厚"为诗学，则近于七子，因为"厚"本是七子派所向往的，他们所衷心推崇的汉、魏、盛唐的高格即以浑朴蕴藉为其基本特征。自然，公安派也谈"厚"，如袁宏道《与丘长孺》云："夫诗之气，一代减一代，故古也厚，今也薄。诗之奇、之妙、之工、之无所不极，一代盛一代。故古有不尽之情，今无不写之景，然则古何必高，今何必卑哉！"这里所说的"厚"，即浑厚朴拙的风格；而"奇"、"妙"、"工"云云，即竟陵派所谓"灵"。袁宏道重"灵"而轻"厚"，故结论是"古何必高，今何必卑"；竟陵派"灵"、"厚"兼重，而以"厚"为其美学理想的归宿。《诗归》的评点，亦以浑朴蕴藉作为主要的审美标准之一，如：

> 只是极厚极厚，若云某句某句佳，亦无寻处。（评苏武诗）
>
> "将缣来比素，新人不如故"。其言厚而雅；"愿得一心人，白头不相离"。其言俚而厚。（评《羽林郎》）
>
> 不朴不茂，不深不浅，不浑不雄，不厚不光。了此可读陶诗。（评陶渊明诗）
>
> 初、盛唐之妙，未有不出于厚者。（评常建诗）
>
> 中、晚唐之异于初、盛，以其俊耳。刘文房犹从朴入，然盛唐俊处皆朴，中、晚唐朴处皆俊。文房气有极厚者，语有极真者，真到极快透处，便不免妨其厚。（评刘长卿诗）

钟惺、谭元春所青睐的浑朴蕴藉的"厚",与七子派说的"古意"相近。

中国古代诗学经常强调"文各有体",其中的一层含意是:文体对所表达的内容具有选择功能。它只能容纳与它特性相通的那一部分人生体验,而对不适应的那一部分,则加以改造或者排除掉。各种诗体的独特审美风格就是由此产生的。古诗浑厚,律诗稳重,绝句轻倩,就因诗体不同而呈现出相异的风格。大体说来,"厚"与古诗较易相通,"灵"与绝句较易相通(所以倡导"独抒性灵"的袁宏道写得一手好绝句),钟、谭兼倡"灵"、"厚",欲将"灵"、"厚"同时推广到古、律、绝三种诗体,这在艺术上存在难以逾越的困难。他们也意识到了这一点,所以谭元春《黄叶轩诗义序》说:"诗之衰也,衰于读近代之集苦多,而作古体之诗苦少也。近代之集势处于必降,而吾以心目受其沐浴,宁有升者?……予尝恨古今为诗之限,何以不讫古体而止,有律焉雕之囚之,又从而减其句之半以绝之,甚矣,其不古也!"他们把古体放在律、绝之上,因为律、绝难以臻于"厚"的境界。此外,据谭元春在《题简远堂诗》中的解释,"灵"偏于一字一句的神奇,"厚"偏于全篇的宽裕朴拙的气象。一关局部,一关整体。如果真是这样,那么"灵"与"厚"是可以统一的。只是,汉、魏古诗的"古意"却正是以难以句摘的方式表现出来的,一旦有警句可选,"古意"也就由浓而淡了。"灵"与"厚"事实上难于共存在同一篇作品中。因此,竟陵派主张"灵"与"厚"统一的诗学建构是存在漏洞的,还不足以最终完成信心论与信古论的融合。

第四章 "清物论"的生成及其在 明代的展开

"诗、清物也。"这是竟陵派诗学的核心观点之一，但其理论价值又并不囿于竟陵派的视野。从中国诗学的源流变迁及整体构建来看，其内涵是相当丰富深厚的。

一 标示隐逸品格的"清"

"清"受到广泛关注始于魏、晋、南北朝时期。较早使用此词的是曹丕。他在《典论·论文》中说："气之清浊有体，不可力强而致。"这里，"清"指俊爽超迈的阳刚之气，"浊"指凝重沉郁的阴柔之气，二者之间，并无优劣之分。将"清"作为一个表达特定审美感受的概念来大量使用，我以为始于南朝宋临川王刘义庆编撰的《世说新语》。

笔者曾就《世说新语》作过粗略统计，该书用到"清"的地方约有五十余处，其含义大致有三种：一、"清"意味着"远"，意味着纯净，意味着空灵的胸襟，所以有"清远"、"清贞有远操"的用法，所以"清虚寡欲"与"滓秽"（浊）相对，所以"清谈"又称"玄谈"。二、"清"意味着"简"，与繁琐相对，意味着"通"，与滞碍相对，意味着"明"，与"暗"相对，因此有"清通简要"、"清简贵要"、"清辞简旨"、"清淳"、"清澈"等的细致区分。三、"清"意味着"美"，意味着高爽，如"清旨"、"玄甚清"等。所有这三种含义，都集中标示着魏晋名士对"神明开朗"的向往。沿着这个方向发展，完全以秋空般明净的胸襟去追求升华的人生，其结果必然是内外澄澈，于是，一个冰清玉洁、日朗月明的境界出现了。这是魏晋人所醉心的境界，是"清"或"神明开朗"的外化。

"清"的品格在谢灵运的山水诗中有异常显著的呈现。谢灵运是中国山水诗的奠基者。其创作的两个特征是不可忽视的。

其一，谢灵运的山水诗特别讲求意象的明净高爽。他有许多历代传诵的名句，比如："池塘生春草，园柳变鸣禽。"（《登池上楼》）"近涧涓密石，远山映树木。"（《过白岸亭》）"云日相辉映，空水共澄鲜。"（《登江中孤屿》）"春晚绿野秀，岩高白云屯。"（《入彭蠡湖口》）"明月照积雪，朔风劲且哀。"（《岁暮》）"野旷沙岸净，天高秋月明。"（《初去郡》）"白云抱幽石，绿筱媚清涟。"（《过始宁墅》）在这些诗句中，动词如"生"、"映"、"辉映"、"照"等，形容词如"澄鲜"、"白"、"绿"、"清"、"明"、"秀"、"净"等，名词如"远山"、"空水"、"秋月"、"白云"、"积雪"等，都给人晶莹闪亮之感。而这一现象又不可孤立地看待，因为，热爱空明高爽的意象，可说是魏晋名士的共同特色。拿《世说新语》的意境与谢灵运的"名章迥句"比照，我们很容易发现，二者之间在骨子里和外观上都极为一致。毫无疑问，谢灵运作品的空明澄澈的意象，乃是其作为名士的内在的"清"、"朗"品性向外辐射所致。

其二，谢灵运也注意音节的调谐浏亮。音节的浏亮和意象的晶莹毋宁说是同一件事，都是风神潇洒、挺然秀出的人格的展示，都含蕴着对爽朗的追慕。确实，魏晋南北朝名士对响亮的声音大有偏好，比如宗炳画所游山水悬于室中，说："抚琴动操，欲令众山皆响！"孙兴公作《天台赋》成，以示范荣期，说："卿试掷地，要作金石声！"谢灵运也时常以诗捕捉响亮的声音，比如"飞鸿响远音"（《登池上楼》）；"异音同至听，殊响俱清越"（《石门岩上宿》）；"林深响易奔"（《石门新营所住》）。但他对响亮声音的偏好主要地却是化为了形式因素，即讲求对偶。谢灵运的诗，不仅前面所举那些写景名句几乎全是对偶，有些诗像《登池上楼》共二十二句，就有十对偶句，只有一对例外。他对偶句的偏好一眼便可见出。

谢灵运对"清"的钟情，缘于他对山水之美的富于玄学意味的

212

独特领悟。佳山胜水，本来是自古就存在着的。但两晋以前，士大夫阶层并未给予热情关注，文学中的这类描绘相当少见。屈原和宋玉的笔下有过一些写景文字，而比重太小；《诗经》中的若干写景名句，基本上是作为"比"、"兴"的材料，是用景物来比附或引发主体的情绪，自然景观未能获得自身的独立价值。汉魏大赋的铺陈，抹杀了景物的个性，写了等于没写。

自然，优秀的山水诗、文也是有的，比如东汉马第伯《封禅仪记》，曹操的《观沧海》。只是，个别作品的脱颖而出，并不能视为一种划时代的人生和艺术倾向。

士大夫不关心山水之美，是因为他们的心灵尚未与山水建立契合点。早期的哲人，多从实用的角度看待山水，其结果必然导致对山水之美的漠视，因为，山水的实用性是极低的，尤其是那些只能作为景观的山水。魏晋名士的看法就显然不同，他们并不用人生奴役自然，而是以自然来扩展自我的人生：自然是纯净的，玄远的，而现实是污浊的，凡近的，因此，走向自然，就是摆脱凡近，就是赋予人生以超尘脱俗的意味。《世说新语》有《栖逸》一门，从其中的一些片断，不难见出，当时人对岩穴之士或无与世事之士是极度钦慕向往的。而他们所以推重岩穴之士，又是因为岩穴之士超乎世俗，能够"得意"于自然山水间。这样，对山水之美的追寻便具有了与庸俗、凡俗、丑陋的现实世界对立的蕴含，富于叛逆倾向的名士阶层，因此执着地寄情于山水。他们空前敏锐地欣赏着足迹所至（主要是东南地区）的自然景观；他们甚至用山水之美来形容人的风度，而这类形容，只有那些超尘脱俗的人士才能得到。超尘脱俗，名士与山水在这一点上契合了。"清"，它在艺术中所标示的，正是一种富于道家神韵的超尘脱俗的品格。

二 作为审美范畴的"清"

谢灵运之后，"清"在诗学中出现的频率高了起来。刘勰《文心雕龙》有"风清骨峻"、"文洁而体清"等说法。钟嵘《诗品》用

"清"的地方多达十余处，如评《古诗》"清音独远"，评嵇康"托喻清远"，评刘琨"自有清拔之气"，评陶渊明"风华清靡"，评鲍照"不避危仄，颇伤清雅之调"，评范云诗"清便婉转，如流风回雪"，评沈约"长于清怨"，评戴逵诗"有清上之句"，评谢庄诗"气候清雅"，评鲍令晖诗"崭绝清巧"，评江祏诗"猗猗清润"，评虞羲诗"奇句清拔"。在这些例句中，"清"大致可区分为三种含义：一指清刚劲拔，如"清拔之气"；二指纯净，如"清音"、"清怨"；三指清新，如"清上"、"清润"。这三种含义，均与超尘脱俗的品格相关。

盛唐诗人李白也偏爱"清"的审美情趣。如《古风》之一："圣代复元古，垂衣贵清真"。《宣州谢朓楼饯别校书叔云》："蓬莱文章建安骨，中间小谢又清发。"《忆旧游书怀赠江夏韦太守良宰》："清水出芙蓉，天然去雕饰。"李白所说的"清"，是与劲健的骨力和飘逸、自然的才情联系在一起的，即"清壮"或"清雄奔放"。

唐高仲武编《中兴间气集》，选唐代26位诗人的诗132首，其中20位写有评语。"清"是评语中出现较多的字眼之一，如评钱起："体格新奇，理致清赡"；评于良史："诗清雅，工于形似"；评李希仲："李诗轻靡，华胜于实，此所谓才力不足，务于清逸"；评张继："其于为文，不自雕饰，及尔登第，秀发当时，诗体清迥，有道者风"；评皇甫曾："体制清洁，华不胜文"。"清"这一概念，本是从寄情山水中衍生出来的，因而，它虽然不一定排斥"雄浑"，却与"清逸"、"清雅"、"清洁"更易沟通，再进一步，则可能流于"清空"。高仲武意识到了这一点，所以他对李希仲之"清逸"、皇甫曾之"清洁"，没有一味肯定。"清"与"壮"、"清"与"雄"的结合，是李白等人更为向往的境界。

将"清"作为审美范畴大规模加以讨论的第一人是《二十四诗品》的作者——唐末司空图。司空图是否为《二十四诗品》的作者，近年来颇有争议。陈尚君、汪涌豪《司空图〈二十四诗品〉辨伪》（载《中国古籍研究》第一卷）一文认为：1. 今人谈司空图诗论，所据主要为《二十四诗品》与其论诗杂著。结合司空图的生平思想，比较这两部分文献的思想倾向、论诗主张及行文风格的异同，有许多悖异。2. 考察《二十四诗品》的流传过程，发现从公元 908 年司空图去世直至万历年间的七百年间，从无人看到或引录此书。3. 前人所举早于明末书证，只有苏轼的一段话，各家信此书为司空图撰，其实属于误解。4.《二十四诗品》为明末人从《诗家一指·二十四品》中析出，伪题司空图以行世。至于《一指》的作者，则为明代嘉兴诗人怀悦。

本书仍将《二十四诗品》的著作权归于司空图。

司空图在《二十四诗品》中专列《清奇》一品：

> 娟娟群松，下有漪流。晴雪满汀，隔溪渔舟。可人如玉，步屧寻幽，载行载止，空碧幽幽。神出古异，澹不可收。如月之曙，如气之秋。

他描绘的是一幅隐居生活的清丽图景，与高士组合在一起的是松树、流水、晴雪、渔舟……司空图本人的诗兴也常常是因山水自然的触发而产生的。在《与李生论诗书》中，他谈到自己对"韵外之致"、"味外之旨"的追求，举了若干例子加以说明，如"得于早春，则有'草嫩侵沙短，冰轻著雨销'。又'人家寒食月，花影午时天'。又'雨微吟足思，花落梦无慀'。得于山中，则有'坡暖冬生笋，松凉夏健人'。又'川明虹照雨，树密鸟冲人'。得于江南，则有'戍鼓和潮暗，船灯照岛幽'，又'曲塘春尽雨，方响夜深船'。又'夜短猿悲减，风和鹊喜灵'。得于塞下，则有'马上经寒惨，雕声带晚饥'。得于丧乱，则有'骅骝思故第，鹦鹉失佳人'。又'鲸鲵人海涸，魑魅棘林高'。得于道宫，则有'棋声花院闭，幡影石幢幽'。得于夏景，则有'地凉清鹤梦，林静肃僧仪'。得于佛寺，则有'松日明金象，苔龛响木鱼'。又'解吟僧亦俗，爱舞鹤终卑'。得于郊园，则有'远陂春早渗，犹有水禽飞'。得于乐府，则有'晚妆留拜月，春睡更生香'。得于寂寥，则有'孤萤出荒池，落叶穿破屋'。得于惬适，则有'客来当意惬，花发遇歌成'"。自然景色在人生和艺术中都是备受关注的。当一片风景闪入我们眼帘的时候，我们兴许会情不自禁地产生一种感觉，或恬适，或悠然，或惬意，或迷茫……我们人生的某种境遇，我们心灵的某种情绪，似乎与自然景色叠印在了一起。景物就是心灵，景物就是人生。所以当谢灵运捕捉到"池塘生春草，园柳变鸣禽"的景象，当陶渊明将"采菊东篱下，悠然见南山"的猝然相遇展现出来，他便不需要再多说什么。"一个'意象'是在瞬间呈现出的一个理性和感情的复合体。"

司空图所倾心的自然景色，与南宗画（水墨山水）的意境相近。唐代的山水画本来有两种风格。一是以李思训为代表的金碧山水：用青绿着色，色彩繁富，金碧辉映；一是以王维为代表的水墨山水，"气韵高清"，不贵五彩，即张彦远所说："草木敷荣，不待丹绿之采；云雪飘扬，不待铅粉而白；山不待空铅而翠，风不待五色而绛。是故运墨而五色具，谓之得意。"在唐人心目中，李思训作为画家的地位高于王维，但宋人却更推崇王维。譬如《宣和画谱》卷十对李思训、李昭道父子的评价是："今人所画着色山水，往往多宗之。然至其妙处，不可到也。"这当然也是颇为赞赏的语气。但论及王维时，无疑更多敬慕之意："其胸次所存，无适而不潇洒。移志于画，过人宜矣……后来得其仿佛者，犹可以绝俗也。正如《唐史》论杜子美，谓残膏剩馥，沾丐后人之意。况乃真得维之用心之处耶？"至明代，董其昌提出了山水画中的南北二宗说，以李思训为北宗的代表，以王维为南宗的代表，扬王抑李，成为晚明以来的画论主流。宋、明人之推崇王维，在于他的画表现了一种人格，表现了一种精神：幽情远思，怡然自得。人类被尘烦所污染的心灵，借对山水的审美观照得到了净化。苏辙《题王诜都尉山水横卷三首》之一说："摩诘本词客，亦自名画师。平生出入辋川上，鸟飞鱼泳嫌人知。……行吟坐咏但目见，飘然不作世俗词。高情不尽落缣素，连峰绝涧开重帷。百年流落存一二，锦囊玉轴酬不赀。"晁补之《王维捕鱼图序》说："……人物数十许，目相望不过五六里，若百里千里。右丞妙于诗，故画意有余。世人却以语言粉墨追之，不似也。"与苏辙、晁补之角度相同，今人徐复观的论述尤为洋洋洒洒，说得很在行。他在

《中国艺术精神》一书中指出:"性情不能超脱世俗,则山水的自然,不能入于胸次;所以山水与隐士的结合,乃自然而然的结合。说到这里,便可以了解,李思训虽因'技进乎道,而不为富贵所埋没',所以才有山水画的成就;但他毕竟是富贵中人:金碧青绿之美,是富贵性格之美;他的'荒远闲致',乃偏于海与神仙的想像,这是当时唐代统治者神仙思想的反映,而不一定是高人逸士思想的反映。总说一句,李思训完成了山水画的形象,但他所用的颜色,不符合于中国山水画得以成立的庄学思想的背景;于是在颜色上以水墨代青绿之变,乃是于不知不觉中,山水画在颜色上向其与自身性格相符的,意义重大之变。"①

除《清奇》一品外,在其他诸品中司空图也好些次使用了"清"这一概念。如《沉著》:"绿林野屋,落日气清。"《高古》:"太华夜碧,人闻清钟。"《精神》:"碧山人来,清酒深杯。"《缜密》:"水流花开,清露未晞。"《形容》:"绝伫灵素,少回清真。"《超诣》:"如将白云,清风与归。"他的《与王驾评诗书》也用了"清"字:"右丞、苏州趣味澄夐,若清风之出岫。"司空图笔下的"清",一以贯之的指生活情调的澄淡闲逸,具有内涵的高度统一性。

应该指出,司空图《二十四诗品》所标举的诗学范畴是丰富多样的。即使我们承认"洗炼"主要指语言风格,"缜密"、"委曲"主要论结构特征,"精神"、"实境"、"形容"、"超诣"着重于艺术素养和写作技巧,"流动"近乎各品总结,也还有十五品足以作为诗学范畴来使用,即:"雄浑"、"冲淡"、"纤秾"、"沉著"、"高古"、"典雅"、"劲健"、"绮丽"、"自然"、"豪放"、"疏野"、"清奇"、"悲慨"、"飘逸"、"旷达"。在这十五品中,司空图格外重视的是雄浑、冲淡二品。兼重雄浑与冲淡,似和李白的"清壮"、"清雄奔放"意味相近,实际上有本质区别:司空图之于雄浑,偏重其韵味悠长的

---

① 徐复观:《中国艺术精神》,沈阳:春风文艺出版社1987年6月版,第219~220页。

一面，雄少而浑多。唯其如此，所以他的"清"的概念，不包含"壮"和"奔放"的意蕴，或者说，较少包含"壮"和"奔放"的意蕴。

宋、元时代的诗学对"清"的意义的界定大体上遵循司空图的路数。比如刘辰翁的儿子刘将孙。这位在元代较有个性的诗论家说：

> 天地间清气，为六月风，为腊前雪，于植物为梅，于人为仙，于千载为文章，于文章为诗。……兹清气者，若不必有，而必不可无。自《风》、《雅》来三千年于此，无日无诗，无世无诗，或得之简远，或得之低暗，或得之古雅，或得之怪奇，或得之优柔，或得之轻盈。往往无清意，则不足以名世。（《彭宏济诗序》）

> 人声之精者为言，言之又精者为诗。使其翾翾也皆如鹤，其诗矫矫也如鸣于九皋，将人欲闻而不可得闻。诗至是，始可言趣耳。（《九皋诗集序》）

刘将孙用了许多比喻来说明"清气"，说明它的远离尘俗的品格。六月风的凉爽，腊前雪的晶莹，梅的高洁，仙的飘逸，诗的明澈，都指向"幽闲"、"简远"的境界。"无清意则不足以名世"，所标举的还是一种超拔不俗的品格。

三　胡应麟论"清"

如同山水画中有南、北宗的分别一样，中国古典诗也包含了两种主要的诗风：一是以杜甫为代表的体现入世精神的诗风，以雄浑见长；一是以王维为代表的体现出世精神的诗风，以清逸见长。值得注意的是，在山水画中，王维所代表的画风被认为是最高的，而在诗中，王维所代表的诗风却只能居于杜甫之下。"据中国文艺批评史看来，用杜甫的诗风来作画，只能达到品位低于王维的吴道子，而用吴道子的画风来作诗，就能达到品位高于王维的杜甫。中国旧诗和旧画有标准上的分歧。"①

这种分歧根源于中国古典诗深厚的入世传统。后世对李、杜与王、孟的等级评定,其基本依据也是这一传统。如评李、杜云:"建安、陶、阮以前诗,专以言志;潘、陆以后诗,专以咏物。兼而有之者,李、杜也。"(张戒《岁寒堂诗话》卷上)"《三百篇》,诗之祖也。世自盛入衰,风自正入变,雅颂息矣。风雅颂,经也;赋比兴,纬也;以三纬行三经之中,六义备焉。一变为《骚》,再变为《选》,三变为五七字律,盖自晋宋齐梁而下,义日益离。李、杜手障狂澜,离者复合;其他掇拾风烟,组缀花鸟,自谓工且丽,索其义蔑如。"(林景熙《王修竹诗集序》)"言唐诗者,类以李、杜为称首,何哉?盖天宝之间,国事颠覆,太白、少陵目击时艰,激烈于心,而托之辞。直述兴致迫切,情实其间,虽出入驰骤于烟霞水月之趣,而爱君忧国,其所根柢者居多。是故上忝天道,下植人纪,中扶世道,风雅以后不可少也。"(杨仲弘《宋国史柴望诗集原序》)几位评者,均不约而同地着眼于李、杜诗继承《诗经》传统和爱君忧国的入世精神。至评王、孟,则曰:"孟浩然、王摩诘诗,自李、杜而下,当为第一。老杜诗云:'不见高人王右丞',又云'吾怜孟浩然',皆公论也。"(许颛《彦周诗话》)"王、孟诗原有实落不可磨灭处,只因务为修洁,到不得李、杜沉雄。"(郑燮《潍县署中与舍弟第五书》)"夫诗有徐、庾,有王、孟。王、孟之诗不必谓宗法柴桑,要皆自能伐毛洗髓,固质存真,故其趣洁,其味旨,而难以工力计较。"(阙名《静居绪言》)均着眼于王、孟的高人品格及其与李、杜的"沉雄"形成对照的"洁"、"旨"。所以王士祯说:"严仪卿所谓如镜中花,如水中月,如水中盐味,如羚羊挂角,无迹可求,皆以禅喻诗,内典所云'不即不离,不粘不脱',曹洞宗所云'参活句'是也。……至于议论、叙事,自别是一体。故仆尝云,五七言诗有二体:田园丘壑当学陶、韦,铺叙感慨当学杜子美《北征》等篇也。"

---

① 钱钟书:《中国诗与中国画》,收入《旧文四篇》,上海:上海古籍出版社1979年9月版,第25页。

（《带经堂诗话》卷二九）所谓"田园丘壑"，作者举陶渊明、韦应物为代表，实即王、孟一派；所谓"铺叙感慨"，作者举杜甫为代表，实即李、杜一派。"田园丘壑"偏于出世，"铺叙感慨"偏于入世。

李、杜在中国诗史上的"大家"地位，中晚唐之际已经确立。虽有人表示不满或异议，但未能动摇诗坛的主流见解。韩愈《调张籍》诗云："李杜文章在，光焰万丈长。不知群儿愚，那用故谤伤？蚍蜉撼大树，可笑不自量。"就表明主流见解的不容置疑。皮日休《郢州孟亭记》说："明皇世，章句之风，大得建安体，论者推李翰林、杜工部为尤。"则表示公众舆论的一致。唐以降，鉴于李、杜的声名显赫，即使不乏偏爱王、孟的人，但大都在表面上仍将李、杜置于王、孟之上。比如苏轼。他在《书吴道子画后》、《王定国诗叙》、《书唐氏六家书后》反复推崇"诗至于杜子美，文至于韩退之，书至于颜鲁公，画至于吴道子，而古今之变，天下之能事毕矣"，"古今诗人众矣，而杜子美为首"，这些话，其实只是四平八稳地表个态而已，他真正偏爱的还是神韵悠然的诗，所以其《书黄子思诗集后》说："予尝论书，以谓钟、王之迹，萧散简远，妙在笔墨之外。至唐颜、柳始集古今笔法而尽发之，极书之变，而钟、王之法益微。至于诗亦然。""李太白、杜子美以英玮绝世之姿，凌跨百代"，"然魏、晋以来，高风绝尘，亦少衰矣"。司空图"诗文高雅"，"列其诗之有得于文字之表者二十四韵，恨当时不识其妙"。他心领神会并心向往之的还是"萧散简远，妙在笔墨之外"，还是"高风绝尘"，"得于文字之表"。

明代自高棅发轫的主流诗学，从严羽的《沧浪诗话》汲取了基本的诗学主张，即古诗尊汉、魏，律诗尊盛唐，但《沧浪诗话》潜在的推尊神韵的倾向被忽略或省略了。其原因在于，明代的主流诗人有着解不开的"大家情结"。而要成为"大家"，从中国古典诗的传统来看，就不能只是"优游不迫"，首先应当"沉着痛快"。兼重"沉着痛快"与"优游不迫"，这在理论上的表达即反对一味"清逸"，倡导"清刚"或"清雄奔放"，"清"的含义中必须给"雄浑"

留一席重要的位置。

在前后七子中，谢榛是较有理论个性的一位。他的《四溟诗话》重雄浑而轻清逸，代表了主流派的见解。如卷二：

> 韩退之称贾岛"鸟宿池边树，僧敲月下门"为佳句，未若"秋风吹渭水，落叶满长安"气象雄浑，大类盛唐。
>
> 李空同评孟浩然《送朱二诗》曰："不是长篇手段。"浩然五言古诗近体，清新高妙，不下李杜。但七言长篇，语平气缓，若曲涧流泉而无风卷江河之势，空同之评是矣。
>
> 谢灵运"池塘生春草"，造语天然，清景可画，有声有色，乃是六朝家数，与夫"青青河畔草"不同。叶少蕴但论天然，非也。

看得出来，谢榛对那些"清新高妙"、"清景可画"的诗不乏欣赏之意，但仍固执地将它们置于"气象雄浑"的作品之下。"若曲涧流泉而无风卷江河之势"一语，"曲涧流泉"可喻清逸，"风卷江河"可喻雄浑，抑扬之间，旨趣显然。

前七子中有位在创作上以清逸见长的诗人，即徐祯卿。徐祯卿早年追摹六朝，诗格婉弱，"文章江左家家玉，烟月扬州处处花"二句，一度广为传诵。后与李梦阳等相交，悔其少作，改趋汉、魏、盛唐，但标格清妍，仍存江左风流。比较能体现其风格的如《在武昌作》：

> 洞庭叶未下，潇湘秋欲生。
> 高斋今夜雨，独卧武昌城。
> 重以桑梓念，凄其江汉城。
> 不知天外雁，何事乐长征。

这首诗当然也有模仿前人的地方。钱钟书《谈艺录》第 605 页引韦应物《新秋夜寄诸弟》"高梧一叶下，空斋秋思多"及《闻雁》"故园渺何处，归思方悠哉。淮南秋雨夜，高斋闻雁来"诸句，指出其依傍的蓝本，可谓确凿无疑。但即使如此，我们还是能够接受沈德潜《明诗别裁集》的评语："五言律皆孟襄阳遗法，纯以气格胜人。"他的诗，与王、孟缘分较深。

令我们感兴趣的是主流派对他的评价。李梦阳序《徐昌谷集》，批评他"大而未化，故蹊径存焉"，钱谦益《列朝诗集小传》丙集《徐博士祯卿》将这二句引为"守而未化，蹊径存焉"，擅改字眼，不足为训，但并未背离李梦阳的原意。所谓"守"，指他的诗标格清妍，犹存江左风流。王世贞《艺苑卮言》卷六说："昌谷少即摛词，文匠齐梁，诗沿晚季，追举进士，见献吉始大悔改。其乐府、《选》体、歌行、绝句，咀六朝之精旨，采唐初之妙则，天才高朗，英英独照。律体微乖整栗，亦是浩然、太白之遗也。《骚》诔颂剟，宛尔潘陆，惜微短耳。今中原豪杰，师尊献吉；后俊开敏，服膺何生；三吴轻隽，复为昌谷左祖。摘瑕攻颣，以模剟攻李，不知李才大，固苞何孕徐不掩瑜也。李所不足者，删之则精；二子所不足者，加我数年，亦未至矣。"王世贞所指责的"三吴轻隽"，是一群非主流的推尊清逸传统的诗人或诗论家。他没有点他弟弟王世懋的名，其实王世懋的观点正与"三吴轻隽"相同。王世懋在《艺圃撷余》中说："诗有必不能废者，虽众体未备，而独擅一家之长。如孟浩然洮洮易尽，止以五言隽永，千载并称王孟。我明其徐昌谷、高子业乎？二君诗大不同，而皆巧于用短。徐能以高韵胜，有蝉蜕轩举之风；高能以深情胜，有秋闺愁妇之态。更千百年，李、何尚有废兴，二君必无绝响。所谓成一家言，断在君采、稚钦之上，庭实而下，盖无论矣。"王世懋所说的"隽永"、"高韵"，正是王、孟一脉的风格标志，"蝉蜕轩举"四字，更逗出一派隐逸气象。

胡应麟是明代主流诗学的集大成者。李梦阳、何景明、李攀龙、王世贞等诗坛领袖，热衷于追求雄浑博大的气象，理论与创作均偏重"风骨"。他们一扫诗坛的萎靡柔弱之弊，赢得了广泛的赞许，模拟者、追随者甚众，由此造成千部一腔、千人一面的雷同状况。胡应麟有鉴于此，遂在诗学中引入"清"的范畴，既表现出对"清逸"的容纳，又不放弃对"实大声宏"的偏爱，因而他笔下的"清"是兼具雄浑之意的。《诗薮》中论"清"的片断甚多，如：

> 诗最可贵者清，然有格清，有调清，有思清，有才清。才清者，王、孟、储、韦之类是也。若格不清则凡，调不清则冗，思不清则俗，王、杨之流丽，沈、宋之丰蔚，高、岑之悲壮，李、杜之雄大，其才不可概以清言，其格与调与思，则无不清者。（外编卷四）

> 绝涧孤峰，长松怪石，竹篱茅舍，老鹤疏梅，一种清气，固自迥绝尘嚣。至于龙宫海藏，万宝具陈，钧天帝廷，百乐偕奏，金关玉楼，群真毕集；入其中，使人神骨泠然，脏腑变易，不谓之清可乎！故才大者格未尝不清，才清者格未必能大。（外编卷四）

> 清者，超凡绝俗之谓，非专于枯寂闲淡之谓也。婉者，深厚隽永之谓，非一于软媚纤靡之谓也。子建、太白，人知其华藻，而不知其神骨之清；枯寂闲淡，则曲江、浩然矣。杜陵人知其老苍，而不知其意致之婉；软媚纤靡，则六代、晚唐矣。（外编卷四）

不将"清"限定在清逸的范围内，而将它视为可以包容李、杜之雄放的一个概念，除胡应麟之外，也还有别的明人这样使用过。比如明初贝琼的《乾坤清气序》："诗盛于唐，尚矣。盛唐之诗，称李太白、杜少陵而止。乾坤清气，常蕲于人，二子得所蕲而形之诗。潇湘、洞庭，不足喻其广；龙门、剑阁，不足喻其峻；西施、南威，不足喻其态；千兵万马，不足喻其气。"以"潇湘、洞庭""龙门、剑阁""千兵万马"为喻，不难想见其雄浑、壮阔、奔放，而这种种风格，都是"乾坤清气"的呈现。贝琼所谓的"清气"，指的是得性情之正，与司空图等人作为审美范畴使用的"清"缺少逻辑关联。

胡应麟则是以中国古典诗中两种相反相成的诗风为背景而讨论"清"这一审美范畴的。其特色在于，对"清"作了不同类型的区分，如才清、格清、调清、思清，其中尤为重要的是才清和格清。"才清者，王、孟、储、韦之类是也。"指的是清逸一派。"王右丞之超禅入妙，孟襄阳之清远闲放，韦左司之冲和自然，柳柳州之清峭峻洁，皆宗陶，而各得其性之所近。"（陈明善《唐八家诗钞》沈德潜序）"王与孟与韦与柳，其生平出处不尽相侔，而其胸襟浩落，萧然出尘，则遥遥百余年间，前后若合符节，王则以清远胜。每当风晨月夕，展卷长吟，如幽士深山，如佳人空谷，令人仿佛遇之。诗曰：'高山仰止，景行行止。'虽不能至，心窃向往之。所愿天下之论诗者，毋徒炫李、杜之名，而忽视夫四子也。"（胡凤丹《唐四家诗集序》）以"清"论王、孟、柳、韦诗，源远流长，无疑是唐以降占主导地位的看法。

"格清"指的是雄浑壮阔一派，如"高、岑之悲壮，李、杜之雄大"，放宽一些，甚至连"王、杨之流丽，沈、宋之丰蔚"亦可包含在内。"高岑之诗悲壮，读之使人感慨。""李、杜数公，如金鸡擘海，香象渡河。下视郊、岛辈，直虫吟草间耳。"（严羽《沧浪诗话·诗评》）以悲壮论高适、岑参，以雄大论李白、杜甫，自是公论；但从格调的角度视李、杜、高、岑之诗为"清"，则殊为少见，不能不说是胡应麟的创获。司空图《与李生论诗书》曾说："王右丞、韦苏州澄淡精致，格在其中，岂妨于遒举哉？"这里似有"格清"不妨"遒举"之意，但总觉尚隔一层。

胡应麟的格、调、思之"清"，其参照系（或对立物）不是雄浑奔放，而是所有缺少诗意的"凡""冗""俗"的东西。只要不"凡"不"冗"不"俗"，无论什么风格，都不妨视之为"清"。他注意到："古诗轨辙殊多，大要不过二格：以和平、浑厚、悲怆、婉丽为宗者，即前所列诸家（指阮籍、左思、谢灵运、鲍照、李白、杜甫等）。有以高闲、旷逸、清远、玄妙为宗者，六朝则陶，唐则王、孟、常、储、韦、柳。"（《诗薮》内编卷二）说得简洁一些，可将中国古典诗的"格"用清逸与雄放来概括。胡应麟的意思是：以雄放见长的李、杜，尽管其"才"不宜用"清"来描述，但其"格"其"调"其"思"则是能够用"清"来描述的，因为他们的诗足以"使人神骨冷然，脏腑变易，不谓之清可乎"！

在"才大者格未尝不清"与"才清者格未必能大"二者之间，

胡应麟更推重才大而格清者。他批评才清而格不大的王、孟、常、储、韦、柳说:"其格本一偏,体靡兼备,宜短章,不宜巨什;宜古选,不宜歌行;宜五言律,不宜七言律。"(《诗薮》内编卷二)他赞赏才大而格清的李、杜说:"李、杜歌行,虽沉郁逸宕不同,然皆才大气雄,非子建、渊明判不相入者比。"(《诗薮》内编卷三)"唐人才超一代者李也,体兼一代者杜也。李如星悬日揭,照耀太虚;杜若地负海涵,包罗万汇。李惟超出一代,故高华莫并,色相难求;杜惟兼总一代,故利钝杂陈,巨细咸畜。""李才高气逸而调雄,杜体大思精而格浑。超出唐人而不离唐人者,李也;不尽唐调而兼得唐调者,杜也。"(《诗薮》内编卷四)这些例证表明,胡应麟尽管在他的诗学体系中接纳了"清"的范畴,但其宗旨并未因此改变:面对中国古典诗的"二格",他依然首李、杜而次王、孟,首雄放而次清逸。

四 "诗,清物也"

整个明代,将"诗为清物"作为重大的诗学主张提出并反复加以认真阐述的当推晚明的竟陵派。钟惺在《简远堂近诗序》中说:

> 诗,清物也。其体好逸,劳则否;其地喜净,秽则否;其境取幽,杂则否;其味宜澹,浓则否;其游止贵旷,拘则否。之数者,独其心乎哉?……夫日取不欲闻之语,不欲见之事,不欲与之人而以孤衷峭性勉强应酬,使吾耳目形骸为之用,而欲其性情渊夷,神明恬寂,作比、兴、《风》、《雅》之言,其趣不已远乎?……
>
> 夫诗,清物也。才士为之,或近薄而取忌,违心漫世,薄道也;变素示隙,忌媒也;欲以明厚而反薄,欲免于忌而媒之,非计之得者也。索居自全,挫名用晦,虚心直躬,可以适己,可以行事,可以垂文,何必浮沉周旋,而后无失哉?

《简远堂近诗》是谭友夏的一部诗集。"清",就是"简远"的意思。

《简远堂近诗序》对此有扼要说明:"《简远堂近诗》者,谭友夏近诗也。'简远'二字,则予近日所规友夏语,而友夏取以自命其堂者也。友夏居心托意,本自孤迥,予为刻诗南都,而戒予勿乞名人一字为序,此其意何如哉?"

在其他地方,钟惺也从不同侧面涉及"诗为清物"的命题。如《韵诗序》:"彭举古淡闲远,周览冥搜,孤往高寄。语有《三百篇》,有汉《郊祀》、《乐府》,有韦、曹诸家,而要不失为彭举。"《善权和尚诗序》一文,先批评了"金陵吴越间,衲子多称诗者,今遂以为风。大要谓僧不诗,则其为僧不清;士大夫不与诗僧游,则其为士大夫不雅"的世俗习气,然后赞赏一位真有"清"的品格、从不以诗僧自居的僧人;作者叙他与善权的交往,娓娓道来,确能展现善权的风采。"若善权者,所谓僧而诗,诗而不失其僧者也。"善权与那些"诗而遂失其为僧"者的区别在于:他葆有"清"韵,神明恬寂,不须虚张声势;而那些所谓"诗僧",居心不净,只得自我标榜。再如《黄贞父白门集序》:"贞父平生游止皆有集,至白门而独妙,不可谓非白门山水为之。然使其胸中一作炎冷远近之想,则虽日置身秦淮、蒋陵中,而其心目已有如不见,且不欲见者矣。古今真有山水之癖者,必曰谢康乐。然予尝诵其'遭物悼迁斥'之句,则其栖寻寄托,人见以为有冲情奇趣,而其中之不可知、不可言者,固已不少矣!贞父之集妙于白门,非白门山水为之,而贞父为之。故曰:贞父,有道人也。"所谓"有道",即真能寄情于山水,领略其"清深柔澹"之气。钟惺在这里表达的理念,接近于禅宗的看法:内在的心灵超脱才是最根本的,外在的形迹说明不了什么。谢灵运以山水之癖著称,却并无冲情奇趣;贞父置身白门,心灵亦与白门同一"清深",这才算得"有道"。

在《潘无隐集序》中,钟惺以"冷人"自居。所谓"冷",即不肯与世俗虚与委蛇,不肯言不由衷地说恭维话。《蔡先生传》赞美蔡诗"具清骨",并举若干联作为例证,如:"隐几吾忘我,敲门人话僧";"荒城今古道,大块往来身";"看花到处常为客,见月何时不忆人";"春花冬雪伤离尽,楚水越山论旧新";"阶庭自爱吾形影,灯火相亲汝弟兄"。这些诗句，在对亲情和友情的抒写中，表达了一种甘于清淡的人生追求。

钟、谭提出"诗为清物"，首先是为了对公安派的"性灵"说加以规范。公安和竟陵都看重性灵的抒发，但公安派的"独抒性灵，不拘格套"所造成的俚俗之弊却是一个公认的事实。袁宏道《雪涛阁集序》在论及公安派健将江进之的诗时，将他的风格概括为"穷极新变，物无遁情"，"或有一、二语近平，近俚，近俳"，"此进之矫枉之作，以为不如是，不足矫浮泛之弊，而阔时人之目也"。袁宏道还举了杜牧《登池州九峰楼寄张祜》的"睫在眼前长不见"、卢仝《寄男抱孙》的"一百放一下，打汝九十九"、《柏梁诗》的"迫窘诘屈几穷哉"三例作为"以平而传"、"以俚而传"、"以俳而传"的证据，为江盈科诗张目，读者不难由此理解所谓"平"、"俚"、"俳"的具体所指。袁宏道本人的创作，不少就属于这种"穷极新变"的通俗诗，如《仲春十八日宿上天竺》："三步一呼号，十步一礼拜，万人齐仰瞻，菩萨今何在。"《惠山僧房短歌》："茶到三钟也醉人，花无百枝亦藏鸟。"《得罢官报》："病里望归如望赦，客中闻去似闻升。尊前浊酒愁愁醉，饱后青山慢慢登。"《湖上迟陶石篑戏题》："西家有个如花女，可得将来侑远人？"《江南子》："谁家门前无鹨子，归去且自看家鸡。"这些都属于袁宏道自己所说的"宁今宁俗，不肯拾人一字"（袁宏道《冯琢庵师》），"近日湖上诸作，尤觉秽杂，去唐愈远，然愈自得意"（袁宏道《张幼于》）。一些晚辈诗人以这类作品为模拟对象，遂造成钱谦益所谓"鄙俚公行"的局面，引起了诸多批评。有鉴于公安派的俚俗之弊，竟陵派并不主张所有的"性灵"之言皆可入诗，能入诗的只是那些符合"清"的标准，以"幽深孤峭"为特征的"人情物态"：

> 古人有言，神情与山水相关。相关者何也？所谓方寸湛然，玄对山水者也。（钟惺《玄览集诗序》）
>
> 尝闻画者有烟云养其胸中，此自性情文章之助。昔人怪孙兴公神情不关山水，而能作文。明山水之与文章相发也。世未有俗

227

性情而能作大文章者。马郎性情在山水间，发为文章事业，自当入妙。寄语父师，勿以戏而戒之，藏修余日，使之伏习成家，亦可消闲止逸。异时予衰不出游，马郎读万卷书，行万里路后，应作《真形图》寄我山中，鼓琴动操，四壁皆响，是马郎相对时也。（钟惺《题马士珍诗后》）

　　夫茂先诗，如钟鼓声中报晴，如大江海中扁舟泛泛，又如冠进贤不俗之人，又如数十百人持斧开山，声振州郡，而其实则幽人山行也。（谭元春《万茂先诗序》）

钟、谭对清新寒远之境的推崇，成功地将俚、俳拦在了诗的领地之外。什么是"诗人"？标准的说法是：写诗的作家。但明末的陈继儒却别有心得。他说："人有一字不识而多诗意，一偈不参而多禅意，一石不晓而多画意，淡宕故也。"（见曹臣编《舌华录·清语》）诗与非诗的区别不在于句子的是否押韵，而在于一种气质，一种风度。中国古代有种打油体诗，其代表作是唐人张打油的《雪诗》：

　　　　江上一笼统，井下黑窟窿。
　　　　黄狗身上白，白狗身上肿。①

---

　　①　关于打油诗，本书取明人杨慎的说法（见《升庵外集》）。李开先《词谑》还有另一种说法，谨附录于此："《中原音韵作词十法》：造语不可作张打油语。士夫不知所谓，多有问予者。乃汴之行省掾一参知政事，厅后作一粉壁，雪中升厅，见有题诗于壁上者：'六出飘飘降九霄，街前街后尽琼瑶。有朝一日天晴了，使扫帚的使扫帚，使锹的使锹。'参政大怒曰：'何人大胆，敢污吾壁？'左右以张打油对。簇拥至前，答以：'某虽不才，素颇知诗，岂至如此乱道！如不信，试别命一题如何？'时南阳被围，请禁兵出救，即以为题。打油应声曰：'天兵百万下南阳。'参政曰：'有气概，壁上定非汝作。'急令成下三句，云：'也无援救也无粮。有朝一日城破了，哭爷的哭爷，哭娘的哭娘。'依然前作腔范。参政大笑而舍之。以是远迩闻名。诗词但涉鄙俗者，谓之'张打油语'，用以垂戒。"

所写不能说不真切，但俚俗诙谐，过于轻佻。再如通俗流传的《千家诗》中卢梅坡《雪梅》的"有梅无雪不精神，有雪无诗俗了人。……"意思虽好，亦因语言油滑，令人生厌。诗与俚、俗、俳是格格不入的。所以钟惺说："世未有俗性情而能作大文章者。"他所着力描写的"幽情单绪"、"方寸湛然"、"烟云供养"、"幽人山行"，共同的归宿是雅人深致。谭元春《诗归序》也说："夫人有孤怀，有孤诣，其名必孤行于古今之间，不肯遍满寥廓。而世有一二赏心之人，独为之咨嗟傍徨者，此诗品也。"诗人的情怀必须与世俗迥异。公安派忽视这一点，以为"性灵"之言皆可入诗，这是与诗的本性不符的。①

钟、谭提出"诗为清物"，同时也是针对七子派的格调说的。七子派虽然对盛唐诗极示推崇，但目光所注，却在雄浑奔放之作。当然，他们并未将王维等人束之高阁，只是他们眼中的王维，经过取舍之后，入眼的只是那些偏于雄浑奔放的作品。胡应麟《诗薮》续编卷二云：

> 于鳞七言律所以能奔走一代者，实源流《早朝》、《秋兴》、李颀、祖咏等诗，大率句法得之老杜，篇法得之李颀。

这一则谈的是李攀龙律诗依傍的对象，不妨当作七子派的一个标本来分析。本来，王维的律诗，风格是多种多样的，仅七言律就可分为三种，"有一种宏赡雄丽者，有一种华藻秀雅者，有一种淘洗澄净者。如'欲笑周文'、'居延城外'、'绛帻鸡人'等篇，皆宏赡雄丽者也。如'渭水自萦'、'汉主离宫'、'明到衡山'等篇，皆华藻秀雅者也。如'帝子远辞'、'洞门高阁'，'积雨空林'等篇，皆淘洗澄净者也。"（许学夷《诗源辩体》卷十六）但李攀龙所注意并加以仿

---

① 诗与俗之格格不入，屠隆看得很清楚。他在《凌沂州集序》中说："诗于天壤间，最为清物也。……世间俗物能塞其位，而不能摧其神；能扼其身，而不能关其口。千秋皎日，名终当归之，莫可壅阏也。"

效的，却只是其"宏赡雄丽"的一种。《早朝》即王维的《和贾至舍人早朝大明宫之作》，其中"九天阊阖开宫殿，万国衣冠拜冕旒"二句，极受李攀龙赏识。这种风格并非王维最具特色之处。假如王维诗仅此一种风格，他在盛唐就无足轻重。而王世贞却正是以这副眼光看王维的。他在《艺苑卮言》卷四中说："有一贵人时名者，尝谓予；'少陵伧语，不得胜摩诘。所喜摩诘也。'余答言：'恐足下不喜摩诘耳。喜摩诘又焉能胜少陵也？少陵集中不啻有数摩诘，能洗眼静坐三年读之乎？'其人意不怿去。"以杜甫来吞并王维，王维便可有可无了。这表明，七子派对王维诗"淘洗澄净"的一面是熟视无睹的。

从七子派诗学来看，他们普遍不够重视情趣。这是为格调说所囿的结果：片面追求格高调雄，遂忽视了人生和艺术中一个本不容忽视的侧面。

竟陵派强调"诗为清物"，内涵相当丰富，而其一便是：诗应该表达出那种超尘脱俗的雅人深致，或者说，富于韵味的人生情趣。试看钟惺的几段言论。《文天瑞诗义序》："《诗》之为教，和平冲澹，使人有一唱三叹、深永不尽之趣……天瑞，秦人，嗜古而好深沉之思。其所为《诗义》，盖犹有秦声焉。然有寄情闲远，托旨清深，又使读者想见其兼葭白露，在水一方，不可远近亲疏之意。"《孔融》："孔文举本名士，体气高妙，如琪花瑶草，虽不结实，自是风尘外物。"疏之一字，是名士本色，而经世人殊用不着。"《王羲之》："不尸其功，不露其迹，始终以山水田园自娱，处于仕隐之间，其经济实用，似为文雅风流所掩，不知羲之正欲以此自掩也。"《寄叔弟恮》："作官真无味，何时得致一命于父亲，衣食粗足，兄弟觞咏一室，啸傲五岳，何减南面也！"《自题诗后》："袁石公有言：'我辈非诗文不能度日。'此语与余颇同。昔人有问长生诀者，曰：'只是断欲。'其人摇头曰：'如此，虽寿千岁何益？'余辈今日不作诗文，有何生趣？"《题默公庐山结社卷》："陶公饮酒赋诗，'采菊东篱下，悠然见南山。'尔时已置身庐山之外，兹山面目久落其眼中矣！"《题酒则后四条》："一之神：舣船腾错，杂沓嚣喧。神一乱，便减欢情；加以矜庄，更离真境。善饮酒者，澹然与平时无异，其神闲也。曹孟德临战，如罔欲战，淝水之役，安石以围棋赌墅对之，饮中何可无此神乎?""二之气；禽之制在气，故能以小伏大。酒场中若无雄入九军之气，即百船一石，喉间不无吐茹之苦。余尝持巨觥，向座客搏战，一时酒人色夺。而平日傲杯诉爵之人，亦顿自鼓舞思奋。酒场有此，差亦可廉顽立懦。""三之趣：沉湎委顿，不为不苦；而昏梦号呶，亦复安知此中之乐? 无饮中之苦而有其乐，惟妙于醒者知之。至于出没有无半酣者，尤得其妙。太白云：'但得醉中趣，勿为醒者传。'此为徒醒者言耳。妙于醒者反是。""四之节：'惟酒无量，不及乱。'从心所欲，从容中道，圣之时乎? 一斗亦醉，一石亦醉，居然孔氏家法。直以自然，故能妙中。"《题胡彭举为蔡敬夫方伯画卷》："敬夫勤悫人，其应身居官，是陶士行一流。而于一切韵事，如书画之类，独涉其趣。"《家画跋》："庚申秋冬，予在白门病困，口不能言与食，足不能行，身不能眠，而独能持笔作画。作画则反不知病，其谁使之? 五弟快曰：'兄盖以画为药耳。'因念汉元帝命王褒等以文字为东宫娱病，不为无故。病起，反不能作，所谓病愈药止也。"陆云龙《钟伯敬先生合集序》曾称道钟惺："尺牍写情晰事，笑语宛然；铭赞刻象绘形，镌镂酷至。粗服乱头，靡不皆好"，并非溢美之言。其以画治病一节，尤其富于雅人深致。

钟惺对饮酒也不乏亲切的体验。在中国传统文化中，酒被赋予了浓洌的诗意。汉代郦食其谒见刘邦时自称"高阳酒徒"，即意在表明自己气度不凡，胆略过人。李白壮思腾飞，欲揽明月，则是藉酒力超越凡俗。至于苏轼，他虽然不能饮酒，但却"喜人饮酒，见客举杯徐引，则予胃中为之浩浩焉，落落焉，酣适之味乃过于客"（苏轼《书东皋子传后》），则因为酒与自由、放达的人生总是密切相关。钟惺之于饮酒，能够体验其"神"、"气"、"趣"、"节"，"此不俗人也"。

钟惺于六朝名士，向慕之情溢于言表，尤其是对王羲之和陶渊明。王羲之以放达任诞为世人所知，其实他是颇为关心时事的，"操履识见，当世亦少其比"，只是因为"抗怀物外，不为人役"，因而别具风采。陶渊明亦然，从他的《饮酒》和《读山海经》等诗，可以看出"他于世事也并没有遗忘和冷淡"。但他作为"隐逸诗人之宗","采菊东篱下，悠然见南山"的飘逸淡泊，确乎体现出"豪华落尽"的"真淳"。这样一种人生情调，深为钟惺所向往。

钟惺对写诗的看法尤其洒脱。英国批评家布拉德雷（1851～1935）说："诗的本身就是目的。'诗'是独自存在的一个世界，独立的、完整的、自己管自己的；为了充分掌握这个世界，你必须进入这个世界，符合它的法则，并且暂时忽视你在另一个真实世界中所有的那些信仰、目标和特殊条件。"诗的价值并不体现在它对宗教或社会做出了贡献。"假如诗的价值在于刺激宗教感情，《带路吧，仁慈的光》将不会优于一首《赞美歌》的许多枯燥的译文；假如诗的价值在于对爱国主义的鼓舞，为什么《苏格兰人，他们已经》是超过《我们不要打》呢？假如诗的价值在于激情和缓，萨福的短歌将赢得很少的赞赏；假如诗的价值在于教训，阿姆斯特朗的《保持健康的艺术》应该赢得很多的赞赏。"[①] 布拉德雷的这种观点，即使在西方也不占有主导地位。而在中国，从《诗经》时代起就确立了"诗言志"的理念。诗应该"言之有物"，应该具有重要的思想价值，作者如是追求，评论者也如是要求，遂成为根深蒂固的信条。比较而言，钟惺的说法就显得格外豁达了。他坦率承认，作诗只是享受人生的一种方式，并没有可以炫耀的意义，但如果以此取消诗文，钟惺却举手抗议，理由是："余辈今日不作诗文，有何生趣？"诗与花、鸟、虫、鱼可以归为一类了。如此看待诗歌，自然要求它具有浓郁的情趣，要求它将生活中的名士风流艺术化地表达出来，竟陵派与七子派之间的一道鸿沟就这样明摆在读者眼前了。

"诗为清物"的提出，既是为了规范公安派的"性灵"，又是为了改变七子派忽视情趣的失误，竟陵派的这种宗旨，一以贯之，在别的文章中还有补充说明。作为参考，引录于下：

---

① 布拉德雷：《为诗而诗》，伍蠡甫主编：《西方文论选》下卷，上海：上海译文出版社 1979 年 11 月版，第 102 页。

　　夫诗，以静好柔厚为教者也。……豪则喧，俊则薄；喧不如静，薄不如厚。（钟惺《陪郎草序》）

　　《诗归》一书，自是文人举止，何敢遽言仙佛？然其理亦自深。常愤嘉隆间名人，自谓学古，徒取古人极肤极狭极套者，利其便于手口，遂以为得古人之精神，且前无古人矣。而近时聪明者矫之，曰："何古之法？须自出眼光。"不知其至处又不过玉川、玉蟾之唾余耳，此何以服人？而一班护短就易之人得伸其议，曰："自用非也，千变万化不能出古人之外。"此语似是，最能萦惑耳食之人。何者？彼所谓古人千变万化，则又皆向之极肤极狭极套者也。是以不揆鄙拙，拈出古人精神，曰《诗归》，使其耳目志气归于此耳。（钟惺《再报蔡敬夫》）

针对七子派与公安派的不同倾向，钟惺设计了两组相反相成的概念。第一组："豪"与"俊"。"豪"指七子，"俊"指公安。"豪则喧"，是说七子派的创作太热闹。他们过分执守雄浑奔放的格调，偏爱某一类词汇，不免造成语言的重复。如李攀龙的《杪秋登太华山绝顶》四首，"中原"四见，"万里"四见，"秋色"、"三峰"均为三见。这一类词汇的联篇累牍，给人的感觉是堆砌，是喧阗。胡应麟曾在《诗薮》续编卷二中为七子辩护说："国朝惟仲默、于鳞、明卿、元美妙得其法，皆取材盛唐，极变老杜。近以'百年'、'万里'等语，大而无当，诚然。彼'白云'、'芳草'，非钱、刘言乎？'红粉'、'翠眉'，非温、李余响乎？去此取彼，何异百步笑五十步哉！"他的意思是说：热衷于"百年"、"万里"等语属于模仿，热衷于"白云"、"芳草"、"红粉"、"翠眉"也同样属于模仿。这话当然有几分道理。但他忘了指出一点，频繁地使用"百年"、"万里"等语，与频繁地使用"白云"、"芳草"等语，或频繁地使用"红粉"、"翠眉"等语，所形成的风格是迥异的，给读者的感觉差异很大。"豪则喧"所强调的正是对诗风的感觉。"俊则薄"是说公安派的创作缺少深厚的内涵。公安派以袁宏道为中坚，宏道的诗，"信心而出，信口而谈"，未在烹炼上下功夫，尽管手眼颇新，却不耐咀嚼。朱彝尊

《静志居诗话》卷十六举了一些"俊则薄"的例证：中郎"集中，俳谐调笑之语，如《西湖》云：'一日湖上行，一日湖上坐，一日湖上住，一日湖上卧。'《偶见白发》云：'无端见白发，欲哭翻成笑。自喜笑中意，一笑又一跳。'《严陵钓台》云：'人言汉梅福，君之妻父也。'此本滑稽之谈，类入于《狂言》，不自以为诗者。乃锡山华闻修选明诗，从而击赏叹绝，是何异弃苏合之香，取蛣蜣之转邪？"这类诗作，《四库全书总目提要》评为："变板重为轻巧，变粉饰为本色"，"惟恃聪明"，"矜其小慧"；其意与"俊则薄"相近。

第二组概念："极肤极狭极套"与"玉川、玉蟾之唾余"。所谓"极肤极狭极套"，是对七子派的批评。江盈科《雪涛诗评》："如未老言老，不贫言贫，无病言病，此是杜子美家盗窃也；不饮一盏而言一日三百杯，不舍一文而言一挥数万钱，此是李太白家掏摸也。"这是对"极肤"的批评，指七子派的诗与真实的人生漠不相关。袁中道《蔡不瑕诗序》："国初，何、李变宋元之习，渐近唐矣；隆、万七子辈，亦效唐者也。然倡始者，不效唐诸家，而效盛唐一二家，若维若颀。外有狭不能收之景，内有郁不能畅之情，迫胁情景，使遏抑不得出，而仅仅矜其毂率，以为必不可逾越。其后浸成格套，真可厌恶。"这是对"极狭"的批评：学习对象狭窄与抒写的情景狭窄。袁宏道《与张幼于》："记得几个烂熟故事，便曰博识，用得几个见成字眼，亦曰骚人。计骗杜工部，囤扎李空同，一个八寸三分帽子，人人戴得。"这是对"极套"的批评：滥用现成字眼，毫无新颖创辟之处。"极肤极狭极套"，道尽了七子派末流的弊端。

所谓"玉川、玉蟾之唾余"，指的是追随卢仝等人的奇险诗风。卢仝诗的奇险是有目共睹的，朱熹《论诗》说："诗须是平易不费力，句法浑成。如唐人玉川子辈，句语险怪，意思亦自有浑成气象。"何汶《竹庄诗话》卷十二引《学林新编》云："玉川子诗虽豪放，然太险怪而不循诗家法度。"也有人反弹琵琶，替卢仝辩护，如朱承爵《存馀堂诗话》："诗家评卢仝诗，造语险怪百出，几不可解。余尝读其《示男抱孙诗》，中有常语，如：'任汝恼弟妹，任汝恼姨舅。姨舅非吾亲，弟妹多老丑。'殊类古乐府语。至如《直钩吟》

234

云:'文王已没不复生,直钩之道何时行?'亦自平直,殊不为怪。如《喜逢郑三》云:'他日期君何处好?寒流石上一株松。'亦自恬澹,殊不为险。"但即使以朱承爵所举的《直钩吟》和《示男抱孙诗》为例,或拗或率,脱略畛畦,仍有奇险意味。公安派的一些作品,颇与之近似,如袁宏道《志别种山阁作》:"楚国一段云,落地无根蒂,偶尔置膻风,吹作尘霾气。道逢三鹚鸹,唧我入云际,携手上仙山,长啸起天寐。作用笑三家,功德卑二帝。插身净丑场,演作天魔戏。东西南北人,恩情若兄弟,若不是前因,焉得此奇异!再会是何时?别后有何计?知心如冰焰,前程若神迹。君看露上枝,无心也垂泪。"他的另一些诗如《别石篑》、《送王静虚访李卓师》、《徽谣戏柬陈正甫》等也属于"突兀怪特"之作。

钟惺提出的这两组概念,简括地揭示了七子派与公安派的弱点,竟陵派的诗学主张即是针对这两类弱点提出来的。从诗学的发展演变看,他承认七子派和公安派均有其相对的合理性;但就二者所导致的弊端而言,他认为七子派、公安派均有不可讳言的短处。(表面上,钟惺对七子派、公安派的态度是不偏不倚的,但实际上对公安派有所偏袒,因为当时公安派受到的指责远较七子派所受指责严厉,他各打五十大板,这就是对公安派的回护。)"诗为清物",钟惺开出这一剂药方是经过深思熟虑的。

五 竟陵诗境

在"清物"论的题目下探讨竟陵派的诗境,也许不太恰当。钱钟书指出,竟陵派的创作与他们所标示的准的相差太远,"盖钟谭于诗,乃所谓有志未遂,并非望道未见"①。即钟惺所自谓的"知而未蹈,期而未至,望而未之见也"。(钟惺《与高孩之观察》)以其创作来印证其理论,未必具有说服力。

---

① 钱钟书:《谈艺录》(补订本),北京:中华书局1984年9月版,第102页。

　　我以为，理论与创作虽然难以同步，却毕竟是同一作者的心灵的产物，二者在色调上是一致的。考察其创作，有助于参透其理论。为了行文方便，本节所举诗例全出于钟惺的《隐秀轩集》，以免因纠缠于区分作者而造成文字累赘。

　　在《辞源》中，作为形容词的"清"，主要有这样几方面的含义；澄澈；高洁；清廉；清平；明晰；纯净；凉冷。与这些含义相关，所构成的词汇有：清人（高洁之人）、清士（高洁之人）、清才（高洁而有操守的人）、清文（清丽的文章）、清切（形容声音清澈）、清中（清婉平和）、清介（清高耿直）、清公（清廉正直）、清化（清明的教化）、清令（清静美好）、清白（纯洁，没有污点）、清光（清亮的光辉）、清抗（清高绝俗）、清妙（清高美好）、清泠（清凉貌；多用以形容风露云月，也指人的风神隽秀或风神清洁）、清玩（清雅的玩物）、清拔（形容文字清秀脱俗）、清奇（清新奇颖）、清明（指神志清静明朗，或形容乐声清朗）、清音（清亮的声音）、清秋（清静而幽深）、清流（指负有时望的清高的士大夫）、清真（纯洁朴素）、清峭（清秀挺拔）、清淳（高洁纯朴）、清望（清白的名望）、清野（清旷的原野）、清笳（凄清的胡笳声）、清婉（清丽婉约）、清华（清高显贵的门第或官职，也常用于形容文辞景物的清美华丽）、清越（指乐声清澈激扬）、清雅（高洁文雅）、清扬（形容声音清越远扬）、清话（高雅的言谈）、清新（流利而新颖，不落俗套）、清远（清明广远）、清閟（清静幽邃）、清晖（清亮的光辉）、清谈（清雅的言谈、议论）、清标（俊逸的风采）、清操（清高的操守）、清颜（清秀的容貌）、清丽（文辞清新华美）等。

　　比照"清"的几种主要含义以及由此派生的诸多词汇，我们试将钟惺的有关诗句略加分类。侧重于描写自然界景物的，如：

　　　　未秋已高寒，秋至更清远。（《六月十五夜》）
　　　　清辉所积处，余寒一以穷。（《山月》）
　　　　清泛随孤光，动植沐晨曦。（《四月三日杨修龄侍御游宴海淀园》）

虚怀侍清光，魂梦亦相随。（《七月十五夜月同茂之赋》）

一丘但清妙，霸气如暂销。（《冬日登虎丘》）

今虽属晦夜，积晖如清湘。（《秦淮晤别诗》）

游丝与贯珠，润气流清霁。（《出山十里访水帘洞》）

爱其朝与暮，清辉媚幽独。（《西湖早起》）

披衣惊梧月，清霁忽如午。（《夏夜宿张明府县斋起坐大桐树下口成》）

此中清景消不得，况乃置身林与丘。（《将移居题别画壁》）

人与花枝共明月，声香欲尽清辉发。（《见姬人临妆看镜中腊梅花》之二）

蜀月清如此，诚宜数见难。（《月》）

清宵亦何意？独值未归前。（《十五夜月》）

天清何必月，木静偶然声。（《新凉柬彦先》之二）

清切山中月，依稀水际看。（《寒月同友夏叔静作》）

坐卧已无暑，色香如尚清。始知幽艳物，不独雪霜晴。（《夏梅》）

留都清绝地，祭酒老成人。（《喜邹彦吉先生至白门惺以八月十五夜要同李本宁先生及诸词人集俞园》）

留春应有待，清霁故迟迟。（《雨中柬茂之病》）

秋清表星月，烟远见凫鸥。（《九日集谢晋甫吉甫陆舟亭赋赠》）

愁里不知秋浅深，高城几处密清砧。（《夜坐》）

别有寒流四序深，清光片片化为阴。（《七月十二日宋献孺招集茅止生乌龙潭新居》）

豫惜晴天舟信宿，果逢清夜水东西。（《夜步长桥》）

临秋方肃杀，会日可清明。（《送南大司马黄公移督戎政时有辽警》）

图书千里暇，香茗一窗清。（《舟发荻港》）

秋尽山寒尚不生，月明尤自益秋清。（《次夜》）

侧重于描写人的神情、胸襟的如：

> 何以尘务中，穆如清风咏。
> 乃知寄托殊，形神本渊净。（《蔡敬夫自澧州以诗见寄，和之》）
> 阖门月自远，未见神先清。（《夜坐》）
> 而我来五月，飒然形虑清。（《寒河诗为友夏赋》）
> 此地未见花，以何发清思？（《蔡敬夫仲冬书至云……》）
> 仍作闭门人，清兴未遑起。（《始晴》）
> 虽复终阴曀，心魂亦暂清。（《暂霁》）
> 居心无欲恶，触物自清空。（《赋得不贪夜识金银气》）
> 心谙胜迹如曾到，山喜清人似故知。（《送人游匡庐九华》）
> 说向高人资画理，比来渐喜梦魂清。（《梦山中题壁有石引长松天一笑之句起而足之往索彭举画》）
> 一眠安苟且，有友不凄清。（《宿固城店同孟和作》）
> 选声穷静理，结构换清思。（《访邹彦吉先生于惠山园》）

既非描写自然景色，又非表现人的神情、胸襟的如：

> 如何有宋刻？笔体老而清。（《钦山渔仙洞寻龙君御所住观其刊凿之迹》）
> 清华衣履气，淳古鼎彝心。（《吴彦先自金陵过访兼致诸友人书感赋》）
> 归依惟念佛，清净火中言。（《咏求仲家红鹦鹉兼有所赠》）

在上述三种类型中，描写自然景色的居于主导地位。其中，又以写月、写水的居多。这是耐人寻味的。"山明疑有雪，岸白不关沙。"（庾信《舟中望月诗》）"海上生明月，天涯共此时。"（张九龄《望月怀远》）"小时不识月，呼作白玉盘。又疑瑶台镜，飞在白云端。"（李白《古朗月行》）"床前明月光，疑是地上霜。"（李白《静夜

思》）"峨眉山月半轮秋，影入平羌江水流。"（李白《峨眉山月歌》）
"露从今夜白，月是故乡明。"（李白《月夜忆舍弟》）"姑苏城外一
茅屋，万树桃花月满天。"（唐寅《把酒对月歌》）"谢家楼上清秋
月，分作关山几处明。"（皇甫汸《对月答子浚兄见怀诸弟之作》）这
些都是中国古典诗中的写月名句。北宋苏轼大约是对月格外钟情的一
位。除了留下《水调歌头》（明月几时有）这样的传诵不衰的词作之
外，还有两段关于月的著名议论。一见于《赤壁赋》："天地之间，
物各有主。苟非吾之所有，虽一毫而莫取。唯江上之清风，与山间之
明月，耳得之而为声，目遇之而成色。取之无禁，用之不竭：是造物
者之无尽藏也，而吾与子之所共适。"一为《记承天寺夜游》："元丰
六年十月十二日，夜，解衣欲睡；月色入户，欣然起行。念无与为乐
者，遂至承天寺，寻张怀民。怀民亦未寝，相与步于中庭。庭下如积
水空明，水中藻荇交横，盖竹柏影也。何夜无月，何处无竹柏，但少
闲人如吾两人耳。"清代汪琬曾据《记承天寺夜游》，写成《月下演
东坡语》一诗：

> 自入秋来景物新，拖筇放脚任天真。
> 江山风月无常主，但是闲人即主人。

所谓"闲人"，即与世无争、性情冲淡的人。只有他们，才能真正领
略月的魅力。清朗的月色与清朗的人格是和谐统一的。

"智者乐山，仁者乐水。"清澈的水，也是一道迷人的自然景观。
"水与秋月色，清无一点瑕"（徐积《秋水》）；"野旷天低树，江清
月近人"（孟浩然《宿建德江》）；"太湖三万六千顷，多少清风与明
月"（范成大《过松江》）；"湖光秋月两相和，潭面无风镜未磨"
（刘禹锡《望洞庭》）；"醉后不知天在水，满船清梦压星河"（唐温
如《题龙阳县青草湖》）；"落日放船湖水上，一帘秋色看青山"（周
砥《石湖》）；"我心素已闲，清川澹如此"（王维《青溪》）；"凉月
如眉挂柳湾，越中山色镜中看"（戴叔伦《兰溪棹歌》）；"一泓春水
无多浪，数尺晴天几个星"（方干《小池》）。这些诗句所描写的水，

也宜于用"清"来形容。

与"清"相关，钟惺对"幽"同样倾注了极大的兴趣。其《蔡敬夫自澧州以诗见寄和之》二首，第一首以"清"为诗眼，第二首以"幽"为诗眼，足见"清"、"幽"在钟惺那儿是密切相关的。第一首："每一接君诗，知君愧不尽。往往定慧心，见之赋比兴。札云苦吏牍，俗与劳相并。何以尘务中，穆如清风咏。乃知寄托殊，形神本渊净。以兹暇整情，何纷不可定！"第二首："俗本非一情，复何关吏牍。俗亦不必逃，君情岂易俗？盘错炼神明，往来弥幽独。出兹慧寂心，恤此一路哭。……""清"和"幽"都侧重于内在的神明，外在形迹是无关宏旨的。

在《辞源》中，作为形容词使用的"幽"，主要有下述几个方面的含义：深暗；隐微；沉静；安闲。与这些含义相关的词汇有：幽人（隐士）、幽仄（隐居未仕的人）、幽沈（退隐）、幽谷（深谷）、幽房（深邃的居室）、幽居（隐居；或指幽静的居处）、幽客（隐居的人）、幽眇（精深微妙）、幽思（深思）、幽香（清芬的香气）、幽致（幽静雅致）、幽情（深远、高雅的感情）、幽栖（隐居）、幽梦（隐隐约约的梦境）、幽篁（深邃阴暗的竹林）、幽艳（文静秀美）等。由此我们得到下述印象："幽"与"深"在意义上相近，"幽深"的组合是非常自然的，"幽"与"隐士"联系密切，标示着一种避开尘世的风格，就此而言，它与"清"意境相通，但与"清"相比，给读者的感觉是亮度不够，带有几许离群索居的意味。

《隐秀轩集》中，比较典型的以幽邃朦胧为意境特征的诗句有：

深薄警营魄，幽幻豁心目。（《九湾》）
灯光入幽薄，金碧照石土。（《雨宿会圣岩》）
古人负奇情，题岩必幽独。（《宵步石廊烛观于岩壁》）
神理惊幽昧，魑魅不能立。（《予有古鼎茂之赏而赋焉和之》）
携幼慰幽独，尊酒适有馀。（《到家二首》）
晚泊钦山下，获与幽愿并。……

古来幽奇地，人兽居相更。(《钦山渔仙洞寻龙君御所住观其刊凿之迹》)

在其他作品，如《再憩朝阳洞泉上》、《归至雪浪庵看红树》、《山中》、《佛灯》等40余首诗中也出现了"幽阻"、"幽退"、"幽邃"、"幽异"、"幽深"、"幽奇"、"幽鉴"、"幽意"、"幽径"、"幽贞"、"幽居"等词。这些诗所展示的情景往往迷茫朦胧，缺少应有的亮度。钱谦益《列朝诗集小传》丁集中《钟提学惺》讽刺说："其所谓幽深孤峭者，如木客之清吟，如幽独君之冥语，如梦而之鼠穴，如幻而之鬼国"，"抉摘洗削，以凄声寒魄为致，此鬼趣也。尖新割剥，以嘂音促节为能，此兵气也"。话是刻薄了些，却并非信口乱说。

钟惺笔下，与"幽"相关的描写也有较为爽朗开阔的，如：

明月眷幽人，夜久光不减。良夜妮佳月，月残漏愈缓。未秋已高寒，秋至更清远。逝将赍幽魄，照此梦魂浅。(《六月十五夜》)

吁嗟绮丽地，情理生幽奇。(《四月三日杨修龄侍御游宴海淀园》)

恒暂虽异数，幽静理相宜。(《牛首道中看人家桃花》)

大要木末之雪秀，秀于木、于烟。鸡鸣寺后眺后湖，后湖之雪旷，旷于湖。乌龙潭之雪幽，幽于潭，亦于木、于烟。孝陵之雪雄，雄于陵。秦淮雪舟，前此未有也。雪则蒋山，蒋山之雪活，活于从水看山。退寻追赏，作《五看雪诗》。(《五看雪诗》小引)

爱其朝与暮，清辉媚幽独。(《西湖早起》)

主人哀乐本异人，喧静不同同其幽。(《隔雨听鼓吹歌宴俞仲茅驾部水榭作》)

画兰人本解语花，吾将添作幽香主。(《五色兰卷歌》)

到眼沙边月，幽人忽会心。(《夜》)

白门三度雪，皆以待幽人。(《雪集茂之馆》)

另有一些与"幽"相关的境界则界于爽朗开阔与幽邃朦胧之间，如：

> 幽岸秋堪添短筏，斜阳月久待高林。（《七月十二日宋献孺招集茅止生乌龙潭新居》）
>
> 一棹苕烟返自如，沿洄数息得幽居。（《访王闻脩年丈》）
>
> 入户幽芳小径藏，身疑归去见沅湘。（《过文启美香草坨》）
>
> 幽赏先教闻见静，洞边步步踏松湍。（《二月三日重过灵谷看梅》）
>
> 犹恐幽香寻未遍，翻因迷路得沿洄。（《二月初五日重看灵谷梅花》）
>
> 佳人文士皆幽侣，歌板禅灯各道心。（《冬夜集吴体中中丞西园观剧》）
>
> 幽听虚无尽，岩星响碧阴。（《九日至玉泉与友夏居易登览宿于寺》）
>
> 济胜宁须杖，寻幽屡舍船。（《赠杨太公》）
>
> 名士身难静，幽居事渐稀。（《访友夏不值自朝坐至暮始归》）
>
> 犹是山中九月秋，来时流水夜中幽。（《归经玉泉》）
>
> 苕溪夜夜可言秋，雨止晴初但一幽。（《冬夜苕溪看雨后初月兼有怀赠》）
>
> 幽香不待冬催尽，归在繁霜十月前。（《送菊》）

中国古代山水诗的传统，本来偏于"清警"一脉，意象鲜明朗澈，但如果要特别突出"冷"的一面，则不免较多地渲染暗色。竟陵派正是如此。钟、谭在《古诗归》中，对伯牙的《水仙操》赞赏不已。据原序说，伯牙向成连学琴，成连乃使之孤身一人留于东海蓬莱山。伯牙心悲，延颈四望，"但闻海水汩没，山林窅冥，群鸟悲号"。心有所感，仰天叹道："先生将移我情。"于是援琴而歌，从此琴艺大进。所谓"移情"，就是"移易感情，改造精神"。在整个人格改造的基础上才能完成艺术的造就，仅凭技巧的学习是不成的。《水仙操》及序所展现的足以移人之情的境界，与钟、谭心目中的"寂寞之滨，宽闲之野"是相符的，故钟惺评曰："禅机！到此光景才是真寂寞处，难言难言！"谭元春评曰："海水也，山林也，群鸟也，吾师乎，吾师乎！"钟、谭偏爱那种"孤行静寄，独往冥游"的富于哲学意味的神秘和幽深，他们厌倦了喧杂，厌倦了扰攘，厌倦了人间烟火，虽然明知一味幽深就不免幽暗、清冷，还是义无返顾地选择了甘于寂寞的人生态度和艺术态度。钟、谭对"幽"的偏爱可以从这个角度得到合理的解释。

与"幽"、"冷"相辅相成，钟惺对"孤"也一往情深。"孤"有多种含义，钟惺所眷注的是"特立、单独"这一层。与此内涵相关的词汇包括：孤介（方正耿直，不随流俗）、孤芳（独特的香花，比喻人品高洁）、孤迥（志意高远）、孤高（情志高远，不随波逐流）、孤峭（本指山势峭拔，常借喻人的孤傲，不随流俗）、孤标（清峻特出）、孤韵（独特的风韵）、孤怀（孤高的情操）等。钟惺大抵是在"特立、单独"的意义上使用"孤"的，其中又可根据写人或写景的不同情况分为两类。侧重于表现人品、情操或风韵的如：

陶公坐高秋，俗士不敢入。不受人去取，孤意先自立。（《题茂之所书刘咨虚诗册》）

一座四方人，趣不甚参差。能使孤衷士，酬对亦不疲。（《四月三日杨脩龄侍御游宴海淀园》）

厌闻怀古者，祠下说孤忠。（《玉泉谒关祠》）

物役疏星后，孤情寒水边。（《舟晓》）

孤情前路惑，群力此时同。（《沧州夕发》）

孤心多在雨，众意但言晴。（《雨后灵谷看梅花》）

履舃杂遝，高人自领孤情；丝肉喧阗，静者能通妙理。（《喜邹彦吉先生至白门……》序）

门径钦孤性，图书寄独知。（《至毗陵访邹臣虎年丈》）

孤怀如有告，一病岂能为？（《春日过沈雨若问病并访唐

243

宜之》)

自来薄俗生文物，难以孤情久世尘。(《白门病中送尹子求先生解苏松兵备任归里》)

晴雨庄严孤格韵，冰霜呵护万条枚。(《二月初五重看灵谷梅花》)

孤直请从知己始，弹冠久耻说同升。(《癸亥自闽归过白门……》)

孤意相今古，虚怀即是非。((友夏见过与予检校诗归讫还家》)

酒色藏孤愤，英雄受众疑。(《吴门悼王亦房》)

寒事幽堪媚，冬怀孤更开。(《访元叹浪斋》)

大礼难谦让，孤怀倍苦辛。(《寄贺周明卿太宰加宫保荫孙》)

偶向残冬遇洛神，孤情只道先立春。(《桃花下见盆中水仙花开独妙赠以四绝》之一)

钟惺《种雪园诗选序》说："盖古信心独行之士，有轻于取天下之名，而重于得一人之知者"，此即"孤怀"之准确阐释。《隐秀轩集自序》所谓"虚怀独往"，亦"孤怀"之意。其他如"孤意"、"孤衷"、"孤情"、"孤心"、"孤直"，在在表明，钟惺对那些风格峭拔、不随物宛转的个性异常地推重和迷恋。

与"孤"相关，侧重于表现景物的诗句如：

孤烟出其外，相与成寒空。(《山月》)

物生既孤远，秉尚必落落。(《省鹤》)

凉月白夏夜，意本贵孤疏。(《竹月》)

此时无听睹，孤磬发深衷。(《秋晚荆门道中抵泉寺宿》)

清泛随孤光，动植沐晨曦。(《四月三日杨脩龄侍御游宴海淀园》)

相似的情形还有《灵谷看梅》、《月宿天游观》、《章甫赠双鹤歌》、《舟月》、《昼泊》、《北固夜泊》、《十月三日夜步月》、《虎丘赠别徐元叹》、《过溪至万年宫舟历六曲上天游观宿》、《江行俳体》之六、《碧云寺早起》、《秋晚》、《观象台铜浑天仪刻漏》、《夜泛》、《二月十五日出郭集慈寿寺》、《游天平山范长倩园》、《归经惠蒙二泉》、《题画》等约 30 首诗。这些作品中,出现许多折射钟惺个性的词,如"孤烟"、"孤棹"、"孤杖"、"孤舟"、"孤峰"、"孤影"、"孤岛"、"孤村"、"孤榼"、"孤树"。钟惺偏爱孤峭幽深,其实质是对世俗的有意疏远或回避,为人处世,冷隽清高。在其他各类文章中,钟惺也常以"幽深孤峭"许人或自许。如《简远堂近诗序》:"友夏居心托意,本自孤迥。"《韵诗序》:"彭举古澹闲远,周览冥搜,孤往高寄。"《周伯孔诗序》:"伯孔今年才十九耳,有慧性隽才,奇情孤习。"《问山亭诗序》:"吾友王季木,奇情孤诣,所为诗有蹈险经奇,似温李一派者。"叶维廉说:"有一种诗,个人的感受和内心的挣扎溶入外在事物的弧线里;外在的气象(或气候)成为内在的气象(气候)的映照。"① 在钟惺笔下,由"孤"与其他景物或形容词所组成的意象是可以看作钟惺内在精神世界之象征的。

竟陵派所眷注的"幽深孤峭",有时又被界定为"奇趣别理"、"幽情单绪",宗旨所在,是为了倡导覃思冥搜,而流弊所及,则易形成"无烟火气"的诗风。这一点,连钟惺弟子沈春泽也不得不承认。其《刻隐秀轩集序》云:"盖自先生之以诗若文名世也,后进多有学为钟先生语者,大江以南更甚。然而得其形貌,遗其神情。以寂寥言精炼,以俚浅言冲淡,以生涩言新裁。篇章字句之间,每多重复;稍下一二助语,辄以号于人曰:'吾诗空灵已极!'余以为空则有之,灵则未也!"至于钱谦益等人,更以刻毒的口吻予以抨击,如钱谦益《刘司空诗集序》:"万历之季,称诗者以凄清幽眇为能,于古人之铺陈终始,排比声律者,皆訾謷抹杀,以为陈言腐词。海内靡然从之,迄今三十余年。甚矣诗学之舛也!譬之于山川,连冈堕障,

---

① 叶维廉:《中国诗学》,北京:三联书店 1992 年 1 月版,第 302 页。

逶迤平远，然后有奇峰仄涧，深岩复壁，窈窕而忘归焉；譬之于居室，前堂后寝，弘丽靓深，然后有便房曲廊，层轩突夏，纡回而迷复焉。使世之山川，有诡特而无平远，不复成其为造物；使人之居室，有突奥而无堂寝，不复成其为人世；又使世之览山水造居室者，舍名山大川不游，而必于诡特，则必将梯神山，航海市，终之于鬼国而已。舍高堂邃宇不居，而必于突奥，则必将巢木杪，营窟室，终之于鼠穴而已。今之为诗者，举若是，余有忧之，而愧未有以易也。"李元仲《答友》云："学王李之失，板滞而庸劣。学钟谭之失，则邪僻而已，势亦必至于庸劣。"（《寒支二集》卷二）王尔纲《天下名家诗永》卷首《杂述》记吴次尾语云："弘嘉诸君之失也，以拘体法而诗在。今人之得也，以言性情而诗亡。呜呼，与其得也，宁失而已矣。吾非恶夫竟陵也，恶夫学竟陵之流失也。"冯班《钝吟杂录》卷三："王李、李何之论诗，如贵胄子弟倚恃门阀，傲忽自大，时时不会人情。钟谭如屠沽家儿，时有慧黠，异乎雅流。"

沈春泽、钱谦益等人指陈竟陵的种种弊端，但似乎未能说到要害处。中国古典诗中，一直存在两股潮流：其一以李、杜为代表，其一以王、孟为代表。明代的李梦阳、李攀龙等，力图恢复的乃是李、杜的传统，对王、孟一脉熟视无睹。公安派试图在两大潮流之外"独抒性灵"，将"私人的故事，私人的情趣"纳入诗中，顺理成章地被指责为"破律坏度"，即没有遵从诗的体制规范。竟陵派所钟情的则是王、孟的传统，但觉得王、孟之作还不免"肤"、"熟"，遂于王、孟一脉中选取了部分支派作为仿效对象。如同王、孟一脉在中国古典诗中非正宗一样，钟、谭所眷注的又非王、孟一脉的正宗，可以说是小传统中的小传统。为了说明这个问题，先引述钟、谭的若干言论：

> 读王、储《偶然作》，见清士高人胸中皆似有一段垒块不平处，特其寄托高远，意思深厚，人不能觉。然储作气和，而王作骨傲，储似微胜。（钟惺评，《唐诗归》卷八）

> 人知王、孟出于陶，不知细读储光羲及王昌龄诗，深厚处益见陶诗渊源脉络。善学陶者宁从二公入，莫从王、孟入。（钟惺

评,《唐诗归》卷十一)

常建诸诗,今不知诗者读之,满腹是诗,急起拈笔,即深于诗者,不得一语。予尝谓诗家有仙有佛,此皆佛之属也。(谭元春评,《唐诗归》卷十二)

诗少而妙,难矣。然难不在陶洗,而在包孕;妙不在孤严,而在深广。读眷虚一字一句一篇,若读数十百篇,隐隐隆隆,其中甚多,吾取此为少者法。(钟惺评,《唐诗归》卷六)

钟、谭所拍案激赏的是储光羲、常建、刘眘虚,他们的诗风如何呢?胡应麟《诗薮》内编卷二评常建诗说:"常建语极幽玄,读之使人泠然如出尘表。然过此则鬼语矣。"殷璠《河岳英灵集》卷上评刘眘虚诗曰:"情幽兴远,思苦语奇,忽有所得,便惊众听。顷东南高唱者数人,然声律宛态,无出其右,唯气骨不逮诸公,自永明已还,可杰立江表。至如'松色空照水,经声时有人',又'沧溟千万里,日夜一孤舟',又'归梦如春水,悠悠绕故乡',又'驻马渡江处,望乡待归舟',又'道由白云尽,春兴清溪长。时有落花至,远随流水香。开门向溪路,深柳读书堂。幽映每白日,清晖照衣裳',并方外之言也。"乔亿《俞溪说诗》说"刘眘虚诗于王、孟外又辟一径,气象一派空明"。储光羲诗风与常、刘相近。

钟、谭以储、常、刘为榜样,其佳者"清秀简隽",劣者"酸寒贫薄",原是情理之中的事。谭元春《渚宫草序》说:"予所谓荒寒独处,稀闻渺见,孳孳慓慓中所得落落瑟瑟之物也。古之人在通都大邑,高官重任,清庙明堂,而常有一寂寞之滨,宽闲之野存乎胸中,而为之地,夫以是绪清而变呈。"这不就是变王、孟的山清水秀为荒寒寂寞吗?

关于钟、谭的效法对象,钱谦益另有一种看法。《初学集》卷八三《题怀麓堂诗钞》论及明诗,有云:"近代诗病,其证凡三变:沿宋元之寠臼,排章俪句,支缀蹈袭,此弱病也;剽唐选之余沈,生吞活剥,叫号隳突,此狂病也;搜郊岛之旁门,蝇声蚓窍,晦昧结愗,此鬼病也。救弱病者必之乎狂,救狂病者必之乎鬼。""弱病"就台阁体与闽中诗派而言，"狂病"就前后七子而言，"鬼病"就竟陵派而言。钟、谭的幽深孤峭，与孟郊、贾岛确有相似之处。但我们也不妨这样说：郊岛诗风与常、储、刘是一脉相承的，钱谦益的意见可以纳入我们的论述之中。

第五章　从格调到神韵

从格调到神韵，这在明代诗学的发展史上具有重要意义，但"格调"的意义界定却是迄今为止尚在探讨中的问题。我以为，"格"至少包括两个方面的意思。一、指"体格"，强调"文各有体，得体为佳"；二、指"品格"，强调不同诗体的尊卑高下。"调"至少包括两个方面的含义。一、指声韵，古诗、律诗在音韵方面差别甚大；二、指风韵，诗须有一种风致，一种神韵。本章无意就此展开全面阐述，但为一个重要范畴确定范围却是必要的。只有在作了大体的梳理后，我们才能进入实质性的讨论：格调与神韵之间的内在联系是什么？从格调到神韵，经历了一段怎样的演变过程？清人曾讥讽神韵派的领袖王士祯为"清秀李于鳞"，将王士祯与李攀龙并提，是否有其合理性？

一　艺术比意图更为关键

格调说从本性上是一种关于风格的理论。李梦阳偏爱粗豪而不能容纳何景明的俊逸，李攀龙耽于"杜样"（杜甫诗风）的雄浑壮阔而忽略王孟的清刚，归根结底都是围绕风格的高下而生出的纠纷，无独有偶，神韵说从本性上也是关于风格的理论。排除二者之间的局部差异，它们都属于审美诗学。从格调到神韵，其间并无不可逾越的鸿沟。

作为审美诗学，格调说与神韵说在若干诗学命题上立场是相近或相同的。比如，它们都不赞成言志派的过分重视命意，不同意性灵派的"无话不说"，反对作诗"太切"，讲求韵味盎然的风致。本章将

249

就这些命题——展开讨论。

先讨论第一个命题：命意是否重要？

"诗以意为主"，这是宋代流行的一个说法。如刘攽《中山诗话》："诗以意为主，文词次之，或意深义高，虽文词平易，自是奇作，世效古人平易句而不得其意义，翻成鄙野可笑。"魏庆之《诗人玉屑》卷六："作诗必先命意，意正则思生，然后择韵而用，如驱奴隶；此乃以韵承意，故首尾有序。""炼句不如炼字，炼字不如炼意，炼意不如炼格。以声律为窍，物象为骨，意格为髓。"黄彻《䂬溪诗话》卷一："《剑阁》云：'吾将罪真宰，意欲铲叠嶂，'与太白'捶碎黄鹤楼，划却君山好'，语亦何异。然《剑阁》诗意在削平僭窃，尊崇王室，凛凛有忠义气，捶碎、划却之意，但觉一味粗豪耳。故昔人论文字，以意为上。"值得注意的是，明代的主流诗学却断然表示了对"诗以意为上"的否定，如谢榛《四溟诗话》：

> 诗有辞前意，辞后意，唐人兼之，婉而有味，浑而无迹。宋人必先命意，涉于理路，殊无思致。及读《世说》"文生于情，情生于文。"王武子先得之矣。（卷一）
>
> 宋人谓作诗贵先立意。李白斗酒百篇，岂先立许多意思而后措词哉？盖意随笔生，不假布置。（卷一）
>
> 唐人或漫然成诗，自有含蓄托讽。此为辞前意，读者谓之有激而作，殊非作者意也。（卷一）
>
> 诗以一句为主，落于某韵，意随字生，岂必先立意哉？杨仲弘所谓"得句意在其中"是也。（卷二）
>
> 作诗不必执于一个意思，或此或彼，无适不可，待语意两工乃定。《文心雕龙》曰："诗有恒裁，思无定位。"此可见作诗不专于一意也。（卷三）

谢榛等人何以反对过分拘谨于立意呢？这是由诗的特性所决定的。"意"这一范畴，在中国古代典籍中出现较早。产生于战国时代的《易传·系辞》，旨在阐释《易经》，其中的名句，如"书不尽言，言

不尽意"，"圣人立象以见意"，早已广为人知。《庄子》进一步将
"意"界定为一种深微隐秘、难以言传的心理及哲理，其《天道》篇
云："语之所贵者，意也，意有所随。意之所随者，不可以言传也。"
《外物》篇云："荃者所以在鱼，得鱼而忘荃；蹄者所以在兔，得兔
而忘蹄；言者所以在意，得意而忘言。"至三国时期，王弼在《易
传》"立象以尽意"和《庄子》"得意而忘言"的基础上，提出了
"得象而忘言"、"得意而忘象"的哲学命题。在艺术批评中大量使用
"意"这一范畴的，乃西晋陆机的《文赋》。据郭绍虞《论陆机〈文
赋〉中之所谓"意"》，"意"兼指作者之意与文章之意。所谓作者
之"意"，"即通过构思所形成的意"，这种意要经由语言文字的表达
才能成为文章之意。文章之意"指的是一篇一章中所蕴含的总意
义"，是"结合思想倾向性的意"。如果表达得好，作者之意就能很
好地转化为文章之意，反之则"文不逮意"。"文不逮意"的情形是
常见的。由此就得到一个结论：把作者的构思或意图当作判断一首诗
成功与否的标准，既不可行又不可取。

　　法国诗人波德莱尔（1821～1867）说："艺术越想达到哲学的明
晰性，便越降低了自己，回到象形文字的幼稚状态；反过来说，艺术
越摆脱教训，便越取得大公无私的纯粹之美。……诗不可同化于科学
和伦理，一经同化便是死亡或衰退。诗的目的不是'真理'，而只是
它自己。"[①] 波德莱尔的意见或许有偏激之嫌。研究一个作家，不能
不涉及作品所表达的思想、感情。无视其思想、感情，我们很难准确
评估和深入探讨作家的价值。但是，这里应该提出的是，我们不应把
思想、感情看成一件物品，似乎它可以原封不动地从一人之手进入另
一人之手。文学史上，成千上万的作家作品表达了相近的思想和感
情，但只有极少数受到关注，其间，艺术成就的高低起了巨大的作
用。从这一意义上，甚至可以说：艺术比意图更为关键。一位诗人说

---

　　①　波德莱尔：《随笔》，伍蠡甫主编：《西方文论选》下册，上海：上海译
文出版社 1979 年 11 月版，第 225～226 页。

什么是重要的，但尤其重要的是，他说得好还是说得不好。再伟大的意图，如果表达得不好，也不是好的文学，甚或不配称为文学。否则，我们会将一位只会写"终极关怀"四字的学童看得高于李白。这显然于情理不通。

格调派诗人尤其是谢榛对艺术表达的重视，令人肃然起敬。他在《四溟诗话》中一再举例加以讨论，如：

> 韦苏州曰："窗里人将老，门前树已秋。"白乐天曰："树初黄叶日，人欲白头时。"司空曙曰："雨中黄叶树，灯下白头人。"三诗同一机杼，司空为优，善状目前之景，无限凄感，见乎言表。（卷一）

司空曙之"优"，"优"在何处呢？传统诗学的一个重要观点，即情景交融，涉及的其实是主体与客体（空间中的人文风景和自然风景）的关系。诗人处理景的方式，大体有两种。明都穆《南濠诗话》卷下："乡先生陈太史嗣初曾云：作诗必情与景合，景与情合，始可与言诗矣。如'芳草伴人还易老，落花随水亦东流'，此情与景合也。'雨中黄叶树，灯下白头人。'此景与情合也。"前一种属于拟人的写法，是将自身的情绪投射到景物上。这种方式曾受到部分诗论家的批评，王夫之《古诗评选》卷四评陶渊明《癸卯岁始春怀古田舍》就认为："'良苗亦怀新'乃生入语，杜陵得此，遂以无私之德横被花鸟，不竞之心武断流水，不知两间景物关至极者如其涯量亦何限，而以己所偏得非分相推，良苗有知，宁不笑人曲谀哉？"所以，古代诗人更多采用第二种方法，强调感物，强调对景的真切刻画，力求臻于"景中生情，情中含景"的境界。"雨中黄叶树，灯下白头人"二句都是视觉性极为强烈的意象，在实际的经验里，时间、空间、因果本是不存在的；我们将时间、空间、因果点出，这是逻辑思维干预的结果，是对于原生态感受的切割和肢解，其结果是摧毁了感觉的全面性和直接性。"将"、"已"、"初"、"欲"的指点、说明，便体现了逻辑思维的干预，原本时空未分的直观视觉形象在其干预下不复存在。① 司空曙不加说明和解释，却完整地呈现出其间所含内在的紧张，时间、人事的白云苍狗般的变化和难以把握都传达给了作者，毋需再费唇舌。

王世懋《艺圃撷馀》比较崔颢《黄鹤楼》与李白《凤凰台》的高下，亦不乏见地：

> 崔郎中作《黄鹤楼》诗，青莲短气，后题《凤凰台》，古今目为劲敌，识者谓前六句不能当，结语深悲慷慨，差足胜耳。然余意更有不然。无论中二联不能及，即结语亦大有辨。言诗须道兴比赋，如"日暮乡关"，兴而赋也，"浮云""蔽日"，比而赋也，以此思之，"使人愁"三字虽同，孰为当乎？"日暮乡关"、"烟波江上"，本无指着，登临者自生愁耳。故曰："使人愁"，烟波使之愁也。"浮云""蔽日"，"长安不见"，逐客自应愁，宁须使之？青莲才情，标映万载，宁以予言重轻？尺有所短，寸有所长，窃以为此诗不逮，非一端也。如有罪我者，则不敢辞。

一般说来，诗总是包括"意象"和"命意"两个方面。② 诗应当回避"思"的干预，因而，"意象"理应居于主导地位，"命意"即使不可缺少，也不应妨碍"意象"的如流水般自然的呈现。以此为标准，我们试对崔颢的《黄鹤楼》诗作如下解读。这首诗首先酿造了一种气氛，一种可以暗示多种意义的气氛。"空"着重描写的是一种

---

① 关于这一点，还可参看谢榛《四溟诗话》卷二的一则："子美曰：'碧知湖外草，红见海东云。'此景固佳，然'知''见'二字着力。至于'一径野花落，孤村春水生'，便觉自然。"

② 关于"意象"的含义，我们认同明人的用法。据敏泽《钱钟书先生谈"意象"》一文："钱钟书先生指出，诗文不必一定有'象'，而至少须有'意'；文学语言的基本功能是达'意'，造'象'是加工的结果，明以前人如刘勰等所用的'意象'即'意'，只是'象'的偶词，不必 image，广义得多。因此，'意象'＝'意'→'意象'＝'意'＋'象'的发展可以明为分界线。"见《文学遗产》2000 年第 2 期第 1 页。

状态。"此地空余黄鹤楼","白云千载空悠悠",鹤去楼空,白云悠悠,令人怅惘,但不一定指向乡愁。到"晴川历历汉阳树,芳草萋萋鹦鹉洲"(汉水一带,晴空万里,汉阳绿树,历历在目;鹦鹉洲上,芳草茂盛,一片碧绿),原本笼罩在想像与神话之中的景物才异乎寻常地清晰起来,终于,面对暮色苍茫、烟霭沉沉的长江,一缕淡淡的乡愁涌起。

比照崔颢的《黄鹤楼》诗,我们可以说:就"言志"而言,李白《凤凰台》似高一筹,一些评点者正是在这一意义上肯定李诗的;但从"不涉理路,惟在兴趣"的角度看,《黄鹤楼》无疑具有更"完整自足的心象"。扬《黄鹤楼》而抑《凤凰台》,这表示了一种立场:"意象"比"命意"重要。一首诗的价值不取决于"命意"。许多传世的经典名作,其"思想性"可能并不深刻,换句话说,一篇在意象的呈现上无超拔之处的作品,不要指望仰仗"思想性"取得不朽地位。法国象征主义诗人和理论家保·瓦莱里(1871~1945)曾将散文比作走路,将诗比作舞蹈,二者虽然都是人体的运动,但走路有一个明确的目标,到达目的地后,走路的意义就消失了,舞蹈则不同,它没有目的地。"当然舞蹈也是一种动作,但这些动作本身就是目的,舞蹈并不要跳到哪里去。如果它追求一个目标,那只是一个理想的目标,一种状态,一种幻境,一朵花的幻影,生活的一个极端,一个微笑,这一微笑呈现在虚无飘渺的空间,在把微笑召唤来的那个人的脸上。"① 因此,我们不能像读散文那样去读诗,散文旨在说理记事,把道理讲清楚,事情讲明白就足够了,用纯粹议论性的散文体裁来作理性叙述的时候,由于字句之间的关系而有时松散,有时准确。准确就是"切",松散就是"不切"。而诗的表述却并不重在传达一种意义,它的作用是使我们对事物产生美好的感受。世上可能存在言之无"物"的"好诗"。英国意象派诗人埃兹拉·庞德(1885~1972)甚至在《回顾》一文中建议:要让那些初学写诗的人头脑里

---

① 保·瓦莱里:《诗与抽象思维·舞蹈与走路》,戴维·洛奇编:《二十世纪文学评论》上册,上海:上海译文出版社1987年2月版,第442页。

装满优美的韵律，最好是异国语言的韵律。为什么呢？因为这样才能避免文字的含义分散他对节奏的注意。在庞德看来，好的诗里有一种余音，回旋于听者的耳际，有些像风琴的低音一样余音袅袅。庞德对中国古典诗感兴趣是情理之中的事。因为中国古典诗以印象的呈示为主，并不热心于传达一个命题或某种观念。

反对过分重视命意和强调对瞬间感觉的捕捉，这是同一命题的两个侧面。王世贞等人着力倡导"情随文生"，正是为了贯彻反对过分重视命意的宗旨。他在《艺苑卮言》卷三中说：

> 王武子读孙子荆诗而云："未知文生于情，情生于文。"此语极有致。文生于情，世所恒晓，情生于文，则未易论。盖有出之者偶然，而览之者实际也。吾平生时遇此境，亦见同调中有此。又庾子嵩作《意赋》成，为文康所难，而云："正在有意无意之间。"此是遁辞，料子嵩文必不能佳。然有意无意之间，却是文章妙用。

王世贞所说的"情随文生"，这在明代诗学中是一个重要命题。在对此作系统讨论之前，参考托·欧·休姆（1883～1917）《论浪漫主义和古典主义》的一段名论是必要的。"许多在习惯上我们标明为自由的行动，在实际上都是无意识的。一个人很可能几乎无意识地写一本书。我曾读过好几部这样的作品。二十多年前罗伯逊曾记录了一些关于反射的谈话能力的观察和结果，他发现在某些精神错乱的情况下，人们的推理活动是在无意识的状况下进行着，对于连续发出的有关政治或这类问题，他们可以作出很理智的回答。这些问题的含义可能并不能为他们所理解。语言在这里是按一种反射的方式进行的。因此某些极端复杂的机能，微妙得足以模拟美，它们本身能起作用——我确实认为关于美的判断也是这种情况。"由休姆的阐述，我们可以推出"语言本身可产生诗"的结论。王世贞所谓"情生于文"，与休姆所说在含义上部分重合。就对瞬间感觉的重视而言，谢榛在《四溟诗话》中的讨论较王世贞更为充分。他指出：

　　黄山谷曰："彼喜穿凿者，弃其大旨，取其发兴于所遇林泉、人物、草木、鱼虫，以为物物皆有所托，如世间商度隐语，则诗委地矣。"予所谓"可解、不可解、不必解"与此意同。（卷一）

　　诗有不立意造句，以兴为主，漫然成篇，此诗之入化也。（卷一）

　　作诗有相因之法，出于偶然。因所见而得句，转其思而为文。先作而后命题，乃笔下之权衡也。（卷四）

　　王世贞、谢榛所谓"情随文生"、"漫然成篇"，旨在说明诗歌创作应"伫兴而就"。创作心理有两种基本状态，一是持续的，一是即兴的，无论持续还是即兴，都需要某种"顷刻"情景的触发，从而进入实质性的创作过程。

　　唐代诗人王昌龄曾谈到两种触发诗兴的方式。一种是由外境触发。他在《诗格》中说："夫作文章，但多立意，令左穿右穴，苦心竭智，必须忘身，不可拘束，思若不来，即须放情却宽之，令境生。然后以境照之，思即便来，来即作文，如其境思不来，不可作也。"（"立意"指进入良好的创作状态，非"确定主旨"之谓也。）这段话旨在揭示外境触发诗人灵感的重要性。另一种是由前人的作品引发。《诗格》论"感思"说："寻味前言，吟讽古制，感而生思。"《论文意》说："凡作诗之人，皆自抄古人诗语精妙之处，名为随身卷子，以防苦思。作文兴若不来，即须看随身卷子，以发兴也。"诗兴需要触发，灵感一旦活跃，诗人就进入了"意随笔生，而兴不可遏"的状态。

　　说到"兴"，有必要将它与"比兴"的关系略加清理。"比兴"是中国诗学中的重要范畴。对于"比兴"的阐释，大体有两套路数。其一是以美刺释比兴，如汉代郑玄谓"比，见今之失，不敢斥言，取比类以言之；兴，见今之美，嫌于媚谀，取善事以喻劝之"（郑玄《周礼·大师》注）。这是说"比兴"具有"风化"、"讽刺"的功能，所谓"譬喻"，不只是修辞，而且是"谲谏"了。唐代的陈子昂、白居易等人禀承其说，合"比兴"与"寄托"为一，称"兴寄"，意在突出诗的批评和暴露现实的作用。另一是以譬喻释"比"，以起情释"兴"。如刘勰《文心雕龙·比兴》："比者，附也。兴者，起也。"朱熹《诗集传》："比者，以彼物比此物也。""兴者，先言他物以引起所咏之词也。"诗圣杜甫，似乎有意将这两套路数合而为一。他一方面记得中国古典诗的讽喻传统，另一方面，在创作中，格外重视触物起"兴"。陈良运对此有准确的评述："'兴'作为一种诗歌创作大法，则是表明诗人情感不为事役、不为物役的自由发挥，如果时时处处为政教功利的理念所制，则'兴'不起来。杜甫的'兴'，有'野兴'、'归兴'、'别兴'、'清兴'、'逸兴'、'幽兴'等情感类型之分和'晚兴'、'秋兴'等时令引发之分。他明确地认识到，'兴'是诗歌诞生的温床，是使诗人进入创作状态的亢奋激情与淋漓兴致，'宽心应是酒，遣兴莫过诗，''愁极本凭诗遣兴'，'诗尽人间兴'，'兴'是诗之因，诗是'兴'之果。……引起杜甫诗兴的，一是耳目所接的自然景物，如'云山已发兴'、'兴与烟霞会'、'发兴在林泉'、'山林引兴长'、'在野兴情深'，等等；二是家国人事沧桑之感，逢此发'兴'，则有沉郁之情难以宽解，或说'平生江海兴，遭乱身局促'，或说'时清非造次，兴尽却萧条'，或说'年侵频怅望，兴远一萧疏。'"①

唐末司空图提出了"思与境偕"的创作原则。"思"主要指诗人长期积蓄的审美感情，"境"则指触发诗人灵感的外在事物，包括人文风景和自然风景。诗人在体验自然山水和社会生活时，与对象交融、交流，"情往似赠，兴来如答"，"情随文生"，"漫然成篇"，其本质近于比、兴的"兴"，而与"兴会"更为一致。它所标示的是一种不可阻遏的创作意兴，是灵感的飙举和突发性，是"观古今于须臾，抚四海于一瞬"的从外物获得感发的心态。如南宋四大家之一的杨万里《答建康府大军库监门徐达书》所说："我初无意于作是

---

① 陈良运：《中国诗学批评史》，南昌：江西人民出版社 1995 年 7 月版，第 243～244 页。

诗，而是物是事适然触乎我，我之意亦适然感乎是物是事，触先焉，感随焉，而是诗出焉。我何与哉？天也！斯之谓兴。"这种创作意兴注重对事物的"直接处理"，注重表达"时空不受限制的自由的感觉"，有助于诗人表现出神韵天然的"物境"，有助于形成情景交融的意境。有时，语言本身也会激发出新的意象。徐渭《奉师季先生书》说："诗之'兴'体，起句绝无意味，自古乐府亦已然。乐府盖取民俗之谣，正与古国风一类。今之南北东西虽殊方，而妇女、儿童、耕夫、舟子、塞曲、征吟、市歌、巷引，若所谓《竹枝词》，无不皆然。此真天机自动，触物发声，以启其下段欲写之情，默会亦自有妙处，决不可以意义说者。"（谢榛《四溟诗话》卷四记他"一夕，读《道德经》：'大巧若拙。'巧拙二字，触其心思，遂成《自拙叹》"，这是语言触发诗兴的具体例证。）从触物起情的角度谈"兴"，确实把握住了诗歌创作中"触先""感随"而"诗出"的特征。

中国古典诗学中有"辞不尽意，意在言外"，"只可意会，不可言传"等说法，这里的"意"，不是与逻辑思维联系在一起的"意义"，而是富于情绪色彩的"意绪"。诗人的意绪，尤其是那些源于自由感觉的"意绪"，如弥漫的烟雾，如"梅子黄时雨"，要加以清晰的界定和阐释是困难的，甚至是不可能的。我们要完整地传达这种意绪，就应尽量避免涉于理路，就应尽量向读者提供含蕴丰富的意境，"排除思想分析而直入世界内部的特征"。由此出发，格调派提出了一个新的见解，即诗的表达不必"太切"，因为"太切"就意味着作家有明晰的"意图"。谢榛《四溟诗话》说：

> 诗不可太切，太切则流于宋矣。（卷二）
> 凡作诗不宜逼真，如朝行远望，青山佳色，隐然可爱，其烟霞变幻，难于名状。及登临非复奇观，惟片石数树而已。远近所见不同，妙在含糊，方见作手。（卷三）

王世贞《艺苑卮言》卷四说：

严（羽）又云："诗不必太切。"予初疑此言，及读子瞻诗，如"诗人老去""孟嘉醉酒"各二联，方知严语之当。又近一老儒尝咏道士号一鹤者云："赤壁横江过，青城被箭归。"使事非不极亲切，而味之殆如嚼蜡耳。

胡应麟《诗薮》内编卷五说：

> 苏长公诗无所解，独二语绝得三昧，曰："作诗必此诗，定知非诗人。"盖诗惟咏物不可汗漫，至于登临、燕集、寄忆、赠送，惟以神韵为主，使句格可传，乃为上乘。今于登临必名其泉石，燕集则必纪其园林，寄赠则必传其姓氏，真所谓田庄牙人、点鬼簿、粘皮骨者，汉、唐人何尝如此？最诗家下乘小道，即一二大家有之，亦偶然耳，可为法乎！

> "清晖能娱人，游子憺忘归"，凡登览皆可用。"微云淡河汉，疏雨滴梧桐"，凡燕集皆可书。"海日生残夜，江春入旧年"，北固之名奚与？"天阙象纬逼，云卧衣裳冷"，奉先之义奚存？而皆妙绝千古，则诗之所尚可知。今题金山必曰金玉之金，咏赤城而必曰赤白之赤，皆逐末忘本之过也。

> 工而不切，何害其工？切而不工，何取于切？余夙持此论，俟大雅折衷之。

> 杜题柏："霜皮溜雨四十围，黛色参天二千尺。"说者谓太细长，诚细长也，如句格之状何！题竹："雨洗娟娟净，风吹细细香。"说者谓竹无香，诚无香也，如风调之美何！宋人《咏蟹》："满腹红膏肥似髓，贮盘青壳大于杯。"《荔枝》："甘露落来鸡子大，晓风吹作水晶团"，非不酷肖，毕竟妍丑何如？诗固有以切工者，不伤格，不贬调，乃可。

提倡诗的创作不以"切"为宗旨，这在理论上是引人注目的建树。传统诗学的抒情原则强调：诗歌是诗人思想感情的流露、表达或形象的写照；诗是感情的倾诉。或者换一个说法，艺术作品实质上是把内在的变成外在的，是在感情冲动下发生的一种创造过程的结果，它同时体现了诗人的知觉、思想和感情。所以诗的渊源和题材，是诗人自己的精神素质和内心活动；如果外部世界的某些方面，在诗人的感情和内心活动作用下，从事物转化成诗，那么它们也能成为诗的源泉和题材。由这一理论产生的评价诗歌成败的标准是：作品的感情真诚吗？它是有感而发的吗？它与诗人在写作时的意图、感情和真实的思想状态相符吗？这种传统的抒情原则在中国古代诗学中一直居于主导地位。但是，实际上，许多伟大的诗并未直接抒发某种感情，而完全是表达感觉。诗人的心灵宛如贮藏器，它收藏着许多感觉、词句、意象，搁在那儿，一旦机遇到来，就富于魅力地表现出来。诗人的天职不是寻求新的感情，而是表现他独特的与寻常感情相关的感觉、印象和经验。中国古典诗中，这一类例证俯拾即是，因为中国古典诗本以印象呈示为主，避免给读者太确切太清晰的效果。比如名句"落花人独立，微雨燕双飞"，如果解读成"落花里有一个人独立着，微雨里有成双的燕子在飞"，或再简化些如"有人独立在落花里，有燕子双飞在微雨中"，这样确切的阐释，我们总觉不太恰当，感到损失了许多东西。原因何在呢？感觉中的时间、空间、人物、背景、因果是浑然一体的，过于准确的定位、定义反而破坏了感觉的完整性。"不切"论源于对感觉的尊重。"不切"有助于原生态感觉的呈现。

在抽象的讨论之余，我们还想谈一个具体的例证，以便进一步理解诗不必太著题、不必太逼真的命题。唐代张继有一首流传极广的《枫桥夜泊》诗：

> 月落乌啼霜满天，江枫渔火对愁眠。
> 姑苏城外寒山寺，夜半钟声到客船。

枫桥在今江苏省苏州市阊门外十里枫桥镇。桥南面不远即六朝古刹寒山寺。第一句是整首诗展开的时空背景。月落；乌啼；霜满天；三个并列的意象，渲染出迷朦的夜景，使读者不知不觉沉浸在一片清寒逼人的无边夜气之中，紧接着，江中的点点渔火浮现出来，画面顿时显得活动起来。然后由景入情，淡抹出主人公置身于这种氛围中的情怀。后两句是全诗的重心，集中描写"夜半钟声"，透过听觉形象表现作者此时的感受，千百年来为人们所激赏不已。张继此诗一出，枫桥和寒山寺亦随之不朽，此后"南北客经由，未有不憩此桥而题咏者"（范成大《吴郡志》）。

但"夜半钟声"的细节真实问题却曾引起反复不已的争论。陆游《老学庵笔记》卷十云：

> 张继《枫桥夜泊》诗云："姑苏城外寒山寺，夜半钟声到客船。"欧阳公嘲之云："句则佳矣，其如夜半不是打钟时。"后人又谓惟苏州有半夜钟，皆非也。按于邺《褒中即事》诗云："远钟来半夜，明月入千家。"皇甫冉《秋夜宿会稽严维宅》诗云："秋深临水月，夜半隔山钟。"此岂亦苏州诗耶？恐唐时僧寺，自有夜半钟也。京都街鼓今尚废，后生读唐诗文及街鼓者，往往茫然不能知，况僧寺夜半钟乎？

或以为实有"夜半钟声"，或以为"夜半不是打钟时"，都以是否合乎日常生活的事实作为论诗依据。而纪晓岚读《枫桥夜泊》，却不管是否实有"夜半钟声"，只就诗的机杼着眼。语见《阅微草堂笔记》卷十一：

> 杜甫诗曰："巴童浑不寝，夜半有行舟。"张继诗曰："姑苏城外寒山寺，夜半钟声到客船"。均从对面落笔，以半夜得闻，写出未睡，非咏巴童舟、寒山寺钟也。

确实，诗的核心是透过夜半不眠来表现作者的旅愁，故是否实有钟声是无关宏旨的。长期执教于武汉大学的刘永济先生说过："此诗所写枫桥泊舟一夜之景，诗中除所见、所闻外，只一愁字透露心情，半夜钟声，非有旅愁者未必便能听到。后人纷纷辨半夜有无钟声，殊觉可笑。"① 与纪晓岚所说若合符节。

从对张继《枫桥夜泊》诗的阐释，我们可以得到一个结论：为了获致某种韵味，诗应该或可以摆脱事实对它的束缚。如胡应麟《诗薮》外编卷四所说："张继'夜半钟声到客船'，谈者纷纷，皆为昔人愚弄。诗流借景立言，唯在声律之调，兴象之合，区区事实，彼岂暇计。无论夜半是非，即钟声闻否，未可知也。"或如谢肇淛《小草斋诗话》所说："'夜半钟声到客船'，钟似太早矣。'惊涛溅佛身。'寺似太低矣。'黑云压城城欲摧，甲光向日金鳞开'，阴晴似太速矣。'马汗冻成霜'，寒燠似相背矣。然于佳句毫无损也。诗家三昧，正在此中见解。譬如摘雪中芭蕉以病摩诘之画，摘点画之讹以病右军之书，非不确，如画法书法不是在何！"中国的文人画努力达到忽略外在细节描写而捕捉事物气象、神韵的境界，同样，中国的相当一部分诗人和诗论家也追求和认可这样的境界。情感价值的重要性超过了观感价值。心灵认可的"虚而不伪"的真实才是诗的意义上的真实。

二　风致与神韵

反对过分拘谨于命意，提倡触景生情，讲求气象、韵味而不主张"逼真"，这些都潜在地孕育了注重风致的审美趣味。明代中后期，"风致"的使用频率颇高，如谢榛《四溟诗话》：

> 卢仝曰："相思一夜梅花发，忽到窗前疑是君。"孙太初曰："夜来梦到西湖路，白石滩头鹤是君。"此从玉川变化，亦有风致。（卷二）
> 曹唐《拟汉武帝忆李夫人》诗曰："白玉帐寒鸳梦绝，紫阳

---

① 《唐人绝句精华》（刘永济选释），北京：人民文学出版社 1981 年 9 月版，第 91 页。

宫远雁书稀。"全篇秾丽，其风致可想。（卷四）

上党李之茂，工举子业，亦能诗。元日过柏堎僧舍，因忆予有作云："索居无岁事，骑马入禅林。胜地堪逃俗，名香可净心。偶思灵运句，暂与惠休吟。庭树来山鸟，当春多好音。"《雪中再过僧舍少憩》云："俗累便幽寂，禅房喜再临。午斋经罢热，积雪梦回深。四野偏同色，纤尘不染心。冲寒有余兴，犹胜访山阴。"此二作宛有刘随州风致，而细润过之。（卷四）

胡应麟《诗薮》亦经常使用"风致"一词：

崔曙"汉文皇帝有高台，此日登临曙色开"，老杜"野老篱前江岸回，柴门不正逐江开"，"白帝城中云出门，白帝城下雨翻盆"，"青娥皓齿在楼船，横向短箫悲远天"，"霜黄碧梧白鹤栖，城上击柝复乌啼"，岑参"满树枇杷冬著花，老僧相见具袈裟"，李颀"新加大邑绶仍黄，近与单车去洛阳"，刘长卿"若为天畔独归秦，对水看山欲暮春"，郎士元"石林精舍虎溪东，夜扣禅扉谒远公"，杜牧"江涵秋影雁初飞，与客携壶上翠微"，虽意稍疏野，亦自一种风致。（内编卷五）

北齐文士，著者三人：邢劭、魏收、祖珽。珽凶恶污贱，为古今词人之冠，收亦亚焉。其才实有可观，《挟瑟歌》云："春风宛转入曲房，兼送小苑百花香。白马金鞍去未返，银装玉箸下成行。"无论格调为唐七绝开山祖，其风致亦不减太白、龙标，但音节未尽谐，盖时代然也。（杂编卷三）

所谓"风致"，指的是作品的韵味。唐末司空图撰述《二十四诗品》，首重雄浑、冲淡二品，冲淡又为重中之重。他对"冲淡"的界定是：

素处以默，妙机其微。饮之太和，独鹤与飞。犹之惠风，荏苒在衣。阅音修篁，美曰载归。遇之匪深，即之愈稀。脱有形似，握手已违。

司空图用了"独鹤与飞"、"惠风在衣"、"阅音修篁"等比喻,鹤本淡逸之品,而又独飞,那么与之俱者,其气象也可以仿佛了;春风冲和淡荡,在可感与不可感之间,只觉襟袖飘扬,通体舒适;长竹微动,其声清和,一声两声,遇之于有意无意之间,神与音会,不禁悠然产生与之同往之念。司空图说得神秘深奥,其实他描绘的是对韵味的感受。风格冲淡的作品,其美感魅力的主要来源即是韵味。风致如孤鹤独飞一般脩然容与,如和风拂衣一般冲和淡荡,如长竹微动一般清越幽静,这还不富于韵味吗?

司空图对"雄浑"也是重视的。但要指出,他意念中的"雄浑"与"冲淡"应融合而不应分离。所谓"返虚入浑",也就是既有"具备万物,横绝太空"之妙,又吐属自然,不露经营的痕迹,因而韵味悠长。雄浑而兼具悠长韵味,其境界颇近于钱钟书所说的"长篇之有神韵",如"高岸深谷之能微远"①。

继司空图之后,严羽系统地表达了他对风致的向慕之情。严羽是"兴趣"说的提倡者。但他的"兴趣"说,以"兴"为主,以"趣"为次,与晚明的"兴趣"说以"趣"为主以"兴"为次有别。前者偏于客观形象的神韵悠然,后者偏于主观个性的恣肆解脱。严羽重"兴",故强调羚羊挂角,强调风神悠远,尽管他在风格上同时推崇"优游不迫"与"沉着痛快"——"优游不迫"偏于"冲淡","沉着痛快"偏于"雄浑"。

元末明初,诗坛的宗唐风气甚盛,但并未将唐诗的风格限定在雄浑壮阔的路数之内,相反,倒是王、孟、韦、柳的诗风备受推重。从高棅到李东阳,明初的著名诗人和诗论家常对恬淡闲适的风格表示好感。

弘治、正德年间,诗坛出现了一个重大变化:北方崛起了一批年轻诗人,如以李梦阳为首的开封作家群,以康海、王九思为主的关中作家群。南北文化的差异是客观存在,李梦阳等人则有意识地使这一

---

① 钱钟书:《谈艺录》(补订本),北京:中华书局1984年9月版,第200页。

差异理论化、体系化，使之更鲜明地呈现于世人之前。李梦阳力倡学习杜甫，而对王孟诗风不满，便代表了这一时期的主导风尚。

当然，李梦阳的声音并没有也不可能成为整个诗坛的声音。较早从理论上批评前七子的是杨慎（1488～1559）。他比何景明只小五岁，可以算是前七子的同时代人。杨慎锋芒所向，直指七子派因一味学杜而造成的雷同剿袭局面，坦率表达了"谓近日诗胜国初，吾不信也"的看法。他在《升庵诗话》中说："近日诗流，试举其一、二：不曰莺啼，而乃曰莺呼；不曰猿啸，而曰猿喷。……本不用兵，而曰戎马豺虎；本不年迈，而曰白发衰迟；未有兴亡之感，而曰麋鹿姑苏；寄云南官府，而曰百粤伏波。试问之，曰：'不如此不似杜。'是可笑也。此皆近日号为作手，遍刻广传者。后生效之，益趋益下矣。谓近日诗胜国初，吾不信也。"（卷十一《诗文用字须有来历》）杨慎批评学杜之弊而认同国初之诗，表示了对多样化风格的期许。他本人的创作，由初唐上溯六朝，以博雅宏丽见称。虽然与王、孟一脉无甚瓜葛，但却提示了在杜诗之外另辟蹊径的可能。

李开先对前七子的批评更具理论家的风范。他不满于李梦阳、何景明创作风格的片面性，在《中麓山人咏雪诗序》中以温和的口吻指出："我朝自诗道盛后，论之何大复、李空同，尊尚李、杜，辞雄调古，有功于诗不小。然俊逸、粗豪，无沉着冲淡意味，识者谓一失之方，一失之尤。"倡导"冲淡"，这是可以与"神韵"沟通的。李开先对一味"豪放"的不满在《海岱诗集序》中也有表达："世之为诗有二：尚六朝者失之纤靡，尚李杜者失之豪放，然亦以时代南北分焉。成化以前，及南人纤靡之失也；弘治以后，及北人豪放之失也。譬之画家，工笔忌俗软，大笔忌粗荡。古有以禅喻诗者，而画亦有诗理焉。移生动质，变态无穷，蕴彩含滋，随心写象，纵横神妙，烘染虚明，此画之大致也。诗则尤未易言者。感物造端，因声附气，调逸词雄，情幽兴远，风神气骨，超脱尘凡。非胸中备万物者，不能为诗之方家；而笔端有造化者，始可称画之国工矣。""成化以前"，指的是台阁体；"弘治以后"，指的是前七子。台阁体仿效六朝，失之于纤靡；前七子尊崇李、杜，失之于豪放。李开先以画喻诗，倡导

"感物造端，因声附气，调逸词雄，情幽兴远，风神气骨，超脱尘凡"。他所描绘的，依然是具有"沉着冲淡意味"的诗境。其《市井艳词又序》说得更为明白："唐人当以王维为首"，"学诗者初则恐其不古，久则恐其不淡"。

后七子健将谢榛也注意到初、盛唐诗风的丰富多彩。《四溟诗话》卷三说："初唐、盛唐诸家所作，有雄浑如大海奔涛，秀拔如孤峰峭壁，壮丽如层楼叠阁，古雅如瑶瑟朱弦，老健如朔漠横雕，清逸如九皋鸣鹤，明净如乱山积雪，高远如长空片云，芳润如露蕙春兰，奇绝如鲸波蜃气，此见诸家所养之不同也。"谢榛揭示出初、盛唐诗歌风格的多样性，其实是对前七子领袖的含蓄批评。李梦阳专重豪放，何景明专重俊逸，效法的榜样限于李、杜，这样的一种视角造成了对王、孟等诗人的视而不见。谢榛《四溟诗话》卷四提出"以奇古为骨，和平为体，兼以初唐、盛唐诸家，合而为一，高其格调，充其气魄，则不失正宗焉"，意在全面把握初、盛唐诗风，让王、孟等诗人浮出水面。故晚明焦竑在《苏叔大集序》中说："弘、正间李、何辈出，力振古风，学士大夫非马记、杜诗不以读。第传同耳食，作匪神解，甚者粗厉啴缓，叩之而不成声。识者又厌弃之，而冲夷雅澹之音乃稍稍出焉。"

王世懋（1536～1588）少时即大受李攀龙器重，又受其兄王世贞影响，在总的立场上与七子派是一致的。他推崇李何、李王，至以之追配杜甫；好辨析体格，如云"作古诗先须辨体"，"唐人无五言古"；注重时代风格的考察，如云"唐律由初而盛，由盛而中，由中而晚，时代声调故自必不可同"等，都表明了他的基本态度。但他对时代风格如盛唐诗的关注并不限于李、杜，而是推广到王、孟等人，他所认可的格调，在豪放、俊逸之外，还容纳了"深情"、"高韵"等范畴，这就与李梦阳、李攀龙大不相同了。他在《艺圃撷馀》中说：

> 诗有必不能废者。虽众体未备，而独擅一家之长，如孟浩然，洮洮易尽，止以五言隽永，千载并称王孟。

不知诗不惟体，顾取诸情性何如耳。不惟情性之求，而但以新声取异，安知今日不经人道语，不为异日陈陈之粟乎？……作诗道一浅字不得，改道一深字又不得，其妙正在不深不浅、有意无意之间。

大都取法固当上宗，议论亦莫轻道。诗必自运，而后可以辨体。诗必成家，而后可以言格。晚唐诗人，如温庭筠之才、许浑之致，见岂五尺之童下，直风会使然耳。览者悲其衰运可也。故予谓今之作者，但须真才实学，本性求情，且莫理论格调。

绝句之源，出于乐府，贵有风人之致。其声可歌，其趣在有意无意之间，使人莫可捉着。盛唐惟青莲、龙标二家诣极，李更自然，故居王上。晚唐快心露骨，便非本色。议论高处，逗宋诗之径；声调卑处，开大石之门。

这些话都与神韵相关。抒写性情而又"有意无意"、"有风人之致"，这正是难以确指、不可言说的神韵。七子派倡格调说，意在重现盛唐的时代风格。但李、何将盛唐气象局限于李、杜诗风，其外延不免狭窄，当王、孟诗风以及其他风格相继进入诗论家的视野时，格调中理所当然有了神韵的一席之地。神韵并不是作为格调说的对立面出现的，而只是对李、何的片面格调理论的补充。王世懋说"本性求情，且莫理论格调"，意思是要人摆脱李、何那种习惯思路，勿在格调与声雄调畅的诗风之间画上等号，并非号召人从根本上怀疑和推翻格调说。

面对诗学的演变及对多样化风格的呼唤，胡应麟试图建构一个能兼而容之的理论框架。他选择了"神韵"概念作为切入点。《诗薮》中经常使用这一概念，如：

岑调稳于王，才豪于李，而诸作咸出其下，以神韵不及二君故也。（内编卷五）

大率唐人诗主神韵，不主气格，故结句率弱者多。惟老杜不尔，如"醉把茱萸仔细看"之类，极为深厚浑雄。然风格亦与盛唐稍异，间有滥觞宋人者，"出师未捷身先死"之类是也。
（内编卷五）

太白五言，如《静夜思》、《玉阶怨》等，妙绝古今，然亦齐、梁体格。他作视七言绝句，觉神韵小减，缘句短，逸气未舒耳。（内编卷六）

北朝句如"芙蓉露下落，杨柳月中疏"，较谢"池塘春草"，天然不及而神韵有余。（外编卷二）

"韵"是魏晋风度的产物，《世说新语》中多次使用，如"风韵"（《赏誉》）、"高韵"（《品藻》）、"风气韵度"（《任诞》）、"大韵"（同上）等，所有这些都与人伦鉴识有关，指的是一个人的气质有清逸、爽朗、放旷之美；而魏晋时的人伦鉴识，又以玄学为其基石。因此，我们可以将"韵"定义为玄学的生活情调，或玄远的生活情调。

南朝画家谢赫在《古画品录》中常用"神韵"、"情韵"、"气韵"作为品画的审美范畴。如评陆绥："体韵遒举，风采飘然"；评戴逵："情韵连绵，风趣巧拔"；评顾骏之："神韵气力，不逮前贤，精微谨细，有过往哲。"谢赫所说的"韵"，源于魏晋时的人物品藻，但侧重表示画中人物的神情风姿有着超凡脱俗之美。唐五代时，司空图、荆浩等人，也一再使用"韵"的概念，如司空图《与李生论诗书》："近而不浮，远而不尽，然后可以言韵外之致耳。"强调诗的语言应包括神韵，在语言文字之外，别有余味。

第一个用"韵"通论书画诗文的是北宋范温。范温所著《潜溪诗眼》，久已散佚。"宋人谈艺书中偶然徵引，皆识小语琐，惟《永乐大典》卷807《诗》字下所引一则，因书画之'韵'推及诗文之'韵'，洋洋千数百言，匪特为'神韵说'之弘纲要领，抑且为由画'韵'而及诗'韵'之转折进阶。严羽必曾见之，后人迄无道者。"[1]

---

① 钱钟书：《管锥编》第四册，北京：中华书局1979年10月版，第1361页。

范温论"韵",其内涵可从四个方面加以把握:

一、"韵"是书画诗文的最高境界。他针对王定观"不俗之谓韵"的说法指出:"夫俗者,恶之先;韵者,美之极。"严羽在《沧浪诗话》中也说:"诗之极致有一,曰入神。"

二、"韵"并不指向某种单一的风格,而是各种风格所达到的一种境界。以文章言之,巧丽、雄伟、奇、巧、典、富、深、稳、清、古,种种风格,只要能"行于简易闲澹之中,而有深远无穷之味","测之而益深,究之而益来",不露锋芒,都"足以为韵"。

三、"有余意之为韵。"范温陆续否定了"不俗之谓韵"、"潇洒之谓韵"、"生动之谓韵"、"简而穷理之谓韵"的说法,最终归结为"有余"。王定观以声音之道比喻"有余":"盖尝闻之撞钟,大声已去,余音复来,悠扬宛转,声外之音,其是之谓矣。"这种悠然远逝而袅袅不绝的"余音",与书画诗文中的"不尽之致"相仿佛。谢赫以"生动"释"气韵",还只把握住了"气"而未能发挥"韵"的内容;司空图《诗品·精神》中的"生气远出",以"远出"二字释"韵"方较为合辙。范温以"有余"释"韵",则尤为周密圆满。

四、"余意"产生于"简易闲淡"之中;简易闲淡,便自"有深远无穷之味"。这一提法与两宋的美学思潮在步调上完全一致。梅尧臣所极力追求的艺术目标便是平淡,他在《读邵不疑学士诗卷》中说:"作诗无古今,惟造平淡难。"欧阳修《六一诗话》也说:"圣俞平生苦于吟咏,以闲远古淡为意,故其构思极难。"并在《水谷夜行》诗中将梅尧臣的创作风格形容为:"有如妖韶女,老自有余态";"又如食橄榄,真味久愈在。"这种闲淡诗风的魅力在于:洗尽铅华,质而实绮,老树着花,癯而实腴,有着耐人寻绎的意在言外之味。苏轼、黄庭坚同样偏爱闲淡,周紫芝《竹坡诗话》说:"作诗到平淡处,要似非力所能。东坡尝有书与其侄云:大凡为文,当使气象峥嵘,五色绚烂,渐老渐熟,乃造平淡。"陈善《扪虱新话》说:"读渊明诗颇似枯淡,东坡晚年极好之,谓李杜不及。此无他,韵而已。"貌似"枯淡"而实有"韵",即苏轼《书黄子思诗集后》所说

"萧散简远，妙在笔墨之外"，"发纤秾于简古，寄至味于澹泊"。

胡应麟是不满于宋诗的，但他对兴盛于宋代的韵味理论却抱有由衷的好感。不过，我们应该记得，他在基本立场上是前后七子的追随者，他不会因此而忘了格调。他以为，从格调中产生的"韵"才是富于生命力的"韵"，否则就是无源之水、无根之木。《诗薮》内编卷五说：

> 作诗大要不过二端，体格声调、兴象风神而已。体格声调有则可循，兴象风神无方可执。故作者但求体正格高，声雄调畅；积习之久，矜持尽化，形迹俱融，兴象风神，自尔超迈。譬则镜花水月，体格声调，水与镜也；兴象风神，月与花也。必水澄镜明，然后花月宛然。讵容昏镜浊流，求睹二者？故法所当先，而悟不容强也。

胡应麟将"体格声调"比喻为水和镜，将"兴象风神"比喻为水中之月、镜中之花，强调只有"水澄镜明"才能"花月宛然"。这提醒读者，胡应麟依然把"体格声调"作为其诗学的立足点，对"神韵"的接纳仅仅表明他不再像李梦阳、李攀龙那样拒绝"风致情韵"，他的态度较为灵活一些。如此看来，清代翁方纲对神韵的界定是较为合乎他的口味的。翁方纲说："神韵无所不该，有于格调见神韵者，有于音节见神韵者，亦有于字句见神韵者，非可执一端以名之也。有于实际见神韵者，亦有于虚处见神韵者，有于高大浑朴见神韵者，亦有于情致见神韵者，非可执一端以名之也。"（翁方纲《神韵论》下）今人钱钟书亦云："神韵非诗品中之一品，而为各品之恰到好处，至善尽美。""优游痛快，各有神韵。""沧浪独以神韵许李杜，渔洋号为师法沧浪，乃仅知有王韦；撰《唐贤三昧集》，不取李杜，盖尽失沧浪之意矣。故《居易录》自记闻王原祁论南宗画，不解'闲远'中何以有'沉着痛快'；至《蚕尾文》为王芝廛作诗序，始敷衍其说，以为'沉着痛快'，非特李、杜、昌黎有之，陶、谢、王、孟莫不有。然知淡远中有沉着痛快，尚不知沉着痛快中有远神淡味，其识力仍去沧浪一尘也。"① 从理论上说，翁方纲指认"神韵"非风致情韵之谓"当然稳妥，但就明清时期"神韵"说兴起的背景而言，"神韵"的倡导者又确乎意在倡导"风致情韵"，甚至连言之凿凿以格调为先的胡应麟也是如此。其《诗薮》内编卷六说："杜陵、太白七言律绝，独步词场。然杜陵律多险拗，太白绝间率露，大家故宜有此。若神韵干云，绝无烟火，深衷隐厚，妙协《箫韶》，李颀、王昌龄，故是千秋绝调。"在中国诗史上，不加掩饰地否定李白、杜甫尤其是杜甫的大家地位，是冒天下之大不韪，胡应麟不会做这样的事；但他因李颀、王昌龄诗"神韵干云"而推崇为"千秋绝调"，仍可见出他对"绝无烟火气"的"风致情韵"的偏爱。（不能忽略，明后期大倡王、孟，声气之盛，以致引起了部分人反感。如徐渭《与季友》即云："韩愈、孟郊、卢仝、李贺诗，近颇阅之。乃知李、杜之外，复有如此奇种，眼界始稍宽阔。不知近日学王、孟人，何故伎俩如此狭小。在他面前说李、杜不得，何况此四家耶？殊可怪叹。菽、粟虽常嗜，不信有却龙肝凤髓都不理耶？"这从另一侧面表明，倡王、孟，讲神韵，与徐渭等人的注重性灵不是同一路数，神韵是格调的派生物或补充物。）

比胡应麟直率、坦诚的是晚明陆时雍。他在《诗镜总论》中说："世以李、杜为大家，王维、高、岑为傍户，殆非也。摩诘写色清微，已望陶、谢之藩矣，第律诗有余，古诗不足耳。离象得神，披情著性，后之作者谁能之？""子美之病，在于好奇，则于天然之致远矣。五七言古，穷工极巧，谓无遗恨。细观之，觉几日不得自在。"公开表示不应将王维排在李、杜之下，批评杜甫诗缺少天然之致，这种对古典诗正宗的不满并非人人都有勇气说出的。以此为基点，他论神韵，颇与胡应麟不同：

　　　　诗被于乐，声之也。声微而韵，悠然长逝者，声之所不得留也。一击而立尽者，瓦缶也。诗之饶韵者，其钲磬乎！"相去日

---

① 钱钟书：《谈艺录》，北京：中华书局1984年9月版，第41页。

以远，衣带日以缓"，其韵古；"携手上河梁，游子暮何之"，其韵悠；"高台多悲风，朝日照北林"，其韵亮；"晨风飘歧路，零雨被秋草"，其韵矫；"采菊东篱下，悠然见南山"，其韵幽；"皇心美阳泽，万象咸光昭"，其韵韶；"扣枻新秋月，临流别友生"，其韵清；"野旷沙岸净，天高秋月明"，其韵冽；"天际识归舟，云中辨江树"，其韵远。凡情无奇而自佳，景不丽而自妙者，韵使之也。

诗至于齐，情性既隐，声色大开。谢玄晖艳而韵，如洞庭美人，芙蓉衣而翠羽旗，绝非世间物色。

何逊以本色见佳，后之采真者，欲摹之而不及。陶之难摹，难其神也；何之难摹，难其韵也。何逊之后继有阴铿，阴何气韵相邻，而风华自布。见其婉而巧矣，微芳幽馥，时欲袭人。

诗有灵襟，斯无俗趣矣；有慧口，斯无俗韵矣。乃知天下无俗事，无俗情，但有俗肠与俗口耳。古歌《子夜》等诗，俚情亵语，村童之所赧言，而诗人道之，极韵极趣，汉《铙歌》乐府，多媒人乞子儿女里巷之事，而其诗有都雅之风。如"乱流趋正绝"，景极无色，而康乐言之乃佳。"带月荷锄归"，事亦寻常，而渊明道之极美。以是知雅俗所由来矣。

《三百篇》每章无多言。每有一章而三四叠用者，诗人之妙在一叹三咏。其意已传，不必言之繁而绪之纷也。故曰："《诗》可以兴。"诗之可以兴人者，以其情也，以其言之韵也。夫献笑而悦，献涕而悲者，情也；闻金鼓而壮，闻丝竹而幽者，声之韵也。是故情欲其真，而韵欲其长也，二言足以尽诗道矣。乃韵生于声，声出于格，故标格欲其高也；韵出为风，风感为事，故风味欲其美也。有韵必有色，故色欲其韶也；韵动而气行，故气欲其清也。此四者，诗之至要也。夫优柔悱恻，诗教也，取其足以感人已矣。而后之言诗者，欲高欲大，欲奇欲异，于是远想以撰之，杂事以罗之，长韵以属之，傲诡以炫之，则骈指矣。

食肉者，不贵味而贵臭；闻乐者，不闻响而闻音。凡一掇而有物者，非其至者也。诗之所贵者，色与韵而已矣。韦苏州诗，有色有韵，吐秀含芳，不必渊明之深情，康乐之灵悟，而已自佳矣。"白日淇上没，空闺生远愁。寸心不可限，淇水长悠悠。""还应有恨谁能识，月白风清欲堕时。"此语可评其况。

五言古非神韵绵绵，定当捉襟露肘。刘驾、曹邺以意撑持，虽不迫古，亦所谓"铁中铮铮，庸中姣姣"矣。善用意者，使意如无，隐然不见。造无为有，化有为无，自非神力不能。以少陵之才，能使其有而不能使其无耳。

有韵则生，无韵则死；有韵则雅，无韵则俗；有韵则响，无韵则沉；有韵则远，无韵则局。物色在于点染，意态在于转折，情事在于犹夷，风致在于绰约，语气在于吞吐，体势在于游行，此则韵之所由生矣。陆龟蒙、皮日休知用实而不知运实之妙，所以短也。

这几段话中，陆时雍以声喻"韵"，认为"韵"近于袅袅不绝的弦外之音；指出"韵"与艺术表达上的平淡密切相关；这都是附议前人的观点。比较能显出他的个性的是这样几个方面。一、范温、严羽等认为，"神韵"非诗品中之一品，而是指各品恰到好处的一种境界，所以，无论是优游闲雅还是沉着痛快，只要有余味，就算具备了神韵。陆时雍则将"沉着痛快"排除在外，同时不再推崇李白、杜甫，这样，"神韵"就与"优游闲雅"建立了对应关系，成为王、孟、韦、柳一脉的诗风特征。

二、陆时雍极力推崇六朝的五古。中国传统美学对六朝诗的基本评价是偏低的。理由有二：一是说六朝诗注重辞藻而风骨不立，二是说六朝诗偏离了"言志"轨道，所抒之情一部分属于私生活领域，不登大雅之堂（如宫体诗），有损诗格。在六朝诗和唐诗之间，陆时雍却更为推崇六朝诗，当然是有选择的推崇。他所偏爱的是陶渊明、谢灵运、谢朓、何逊、阴铿的五古。所列警句如"采菊东篱下，悠然见南山"；"扣枻新秋月，临流别友生"；"野旷沙岸净，天高秋月明"；"天际识归舟，云中辨江树"；等等，均出自这几位诗人笔下。

陆时雍何以偏爱五言古诗？这与五言古诗的美感特征有关。五言古和七言古具有不同的功能、特性。朗廷槐《师友诗传续录》载郎问王士禛:"五言忌著议论,然则题目有应议论者,只可以七言古行之,便不宜用五言体耶?"王答曰:"亦看题目何如,但五言以蕴藉为主,若七言则发扬蹈厉,无所不可。"这说法是符合事实的。汉、魏、六朝的五古以含蓄见长,唐代杜甫的七古则铺张开阖,发扬蹈厉。唯其纵横排宕,多发议论,故易著色相,缺少深长的韵味。相形之下,五古的长处便显而易见了。

三、陆时雍偏爱风格清丽的山水诗。他用了若干比喻来描述陶渊明、谢灵运、鲍照、谢朓、何逊、阴铿的诗风;或如"春风徐来,水波不兴"一般悠然(陶渊明),或如"白云绿筱,湛澄趣于清涟"(谢灵运),或如"红药青苔,濯芳姿于春雨"(谢朓),或"探景每入幽微,语气悠柔,读之殊不尽缠绵之致"(何逊),或"微芳幽馥,时欲袭人"(阴铿)。陆时雍引清丽的自然景色为喻,足见他对清丽诗风的向慕之情。并非偶然,他推崇的几位均为六朝山水诗的代表作家。他对唐代的诸多大家、名家,并未心口不一表示赞赏,而是直言不讳地给予批评,如说杜甫的五古"材力作用,本之汉魏居多。第出手稍钝,苦雕细琢,降为唐音";说"太白之不真也为材使,少陵之不真也为意使,高岑诸人之不真也为习使,元白之不真也为词使,昌黎之不真也为气使";他对诸人的不满,在于其诗风与陶、谢、阴、何等迥异。陆时雍甚至宁可赞赏隋炀帝也不肯定"唐人",《诗镜总论》中有这样一则:"陈人意气恹恹,将归于尽。隋炀起敝,风骨凝然。其于追《风》勒《雅》,返汉还《骚》,相距甚远。故去时之病则佳,而复古之情未尽。诗至陈余,非华之盛,乃实之衰耳。不能予其所美,而徒欲夺其所丑,则柝质将安恃乎?隋炀从华得素,譬诸红艳丛中,清标自出。虽卸华谢彩,而绚质犹存。并隋素而去之,唐之所以暗而无色也。珠辉玉润,宝焰金光,自然之色,夫岂不佳?若朽木死灰,则何贵矣?唐之兴,六代之所以尽亡也。"看得出来,陆时雍对于"物色"的"点染"是异常关注的,因为这是"韵之所由生"。

神韵与山水诗联系紧密,一个基本的原因在于:神韵追求"不切"，而就题材言，山水特别宜于用"不切"的方式来表现。朱自清曾在《论逼真与如画》一文中分析说：唐代山水画分为两派，北派走着近乎写实的路，南派王维所开创的文人画，却走上了象征的路。苏轼说王维"诗中有画，画中有诗"，文人画的特色，即在"画中有诗"。因为要"有诗"，就不免轶出常识常理之外。张彦远说："王维画物，多不问四时，如画花，往往以桃、杏、芙蓉、莲花同画一景。"北宋沈括《梦溪笔谈》也说他家藏有王维的《袁安卧雪图》，"有雪中芭蕉"。桃、杏、芙蓉、莲花虽然不同时，放在同一画面上，其线条、形体、颜色却有一种特别的和谐，雪中芭蕉也是如此。这种和谐就是诗。只将桃、杏、芙蓉、莲花当作线条、形体、颜色使用，即只当作象征使用，这才可以"不问四时"。这也可以说是装饰化、图案化、程式化。而最容易程式化也最具文人色彩的是山水画。为什么呢？桃、杏、芙蓉、莲花等是个别的实物，形状和性质各自分明，"同画一景"，常人用常识的标准来看，马上觉得时令不合，所以容易引起争议。山水，文人欣赏的山水，却是一种境界，来点写实固然无妨，加以象征化处理似乎更好。山水里的草木鸟兽人物，都吸收在山水里，或者说与山水合为一气；兽与人是可有可无的，如元朝倪瓒的山水画，就常不画人，据说如此更高远、更虚静、更自然。这种境界是画，也是诗，当然说不上"活像"或"逼真"，说不上"切"。①陆时雍所喜欢的若干诗句，如"白日淇上没，空闺生远愁。寸心不可限，淇水长悠悠"，亦具"妙在神会，不着色相"之致。

陆时雍不满于唐人，但对王、孟、韦、柳则另眼相看。《诗镜总论》说："孟浩然才虽浅窘，然语气清亮，诵之有泉流石上风来松下之音。""盈盈秋水，淡淡春山，将韦诗陈对其间，自觉形神无间。"这与他赞赏陶渊明等人的五古所取的角度相同，表现了陆时雍对山水与神韵一以贯之的钟情。

在明代，陆时雍算不得特别显赫的诗论家；在中国诗学的殿堂

---

① 参见《朱自清古典文学论文集》，上海：上海古籍出版社 1981 年 7 月版，第 120～121 页。

中，他也无从跻身于主流派的行列。然而，他的"神韵"理论，却足以令我们刮目相看。清初那位开创了一个诗歌流派的王士祯，在历数"导夫先路"的前贤时，提到了钟嵘、严羽、徐祯卿，却没有提到陆时雍。这种不应有的遗漏，不会导致陆时雍的诗学贬值，却让我们觉得王士祯有些势利：一个名流从非名流那儿继承理论遗产，承认这一点，似乎降低了自己的身价。

结　束　语

指控明人是清代学术的兴奋点之一。"明人热衷于意气之争"，这是清人留给我们的常见话题。在对明人的大量指控中，纪晓岚的词气要算较为和缓的，其《阅微草堂笔记》卷十四中，记有周书昌讲的一个故事：

> 昔游鹊华，借宿民舍。窗外老树森翳，直接冈顶。主人言时闻鬼语，不辨所说何事也。是夜月黑，果隐隐闻之，不甚了了。恐惊之散去，乃启窗潜出，匍匐草际，渐近窃听。乃讲论韩、柳、欧、苏文，各标举其佳处。一人曰："如此乃是中声，何前后七子，必排斥不数，而务言秦汉，遂启门户之争？"一人曰："质文递变，原不一途。宋末文格猥琐，元末文格纤秾，故宋景濂诸公力追韩、欧，救以舂容大雅。三杨以后，流为台阁之体，日就肤廓，故李崆峒诸公又力追秦汉，救以奇伟博丽。隆、万以后，流为伪体，故长沙一派，又反唇焉。大抵能挺然自为宗派者，其初必各有根柢，是以能传；其后亦必各有流弊，是以互诋。然董江都、司马文园文格不同，同时而不相攻也。李、杜、王、孟诗格不同，亦同时而不相攻也。彼所得者深焉耳。后之学者，论甘则忌辛，是丹则非素，所得者浅焉耳。"……

论质文代变，指出各种宗派均有其发生、发展的合理性，这是史家卓识；倡导文格不同、诗格不同者"同时而不相攻"，仍旨在反对门户之见。各种流派之间，毋需势不两立。其理由在于，学术上的诸多门户，其实并非尖锐对立，倒是互相补充的成分居多。正如同是一水，

"农家以为宜灌溉，舟子以为宜往来，形家以为宜沙穴，兵家以为宜扼拒，游览者以为宜眺赏，品泉者以为宜茶荈，漂洗绵絮者以为宜浣濯，各得所求，各适其用，而水则一"；又如一座都会，"可自南门入，可自北门入，可自东门入，可自西门入，各从其所近之途，各以为便，而都会则一"。只有摒弃门户之见，才能全面准确地把握对象。从这个角度看，清人理直气壮地指责明人如盲人摸象，将自己所得的片面收获视为全体所在。但是，明人也许不会心甘情愿地接受清人的指控，因为，在一定的语境中，如果没有几分偏激，如果没有几分矫枉过正的"狂"者气象，其表述将是毫无力度的。

我们愿意理解明人，而不愿居高临下地指责明人，或因研究明代诗学而偏爱明人。清人也许会暗中与明人较劲，我们不会。在远距离外把握研究对象，见树的可能性减少了，见林的可能性则增大了。这诸多原因，使我们的研究有可能较为公正，有可能达到新的水准。至于实际做得如何，则因笔者识力有限，无疑存在诸多不足，敬请各位方家赐教。

1998 年 11 月三稿

2000 年 10 月四稿

2007 年 1 月修订

附 录

从风、雅、颂及其流变看诗乐
关系的三个层面

风、雅、颂及其流变是我们考察中国古代诗乐关系的入手之处。关于风、雅、颂的分类依据，朱熹《诗集传序》指出："凡诗之所谓风者，多出于里巷歌谣之作，所谓男女相与咏歌，各言其情者也。惟《周南》、《召南》亲被文王之化以成德，而人皆有以得其性情之正，故其发于言者，乐而不过于淫，哀而不及于伤，是以二篇独为诗之正经。自《邶》而下，则其国之治乱不同，人之贤否亦异，其所感而发者，有邪正是非之不齐，而所谓先王之风者，于此焉变矣。若夫雅、颂之篇，则皆成周之世，朝廷郊庙乐歌之词，其语和而庄，其义宽而密；其作者往往圣人之徒，固所以为万世法程而不可易者也。至于雅之变者，亦皆一时贤人君子，闵时病俗之所为，而圣人取之。其忠厚恻怛之心，陈善闭邪之意，尤非后世能言之士所能及之。"① 朱熹认为，所谓风，多属民间情歌；所谓变雅，多为"贤人君子"心忧天下之作；而雅颂则多为"朝廷郊庙乐歌之词"。这里，题材和内容的差异与音乐的差异密切相关，是题材和内容分类，同时也是音乐分类。如黄宗羲《乐府广序序》所说："原诗之起，皆因于乐，是故《三百篇》即乐经也。儒者疑别有乐经，秦火之后无传焉，此不知诗

---

① 朱熹：《诗集传》卷首，上海：上海古籍出版社 1980 年版，第 2 页。本文所用"雅颂"一语，根据约定俗成的惯例，通常指正雅和颂，不包括变雅在内。如包括变雅，则在行文中特别标明。

者之言也。"① 诗与乐是两位一体的存在。

国风与民俗之间的深厚血缘关系是我们把握国风一类作品的关键所在，由此考察其统绪的延伸，并以此为基点考察这一层面上的诗乐关系，也是一个合适的角度。关于国风，晚明胡维霖《墨池浪语》卷二《明诗评一》（自洪永至宣德）说过一句意味深长的话："噫，诗不通于乐，是知雅而不知风者也。"② 这里潜在地包含了一个命题：在风、雅、颂三者中，国风与音乐的结合是最为自然的。或者说，就风、雅、颂三者而言，音乐的魅力在国风中显示得最为充分。之所以如此，在于国风拥有得天独厚的民俗资源。明代李梦阳《诗集自序》曾围绕"真诗乃在民间"的问题详细转述了他与曹县王叔武的一段讨论，其结论是：风属于民间歌谣，它因俗成声，在后世绵延不绝；而雅则是士大夫阶层的作品，它缺少民俗的支持，其统绪的断绝以《春秋》的产生为标志。说"真诗乃在民间"，即承认民间歌谣是国风的嫡传。在对民间歌谣的特征加以描述时，他兼顾到两个方面：一是其题材特征，二是其音乐特征。就题材特征而言，以抒发日常生活的情感为主，即所谓"劳呻而康吟"，而其重心是男女之情，即所谓"其思淫"。就音乐特征而言，其主要标志是"可歌"，即所谓"讴"、"唱"。③ 李梦阳从题材和音乐两方面考量民间歌谣，确认它属于国风一脉。与其理论建树相呼应，明清两代不止一位学者指出：在一般意义上的乐府民歌之外，宋词，元曲，明清传奇，都属于国风的嫡传。如李开先《西野春游词序》所说："由南词而北，由北而诗余，由诗余而唐诗，而汉乐府，而《三百篇》，古乐庶几乎可兴。故

---

① 郭绍虞主编：《中国历代文论选》第3册，上海：上海古籍出版社1980年版，第34页。

② 胡维霖：《胡维霖集》，《四库禁毁书丛刊》本，北京：北京出版社2000年版。

③ 郭绍虞主编：《中国历代文论选》第3册，上海：上海古籍出版社1980年版，第55页。

曰：今之乐，犹古之乐也。"① 或如王世贞《曲藻》所说："《三百篇》之后有骚、赋，骚、赋难入乐而后有古乐府，古乐府不入俗而后以唐绝句为乐府，绝句少宛转而后有词，词不快北耳而后有北曲，北曲不谐南耳而后有南曲。"② 《四库全书总目》卷一九八集部五十一词曲类小序说得更为简洁明确："词曲二体在文章技艺之间。……究厥渊源，实亦乐府之余音，风人之末派。"③ 这些议论表明：视乐府民歌、宋词、元曲和明清传奇为国风一脉，在明清两代已大体取得共识。由古乐府而宋词而元曲而明清传奇，其题材特征和音乐特征一以贯之，相互之间的对应符若合符辙。而我们所要进一步强调的是：国风一脉，其题材特征（以男女之情为主）和音乐特征（可歌）之间的对应关系不是偶然的，而具有学理上的必然性。叶嘉莹《常州词派比兴寄托之说的新检讨》一文曾说：在人类的各种感情中，男女之爱是"最热情、最真挚、最具体，而且最容易使人接受和感动的"。④ 与这一命题相辅相成，在表达人的感受、感觉、感情方面，音乐又是最为直接的。即姚华《曲海一勺·原乐第二》所说："夫乐者，情之归也。"⑤ 所以，如果诗与音乐要结合在一起的话，以"男女欢爱之辞"为题材的作品无疑比其他题材的作品更容易得到民俗的支持，更有可能具备宛转动人的魅力。以明代的"市井艳词"为例，如李开先《市井艳词序》所说："忧而词哀，乐而词裹，此今古同情也。正德初尚《山坡羊》，嘉靖初尚《锁南枝》，一则商调，一则越调。商，伤也，越，悦也；时可考见矣。二词哗于市井，虽儿女

---

① 郭绍虞主编：《中国历代文论选》第 3 册，上海：上海古籍出版社 1980 年版，第 89 页。

② 郭绍虞主编：《中国历代文论选》第 3 册，上海：上海古籍出版社 1980 年版，第 99 页。

③ 永瑢等撰：《四库全书总目》，北京：中华书局 1965 年版，第 1807 页。

④ 叶嘉莹：《常州词派比兴寄托之说的新检讨》，《迦陵论词丛稿》，上海：上海古籍出版社 1980 年版，第 348 页。

⑤ 郭绍虞主编：《中国历代文论选》第 4 册，上海：上海古籍出版社 1980 年版，第 410 页。

子初学言者，亦知歌之。……语意则直出肺肝，不加雕刻，俱男女相与之情，虽君臣友朋，亦多有托此者，以其情尤足感人也。故风出谣口，真诗只在民间。《三百篇》太半（原作平，疑形近而误）采风者归奏，予谓今古同情者此也。"① 李开先所谓"风出谣口"，即"因俗成声"。所谓"今古同情"，所同的一个重要方面即"男女相与之情"。国风一脉的作品，"可歌"是其处理诗乐关系的基本特征，而"入俗"、"宛转"则是其魅力所在。

变雅与"贤人君子"的人文关怀之间的密切联系是我们把握变雅一类作品的关键所在，由此考察其统绪的延伸，并以此为基点考察这一层面上的诗乐关系，也是一个合适的角度。与国风来自民间不同，"雅之变者"，"皆一时贤人君子，闵时病俗之所为"，以抒发"忠厚恻怛之心，陈善闭邪之意"为主。对变雅统绪的清理可以从两个方向展开：如果以"可歌"作为对变雅的一个基本要求，可以说，变雅的统绪在春秋时代即已断绝，即李梦阳《诗集自序》所谓"《诗》亡然后《春秋》作者，雅也"；但就变雅"闵时病俗"的人文关怀而言，其统绪可谓绵延不断，主脉即汉以降面向社会生活的言志诗。许学夷《诗源辩体》卷一指出：

> 《小雅》、《大雅》，体各不同。《大序》谓："政有大小，故有《小雅》焉，有《大雅》焉。"旧说《鹿鸣》至《菁莪》二十二篇为正小雅；《文王》至《卷阿》十八篇为正大雅；《六月》至《何草不黄》五十八篇为变小雅；《民劳》至《召旻》十三篇为变大雅。朱子云："正小雅，燕享之乐也。正大雅，会朝之乐，受厘陈戒之辞也。故或欢欣和乐以尽群下之情，或恭敬斋庄以发先王之德。词气不同，音节亦异，多周公制作时所定也。"冯元成云："《大雅》正经，所言受命配天，继代守成。而《小雅》正经，治内，则惟燕劳群臣朋友；治外，则惟命将出

---

① 郭绍虞主编：《中国历代文论选》第 3 册，上海：上海古籍出版社 1980年版，第 85 页。

征。故《小雅》为诸侯之乐，《大雅》为天子之乐也。"及其变
也，《大雅》多忧闵而规刺，《小雅》多哀伤而怨诽，朱子谓
"皆贤人君子闵时病俗之所为"是也。①

这种表达"忠厚恻怛之心，陈善闭邪之意"的作品，当然也是"可
歌"的。但它不是"因俗成声"的自然产物，缺少丰厚的民俗资源
的支持。它服务于政教也依赖于政教，其"可歌"主要是体制内运
作的产物。一旦失去体制的扶助，这种"可歌"的变雅就难以为继
了。一个不容忽视的现象是：这种类型的作品，不仅在《诗经》中
所占比重较小，而且就在后世的延续而言，国风一脉，由乐府而词而
曲，源远流长，始终是诗与"可歌"的结合体（少数案头之作并未
构成其主体部分）；而变雅一脉，尽管它所体现的人文精神得到中国
古代主流诗学的认可，以社会生活为关注重心的言志诗成为诗学正宗
即是明证，但这一类型的作品"可歌"的事实上不多，在诗与音乐
的结合方面，其"入乐"的比例远低于国风一脉。这就提出了一个
问题：变雅一脉的言志诗，是如何处理与音乐的关系的？

　　我们的答案是：汉以降变雅一脉的中国古典诗，虽然不再将
"可歌"作为基本要求，但依然重视诗的音乐性。诗乐之间的关系以
不同于国风一脉的方式展开：国风一脉的作品可以"入乐"；变雅一
脉的言志诗通常不能"入乐"，但注重借"声律讽咏"来"畅达情
思，感发志气"。其基本的理论表述即对诗文体性之异的强调。

　　明代李东阳《沧洲诗集序》说："诗之有异于文者，以其有声律
讽咏，能使人反复讽咏，以畅达情思，感发志气，取类于鸟兽草木之
微，而有益于名教政事之大。"②　在李东阳看来，诗长于"讽咏"，

---

①　许学夷：《诗源辩体》，北京：人民文学出版社1987年版，第23～24
页。本文所说的言志诗，指以社会生活为关注重心的诗；本文所说的缘情诗，
指以私人生活为关注重心的诗。

②　郭绍虞主编：《中国历代文论选》第3册，上海：上海古籍出版社1980
年版，第33页。

文长于"记述",这是二者之间的突出差异。诗是用韵文写成的,诗的韵律使之更宜于抒发情感。诗当然也是文字的陈述,但不同于纯粹哲学或理论性质的陈述,陈述是服务于情感内容的。李东阳的看法,并非他自我作古,唐代的柳宗元就已在《杨评事文集后序》中说过:"文有二道:辞令褒贬,本乎著述者也;导扬讽谕,本乎比兴者也。著述者流,盖出于《书》之《谟》、《训》,《易》之《象》、《系》,《春秋》之笔削。其要在于高壮广厚,词正而理备,谓宜藏于简册也。比兴者流,盖出于虞、夏之咏歌,殷、周之风雅,其要在于丽则清越,谓宜流于谣诵也。兹二者,考其旨义,乖离不合。故秉笔之士,恒偏胜独得,而罕有兼者焉。"① 诗,无论是"男女欢爱之辞",还是表达人文关怀,与音乐性都是密不可分的,尽管所采取的途径可以有所不同。

柳宗元、李东阳强调诗文体性之异,与之形成对照,另一些学者却着重指出:一部分古文具有诗的特性。这两种看似迥然对立的见解,实际上是可以统一的,并启发我们在考察变雅统绪的延伸时,不要忽略了一部分言志抒怀的古文。我们这样立论,主要的理由是:对诗文的界定可以从形着眼,也可以从神着眼。从形着眼,凡不押韵的作品都不是诗;从神着眼,一部分虽不押韵却以"达其情志"(言志抒怀)为宗旨的作品仍不妨归入诗的类别。清章学诚《论课蒙学文法》指出:

> "论事之文,疏通致远,《书》教也。传赞之文,抑扬咏叹,辞命之文,长于讽喻,皆《诗》教也。叙例之文与考订之文,明体达用,辨名正物,皆《礼》教也。叙事之文,比事属辞,《春秋》教也。五经之教,于是得其四矣。若夫《易》之为教,系辞尽言,类情体撰,其要归于洁净精微,说理之文所从出也。"(刘刻《章氏遗书·补遗》)

---

① 郭绍虞主编:《中国历代文论选》第 2 册,上海:上海古籍出版社 1980 年版,第 148 页。

章学诚将古文分为五类，认为"传赞之文"和"辞命之文"与《诗
经》一脉相承，因为这两类文章同样注重"抑扬咏叹"和"讽喻"。
所谓"皆《诗》教也"，即注重音乐性（"抑扬咏叹"）及与音乐性
相通的旨趣（"讽喻"）。其《诗教下》的阐述也许更具启迪意义。
章学诚略形取神，明确地从"作者之意指"入手来区别诗与非诗：
"世之盛也，典章存于官守，《礼》之质也；情志和于声诗，乐之文
也。迨其衰也，典章散，而诸子以术鸣。故专门治术，皆为《官礼》
之变也。情志荡，而处士以横议，故百家驰说，皆为《声》诗之变
也。（名、法、兵、农、阴阳之类，主实用者，谓之专门治术，其初
各有职掌，故归于官，而为礼之变也。谈天、雕龙、坚白、异同之
类，主虚理者，谓之百家驰说。其言不过达其情志，故归于诗，而为
乐之变也。）"① 在章学诚看来，所有以"达其情志"为基本旨趣的
文章，都可以"归于诗"，而视为"乐之变"。② 章学诚将"归于诗"
与"乐之变"并提，已意识到古文在"达其情志"时对音乐感的倚
重，这种学术意识与桐城派的古文理论颇有相通之处。比如，桐城派
的第二代盟主刘大櫆在《论文偶记》中即特别强调音节在文章中的
重要性：

---

　　① 章学诚著，叶瑛校注：《文史通义校注》，北京：中华书局1994年版，
第78页。
　　② 与这一观点呼应，章学诚认为，押韵而不"达其情志"的作品，其本
性是文，不能归入诗的类别。章学诚《诗教下》云："传记如《左》、《国》，著
说如《老》、《庄》，文逐声而遂谐，语应节而遽协，岂必合《诗》教之比兴哉？
焦赣之《易林》，史游之《急就》，经部韵言之不涉于《诗》也。《黄庭经》之
七言，《参同契》之断字，子术韵言之不涉于《诗》也。后世杂艺百家，诵拾名
数，率用五言七字，演为歌诀，咸以取便记诵，皆无当于诗人之义也。而文指
存乎咏叹，取义近于比兴，多或滔滔万言，少或寥寥片语，不必谐韵和声，而
识者雅赏其为《风》《骚》遗范也。故善论文者，贵求作者之意指，而不可拘于
形貌也。"章学诚著，叶瑛校注：《文史通义校注》，北京：中华书局1994年版，
第79页。

> 文章最要节奏；譬之管弦繁奏中，必有希声窈眇处。
>
> 音节高则神气必高，音节下则神气必下，故音节为神气之迹。一句之中，或多一字，或少一字；一字之中，或用平声，或用仄声；同一平字仄字，或用阴平、阳平、上声、去声、入声，则音节迥异，故字句为音节之矩。积字成句，积句成章，积章成篇，合而读之，音节见矣；歌而咏之，神气出矣。

强调音乐性本是诗学的重点之一。李东阳《麓堂诗话》明白无疑地说："观《乐记》乐声处，便识得诗法。"① 而《礼记·乐记》的基本思想是："凡音之起，由人心生也，人心之动，物使之然也。"② 音乐是抒情色彩最为浓郁的一门艺术。李东阳等人重视诗的音乐性，落实下来，即对情志的重视。按照通常的看法，语言有两种基本类型，一是讲述性语言，一是歌唱性语言。讲述性语言旨在表意，故较为朴实、明了，发音平缓，声调变化幅度不大；歌唱性语言旨在抒情，故注重声音的高下抑扬、轻重缓急、顿挫起伏，音调变化幅度大，同时以规则性的旋律一以贯之。身为古文作者的刘大櫆，他本应青睐讲述性语言，何以会对歌唱性语言一往情深呢？这与桐城派自方苞开始的注重"情辞"的传统有关。"情辞"是与音乐性密不可分的。故刘大櫆此论一出，得到桐城派后学的纷纷赞同。如姚鼐《与陈硕甫书》："诗古文各要从声音证入；不知声音，总为门外汉耳。"又《与姚石甫书》："文章之精妙，不出字句声色之间，舍此便无可

---

① 丁福保辑：《历代诗话续编》下，北京：中华书局 1983 年版，第 1372 页。
② 郭绍虞主编：《中国历代文论选》第 1 册，上海：上海古籍出版社 1980 年版，第 61 页。

窥寻矣。"① 这一类注重音乐性而以"达其情志"为宗旨的古文，延续的是变雅传统，与言志诗属于同一类型。言志诗和言志的古文，二者处理诗乐关系的特征是基本一致的。

雅颂与朝廷重大典礼之间的密切依存关系是我们把握雅颂一类作品的关键所在，由此考察其统绪的延伸，并以此为基点考察这一层面上的诗乐关系，也是一个合适的角度。"雅颂者，朝廷宗庙之诗，推原王业、形容盛德者也。"② "古诗分类，曰风、雅、颂。所以为此别者，何也？盖风者，乡里之用，雅者，廊庙之用，此风、雅之所由异也。雅用之于事人焉，颂用之于事神焉，此雅、颂之所以分也。风、雅、颂谓之达乐，燕、享、祀谓之达礼，礼乐相须，诗乐妃匹，秦、汉以来，诗虽屡变，未有出于此三者。"（姚华《曲海一勺·明诗第三》)③ 雅用之于朝廷，颂用之于郊庙，其共同风格是肃穆庄重。以颂为例，"盖上古之时，最崇祀祖之典。欲尊祖敬宗，不得不追溯往迹，故《周颂》三十一篇所载之诗，上自郊社明堂，下至藉田祈谷，旁及岳渎星辰之祀，悉与祭礼相同。是为颂也者，祭礼之乐

---

① 曾国藩《复吴南屏》（《曾文正公全集》书札卷五）："姚惜抱氏谓诗文宜从声音证入，尝有取于大历及明七子之风。"明确揭示出桐城派古文理论与诗学的渊源关系。钱钟书《管锥编》第四册全宋文卷一五"文笔皆有声律"条则云："散文虽不押韵脚，亦自有宫商清浊；后世论文愈精，遂注意及之，桐城家言所标'因声求气'者是，张裕钊《濂亭文集》卷四《答吴至甫书》阐说颇详。刘大櫆《海峰文集》卷一《论文偶记》：'音节者，神气之迹也，字句之矩也；神气不可见，于音节见之，音节无可准，以字句准之'；姚范《援鹑堂笔记》卷四四：'朱子云："韩昌黎、苏明允作文，敝一生之精力，皆从古人声响处学"；此真知文之深者'（《朱文公集》卷七四《沧州精舍谕学者》：'老苏但为学古人说话声响，极为细事，乃肯用功如此'）；吴汝纶《桐城吴先生全书·尺牍》卷一《答张廉卿》：'承示姚氏论文，未能究极声音之道。……近世作者如方姚之徒，可谓能矣，顾诵之不能成声'；均指散文之音节，即别于'文韵'之'笔韵'矣。古罗马文家谓'言词中隐伏歌调'，善于体会，亦言散文不废声音之道也。"（《管锥编》，北京：中华书局1979年版，第1278页。）钱氏以倡"破体"著称，故并不认为"声音之道"乃诗之专利。但毋庸置疑，桐城派注重"声音之道"的特征是明显的。而在我们看来，这一特征是受到诗学影响的结果。

② 许学夷：《诗源辩体》，北京：人民文学出版社1987年版，第2页。

③ 郭绍虞主编：《中国历代文论选》第4册，上海：上海古籍出版社1980年版，第413页。

章也，非惟用之乐歌，亦且用之乐舞。"（刘师培《原戏》）"① 这一层面上的"乐"，与"礼"的联系特别密切。礼乐不分，礼仪举行的过程，通常也就是乐舞演奏的过程。与之相应，颂乐的节奏是异常缓慢的。颂诗不分章节，没有复沓重叠的现象，一般篇幅较短，却要与繁文缛节相偕配，其节奏之缓慢可以想见。为了在大型仪典上造成庄重、肃穆的气氛和听众的敬畏心理，颂乐一般只用打击乐与管乐相配（例如《周颂·有瞽》），不大用丝弦乐器。常见于颂诗描绘的"喤喤"、"渊渊"、"穆穆"、"简简"、"肃雍"等打击钟鼓之声，低沉、舒缓、庄严，不像雅诗中经常描绘的"将将"、"喈喈"、"钦钦"等丝弦之声那样清脆、柔婉、细腻。② 在礼乐体系中，颂乐是典型的雅乐，与之相对的则是"郑声"即俗乐。乐的雅俗之分，具有文化分层的意义。③

雅颂在后世的延伸即"朝廷郊庙"所用的"乐章"。章学诚《校雠通义·汉志诗赋第十五》云："诗歌一门，杂乱无叙，如《吴楚汝

---

① 郭绍虞主编：《中国历代文论选》第 4 册，上海：上海古籍出版社 1980 年版，第 356 页。

② 参见杨华：《先秦礼乐文化》，武汉：湖北教育出版社 1997 年版，第 191 页。

③ 《四库全书总目》卷三十八经部三十八乐类小序云："沈约称乐经亡于秦。考诸古籍，惟《礼记经教》有乐教之文。伏生《尚书大传》引'辟廱舟张'四语，亦谓之乐。然他书均不云有《乐经》。大抵乐之纲目具于礼，其歌词具于诗，其铿锵鼓舞则传在伶官。汉初制氏所记，盖其遗谱，非别有一经为汉人手定也。特以宣豫导和，感神人而通天地，厥用至大，厥义至精，故尊其教得配于经。而后代钟律之书亦遂得著录于经部，不与艺术同科。顾自汉氏以来，兼陈雅俗，艳歌侧调，并隶云韶。于是诸史所登，虽细至筝琶，亦附于经末。循是以往，将小说稗官未尝不记言记事，亦附之《书》与《春秋》乎？悖理伤教，于斯为甚。今区别诸书，惟以辨律吕、明雅乐者，仍列于经。其讴歌末技，弦管繁声，均退列杂艺、词曲两类中。用以见大乐元音，道侔天地，非郑声所得而奸也。"（永瑢等撰：《四库全书总目》，北京：中华书局 1965 年版，第 320 页。）《总目》乐类小序致力于区分雅乐和俗乐，旨在将"郑声"即汉以降的乐府、宋词、元曲和明清传奇等所用的音乐归入俗乐的另册，只承认"礼乐"之"乐"才是"道侔天地"的"大乐"，构成雅乐的核心部分。

南歌诗》、《燕代讴》、《齐郑歌诗》之类，风之属也。《出行巡狩及游歌诗》，与《汉兴以来兵所诛灭歌诗》，雅之属也。《宗庙歌诗》、《诸神歌诗》、《送灵颂歌诗》，颂之属也。"① 属于雅颂一脉的"乐章"，其宗旨不在娱人，而在于发挥政教功能：礼乐中蕴含的礼治、礼法、乐教、政教等内容，才是执政者关注的重心。或者说，传统意义上的制礼作乐，旨在创造一种肃穆庄重的氛围并藉以建立政教的威严。以明代为例，清初朱彝尊《静志居诗话》卷一专列"乐章"一类，收录明代的《庆成宴》、《太庙时享》、《太学释奠》、《雩祀》、《立春特享武宗》、《圜丘》、《升祔》、《改上成祖谥号》、《伐倭告祭》等篇，均与朝廷的祭祀典礼相关。其《太学释奠》云：

> 洪武元年二月，以太牢祀先师孔子于国学。八月，遣官释奠于先师孔子。五年，尊孔子封号曰：大成至圣文宣王。六年八月，翰林承旨詹同、学士乐韶凤等上所制释奠先师孔子乐章：迎神，奏《咸和》之曲；奠帛，奏《宁和》之曲；初献，奏《安和》之曲；亚献，奏《景和》之曲；终献与亚献同。彻馔、送神，俱奏《咸和》之曲。奠帛云："自生民来，谁底其盛。惟王（嘉靖中敕改师）神明，度越前圣。粢帛具成，礼容斯称。黍稷非馨，惟神之听。"初献云："大哉圣王（嘉靖中敕改师），实天生德。作乐以崇，时祀无致。清酤惟馨，嘉牲孔硕。荐修神明，庶几昭格。"亚献、终献云："百王宗师，生民物轨。瞻之洋洋，神其宁止。酌彼金罍，惟清且旨。登献维三，於戏成礼。"彻馔云："牺象在前，豆笾在列。以享以荐，既芬既洁。礼成乐备，人和神悦。祭则受福，率遵无越。"送神云："有严学宫，四方来崇。属恭祀事，威仪雍雍。歆兹惟馨，神驭还复。明禋斯毕，咸膺百福。"

---

① 章学诚著，叶瑛校注：《文史通义校注》，北京：中华书局1994年版，第1067页。

朱彝尊在《乐章》结尾有一段补充说明:"魏乐府不成于曹、刘,而成于缪袭。晋乐府不成于潘、左、张、陆,而成于傅玄。宋乐府不成于鲍、谢,而成于何承天。北齐乐府不成于萧悫,而成于陆卬。皆属恨事。明洪武乐章,率出四学士之笔。嘉靖乐章,率出议礼诸贵人之词。假孝陵改命伯温、季迪,永陵改命稚钦、君采,则其辞定远追奚斯、考父之盛,不若是之懦钝矣。"① 朱彝尊的意思是:这类承袭雅颂统绪的乐章,也可以写得健拔爽朗。但我们要强调的是:这类作品无论在风格上多么爽朗健拔,就其来源、应用范围及影响力诸方面来看,它都很难引起亲切感和共鸣。雅乐从来不是中国传统音乐的主流,与之相应,这类乐章在中国古典诗中也从来不是主流。作为国家政治体制的一个组成部分,它在重大典礼中的功能不容忽视,但从未大规模地进入民众的欣赏视野。据《礼记·乐记》载:魏文侯端冕而听古乐,则唯恐卧;听郑卫之音,则不知倦。这里,魏文侯对古乐的感受也正是一般人对雅颂和乐章的感受,而以"郑卫之音"为代表的俗乐,它对民众的吸引力之大绝不是雅颂和乐章所能相比的。"乐章"在汉以降的中国古典诗中一直处于边缘的位置,这是一个合情合理的事实。

综上所述,诗与音乐的关系主要建立在三个层面上。国风及国风的后裔属于第一个层面。绵延不绝的缘情之作尤其是以"男女欢爱之辞"为题材的作品,主要存在于乐府民歌、宋词、元曲和明清传奇中,而所有这几种体裁,都以丰厚的民俗资源为依托,同时以"可歌"为基本特征。变雅及变雅的后裔属于第二个层面。所谓"言词中隐伏歌调",即借助音乐性来表达"贤人君子"的人文关怀或社会化的情感。中国古代的言志诗和相当数量的言志古文均注重"从声音证入",在"可歌"之外建立了一种新型的诗乐关系。雅颂及雅颂的后裔属于第三个层面。它依附于国家的重大典礼,虽然"可歌",却旨在创造肃穆庄重的氛围,并藉以建立政教的威严,而与缘

---

① 朱彝尊:《静志居诗话》,北京:人民文学出版社 1998 年版,第 28~29页。

情无关。在这三个层面中，变雅和雅颂与政教对应，国风与民俗对应，而民俗总是比政教更具潜移默化的力量。我们考察诗乐关系，有必要正视这一事实。由此，我们得出另一个相关的结论：就狭义的中国古典诗（包括古诗、近体诗）而言，言志诗是其正宗并且在数量上可能居于优势；但就广义的中国古典诗（包括狭义的古典诗和民歌、词、曲）而言，缘情诗是其正宗并且在数量上明显居于优势。扬言志而抑缘情，这种诗史观传达了一种基于政教的信念。

中国古代四大诗学流别的纵向考察

格调派、神韵派、性灵派和肌理派，这是中国古代的四大诗学流别。对于各自的理论内涵，各种通史著作（如多种《中国文学批评史》）和专题研究著作（如廖可斌《明代复古文学运动研究》、吴调公《神韵论》）颇多阐释，本文将不再以之作为重心。我们关注的焦点是：从汉以降中国古典诗的流变来看，由格调而神韵而性灵而肌理，是否存在某种内在必然性？在题材和风格的迁移中，是否可以追寻到充分的学理依据？

本文的结论是肯定的，并致力于这一方面的阐释。

有一部著作在我们的探讨中扮演了重要角色，即晚明许学夷的《诗源辩体》。这部在相当程度上被忽略的古代文论批评专著，其主要建树是历时态地辨析中国古典诗的流别，既注重个别诗人的独特个性，更注重时代风格和流派风格，为古典诗的流别研究奠定了坚实的基础。本文以其成果为起点，旨在有所拓展，有所推进①。

关于中国古典诗的源、流、正、变，许学夷（字伯清）有其明确的界定，恽应翼《许伯清传》概述其诗学见解说：

> 统而论之，以《三百篇》为源，汉、魏、六朝、唐人为流，至元和而其派各出。析而论之，古诗以汉魏为正，太康、元嘉、永明为变，至梁陈而古诗尽亡，律诗以初、盛唐为正，大历、元

---

① 本文引用《诗源辩体》，据人民文学出版社1987年10月版。因引用次数较多，仅随文标出卷次，不另注页码。该版本附录有恽应翼《许伯清传》等材料。

和、开成为变，至唐末而律诗尽敝。

所谓"析而论之"，即将古诗和律诗分别加以考察，以免因"统而论之"而造成对各自发展历程特殊性的漠视。许学夷的结论，大体代表了中国古代主流诗学的看法，其价值判断能否为我们首肯，可以暂付阙如，不予讨论。我们感兴趣的是，与"正"、"变"、"亡"（或"尽敝"）对应的诗坛主流恰好分别是格调、神韵和性灵。由"正"而"变"而"亡"，或者说，由格调而神韵而性灵，其题材和风格（美感特征）的变迁呈现出什么样的规律？各自的诗学理念，有何本质差异？试依次略作探讨。

其一，关于"正"。古诗以汉魏为正，律诗以初、盛唐为正，其特点如何呢？《诗源辩体》卷三论汉魏古诗，虽然同时提到四言、五言、杂言，但事实上只承认汉魏五古具有考察的价值，因为这才是风诗的嫡传。

在描述汉魏五古和盛唐律诗的独特风貌时，许学夷从两个层面加以把握：一、题材选择。他引用胡应麟《诗薮》，说明汉魏五古继承了风诗传统，"多本室家、行旅、悲欢、聚散、感叹、忆赠之词"，关注的是现实的社会人生。他对盛唐律诗警句的罗列，表明盛唐律诗的题材重心亦与之相近。二、美感特征。他论汉魏五古，兼格调而言，所谓其"气格自在"即论"格"，"委婉悠圆"即论"调"，并且明确反对"于汉魏专取气格"。论盛唐律诗，着眼点相同："气象风格自在"属于论"格"，"浑圆活泼"属于论"调"。由此可见，在许学夷看来，"格调"是与题材选择上"多本室家、行旅、悲欢、聚散、感叹、忆赠之词"相对应的，或者说，二者之间存在相当密切的联系。

"格调"之"格"，旨在突出尊卑之别。而尊卑之别取决于题材的选择。在这一点上清代格调派的掌门沈德潜与许学夷深有同感。他在《说诗晬语》中指出，诗必须面向现实的社会人生，在题材选择上不能成为"嘲风雪、弄花草、游历燕衎之具"，即不能局限于"青山、白云、春风、芳草"，这自是针对神韵派说的。其《清诗别裁集·凡例》所谓"尤有甚者，动作温柔乡语，如王次回《疑雨集》之类，最足害人心术"，则是针对聚焦于闺闱的性灵派而言的。至于他的正面主张，即"诗必原本性情，关乎人伦日用及古今成败兴坏之故"，显然是传统格调说所蕴含的入世精神的翻版。在主流诗学看来，对现实人生的关注是"格高"的基本前提。

"格调"之"调"，突出的是诗与音乐相通的特征。诗自然离不开文字，但并不仅仅依赖文字，诗的声调韵律也是不可忽视的。所谓"以声为用，其微妙在抑扬抗坠之间"（《说诗晬语》），讲的就是对声调韵律的体会，强调诗在艺术表达上不能像文那样倚重说明、议论和铺叙，其精神、起伏和生命应该随着"讽咏"呈现出来。这类论述，与许学夷对"调"的关注不谋而合。

其二，关于"变"。古诗以太康、元嘉、永明为变，律诗以大历、元和、开成为变。太康体的代表作家有陆机、潘岳、张协，左思、张华、潘尼、陆云、张载；元嘉体的代表作家有谢灵运、颜延之、谢瞻、谢惠连；永明体的代表作家有谢朓、沈约、王融；大历体的代表作家有刘长卿、钱起、郎士元、皇甫冉、皇甫曾、李嘉祐、司空曙、卢纶、韩翃、李端、耿沛、崔峒、韦应物；元和体的代表作家有韩愈、孟郊、贾岛、姚合、李贺、卢仝、刘叉、马异、张籍、王建、白居易、元稹；开成体的代表作家有许浑、杜牧、李商隐、温庭筠、曹唐。他们的创作代表了晋宋古诗和中唐律诗的艺术追求。

《诗源辩体》卷七及卷三十一在描述晋宋古诗和中唐律诗的特殊风貌时，依然从两个层面加以把握：一、题材选择。"山林丘壑、烟云泉石之趣"是晋宋古诗最具特色的题材，同样，中唐律诗描写的对象也主要是"青山、白云、春风、芳草"。当然不是说汉魏古诗及盛唐律诗就不写"登山临水"，而是说汉魏古诗及盛唐律诗未以"登山临水"遮蔽其他的关于社会人生的题材。二、美感特征。谢灵运诗的美感特征是"清"、"远"，中唐律诗的美感特征是"神韵"，"清"、"远"与"神韵"意思是相近的。当然不是说汉魏古诗及盛唐律诗就不具"清远"的"神韵"，而是说，汉魏古诗及盛唐律诗乃是格调中兼有神韵，而晋宋古诗及中唐律诗则是气格衰而仅以神韵胜。神韵与山水题材在许学夷的描述中是存在对应关系的。

　　神韵派在题材选择上钟情于山水，这一传统发轫于晋宋古诗，经过王、孟、韦、柳的发展，在明清两代依然稳固而鲜明。正如清代神韵派的掌门王士禛在《东渚诗集序》中所说："夫诗之为物，恒与山泽近，与市朝远。观六季三唐作者篇什之美，大约得江山之助，写田园之趣者什居六七。"他编《唐贤三昧集》，"不录李杜二公"，而于王、孟、韦、柳之作，选入甚多。于六朝诗人，偏爱谢灵运；于明代诗人，偏爱徐祯卿、边贡、高叔嗣。处处显示出其宗旨所在。

　　从六朝到明清，神韵派在美感特征上亦一以贯之地偏于"古淡"、"清"、"远"。《带经堂诗话》卷三常以"古淡"与"格调"相对，在盛称谢康乐、王摩诘、孟浩然、韦应物诗时又以"清"、"远"作形容，足见"古淡"、"清"、"远"共同标示一种"蝉蜕轩举"、"隽永超诣"的诗风。这种诗风的形成，一方面是因为其题材以山水田园为主，另一方面也因为其表达"只取兴会神到"，并不拘泥于真实的景物。他赞赏王维画雪中芭蕉，即赞赏一种"妙在神会，不着色相"的化境，作者不与具体的山水对应，而与对山水的兴会对应。

　　　"香炉峰在东林寺东南，下即白乐天草堂故址，峰不甚高。而江文通《从冠军建平王登香炉峰》诗云：'日落长沙渚，层阴万里生。'长沙去庐山二千余里，香炉何缘见之？孟浩然《下赣石》诗：'暝帆何处泊，遥指落星湾。'落星在南康府，去赣亦千余里，顺流乘风，即非一日可达。古人诗只取兴会超妙，不似后人章句，但作记里鼓也。"（《渔洋诗话》，《带经堂诗话》卷三）

山水田园题材与其他题材相比，本来就多几分"古淡"、"清"、"远"的意味，再加上兴会神到，色相俱空，其"古淡"、"清"、"远"的美感特征便更为鲜明。

　　神韵派在体裁上偏重五言。《带经堂诗话》卷三所谓"严沧浪以禅喻诗，余深契其说，而五言尤为近之”说的就是这一层意思。① 王士慎的一首《论诗绝句》亦云：“风怀澄淡推韦、柳，佳句多从五字求。”何以偏爱五言诗呢？这与五言诗的美感特征有关。其《师友诗传续录》云：“五言着议论不得，用才气驰骋不得。七言则须波澜壮阔、顿挫激昂、大开大阖耳。”五言以含蓄见长，不着议论，不加判断，故意味深远；七言发扬蹈厉，以才气驾驭议论，以铺排造成气势，故雄浑有余，而韵味不足。王士禛对雄浑的格调是不大推崇的。他偏爱五言，其实是他偏爱山水题材和“古淡”、“清”、“远”风格的审美趣味在体裁领域的延伸。

其三，关于“亡”或“尽敝”。梁陈古诗的主要作家有梁武帝、范云、何逊、刘孝绰、刘孝威、吴均、王筠、柳恽、梁简文帝、庾肩吾、阴铿、沈君攸、徐陵、庾信、王褒、张正见、陈后主、江总；唐末律诗的主要作家有马戴、于武陵、刘沧、赵嘏、李郢、薛逢、吴融、韦庄、郑谷、韩偓、李山甫、罗隐。《诗源辩体》卷十关于梁陈的五古和七古分别有一段总论，从他所举的例子来看，“清辞巧制，止乎衽席之间，雕琢蔓藻，思极闺闱之内”（《隋书·经籍志》），的确是对梁陈主导诗风的合适的描述。换句话说，梁陈的主导诗风是宫体——徐陵编《玉台新咏》即旨在确立宫体诗的统系和风格祈向，梁简文帝萧纲则是宫体诗派的领袖。无独有偶，与梁陈并列的唐末诗坛也弥漫着香奁诗风。

---

① 《带经堂诗话》卷三就“‘唐人五言绝句，往往入禅，有得意忘言之妙”和“‘不着一字，尽得风流’之说”所举的例证全是五言。王士禛也举过“神韵天然”的七言诗为例，但强调这种例子并不多见。如：“七言律联句，神韵天然，古人亦不多见。如高季迪‘白下有山皆绕郭，清明无客不思家。’杨用修‘江山平远难为画，云物高寒易得秋。’曹能始‘春光白下无多日，夜月黄河第几湾。’近人‘节过白露犹馀热，秋到黄州始解凉。’‘瓜步江空微有树，秣陵天远不宜秋。’释读彻‘一夜花开湖上路，半春家在雪中山。’皆神到不可凑泊。”（《香祖笔记》，《带经堂诗话》卷三）。本文引用《带经堂诗话》，均据人民文学出版社 1963 年版。

中国古典诗对女性题材的态度不能一概而沦。《诗经》中不乏写女性的作品，《离骚》亦以美人香草为表现对象，但《诗经》在成为儒家经典的过程中，其女性题材已被赋予凝重的社会、政治蕴含，《离骚》中的美人香草在主流阐释中也向来被视为社会、政治生活的象征。所以，在象征的意义上，女性题材是诗可以接纳的；如果作品没有象征的意义，女性题材则被认为趣味不高，仅仅适合于由词来写。许学夷以鄙薄的口吻说温庭筠、韩偓的诗"皆诗余之调"，甚至已由"诗余变为曲调"，除了指其表达上不合诗的惯例之外，也与其题材集中于闺闱有关。由"室家、行旅、悲欢、聚散、感叹、忆赠之词"到"窃占青山白云、春风芳草以为己有"，再到聚焦于闺闱，一方面是题材重心的转移，即由内容丰富的社会生活到带有隐逸情调的山水，再到闺闱之内的私生活，另一方面是美感特征的改变，即由格调到神韵再到性灵。比较而言，格调体现的是入世精神，在中国文学批评史上被视为最高的一级，一个人要成为大家，必须臻于这一境界；神韵体现的是出世精神，在中国文学批评史上被视为低于格调一等，一个人的诗如果只具神韵，再好也只能成为名家。盛唐诗风以格调而兼神韵，大历诗风无格调而有神韵，二者的地位差异可据此判定。不能忽略，神韵虽屈居格调之下，但毕竟还为主流诗学所容纳。主流诗学所不能容纳的是性灵诗风，所以许学夷批评温庭筠、韩偓的艳诗已近诗余，试图将性灵排挤到词里面去。不管主流诗学对格调、神韵、性灵采取什么态度，一个曾经存在的事实是不能抹煞的，即：由"室家、行旅、悲欢、聚散、感叹、忆赠之词"到"窃占青山白云、春风芳草以为己有"再到聚焦于闺闱，这种从题材迁移中寻找创作出路的情形并非个别、偶然，而是带有普遍性：从汉魏到梁陈，古体诗将这一程序展示了一遍，从初、盛唐到唐末，律诗又将这一程序重复了一遍，因为古诗和律诗体裁不同，所以这种题材的重复未造成写作的重复，唐人依然有创造的余地。时至明代，明人又将这一程序演绎了一遍，从七子派到公安派，格调、神韵、性灵相继登场；由于诗的所有体裁至唐代已经完备，明人的写作遂只能依傍汉魏六朝的古诗和唐代的律诗，这一次，题材的重复也是写作的重复，他们不能大有建树是理所当然的①。

这里需要注意的是：由"室家、行旅、悲欢、聚散、感叹、忆赠之词"到"窃占青山白云、春风芳草以为己有"，再到聚焦于闺闱，诗歌创作中这种题材迁移的范围是有限的。如果一个诗人（或一批诗人）在这三类题材都已被大量写过的背景下来从事创作，倘若打算另辟蹊径，他会作什么样的选择？许学夷《诗源辩体》说：

> 或问："唐人七言律，自钱、刘变至唐末，而声韵轻浮，辞语纤巧，宜也。今观诸家又多鄙俗村陋，何耶？"曰：唐人既变而为轻浮纤巧，已复厌其所为，又欲尽去铅华，专尚理致，于是意见日深，议论愈切，故必至于鄙俗村陋耳。此上承元和而下启宋人，乃大变而大散矣。（卷三十二）

> 逮于唐末诸子，乃欲尽去铅华，专尚理致，于是山水、木石之语废，而议论意见之词繁，故必至于鄙俗村陋耳。尝观《六一诗话》"许洞会诸诗僧分题，约曰'不得犯山水、风云、竹石、花草、雪霜、星月、禽鸟等字'，于是诸僧搁笔。"呜呼！此宋人欲以文为诗也，于诸僧何尤？（卷三十二）

排除这两段文字的褒贬倾向，许学夷的描述是有说服力的。严羽《沧浪诗话·诗辨》批评东坡、山谷等宋代诗人"以文字为诗，以才学为诗，以议论为诗"，"其末流甚者，叫噪怒张，殊乖忠厚之风，殆以骂詈为诗"，其实这一风尚并不始于宋人。老杜已有"以议论为

---

① 许学夷《诗源辩体》卷三十四云："自汉魏以至晚唐，其正者，堂奥固已备开，变者，门户亦已尽立，即欲自开一堂，自立一户，有能出古人范围者乎？故与其同归于变，不若同归于正耳。试观献吉、于鳞，虽才高一世，终不能自辟堂户。今之学者，才力仅尔，辄欲以作者自负，多见其不自量也。"许学夷的意思是：取法汉魏古诗和初、盛唐律诗的七子固然未出古人门径，取法六朝古诗和中晚唐律诗的作者如公安派等亦同样未出古人门径，不过所取法的对象不同而已。

诗"的爱好，中唐韩愈、白居易等亦热心于以诗说理，至唐末，这一风尚愈演愈烈，宋人则将之进一步发展，使之成为一个时代诗风的典型标志。平心静气地来看这一现象，我们不妨作这样的界定：以议论为诗，事实上是将题材从"室家、行旅、悲欢、聚散、感叹、忆赠"和"青山白云、春风芳草"以及闺闱迁移到"理"上来，而在表现方式上，则由注重呈现变为注重演绎、说明和铺叙。因此，典型的宋代诗风不仅是对汉魏古诗和初、盛唐律诗的背离，甚至可以说是对六朝主流诗风和中、晚唐主流诗风的背离。或者说，典型的宋代诗风不仅在题材上由感官可及的场景迁移到感官不可及的"理"，而且在表现方式上由诉诸体验到诉诸理解。对感官和体验的倚重是格调派、神韵派和性灵派的共同之处，典型的宋代诗风却反其道而行之。宋诗的创造性在此，它之备受攻击也缘于此。

　　清代肌理派是宋诗之外以"理"为题材重心的又一范例，其掌门翁方纲高倡"为学必以考证为准，为诗必以肌理为准"（翁方纲《言志集序》），其统系上溯杜甫，而实以宋诗为其理想范型。《石洲诗话》卷四说"唐诗妙境在虚处，宋诗妙境在实处"，这是翁方纲的心得之言。他在《延晖阁集序》中也说："诗必研诸肌理，而文必求其实际。夫非仅为空谈格韵者言也，持此足以定人品学问矣。""格韵"即"格调"、"神韵"。所谓"虚"，是指格调派和神韵派关注的重心在体格声调、兴象风神。这些都像水中之月，镜中之花，无法从知识和逻辑的层面加以准确把握。所谓"实"，包括识见和知识两个层面。宋人以议论为诗，以才学为诗，其识见之超与学识之富是可以从知识和逻辑的层面加以准确把握的。翁方纲崇实，故其肌理包含"义理"和"文理"，而"义理"又包含思想（以儒家经典为依据）和学问（以考订训诂等为主），与桐城派"言有物"相近；"文理"指章法、句法等，与桐城派"言有序"相近。我们甚至可以说：用桐城派文论的"言有物"和"言有序"来阐释肌理说也是大体成立的，因为桐城派的"物"即包括"义理"和"考据"，"序"即指章法、句法等。从这样一种角度来看，肌理派的特征是把诗当作古文来写①，翁方纲重视的是有关具体社会人生问题的识见和实证性的学问。

综上所述，我们已经说明的问题是：就历史的事实而言，格调、神韵、性灵、理（肌理）在中国古典诗的创作历程中依次成为诗坛主导，题材、风格的迁移轨迹，清晰而且合规律性。而我们所要强调的是：以清代的四大诗学流别与中国古典诗发展历程中的若干时段分别比照，不难发现，格调派与汉魏古诗和初、盛唐律诗，神韵派与元嘉体（由谢灵运代表）和大历诗风，性灵派与齐梁宫体和唐末香奁诗风，肌理派与宋诗尤其是江西诗风，相互之间的对应若合符辙。这表明，格调、神韵、性灵、肌理四大诗学主张，并非个别诗人一时心血来潮所能设计出来的，从中国古典诗发展的实际状况来看，在学理上实有提出的必然性。南宋末年以降的唐、宋诗之争，晚唐与中唐之争，晚唐与初、盛唐之争，中唐与盛唐之争等，其实是四大诗学流别之争的另一种表现方式。而清代的格调派、神韵派、性灵派和肌理派，则将一个历时态的创作现象转化为一个大体上共时态的理论问题，戏剧性地完成了历史与逻辑的统一。可以这样说：流别之争，在很大程度上即题材、风格的高下之争。而题材、风格的高下之争，主要不是一个技术性的问题，它首先与价值判断有关，与人文立场的选择有关。四大流别之争之所以愈演愈烈，原因在此。

---

① 必须注意，翁方纲视诗为讨论具体社会人生问题和实证性学问的古文，而不是视为探讨心性等本体问题的哲学著作。所以他在《杜诗熟精文选理理字说》中强调："客曰：然则白沙、定山之宗《击壤》也，诗之正则耶？曰：非也。少陵所谓理者，非夫《击壤》之流为白沙、定山者也。客曰：理有二欤？曰：理安得有二哉！顾所见何如耳。杜之言理也，盖根柢于六经矣……其他推阐事变，究极物则者，盖不可以指屈。则夫大辂椎轮之旨，沿波而讨原者，非杜莫能证明也。"杜多就具体的"事"究极物则，而邵雍、陈献章、庄昶等则多谈论性理。前者可以实证，后者是不能实证的。翁方纲偏爱的是可以实证的"理"。

关于《中华大典·明清文学分典》明文学部二编纂情况的三点说明

　　《中华大典·明清文学分典》明文学部二由陈文新教授任主编，主要编纂者有余来明、鲁小俊、乐云等学者，系《明清文学分典》中的一部，2005 年 9 月由江苏凤凰出版社（原江苏古籍出版社）出版。大型类书的编纂，是一件极为繁重、需要深厚学力的工作，因为耗时长久，难于在几年之内见到成效，许多学者都知难而退。但大型类书对于学术的贡献却是非常巨大的，其成果可以给学界带来研究的便利，可以开拓出新的研究领域，甚至可以成为学术发展的里程碑。兹谨就明文学部二的编纂情况作三点说明，以便学术界了解相关事实，并藉此机会恳请方家不吝指谬，以便再版时加以订正。

一　明文学部二对相关研究领域的拓展

　　20 世纪以来，明代中后期文学研究主要集中在名家、名著上，尤其是小说、戏曲领域的名家、名著。具体来说，小说研究以《西游记》、《金瓶梅》、"三言"、"二拍"为主；戏曲研究以李开先、汤显祖、屠隆、徐渭、沈璟、梁辰鱼等人为主；散文研究则以唐宋派、晚明小品为主；诗歌研究偏向性灵一路，如公安派、竟陵派，近几年也开始注重对后七子的研究。其中，小说研究所占比重在 2/3 以上。与这一研究状况相对应，对与名家、名著相关的文献整理取得了较为显著的成效。如《西游记》，有朱一玄、刘毓忱《西游记资料汇编》（南开大学出版社 1983 年版）；《金瓶梅》，有黄霖《金瓶梅资料汇编》（中华书局 1987 年版），侯忠义、王汝梅《金瓶梅资料汇编》

（北京大学出版社 1985 年版），朱一玄《金瓶梅资料汇编》（南开大学出版社 1985 年版）；"三言"、"二拍"，有谭止璧《三言二拍资料》（上海古籍出版社 1980 年版）。此外，还有蒋瑞藻的《小说考证》（商务印书馆 1923 年版）、孔另境的《中国小说史料》（上海古籍出版社 1982 年版）等。针对这一情况，我们的处理原则是：对小说、戏曲研究资料，我们既注重发掘新的材料，更注重对现有研究成果的鉴别和精选，力求精审管用；对诗文研究资料，我们既注重对现有研究成果的鉴别吸收，更注重新资料的广泛搜集，致力于研究领域的拓展。

　　明文学部二所收诗文作家 400 余人，其中，今人有所研究的占 20% 左右，今人没有研究或甚少研究的占 80% 左右。今人有所研究的有：杨慎、张綖、都穆、吕柟、夏言、严嵩、胡缵宗、田汝成、王宠、陈霆、何孟春、张凤翔、湛若水、熊卓、崔铣、杭淮、陆粲、杨士云、吴子孝、谢榛、柯维骐、翁万达、李舜臣、李开先、徐阶、罗洪先、何良俊、王维桢、沈炼、归有光、唐顺之、王慎中、茅坤、邹守益、范钦、李先芳、李攀龙、冯惟讷、杨继盛、欧大任、梁辰鱼、徐渭、梁有誉、卢柟、吴国伦、汪道昆、宗臣、王世贞、李贽、戚继光、赵用贤、王世懋、王稚登、吕坤、沈一贯、焦竑、屠隆、于慎行、陈与郊、虞淳熙、冯梦祯、李维桢、梅鼎祚、汤显祖、胡应麟、臧懋循、董其昌、邓原岳、江盈科、陈继儒、袁宗道、袁宏道、王彦泓、王衡、陶望龄、高攀龙、陈邦瞻、公鼐、李日华、程嘉燧、谢肇淛、徐熥、徐㷿、胡震亨、袁中道、钟惺、李流芳、谭元春、曹学佺、沈德符、王思任、郭子章、文翔凤、艾南英、徐弘祖、施绍莘、瞿式耜、倪元璐、张岱、吴应箕、刘侗、毛晋、张溥、邝露、陈子龙、夏允彝、夏完淳、张煌言。今人没有研究或基本没有研究的诗文作家有：柴奇、唐龙、许相卿、敖英、张治道、黄省曾、张治、张含、顿锐、薛蕙、李濂、孙继芳、戴冠、丁奉、方豪、邵经邦、皇甫冲、黄佐、许宗鲁、沈恺、张岳、常伦、江晖、乔世宁、苏祐、蔡羽、张灵、雷鲤、史忠、徐霖、陶成、丰坊、黄云、孙炜、董玘、张邦奇、徐缙、鲁铎、周用、徐问、李时、谢廷柱、游潜、殷云霄、安磐、黄翚、孟洋、郑岳、秦金、许天锡、许赞、刘瑞、刘麟、刘玉、张羽、黄衷、罗风、刘菲、孙绪、周伦、高濲、朱朴、陈鉴、史鉴、方太古、李孔修、谢承举、董沄、莫止、罗泰、王烈、邢参、韩邦奇、韩邦靖、方鹏、方凤、傅汝舟、张诗、郑作、程诰、姜玄、王廷陈、马汝骥、胡侍、张经、王讴、蔡昂、廖道南、陆釴、皇甫涍、童承叙、骆文盛、靳学颜、王激、华察、李元阳、王同祖、苏志皋、董份、徐麟、金大车、皇甫汸、白悦、陈凤、金大舆、张时彻、顾梦圭、薛应旂、任瀚、冯惟健、朱曰藩、袁袠、屠应埈、吴岳、金銮（銮）、高应冕、栗应麟、许榖、冯惟重、施峻、刘绘、许应元、康太和、林廷机、尹台、孔天胤、孙宜、崔廷槐、袁炜、皇甫濂、陈束、陆树声、莫如忠、赵时春、何良傅、陈芹、王立道、冯惟敏、许炯、俞允文、龚秉德、赵伊、吴维岳、周天球、余曰德、蔡汝楠、万士和、何御、洪朝选、徐中行、杨巍、谢东山、许邦才、黎民表、张佳胤、刘黄裳、张九一、方逢时、帅机、吴稼竳、顾大典、丰越人、周如埙、蔡文范、徐桂、顾大猷、魏允中、傅光宅、俞安期、瞿汝稷、柳应芳、屠本畯、赵南星、邹迪光、钱希言、唐时升、邢侗、林章、朱长春、李三才、阮自华、顾允成、娄坚、潘之恒、陈汝修、朱云卿、郑明选、林尧俞、黄辉、梅守箕、冯琦、叶向高、石沆、丁元荐、盛鸣世、陈勋、于嘉、潘一桂、吴梦旸、何白、程可中、丁起濬、王士骐、王一鸣、归子慕、孙承宗、雷思霈、唐之屏、王乐善、王留、朱之蕃、朱维藩、袁时选、王惟俭、黄居中、茅维、王象晋、沈泰鸣、陈价夫、吴兆、冯有经、康彦登、董应举、吴鼎芳、沈野、葛一龙、尹伸、毛愈昌、王人鉴、范讷、陈荐夫、邓渼、王醇、曹臣、张民表、顾起元、陈衍、陈鸣鹤、张可大、韩上桂、尹嘉宾、徐笃、顾云鸿、倪巨、王野、李春芳、陈鸿、林古度、阮汉闻、顾大武、徐于、徐良彦、王志坚、宋珏、秦镐、王镨、王象春、张慎言、商家梅、魏冲、吴拭、周永年、傅汝舟、赵峋、何允泓、来复、董斯张、范景文、马之骏、刘荣嗣、华淑、叶绍袁、茅元仪、龚士骧、胡梅、董养河、周楷、徐颖、张于垒、纪青、等等。

明文学部二所收诗文作家，自然不是明代中后期诗文作家的全部，但总体上能够反映这一时期诗文发展的基本面貌。可以说，在明代中后期诗文研究方面，明文学部二对研究领域的拓展不是局部的，而是全面的。以明文学部二的问世为标志，明代中后期诗文研究可望进入一个新的发展阶段。与此相呼应，对小说、戏曲研究资料的处理，明文学部二致力于相关材料的去粗取精、去伪存真和系统化，这种工作需要识力和耐心，花费了我们大量时间，而这一工作给读者带来的好处，将不只是翻阅时间的节省，而是研究起点的提高。

二 在新材料的发掘过程中大规模清理相关文献

明文学部二的编纂注重研究领域的开拓和新材料的发掘，所涉及的文献范围甚广。齐鲁书社、北京出版社、书目文献出版社、上海古籍出版社、商务印书馆等单位影印出版的《四库全书存目丛书》、《四库禁毁书丛刊》、《北京图书馆古籍珍本丛刊》、《续修四库全书》、《丛书集成初编》、《丛书集成续编》、《丛书集成三编》、《丛书集成新编》、《四库全书》等大型丛书以及今人整理的各种总集、别集，我们一一查阅，花费了大量精力。明文学部二定稿约 300 万字。我们在编纂时所搜辑、整理的资料约 2 000 万字，初编稿约 700 万字，而阅读量显然要远远大于这几个数字的总和。反映在明文学部二中，以存目的方式保存的资料在其中占了很大的比重。据不完全统计，仅明人文集，尚存的就有 5 000 余种，其中又以明代中后期居多。加上史传、方志、笔记等，计有万余种。明清人的文集，相当一部分部头很大。以王世贞为例，《弇州山人四部稿》174 卷，《弇州山人续稿》207 卷；又如李维桢、李濂、汪道昆、胡应麟、邹迪光等人，文集都在百卷以上。《中华大典》的编纂与《全宋文》、《全元文》这样的大型总集不同，编大型总集，可以把别集、总集中的文章全部收入，《大典》所收相关文献则基本都是节选，而且资料分散，有时一本书读完了，只能搜辑到一两条相关的材料。由于这一原因，我们的总阅读量是无法计算的。

更大的困难还在于资料的使用方面。原因在于，相关文献资料大都是未整理过的。以明清人文集为例，今人整理本不足十分之一，大量明清人文集是未经整理的。明文学部二作家文集经今人整理的主要有：《震川先生集》、《茅坤集》、《李攀龙集》、《濂园集》、《袁宏道集校笺》、《焚书》、《续焚书》、《藏书》、《续藏书》、《小山类稿》、《谢榛全集》、《梁辰鱼集》、《珂雪斋集》、《李开先集》、《徐渭集》、《汤显祖诗文集》、《江盈科集》、《谭元春集》、《隐秀轩集》、《白苏斋类集》、《负苞堂诗文选》、《九籥集》、《冯梦龙全集》、《冯梦龙诗文初稿》、《瞿式耜集》、《琅嬛文集》、《安雅堂稿》、《陈子龙诗集》、《夏完淳集》、《祁彪佳集》、《张苍水集》、《咏怀堂诗集》等。大量的明人文集是未经整理的，主要有：《黼庵遗稿》、《渔石集》、《蓝侍御集》、《北泉文集》、《戴氏集》、《南湖先生文选、补编》、《钤山堂集》、《鸟鼠山人小集、后集》、《夏桂洲先生文集》、《毛襄懋公先生文集、别集》、《八厓集》、《蓉川集》、《长谷集》、《半洲稿》、《同安林次崖先生文集》、《蒋南泠集》、《函山先生集》、《五岳山人集》、《张南湖先生诗集》、《杨升庵全集》、《西原先生遗书》、《嵩渚文集》、《观政集》、《张禺山戊己吟》、《山带阁集》、《东廓邹先生文集》、《常评事集》、《写情集》、《环溪集》、《谷原诗集》、《谷原文草》、《西玄诗集》、《雅宜山人集》、《童内方先生集》、《少石集》、《骆两溪集》、《欧阳南野先生文集》、《潘笠江先生集、近稿》、《田叔禾小集》、《午坡文集》、《寒村集》、《稽愆集》、《白洛原遗稿》、《芝园定集、别集、外集》、《疣赘录》、《方山先生文录》、《云冈选稿》、《孙文恪公集》、《衡藩重刻胥台先生集》、《屠渐山兰晖堂集》、《孔文谷集》、《世经堂集》、《少湖先生文集》、《期斋吕先生集》、《念庵罗先生集》、《省中稿》、《归田稿》、《容台稿》、《符台稿》、《二台稿》、《嵩阳集》、《璇川诗集》、《黄淳父先生全集》、《靳两城先生集》、《何翰林集》、《瞿文懿公集》、《王氏存笥稿》、《奉使集》、《荆川先生集》、《遵岩先生文集》、《陈后冈诗集文集》、《袁文荣公诗略》、《崇兰馆集》、《赵浚谷诗集》、《赵浚谷先生集》、《玩芳堂摘稿》、《海樵先生全集》、《董学士泌园集》、《奚囊蠹馀》、《东岱山房诗录》、《仲蔚先生集》、《序芳园稿》、《天目山斋岁编》、《姜凤阿文集》、《近溪罗子全集》、《自知堂集》、《万文恭公摘集》、《欧虞部集》、《青萝馆诗》、《万子迂谈》、《农丈人文集》、《丰阳先生集》、《中弇山人稿》、《颠甄洞稿、续稿》、《太函集》、《弇州山人四部稿》、《弇州山人续稿》、《居来先生集》、《处实堂集》、《端峰先生松菊堂集》、《绿波楼诗集》、《李山人诗》、《朱秉器文集》、《二酉园文集、诗集、续集》、《松石斋集》、《王百谷十九种》、《王侍御类稿》、《喙鸣文集、诗集》、《临川帅谦斋先生阳秋馆集》、《大隐楼集、补遗》、《玉恩堂集》、《石秀斋集》、《苍耳斋诗集》、《程仲权先生诗集、文集》、《由拳集》、《白榆集》、《栖真馆集》、《姚江孙月峰先生全集》、《丰正元先生诗》、《甜雪斋诗》、《御龙子集》、《隅园集》、《蔚川集》、《谷城山馆文集》、《愿学集》、《玄盖副草》、《郊居遗稿》、《大泌山房集》、《快雪堂集》、《瞿冏卿集》、《鹿裘石室集》、《鹿裘石室尺牍》、《梅禹金诗草》、《与玄草》、《庚辛草》、《南游集》、《青棠集》、《来复堂遗集》、《刘子威集》、《赵忠毅公诗文集》、《郁仪楼集》、《调象庵稿》、《石语斋集》、《始青阁稿》、《少室山房集》、《少室山房类稿》、《来禽馆集》、《三易集》、《弗告堂集》、《方众甫集》、《虞德园先生集》、《林初文先生诗选》、《朱太复文集》、《朱太复乙集》、《刘大司成集》、《唐文恪公文集》、《容台集》、《西楼全集》、《竹素堂藏稿》、《少墟集》、《射堂诗钞》、《甲秀园集》、《宗伯集》、《白石樵真稿》、《晚香堂集》、《苍霞草》、《苍霞续草》、《陈学士先生初集》、《翏翏集》、《繁露园集》、《猴山先生集》、《汲古堂集》、《高子遗书》、《陶文简公集》、《高阳集》、《四品稿》、《玄晏斋集五种》、《薄游草》、《李太仆恬致堂集》、《松圆浪淘集》、《偈庵集》、《崇相集》、《小草斋文集》、《学古绪言》、《吴歈小草》、《葛震甫诗集》、《许钟斗文集》、《陈元凯集》、《谢耳伯先生初集、全集》、《蓬庐稿选》、《宁澹斋全集》、《石仓诗稿》、《檀园集》、《达观楼集》、《水明楼集》、《泊水斋文钞》、《公槐集》、《响玉集》、《棘门集》、《沆瀣集》、《松瘿集》、《文远集》、《简斋先生集》、《识匡斋全集》、《天傭子集》、《坐隐先生全集》、《胡维霖集》、《金文通公集》、《静啸斋存草》、《妙远堂全集》、《疑雨集》、《春浮园文集》、《倪文贞集》、《楼山堂集》、《石民江村集》、《石民四十集》、《知畏堂文存》、《七录斋集》、《峤雅》，等等。所有未经整理的文集中的材料，在编入明文学部二时，都是由我们第一次标点，做这一工作，需要深厚的学术功力，更需要一种奉献于学术、不计得失的情操和精神。

编纂明文学部二所据文献数量庞大，大大增加了工作的难度，但也得到了相应的回报：经过广泛查阅文献，我们搜辑到许多没有被研究者注意到的材料，大大提高了明文学部二作为类书的使用价值。比如，明文学部二在收录作家的传记材料时，较少采用《明史》、《明书》、《明史稿》以及《明史列传》等较为常见的材料，而是尽可能查找作家同时代人所撰写的行状、墓志铭、神道碑、墓表等更直接的生平资料。查阅《大典》，研究者不仅可以对作家生平有更详细、可靠的了解，还可据以纠正部分文学家辞典中的作家生卒年错误，同时更广泛地结识一些鲜为人知的作家。如在中国台湾省"中央图书馆"编的《明人传记资料索引》（中华书局 1987 年版）中，苏志皋的小传甚为简略，生卒年也不详，所列资料出处仅有雷礼编的《国朝列卿记》一个条目。我们在编明文学部二时，搜辑到了郭秉聪撰写的《明通议大夫都察院右副都御史食从二品俸致仕寒村苏公暨配恭人温氏合葬墓志铭》，其中对苏志皋的生平有详细的记载。又如刘绘，《明人传记资料索引》中只列了两条资料：《掖垣人鉴》、《明史》。在明文学部二中，我们收录了张佳胤撰写的《中宪大夫重庆府知府嵩阳刘公暨配胡孺人墓志铭》，所述生平比《明史》本传要详细得多。这种情况，在明文学部二中相当普遍，兹不一一列举。

三　部分文献的鉴别与辨误

要编纂一部高质量的类书，不仅需要普查、阅读、标点大量的文献资料，而且需要对相关材料做鉴别或辨误的工作。后一项工作，旨在保证工具书的准确性和可靠性。

明代文学中不乏同名现象，如陆钺，一为昆山人，字鼎仪，天顺八年榜眼；一为鄞县人，字举之，正德十六年榜眼。又如陈凤，一为金陵人，字羽伯，嘉靖十四年进士；一为无锡人，字羽伯，未尝登第。又如戴冠，一为长洲人，字章甫，著有《濯缨子集》；一为信阳人，字仲鹖，正德三年进士，与何景明善，著有《戴氏集》；一为绍兴山阴人，字耆仲，生活在明末。像这样的情况还有很多，如来复（一为明初，一为明末）、黄绾（一字叔贤，一字公绶）等。因为姓名相同，如果不加注意，很容易混淆。比如，陈田编《明诗纪事》，就将正德、嘉靖年间的傅汝舟与明末的傅汝舟混为一人。他在丁签卷十六"傅汝舟"条按语中说："丁戊山人诗初矜独造，晚遁荒诞，择其入格者录之，亦是幽弦孤调。山人享大年，具异才，谈佛谈仙，亦作北里中艳语。初与郑少谷游，晚乃与茅止生、卓去病、张文寺、文太青倡和，支离怪诞，无所不有。少谷集中无是也。论者乃专谓山人刻意学少谷，何哉？"正德、嘉靖年间的傅汝舟字木虚，号丁戊山人，为福建侯官人，从学于郑善夫（1485～1523）。与茅元仪、卓尔康、文翔凤等人唱和的傅汝舟字远度，江宁人，天启三年（1623）曾作文哭祭河西之役死难守将。二者相去一百多年。明代享年超过百岁的文人并非没有，如福建侯官人林春泽，生于成化十六年（1480），卒于万历十一年（1583）。但傅汝舟的情况显然不是这样。陈田将两人误作同一个人，所以才会有"享大年"以及"初矜独造，晚遁荒诞"的判断。凡属这类情形，我们均在力所能及的范围内做了区别、辨正。此外，还纠正了一些整理本中弄错书名、人名的情况，比如《四库全书总目》（整理本）、《列朝诗集小传》，不再一一罗列。

辨误过程中耗时最多的一项工作是纠正若干整理本对文献的误读，改正其点校错误。比如，人民文学出版社版《静志居诗话》卷九《湛若水》将"志出乎正，览者谓其争光日月"，"志出乎正，论者谓其一饭不忘君"标点为："志出乎正览者，谓其争光日月"，"志出乎正论者，谓其一饭不忘君"，原文的意思于是不明不白了。中华书局版《李开先集》将《大中大夫太仆寺卿愚谷李公合葬墓志铭》"据状，生于弘治己未九月十七日，甲子才一周耳"标为"据状，生于弘治己未九月十七日甲子，才一周耳"，原文的意思也大为走样。

中国台湾省"国立中央图书馆"《善本序跋集录》是我们使用较多的文献之一，其中由我们所改正的标点错误，数量之多，用"数百"来表示绝无夸大意味。

此外，《善本序跋集录》不标书名号和引号，我们在重新标点时不仅——补上，还顺便纠正了若干错误。如《善本序跋集录》集部第三册（p336）录黄文禄《皇甫司勋集序》：

> 集寄予者，南中三州禅栖绪论、解颐新语，予未见者，来凫北征南置客京安雅政学、浩歌还山、山居新语、弘诗品绪论匹论衡，宜曰富哉著述也！

明文学部二收录黄序，调整为：

> 集寄予者，《南中》、《三州》、《禅栖绪论》、《解颐新语》，予未见者，《来凫》、《北征》、《南置》、《客京》、《安雅》、《政学》、《浩歌》、《还山》、《山居新语》、《弘诗品》、《绪论》、《匹论衡》，宜曰富哉著述也！

两相比照，差异之处是一目了然的。

（本文系与余来明合作）

《中华大典·明清文学分典》明文学部二抽样分析

    《中华大典·明清文学分典》明文学部二设总论、总集、体类、作家等四个二级纬目,共计300万字。本文采取抽样分析的方式,由一斑而窥全豹,以期有助于读者了解明文学部二的总体特点及其编纂难度。

一

    作为类书,《明清文学分典》明文学部二的文献涵盖面和数量是极为广泛而巨大的。以字数论,中国古代最大类书《古今图书集成》,其文学典也仅有约600万字。《明清文学分典》明文学部二主要引用书目3 000余种,且引用次数较少的书目还不列入,文献涵盖的广度可想而知。按照编纂要求,明文学部二收录资料涵括以下六个方面:1. 论述。分综论(收录综合性评论资料)和分论(收录对某篇具体作品的评论资料)两类。2. 传记。收录神道碑、墓志铭、行状、传记、年谱、生平考证等资料。3. 纪事。包含作家逸事、作品本事两类。4. 著录。收录序、跋、藏书题记、版本目录类工具书中关于成书经过、版本源流的资料。5. 艺文。收录与唱和、纪念、敷演等相关的资料。6. 杂录。收录杂记、杂考之类的资料。由上述六个方面来看,明文学部二所收资料广泛涉及文学现象、文学流派、作家研究的各个方面,体现出丰富性、实用性等特点。下面分别选取"《古今诗删》"(总集)、"后七子"(体类)、"徐中行"(作家)三个样本,从四个方面对明文学部二的主要特点和编纂难度做简要分析。

（一）明文学部二收录资料所涉及的文献数量约 9 亿字

在选取的三个样本中，"《古今诗删》"目下收录资料 5 条，出自：王世贞《弇州山人四部稿》、许学夷《诗源辩体》、《四库全书总目》、《千顷堂书目》、《明史》等 5 种文献；"后七子"目下收录资料 82 条，出自：谢榛《四溟诗话》、《李攀龙集》、王世贞《艺苑卮言》、《弇州山人四部稿》、《弇州山人续稿》、李维桢《大泌山房集》、《国雅品》、余曰德《余德甫先生集》、徐中行《天目山堂集》、宗臣《宗子相集》、吴国伦《甔甀洞稿、续稿》、《诗薮》、孙鑛《姚江孙月峰先生全集》、臧懋循《负苞堂文选》、屠隆《鸿苞节录》、《艺苑闲评》、俞安期《翏翏集》、汪道昆《太函集》、冯梦祯《快雪堂集》、董份《董学士泌园集》、袁宗道《白苏斋类稿》、艾南英《天佣子集》、《续玉笥诗谈》、《诗源辩体》、费经虞《雅伦》、《列朝诗集小传》、《原诗》、《明诗综》、《静志居诗话》、《诗辩坻》、《山左明诗钞》、赵执信《声调谱》、《龙性堂诗话续集》、《养一斋诗话》、《明三十家诗选》、《四库全书总目》、《说诗晬语》、《苌楚斋随笔》、鲁九皋《诗学源流考》、《拜经楼诗话》、《岘佣说诗》、《明诗纪事》、平步青《霞外攟屑》、《国立中央图书馆善本序跋集录》等 44 种文献；"徐中行"目下收录资料 71 条，出自：王世贞《弇州山人四部稿》、《弇州山人续稿》、《艺苑卮言》、《国雅品》、胡应麟《少室山房类稿》、《诗薮》、《李攀龙集》、欧大任《欧虞部集》、梅鼎祚《鹿裘石室集》、俞允文《仲蔚先生集》、余曰德《余德甫先生集》、徐中行《青萝馆诗》、《天目山堂集》、徐献忠《长谷集》、孙鑨《端峰先生松菊堂集》、宗臣《宗子相集》、费元禄《甲秀园集》、《诗源辩体》、陈子龙等《皇明诗选》、朱琰《明人诗钞续集》、钱谦益《列朝诗集小传》、张廷玉等《明史》、朱国祯《涌幢小品》、朱彝尊《静志居诗话》、永瑢等《四库全书总目》、陈田《明诗纪事》、《国立中央图书馆善本序跋集录》等 27 种文献。

"《古今诗删》"、"后七子"、"徐中行"三个条目，共收录资料

158 条，总计 35 277 字，占《明清文学分典》字数的 0.29%。收录资料所涉及的文献共 139 种，其中，许学夷《诗源辩体》、永瑢等《四库全书总目》、张廷玉等《明史》、王世贞《艺苑卮言》、陈田《明诗纪事》、钱谦益《列朝诗集小传》、朱彝尊《静志居诗话》、《明诗综》、黄虞稷《千顷堂书目》、王夫之《明诗评选》、陈子龙等《皇明诗选》、顾起纶《国雅品》、胡应麟《诗薮》等文献，在《明清文学分典》中收录频率较高。就所选取的三个样本来看，从上述文献中收录的资料有 55 条，共计 9 702 字，占样本字数的 27.50%。诗文别集、总集是文献来源的主要部分，出自其中的资料共 20 922 字，占所收资料字数的 59.31%。由于不少别集、总集都是未整理本，字数统计有一定的难度。《四库全书》收书 3 400 多种，共计字数 7 亿左右，平均每种书约有 20 万字。而明清人的别集、总集，相当一部分部头很大。以王世贞为例，《弇州山人四部稿》174 卷，《弇州山人续稿》207 卷，又如李维桢、李濂、汪道昆、胡应麟、邹迪光、王士禛等人，文集都在百卷以上；总集如《明文海》、《清文汇》、《晚晴簃诗汇》等，都达数百卷之多。如以每种书约 30 万字计算，三个样本涉及文献的字数约在 4 170 万左右。按照这一比例，《明清文学分典》共 1 200 万字，涉及的文献总量约 9 亿字。对相关文献所做的大规模清理工作，为明文学部二资料的丰富性提供了保证。

（二）收录资料中非常见文献约占 84% 左右

与搜辑文献的广度相联系，明文学部二收录的非常见文献比例很高。总体来看，明文学部二收录资料涉及的非常见文献主要包括以下几个方面：1. 明清诗文别集、总集中的相关文献。据不完全统计，仅明人文集，尚存的就有 5 000 余种，且相当一部分部头很大，短时间难以卒读，研究者涉及不多；2. 方志中相关文献。目前所存方志中，明清方志占绝大部分，这类材料，在文学研究中很少被引用；3. 史传、笔记中相关材料。明清两代的史传、笔记异常丰富，中华书局排印的《元明史料笔记丛刊》、《清代史料笔记丛刊》，上海古籍出版社标点出版的一些笔记丛书，只是其中很少一部分，江苏广陵古籍刊行社影印的《笔记小说大观》以及中国台湾省新兴书局影印的《笔记小说大观》，其中大部分为明清人所撰，包含了大量与文学相关的材料。

从样本反映的情况来看，收录资料涉及的常见文献主要有：许学夷《诗源辩体》、《四库全书总目》、《千顷堂书目》、《明史》、《列朝诗集小传》、计六奇《明季北略》、《艺苑卮言》、《国雅品》、《诗薮》、朱国祯《涌幢小品》、《静志居诗话》、《明诗纪事》等。这类文献具有以下几个特点：1. 收录明代诗文研究资料比较集中。2. 均有今人整理点校的版本。3. 在今人的研究论文及著作中出现的频率较高。在选取的样本中，"《古今诗删》"一目收录文献5条，共1 485字。其中，常见文献4条，占收录文献条数的80%，共1 155字，占收录资料字数的77.78%；非常见文献1条，占收录文献条数的20%，共330字，占收录文献字数的22.22%。"后七子"一目收录文献82条，共23 991字。其中，常见文献30条，占收录文献条数的36.59%，共2 442字，占收录文献字数的10.18%；非常文献52条，占收录文献条数的63.41%，共21 549字，占收录文献字数的89.82%。"徐中行"一目收录文献71条，共9 801字。其中，常见文献11条，占收录文献条数的15.49%，共1 518字，占收录文献字数的15.49%；非常见文献60条，占收录文献条数的74.51%，共8 283字，占收录文献字数的74.51%。三个样本共收录文献158条，共35 277字。其中，常见文献45条，占收录文献条数的28.48%，共5 445字，占收录文献字数的15.43%；非常见文献113条，占收录文献条数的71.52%，共29 832字，占收录文献字数的84.67%。

（三）收录资料中由我们首次标点的文献约占50%左右

明文学部二编纂的难度不仅体现在涉及文献数量的巨大，还体现在文献的使用方面，相关文献资料许多是由我们第一次标点。在样本所涉及的文献中，就笔者所知，经今人整理的有《国立中央图书馆善本序跋集录》、《诗源辩体》、《千顷堂书目》、《明史》、《列朝诗集小传》、《明季北略》、《涌幢小品》、《静志居诗话》、《李攀龙集》、焦竑《澹园集》、《国雅品》、《诗薮》、《艺苑卮言》、《明诗纪事》、《明诗评选》、《四溟诗话》、《四库全书总目》、《霞外攟屑》以及《清诗话》、《清诗话续编》所收的一些清人诗话著作。在未经整理的文献中，大多为明清人的诗文别集、总集，部头都比较大：王世贞《弇州山人四部稿》174 卷、《弇州山人续稿》207 卷，陈子龙等《皇明诗选》13 卷，宗臣《宗子相集》15 卷，欧大任《欧虞部集》72卷，梅鼎祚《鹿裘石室集》65 卷，俞允文《仲蔚先生集》24 卷，余曰德《余德甫先生集》14 卷，徐中行《天目山堂集》20 卷、《青萝馆诗》6 卷，徐献忠《长谷集》15 卷，孙鑨《端峰先生松菊堂集》24 卷，胡应麟《少室山房类稿》120 卷，朱琰《明人诗钞正、续集》28 卷，费元禄《甲秀园集》47 卷。

从选取样本的情况来看，"《古今诗删》"目下所录资料出自未整理本的 1 条：王世贞《古今诗删序》，占收录资料条数的 20%，共330 字，占收录资料字数的 22.22%。"徐中行"目下所录资料出自未整理本的共 41 条：王世贞《青萝馆诗集序》，王世贞《中奉大夫江西布政使司左布政使天目徐公墓碑》（3 条），王世贞《徐子与》（3 条），宗臣《五子诗·徐比部中行》，费元禄《国朝儒林赞·徐中行》，《皇明诗选》（卷 4、卷 9、卷 12，共 13 条），《明人诗钞续集》卷八，王世贞《怀子与》、《赠子与》、《古意慰子与使君》、《马鞍山陆氏园送别子与得新字》、《祭子与文》、《再祭子与文》，宗臣《寄子与》、《得子与书寄赠四首，时子与驻节句曲》、《与子与登茅山绝顶，风雨骤至》、《湖上送徐子与使君》，梅鼎祚《哭徐子与方伯》，胡应麟《存没篇·徐方伯子与》，余曰德《徐子与讣至舆疾赴吊》、《子与槥出武阳哭奠四首》，孙鑨《徐子与方伯豫章讣至》，俞允文《送徐郎中子与迁汀州太守》，徐献忠《龙湾徐先生出守临汀序》，欧大任《送徐子与赴长卢序》，占收录资料条数的 57.75%，总计 6 138字，占收录资料字数的 62.63%。"后七子"目下所录资料出自未整理本的共 28 条：王世贞《宗子相集序》、《李于鳞先生传》、《明承直郎刑部山西司主事梁公实墓表》、《吴明卿》，许国《吴明卿集序》、李维桢《吴汝忠集序》、汪道昆《弇州山人四部稿序》、刘凤《弇州山人续稿序》、余曰德《子与方伯上事……诗六章》、吴国伦《复王元美书》、孙鑛《与余君房论诗文书》、臧懋循《与章元礼书》、屠隆《论诗文》、俞安期《西林全集序》、朱孟震《续玉笥诗谈》、费经虞《雅伦》、《明诗综》、《明三十家诗选》、汪道昆《少室山房四稿序》、冯梦祯《叙七子尺牍》、董份《奉赠宪使凤洲王公之任山西序》、艾南英《答夏彝仲论文书》、《再答夏彝仲论文书》、《答陈人中论文书》、王世贞《李于鳞》、《徐子与》、《余德甫》、宗臣《报李于鳞》，占收录资料条数的 34.15%，总计 10 527 字，占收录资料字数的43.88%。

三个样本共收录资料 158 条，出自未整理本的文献资料 70 条，占样本文献条数的 44.30%；共 16 995 字，占样本文献字数的48.18%。出自整理本的文献资料共 88 条，占样本文献条数的55.70%；共 18 282 字，占样本文献字数的 51.82%。这些数据表明：我们在编纂明文学部二的过程中做了大量的文献整理工作，其中很大一部分文献都是由我们第一次标点。

（四）对已整理文献做了卓有成效的辨误工作

编纂一部高质量的类书，不仅需要普查、阅读、标点大量的文献资料，而且需要对相关材料做鉴别或辨误的工作，以保证工具书的准确性和可靠性。在明文学部二编纂过程中，我们纠正了一些整理本对文献的误读，改正了不少点校错误。就选取的样本来看，主要纠正了以下 2 条资料中的错误：

1. 《善本序跋集录》集部第三册（p506）录陈有守《青萝馆诗集序》：

> 弘德时，李献吉、何仲默相叹大雅久已不作，伊余其力追，挽之天挺。李于鳞、王元美嘉靖中倡廓古风，持鞭弭雄视中原，徐子与前茅俊劲，于鳞则谓吴越一蕞土，乃有二生与吾三分鼎立，比肩千载，岂非一盛事耶？于时宗、吴、梁、谢翕然朋来，

而七子篇章，汎汎朝省间矣。子与在逢掖固已称诗，计偕道上咏鸣嚶怀，同人扣舷而歌、冯轼而吟，何寥寥乎？及仕比部，邂逅李、王同舍中，其喜而后可知也，乃叹此道虽千里而遥，日斯于迈，旦暮且遇之矣。下帷覃思，当筵洒翰，敬业乐群，不遗余力，居常其思深深，匪直在上国时，虽萍梗散之四方，离索一隅，职司王事，顾碣石在彼，即案牍什伯，纷如一息，握管而挥之矣，何尝不岸帻长谣，兴怀陈致，有当乎心，恨不缩地所亲，缅缅于左右也。……

明文学部二收录陈序，改正了 8 处标点错误：

弘德时，李献吉、何仲默相叹大雅久已不作，伊余其力追挽之。天挺李于鳞、王元美嘉靖中，倡廓古风，持鞭弭雄视中原，徐子与前茅俊劲，于鳞则谓：吴越一蕞土，乃有二生与吾三分鼎立，比肩千载，岂非一盛事耶？于时宗吴梁谢翕然朋来，而七子篇章，汎汎朝省间矣。子与在逢掖固已称诗，计偕道上，咏鸣嚶，怀同人，扣舷而歌，冯轼而吟，何寥寥乎！及仕比部，邂逅李王同舍中，其喜而后可知也。乃叹此道虽千里而遥，日斯于迈，旦暮且遇之矣。下帷覃思，当筵洒翰，敬业乐群，不遗余力。居常其思深深，匪直在上国时，虽萍梗散之四方，离索一隅，职司王事，顾碣石在彼，即案牍什伯纷如，一息握管而挥之矣，何尝不岸帻长谣，兴怀陈致，有当乎心？恨不缩地，所亲缅缅于左右也。……

2.《善本序跋集录》集部第三册（p511）录黎芳《天目先生集后语》：

……及芳远宦于先生之里，而讯之故老，见其子若孙出其治埏时所得新安汪公志铭、吴郡王公碑记及次公之传，门生故人之哀辞，而先生纯德懿行、风流高谊，怳然在目，若有闻乎馨欬之音于是。先生没已四载矣，而意气犹生，独其遗集尚在，勤一生之为，而未有表章于世者以为憾。……

明文学部二收录黎芳《天目先生集后语》，改正了1处标点错误：

> ……及芳远宦于先生之里，而讯之故老，见其子若孙出其治埏时所得新安汪公志铭，吴郡王公碑记及次公之传，门生故人之哀辞，而先生纯德懿行，风流高谊，恍然在目，若有闻乎馨欬之音。于是先生没已四载矣，而意气犹生，独其遗集尚在，勤一生之为，而未有表章于世者以为憾。……

从选取的样本采看，已整理文献共计88条，共18 282字。我们在编入明文学部二时，纠正了9处错误，涉及文献2条，占样本中出自己整理文献条数的2.27%，平均每10条出自整理本的文献中就纠正了约1处错误：涉及的文献共1 452字，占样本中出自己整理文献字数的7.94%。

二

评判一部类书的价值，不仅要考量文献搜辑的涵盖量与编纂质量，是否有助于拓展研究的视阈和提高相关领域研究的起点同样是考察的重要指标。兹以明文学部二所收录的明代嘉靖前期（1522～1548）诗文作家为例，对明文学部二在文学史研究领域的价值进行简要分析。

从明诗的发展历程来看，在以李梦阳（1472～1529）、何景明（1483～1521）为代表的前七子和以李攀龙（1514～1570）、王世贞（1526～1590）为代表的后七子之间，存在大约二十七年的间隔。由于时间不长，且前后七子均以复古相号召，因而其间的断裂通常为论者所忽略，对这一时期的诗文作家缺乏整体研究，对某些作家生平也缺乏基本了解。如，在中国台湾省"中央图书馆"编的《明人传记资料索引》（中华书局 1987 年版）中，苏志皋的小传甚为简略，生卒年也不详，所列资料出处仅有雷礼编的《国朝列卿记》一个条目。明文学部二则搜辑到了郭秉聪撰写的《明通议大夫都察院右副都御史食从二品俸致仕寒村苏公暨配恭人温氏合葬墓志铭》，其中对苏志皋的生平有详细的记载。又如刘绘，《明人传记资料索引》中只列了两条资料：《掖垣人鉴》、《明史》。在明文学部二中，我们收录了张佳胤撰写的《中宪大夫重庆府知府嵩阳刘公暨配胡孺人墓志铭》，所述生平比《明史》本传要详细得多。类似情况，在明文学部二中为数不少。

明文学部二对嘉靖前期诗文作家的相关文献进行了全面清理（见下表）：

人名	生卒年	中举或登第年代	明文学部二收录资料条数、字数	备注
柴　奇	1470～1542	正德六年进士	11，3 102	
杨士云	1477～1554	正德十二年进士	5，2 112	
许相卿	1479～1557	正德十二年进士	20，6 831	
敖　英	1480～？	正德十六年进士	12，1 848	
张治道	1487～1556	正德九年进士	4，1 452	
黄省曾	1487～1561	嘉靖十年举人	25，4 950	
张　綖	1487～1543	正德八年举人	23，5 082	
杨　慎	1488～1559	正德六年状元	276，41 190	
张　治	1488～1550	正德十六年进士	29，8 283	
张　含	不详	正德二年举人	11，1 419	
顿　锐	不详	正德六年进士	11，2 178	
李　濂	1489～1566 后	正德九年进士	14，3 135	
孙继芳	不详	正德六年进士	4，330	
戴　冠	不详	正德三年进士	14，1 980	
丁　奉	？～1542	正德三年进士	17，4 290	

续表

人名	生卒年	中举或登第年代	明文学部二收录资料条数、字数	备注
方　豪	不详	正德三年进士	16，1 881	
邵经邦	1490～？	正德十六年进士	7，1 023	
皇甫冲	1490～1558	嘉靖七年举人	16，5 478	
黄　佐	1490～1566	正德十六年进士	28，4 092	
许宗鲁	1490～1559	正德十二年进士	13，3 102	
邹守益	1491～1560	正德六年进士	15，4 620	
沈　恺	1492～1571	嘉靖八年进士	19，4 620	
张　岳	1492～1552	正德十二年进士	12，3 597	
江　晖	不详	正德十二年进士	3，726	
田汝成	不详	嘉靖五年进士	17，3 168	
苏　祐	1492～1571	嘉靖五年进士	26，4 851	
丰　坊	不详	嘉靖二年进士	25，4 554	丰熙子
高　濲	不详		10，1 716	郑善夫门人
王廷陈	不详	正德十二年进士	61，9 141	
胡　侍	1492～1553	正德十二年进士	12，2 343	
马汝骥	1493～1543	正德十二年进士	21，4 983	
张　经	？～1555	正德十二年进士	21，4 653	榜姓蔡
王　讴	不详，年36卒	正德十二年进士	8，1 221	
蔡　昂	不详	正德九年探花	7，627	
王　宠	1494～1533	太学生	40，5 247	
陆　粲	1494～1547	嘉靖五年进士	21，4 488	
廖道南	1494～1547	正德十六年进士	11，1 485	
陆　钆	1495～？	正德十六年榜眼	12，2 145	
吴子孝	1496～1564	嘉靖八年进士	12，3 168	

续表

人名	生卒年	中举或登第年代	明文学二收录资料条数、字数	备注
童承叙	1495～1542	正德十六年进士	15，3 465	
骆文盛	1496～1554	嘉靖十四年进士	18，6 270	
靳学颜	？～1571	嘉靖十四年进士	12，2 409	
王 激	不详	嘉靖二年进士	4，2 112	
皇甫涍	1497～1546	嘉靖十一年进士	54，16 863	
柯维骐	1497～1574	嘉靖二年进士	10，3 960	
华 察	1497～1574	嘉靖五年进士	15，5 544	
李元阳	1497～1580	嘉靖五年进士	5，2 079	
王同祖	1497～？	正德十六年进士	9，3 960	
苏志皋	1497～1569	嘉靖十一年进士	9，3 102	
董 份	不详	嘉靖二十年进士	10，1 881	
徐 麟	不详，年86卒		15，1 782	
金大车	不详	嘉靖四年举人	8，924	
翁万达	1498～1552	嘉靖五年进士	8，2 211	
皇甫汸	1498～1582	嘉靖八年进士	30，6 600	
白 悦	1498～1551	嘉靖十一年进士	12，5 115	
李舜臣	1499～1559	嘉靖二年进士	11，6 468	
陈 凤	1499～1549	嘉靖十四年进士	12，858	
金大舆	不详		7，1 353	金大车弟
张时彻	1500～1577	嘉靖二年进士	39，12 903	
顾梦圭	1500～1558	嘉靖二年进士	18，6 963	
薛应旂	1500～？	嘉靖十四年进士	21，7 689	
任 瀚	不详，年93卒	嘉靖八年进士	8，759	
李开先	1501～1568	嘉靖八年进士	56，16 236	

续表

人名	生卒年	中举或登第年代	明文学部二收录资料条数、字数	备注
冯惟健	不详	嘉靖七年举人	8，627	
朱曰藩	1501～1561	嘉靖二十三年进士	16，3 498	朱应登子
袁袠	1502～1547	嘉靖五年进士	27，11 883	
屠应埈	1502～1546	嘉靖五年进士	22，4 884	屠勋子
吴岳	1504～1570	嘉靖十一年进士	7，1 518	
金銮	不详，年90卒		18，2 079	
徐阶	1503～1583	嘉靖二年探花	26，5 742	
高应冕	1503～1569	嘉靖元年举人	8，1 551	陆深外甥
乔世宁	1503～？	嘉靖十七年进士	16，2 112	
栗应麟	不详	嘉靖八年进士	4，528	
罗洪先	1504～1564	嘉靖八年状元	31，10 164	
许榖	1504～1586	嘉靖十四年进士	22，6 369	
冯惟重	1504～1539	嘉靖十七年进士	4，2 772	冯惟健弟
栗应宏	不详	嘉靖四年举人	10，1 155	
施峻	1505～1561	嘉靖十四年进士	16，4 422	
刘绘	1505～1573	嘉靖十四年进士	15，5 544	
孔天胤	1505～1578后	嘉靖十一年榜眼	17，5 940	
康太和	不详	嘉靖十四年进士	4，264	
许应元	1506～1565	嘉靖十一年进士	7，1 749	
何良俊	1506～1573		42，11 220	
林廷机	1506～1581	嘉靖十四年进士	7，1 848	
尹台	1506～1579	嘉靖十四年进士	6，4 851	
归有光	1506～1571	嘉靖十九年举人、四十四年进士	98，22 407	
孙宜	1507～1556	嘉靖七年举人	13，5 940	孙继芳子

人名	生卒年	中举或登第年代	明文学部二收录资料条数、字数	备注
王维桢	1507～1555	嘉靖十四年进士	44, 11 121	
沈炼	1507～1557	嘉靖十七年进士	19, 8 712	
崔廷槐	不详	嘉靖五年进士	4, 165	
唐顺之	1507～1560	嘉靖八年进士	75, 13 365	
范钦	1508～1590	嘉靖十一年进士	9, 2 201	
袁炜	1508～1565	嘉靖十七年探花	10, 4 257	
皇甫濂	1508～1564	嘉靖二十三年进士	17, 4 554	
陈束	1508～1540	嘉靖八年进士	26, 8 448	董玘婿
王慎中	1509～1559	嘉靖五年进士	55, 13 530	
陆树声	1509～1605	嘉靖二十年进士	10, 5379	
莫如忠	1509～1589	嘉靖十七年进士	21, 7854	
赵时春	1509～1567	嘉靖五年进士	32, 11 517	
何良傅	1509～1562	嘉靖二十年进士	8, 3 201	
陈芹	不详	嘉靖十三年举人	5, 1 584	
王立道	1510～1547	嘉靖十四年进士	12, 4 950	唐顺之妹夫
茅坤	1512～1601	嘉靖十七年进士	44, 16 038	
赵伊	1512～1573	嘉靖十一年进士	6, 5 049	
冯惟讷	1513～1572	嘉靖十七年进士	12, 1 815	
吴维岳	1514～1569	嘉靖十七年进士	21, 7 425	
蔡汝楠	1516～1565	嘉靖十一年进士	42, 11 352	
洪朝选	1516～1582	嘉靖二十年进士	6, 2 805	
万士和	1516～1586	嘉靖二十年进士	13, 2 838	唐顺之门人

以上这些诗文作家，今人有所研究的为数不多，主要有杨慎、王

慎中、唐顺之、李开先、茅坤、何良俊、归有光等人。其中有些作
家，由于与前七子交往密切，通常被列在前七子派中。然而据我们考
察，无论是理论主张还是创作风格，他们都与前七子存在诸多差异。
如此一来，就至少存在两个问题：1. 前七子复古运动衰落之后，嘉
靖前期文坛的面貌如何，这一时期的文坛由哪些作家占据主导地位，
他们的理论主张如何，他们的创作风格又是怎样的？2. 后七子复古
运动是前七子复古运动的承继，还是在嘉靖前期文学发展基础上进行
的另一次变革，从前七子到后七子，嘉靖前期文坛起着怎样的作用？
要圆满回答类似的问题，方法之一是重建嘉靖前期文坛的历史情境，
在其自身发展的语境中寻求答案。而明文学部二正是在重建历史情境
方面具有重要价值的一部类书。它以其丰富的资料为重建历史情境提
供了良好的基础：对嘉靖前期文坛是如此，对整个明清文学研究也是
如此。它在文学史研究领域的价值，由此可以得到部分的说明。

（本文系与余来明合作）

主要引用书目和参考书目

《诗集传》，朱熹集注，上海古籍出版社 1980 年版。

《明史》，张廷玉等编纂，中华书局 1974 年版。

《明史纪事本末》，谷应泰撰，中华书局 1977 年版。

《明儒学案》，黄宗羲撰，中华书局 1985 年版。

《列朝诗集小传》，钱谦益著，上海古籍出版社 1959 年版。

《四库全书总目》，永瑢等撰，中华书局 1965 年版。

《明诗纪事》，陈田辑撰，上海古籍出版社 1993 年版。

《明诗综》，朱彝尊编，清康熙四十四年刻本。

《明诗别裁集》，沈德潜、周准编，中华书局 1975 年版。

《万历野获编》，沈德符撰，中华书局 1959 年版。

《高青丘集》，高启著，上海古籍出版社 1985 年版。

《李东阳集》，李东阳著，岳麓书社 1984 年版。

《陈献章集》，陈献章著，中华书局 1987 年版。

《王阳明全集》，王阳明著，上海古籍出版社 1992 年版。

《空同集》，李梦阳著，四库全书本。

《大复集》，何景明著，四库全书本。

《沧溟集》，李攀龙著，四库全书本。

《弇州山人四部稿》，王世贞著，四库全书本。

《由拳集》，屠隆著，四库全书本。

《李开先集》，李开先著，中华书局 1959 年版。

《徐渭集》，徐渭著，中华书局 1983 年版。

《何心隐集》，容肇祖整理，中华书局 1960 年版。

《焚书·续焚书》，李贽著，中华书局 1974 年版。

《藏书》，李贽著，中华书局1959年版。

《续藏书》，李贽著，中华书局1959年版。

《初潭集》，李贽编著，中华书局1974年版。

《李贽研究参考资料》（一、二），厦门大学历史系编，福建人民出版
　　社1975年、1976年版。

《史纲评要》，李贽评纂，中华书局1974年版。

《汤显祖集》，汤显祖著，中华书局1962年版。

《袁宏道集笺校》，袁宏道著，钱伯城笺校，上海古籍出版社1981年
　　版。

《隐秀轩集》，钟惺著，上海古籍出版社1992年版。

《谭友夏合集》，谭元春著，四库全书本。

《文心雕龙》，刘勰著，人民文学出版社1958年版。

《诗品》，钟嵘著，人民文学出版社1958年版。

《诗式》，皎然著，《历代诗话》本，中华书局1981年版。

《二十四诗品》，司空图著，人民文学出版社1963年版。

《文镜秘府论》，遍照金刚著，中国社会科学出版社1983年版。

《沧浪诗话》，严羽著，人民文学出版社1961年版。

《唐诗品汇》，高棅辑，上海古籍出版社1982年版。

《麓堂诗话》，李东阳著，《历代诗话续编》本，中华书局1983年版。

《升庵诗话》，杨慎著，《历代诗话续编》本，中华书局1983年版。

《四溟诗话》，谢榛著，《历代诗话续编》本，中华书局1983年版。

《谈艺录》，徐祯卿著，《历代诗话》本，中华书局1981年版。

《艺苑卮言》，王世贞著，《历代诗话续编》本，中华书局1983年版。

《艺圃撷馀》，王世懋著，《历代诗话》本，中华书局1981年版。

《国雅品》，顾起纶著，《历代诗话续编》本，中华书局1983年版。

《诗镜总论》，陆时雍著，《历代诗话续编》本，中华书局1983年版。

《诗薮》，胡应麟著，上海古籍出版社1979年新1版。

《唐音癸签》，胡震亨著，上海古籍出版社1981年版。

《文章辨体序说》，吴讷著，人民文学出版社1962年版。

《文体明辨序说》，徐师曾著，人民文学出版社1962年版。

《诗源辩体》，许学夷著，人民文学出版社 1987 年版。

《唐诗归》，钟惺、谭元春编，清光绪刻本。

《答万季野诗问》，吴乔著，《清诗话》本，上海古籍出版社 1978 年版。

《诗筏》，贺贻孙著，《清诗话续编》本，上海古籍出版社 1983 年版。

《姜斋诗话》，王夫之著，人民文学出版社 1981 年版。

《静志居诗话》，朱彝尊著，姚祖恩编，黄君坦校点，人民文学出版社 1998 年版。

《诗问四种》，王士禛等著，齐鲁书社 1985 年版。

《带经堂诗话》，王士禛著，张宗柟编，人民文学出版社 1963 年版。

《谈龙录》，赵执信著，《清诗话》本，上海古籍出版社 1978 年版。

《说诗晬语》，沈德潜著，《清诗话》本，上海古籍出版社 1978 年版。

《文史通义校注》，章学诚著，叶瑛校注，中华书局 1994 年版。

《中国历代诗话全编》（明代卷），吴文治主编，江苏古籍出版社 1997 年版。

《中国历代文论选》（四卷），郭绍虞主编、王文生副主编，上海古籍出版社 1980 年版。

《历代诗话词话选》，武汉大学中文系中国古代文学理论研究室主编，武汉大学出版社 1984 年版。

《明代文论选》，蔡景康编，人民文学出版社 1993 年版。

《历代诗话论作家》，常振国、降云编，湖南人民出版社 1984 年版。

《唐诗论评类编》，陈伯海主编，山东教育出版社 1993 年版。

《中国美学史资料选编》，北京大学哲学系编，中华书局 1980 年版。

《中国哲学史资料选辑》，中国科学院哲学研究所中国哲学史组编，中华书局 1964 年版。

《清代学术概论》，梁启超著，东方出版社 1996 年版。

《人心与人生》，梁漱溟著，学林出版社 1996 年版。

《吹沙集》，萧萐父著，巴蜀书社 1991 年版。

《吹沙二集》，萧萐父著，巴蜀书社 1998 年版。

《国学概论》，章太炎讲演，曹聚仁整理，上海古籍出版社 1997

年版。

《国学概论》，钱穆著，商务印书馆1997年版。

《中国哲学大纲》，张岱年著，中国社会科学出版社1982年版。

《中国哲学史》（上、下），萧萐父、李锦全主编，人民出版社1982年、1983年版。

《中国儒学》第四卷，庞朴主编，东方出版中心1997年版。

《郭齐勇自选集》，郭齐勇著，广西师范大学出版社1999年版。

《传统道德与当代人生》，郭齐勇著，武汉大学出版社1998年版。

《阴阳——大化与人生》，萧汉明著，广东人民出版社1998年版。

《20世纪中国哲学本体论问题》，李维武著，湖南教育出版社1991年版。

《朱熹思想研究》，张立文著，中国社会科学出版社1981年版。

《陈白沙诗学论稿》，章继光著，岳麓书社1999年版。

《陆王学述——一系精神哲学》，徐梵澄著，上海远东出版社1994年版。

《陆王心学研究》，刘宗贤著，山东人民出版社1997年版。

《晚明思想史论》，嵇文甫著，东方出版社1996年版。

《明清文化史散论》，冯天瑜著，华中工学院出版社1984年版。

《王船山学术论丛》，嵇文甫著，三联书店1962年版。

《顾亭林学记》，张舜徽著，湖北人民出版社1957年版。

《人性与自我修养》，杜维明著，中国和平出版社1988年版。

《一阳来复》，杜维明著（陈引驰编），上海文艺出版社1997年版。

《中国伦理学史》，蔡元培著，商务印书馆1987年版。

《中国早期启蒙思想史》，侯外庐著，人民出版社1956年版。

《中国古代思想史论》，李泽厚著，人民出版社1986年版。

《中国近代思想史论》，李泽厚著，人民出版社1979年版。

《中国文化概论》，张岱年、方克立主编，北京师范大学出版社1994年版。

《理学·佛学·玄学》，汤用彤著，北京大学出版社1991年版。

《古代宗教与伦理——儒家思想的根源》，陈来著，三联书店1996

年版。

《儒家思想与未来社会》，复旦大学历史系、复旦大学国际交流办公
　　室合编，上海人民出版社1991年版。

《钱穆与中国文化》，余英时著，上海远东出版社1994年版。

《士与中国文化》，余英时著，上海人民出版社1987年版。

《明史》，南炳文、汤纲著，上海人民出版社1991年版。

《先秦礼乐文化》，杨华著，湖北教育出版社1997年版。

《朱自清古典文学论文集》，朱自清著，上海古籍出版社1981年版。

《闻一多全集》，闻一多著，三联书店1982年版。

《中国文学论集》，朱东润著，中华书局1983年版。

《中国文学批评史大纲》，朱东润著，上海古籍出版社1983年第1
　　版。

《中国文学批评史》，郭绍虞著，上海古籍出版社1979年版。

《照隅室古典文学论集》，郭绍虞著，上海古籍出版社1983年版。

《中国文学批评》，方孝岳著，《中国文学八论》本，北京市中国书店
　　1985年版。

《〈袁宏道集笺校〉志疑（外二种)》，李健章著，湖北人民出版社
　　1994年版。

《中国艺术精神》，徐复观著，春风文艺出版社1987年版。

《中国美学史》（第一卷、第二卷)，李泽厚、刘纲纪主编，中国社会
　　科学出版社1984年、1987年版。

《中国美学史大纲》，叶朗著，上海人民出版社1985年版。

《中国古典美学史》，陈望衡著，湖南教育出版社1998年版。

《中国文学批评史》，罗根泽，上海古籍出版社1984年版。

《中国文学批评史》（上、中)，复旦大学中文系撰著，上海古籍出版
　　社1979年、1981年版。

《中国文学批评史》（下)，王运熙等主编，上海古籍出版社1985年
　　版。

《中国文学理论史》，蔡钟翔、黄保真、成复旺著，北京出版社1987
　　年版。

《中国诗学批评史》，陈良运著，江西人民出版社 1995 年版。

《明代文学批评史》，袁震宇、刘明今著，上海古籍出版社 1991 年版。

《中国诗歌美学》，肖驰著，北京大学出版社 1986 年版。

《中国诗学》，叶维廉著，三联书店 1992 年版。

《诗与真》，梁宗岱著，外国文学出版社 1984 年版。

《明代文学》，钱基博著，商务印书馆 1933 年版。

《迦陵论词丛稿》，叶嘉莹著，上海古籍出版社 1980 年版。

《明清文学史（明代卷）》，吴志达著，武汉大学出版社 1991 年版。

《明清文学史（清代卷）》，唐富龄著，武汉大学出版社 1991 年版。

《中国文学简史》，林庚著，北京大学出版社 1995 年版。

《管锥编》，钱钟书著，中华书局 1979 年版。

《谈艺录》（补订本），钱钟书著，中华书局 1979 年版。

《旧文四篇》，钱钟书著，上海古籍出版社 1979 年版。

《钱钟书散文选》，钱钟书著，浙江文艺出版社 1997 年版。

《诗话学》，蔡镇楚，湖南教育出版社 1990 年版。

《神韵论》，吴调公著，人民文学出版社 1991 年版。

《明代文学复古运动研究》，廖可斌著，上海古籍出版社 1994 年版。

《明代诗学》，陈文新著，湖南人民出版社 2000 年版。

《明永乐至嘉靖初诗文观研究》，黄卓越著，北京师范大学出版社 2001 年版。

《日本学者论中国哲学史》，辛冠洁等编，中华书局 1986 年版。

《明代蒙古史论集》，〔日〕和田清著，商务印书馆 1984 年版。

《西方哲学史》，〔英〕罗素著，上卷何兆武、李约瑟译，下卷马元德译，商务印书馆 1963 年、1976 年版。

《法国思想家论中国》，〔德〕夏瑞春编，陈爱诗等译，江苏人民出版社 1995 年版。

《人论》，〔德〕恩斯特·卡西尔著，甘阳译，上海译文出版社 1985 年版。

《中国社会史》，〔法〕谢和耐著，耿昇译，江苏人民出版社 1995 年版。

《西方美学史》，朱光潜著，人民文学出版社 1964 年版。

《美学》，［德］黑格尔著，朱光潜译，商务印书馆 1979 年版。

《悲剧的诞生——尼采美学文选》，周国平译，三联书店 1986 年版。

《理解的命运》，殷鼎著，三联书店 1988 年版。

《儒教与道教》，［德］马克斯·韦伯著，洪天富译，江苏人民出版社
　　1995 年版。

《剑桥中国明代史》，［美］牟复礼、［英］崔瑞德编，张书生等译，
　　中国社会科学出版社 1992 年版。

《二十世纪文学评论》，戴维·洛奇编，葛林等译，上海译文出版社
　　1987 年版。

《西方文论选》，伍蠡甫主编，上海译文出版社 1979 年版。

《20 世纪西方美学》，周宪著，南京大学出版社 1997 年版。